Harper
Collins

Zum Buch:

Seit Andi Gordon in die idyllische Straße gezogen ist, hat sich ihr Leben verändert. Was vor allem an ihren beiden Nachbarinnen liegt: Boston mit ihrem Hippieflair, ihrem Mann Zeke – und ihrer großen Trauer, seit ihr kleiner Sohn starb. Und an Deanna, die hinter ihrer übertriebenen Mutterrolle eine unerfüllte Sehnsucht verbirgt. Andis Herz öffnet sich wie eine Tür für die beiden Frauen nebenan, denen auch sie sich anvertraut. Ihre drei Häuser werden auf Blackberry Island nicht umsonst die drei Schwestern genannt, und Schwestern haben keine Geheimnisse voreinander …

Zur Autorin:

In ihren Romanen gelingt es Susan Mallery immer wieder, große Gefühle mit tiefgründigem Humor zu kombinieren. Ihre außerordentlichen Charaktere leben in der Fantasie des Lesers weiter. Die SPIEGEL-Bestsellerautorin ist verheiratet und lebt mit ihrem Mann in Seattle.

Lieferbare Titel:

Wie zwei Inseln im Meer

Susan Mallery

Der Sommer der Inselschwestern

Roman

Aus dem Amerikanischen von
Ivonne Senn

HarperCollins®
Band 100138

1. Auflage: Mai 2018
Ungekürzte Ausgabe im HarperCollins Taschenbuch
Copyright © 2018 für die deutsche Ausgabe by MIRA Taschenbuch
in der HarperCollins Germany GmbH, Hamburg

Copyright © 2012 by Susan Macias Redmond
Originaltitel: »Three Sisters«
erschienen bei: Mira Books, Toronto

Published by arrangement with
Harlequin Enterprises II B.V./S. à r. l.

Umschlaggestaltung: HarperCollins Germany/Birgit Tonn,
Artwork Bürosüd, München
Umschlagabbildung: living4media/Jalag/Taube, Franziska
Redaktion: Carla Felgentreff
Satz: GGP Media GmbH, Pößneck
Printed in Germany
Dieses Buch wurde auf FSC®-zertifiziertem Papier gedruckt.
ISBN 978-3-95967-187-3

www.harpercollins.de

Werden Sie Fan von HarperCollins Germany auf Facebook!

1. KAPITEL

Am Altar stehen gelassen zu werden, ist nichts für schwache Nerven. Abgesehen von Demütigung und Schmerz gibt es auch logistische Dinge zu bedenken. Wenn ein Mann einen vor dreihundert Freunden und Verwandten – ganz zu schweigen von beiden Müttern – alleine stehen lässt, ist die Wahrscheinlichkeit hoch, dass er sich auch keine Gedanken um die Kleinigkeiten macht, etwa die Geschenke zurückzuschicken und den Partyservice zu bezahlen. Was erklärte, warum Andi Gordon drei Monate nach dieser Erfahrung ihre gesamten Ersparnisse in ein Haus steckte, das sie erst zweimal gesehen hatte – und das in einem Ort stand, den sie nur für zweiundsiebzig Stunden besucht hatte.

Wer nicht wagt, der nicht gewinnt. Andi hatte beschlossen, beides zu tun.

Nachdem sie die Papiere unterschrieben und die Schlüssel abgeholt hatte, fuhr sie den Hügel zum höchstgelegenen Punkt von Blackberry Island hinauf und betrachtete das Haus, das sie gerade gekauft hatte. Es gehörte zu den »Drei Schwestern«, drei wunderschönen Häusern im Queen-Anne-Stil, die zur Jahrhundertwende erbaut worden waren. Laut dem Makler war das linke Haus perfekt restauriert worden. Die Eiscremefarben spiegelten den Stil und die Mode des Baujahres wider. Selbst der Garten entsprach eher dem klassischen englischen Stil als der lockeren Art des Pazifischen Nordwestens. Ein Mädchenfahrrad lehnte an der Veranda und wirkte irgendwie modern und fehl am Platz.

Das rechte Haus war ebenfalls restauriert worden, doch mit weniger Beachtung der zur Bauzeit passenden Details. Die in Schiefergrau gestrichenen Rahmen umgaben Buntglasfenster, und im Vorgarten stand die Skulptur eines Vogels, der sich in die Lüfte erhob.

Im überwucherten Vorgarten des Hauses in der Mitte steckte immer noch das Zu-verkaufen-Schild. Abgesehen von Baustil und Größe hatte Andis Haus wenig mit seinen Schwestern gemein. Fehlende Schindeln auf dem Dach, abblätternde Farbe, herausgebrochene Fenster – alles an ihm zeugte von Vernachlässigung und Gleichgültigkeit. Wenn es sich nicht um ein historisches Gebäude gehandelt hätte, wäre es schon vor Jahren abgerissen worden.

Andi hatte die Offenlegung des Verkäufers gesehen, in der alle Makel des Hauses aufgelistet waren. Die Liste war seitenlang und führte alle großen Probleme auf – von der überholungsbedürftigen Elektrik bis zu den nicht funktionierenden Rohrleitungen. Der Bauinspektor, den Andi angeheuert hatte, um sich das Haus anzusehen, hatte auf halbem Weg aufgegeben und ihr das Geld zurückgegeben. Dann hatte der Makler versucht, ihr ein zauberhaftes Apartment mit Blick über den Jachthafen zu zeigen.

Doch Andi hatte sich geweigert. Sie hatte in der Sekunde, in der sie das alte Haus zum ersten Mal gesehen hatte, gewusst, dass es genau das war, wonach sie suchte. Es war einst voller Versprechen gewesen. Zeit und Umstände hatten zu seinem jetzigen Zustand geführt – ungeliebt und im Stich gelassen. Sie brauchte keinen Abschluss in Psychologie, um zu verstehen, dass sie sich selbst in diesem Haus sah. Sie wusste um ihren Irrglauben, dass, wenn sie das Haus in Ordnung brächte, sie auch sich und ihr Leben in Ordnung bringen würde. Aber etwas zu wissen und es zu tun – oder in ihrem Fall, es nicht zu tun – war nicht das Gleiche. Ihr Kopf mochte ihr aufzeigen, dass das hier ein riesengroßer Fehler war, aber ihr Herz hatte sich bereits verliebt.

Angesichts ihrer kürzlich in aller Öffentlichkeit zerbrochenen Verlobung kam es ihr wesentlich sicherer vor, sich in ein Haus zu verlieben als in einen Mann. Wenn das Haus sie vor dem Altar stehen ließe, könnte sie es wenigstens bis auf die Grundmauern niederbrennen.

Als sie jetzt vor der dreistöckigen Katastrophe parkte, lächelte sie. »Ich bin hier«, flüsterte sie und gab sich und dem Haus ein Versprechen. »Ich werde dich in neuem Glanz erstrahlen lassen.«

Die letzten drei Monate waren ein Albtraum aus Logistik und Schuldzuweisungen gewesen. Eines der Drei-Schwestern-Häuser zu kaufen hatte es ihr ermöglicht, an etwas anderes zu denken. Dokumente für ihren Kreditantrag zu mailen hatte mehr Spaß gemacht, als ihrer Großcousine zu erklären, dass Matt sie tatsächlich nach mehr als zehn Jahren Beziehung am Altar hatte stehen lassen. Er hatte sogar gesagt, dass ihre Entscheidung zu heiraten so plötzlich gekommen sei und er mehr Zeit bräuchte. Und ja, er hatte zwei Wochen später in Las Vegas seine Sekretärin geheiratet. Sie weigerte sich, an die Unterhaltungen zu denken, die sie darüber mit ihrer Mutter geführt hatte.

Aber zu wissen, dass sie Seattle bald für Blackberry Island verlassen würde, hatte sie weitermachen lassen. Sie hatte sich auf ihre Flucht konzentriert. Dann hatte sie ihr Leben in der Stadt zusammengepackt und war nach Norden gefahren.

Andi schloss ihre Hand um die Schlüssel, die sie vom Makler bekommen hatte, und spürte, wie das Metall sich in ihre Haut grub. Der Schmerz brachte sie in die Gegenwart zurück, zu diesem Moment, der voller Möglichkeiten war.

Sie stieg aus dem Auto und starrte das heruntergekommene Haus an. Aber anstelle von vernagelten Fenstern und einer durchhängenden Veranda sah sie, wie es einmal sein würde. Neu. Strahlend. Ein Haus, das die Leute bewundern würden. Kein Verstoßener. Wenn das Haus erst renoviert würde, könnte Andi ihre Mutter anrufen und darüber reden. Das wäre eine wesentlich bessere Unterhaltung als ihr zuzuhören, wie sie alles auflistete, was Andi in ihrem Leben verbockt hatte. Zum Beispiel, dass sie sich nicht für Matt geändert hatte und wie dumm sie gewesen war, sich einen so guten Mann durch die Lappen gehen zu lassen.

Andi drehte sich um und bewunderte den Ausblick. An einem klaren Tag funkelte das Wasser im Puget Sound. Nun gut, klare Tage waren in diesem Teil des Landes eher selten, aber das war für sie okay. Sie mochte den Regen. Den grauen, nieseligen Himmel, das Quietschen ihrer Stiefel auf dem Bürgersteig. Die Düsterkeit sorgte dafür, dass sie die sonnigen Tage noch mehr zu schätzen wusste.

Sie schaute nach Westen, über den Puget Sound hinaus. Die Häuser gewährten einen perfekten Ausblick. Von Kapitänen erbaut, waren sie so ausgerichtet, dass man die Schiffe beobachten konnte, die in den Hafen segelten. Im späten 19. Jahrhundert war die Seefahrt für diese Gegend sehr wichtig gewesen und noch nicht von den Versprechungen der Holzindustrie verdrängt worden.

Das hier ist richtig, dachte sie glücklich. Hier gehörte sie her. Oder würde es zumindest mit der Zeit tun. Wenn die Renovierungen anfingen, sie zu ermüden, würde sie einfach die Aussicht betrachten. Der Tanz des Wassers und die Halbinsel dahinter waren etwas ganz anderes als die Hochhäuser in Seattles Innenstadt. Die Stadt mochte nur wenige Stunden entfernt liegen, aber verglichen mit Blackberry Island war sie ein anderer Planet.

»Hallo! Sind Sie die neue Besitzerin?«

Andi drehte sich um und sah eine Frau auf sich zukommen. Sie war mittelgroß und hatte lange, dunkelrote Haare, die ihr über den Rücken fielen. Sie trug Jeans und Clogs und einen elfenbeinfarbenen Strickpulli, der ihr gerade bis zu den Hüften reichte. Ihr Gesicht ist eher interessant als hübsch, dachte Andi, als die Frau näher kam. Sie hatte hohe Wangenknochen und große grüne Augen, ihre blasse Haut war vermutlich eine Mischung aus Genen und Mangel an Sonnenlicht.

»Hi. Ja, das bin ich.«

Die Frau lächelte. »Endlich. Das arme Haus. Es war so einsam. Oh, ich bin übrigens Boston. Boston King.« Sie zeigte auf das Haus mit der Vogelskulptur im Vorgarten. »Ich wohne dort.«

»Andi Gordon.«

Sie schüttelten einander die Hand. Schwaches Sonnenlicht brach durch die Wolken und brachte die violetten Strähnen in Bostons Haaren zum Leuchten.

Andi befühlte ihre eigenen dunklen Haare und fragte sich, ob sie auch etwas so Dramatisches tun sollte. Bisher hatte sie sich höchstens zum Spitzenschneiden durchringen können.

»Sind Sie irgendwie mit Zeke King verwandt?«, fragte sie. »Er ist der Bauunternehmer, mit dem ich wegen des Hauses gemailt habe.«

Bostons Miene hellte sich auf. »Das ist mein Mann. Ihm und seinem Bruder gehört eine Firma hier auf der Insel. Er hat erwähnt, dass er mit der neuen Besitzerin des Hauses in Kontakt steht.« Sie neigte den Kopf. »Aber er hat mir sonst nichts über Sie verraten, und ich sterbe vor Neugier. Haben Sie ein paar Minuten Zeit? Ich habe gerade eine frische Kanne Kaffee aufgesetzt.«

Andi dachte an die Putzsachen im Kofferraum ihres SUV. Der Umzugswagen würde am nächsten Morgen kommen, und sie musste das Haus noch vorbereiten. Aber in der kleinen Sackgasse standen nur drei Häuser, und eine ihrer neuen Nachbarinnen kennenzulernen erschien ihr genauso wichtig.

»Eine Tasse Kaffee wäre toll«, sagte sie.

Boston ging über den verwilderten Rasen voraus zu ihrem Grundstück und dann die paar Stufen zu ihrer Haustür hinauf.

Andi fiel auf, dass sich auf den dunkelblau gestrichenen Dielen des Verandabodens Sterne und Planeten tummelten. Die Haustür war aus dunklem Holz mit Buntglasscheiben.

Die bunte Mischung aus traditionellem Dekor und künstlerischem Chaos setzte sich im Eingangsbereich fort. Neben einem Garderobenständer stand eine Bank im Shaker-Stil. An der Wand hing ein Spiegel, der von silbernen Eichhörnchen und Vögeln umrahmt war. Das Wohnzimmer zur Linken war mit bequemen Sofas und Sesseln eingerichtet, über dem offenen Kamin hing das Gemälde einer nackten Fee.

Boston führte sie durch einen schmalen Flur mit blutroten Wänden in eine helle, offene Küche. Hier gab es kobaltblaue Schranktüren, Edelstahlarmaturen und eine Arbeitsplatte aus blaugrauem Marmor. Der Geruch nach Kaffee vermischte sich mit Zimt- und Apfelduft.

»Setzen Sie sich«, sagte Boston und zeigte auf die Hocker am Frühstückstresen. »Ich habe gerade ein paar Scones aufgebacken. Dazu gibt es Apfelmus mit Zimt aus dem letzten Herbst.«

Andi dachte an den Müsliriegel und den Becher Kaffee, die ihr Frühstück gewesen waren, und ihr Magen fing an zu knurren. »Das klingt super. Danke.«

Sie nahm Platz. Boston holte ein Backblech mit zwei großen Scones aus dem Ofen und reichte Andi einen Teller, dann schenkte sie Kaffee ein.

»Für mich bitte einfach schwarz«, sagte Andi.

»Ah, eine echte Kaffeetrinkerin. Ich muss mein Koffein in Haselnuss- und Vanillearoma ertränken.«

Andi schaute sich um. Über der Spüle war ein großes Fenster und ein weiteres in der Essecke. Eine Wand wurde fast vollständig von einem großen Vorratsschrank eingenommen. Nur die Hintertür war noch original, die übrige Küche war komplett modernisiert.

»Ich liebe Ihr Haus«, sagte Andi. »Ich bin nicht sicher, ob meine Küche in den letzten sechzig Jahren auch nur einmal gestrichen wurde.«

Boston nahm zwei Messer aus einer Schublade und drehte sich zu Andi um. »Wollen wir uns jetzt, wo wir Nachbarn sind, nicht duzen?«, fragte sie und reichte Andi eines der Messer. Dabei klimperten die silbernen Anhänger an ihrem Armband.

»Gerne.« Andi bestrich ihr Scone mit Apfelmus.

»Wir haben dein Haus bei der Besichtigung gesehen. Die Küche ist ziemlich Fünfzigerjahre«, sagte Boston.

»Ach, der Retrolook macht mir nichts«, sagte Andi. »Aber dass nichts funktioniert … Ich mag es irgendwie, den Wasserhahn aufzudrehen und heißes Wasser zu haben. Und ich mag auch Kühlschränke, die die Lebensmittel kühl halten.«

Boston grinste. »Ah, du bist also eine von den Anspruchsvollen.«

»Offensichtlich.«

»Ich weiß, dass Zeke Pläne gezeichnet hat. Ich habe sie nicht alle gesehen, aber er und sein Bruder leisten wundervolle Arbeit.«

Andi schaute sich in der Küche um. »Hat er auch euer Haus renoviert?«

»Ja. Vor ungefähr sechs Jahren.« Boston nahm ihren Kaffeebecher in die Hand. »Wo hast du vorher gewohnt?«

Die Insel war so klein, dass Bostons Annahme, sie sei nicht von hier, Andi nicht überraschte. »In Seattle.«

»Oh, in der großen Stadt. Dann wird das hier eine ganz schöne Veränderung für dich.«

»Ich bin bereit für eine Veränderung.«

»Hast du Familie?«

Andi wusste, dass sie damit nicht Eltern oder Geschwister meinte. »Nein.«

Boston wirkte überrascht. »Das ist ein ziemlich großes Haus.«

»Ich bin Ärztin. Kinderärztin. Das Erdgeschoss will ich zu meiner Praxis umbauen und oben wohnen.«

Bostons Schultern schienen sich zu verspannen. »Oh, das ist clever. So ersparst du dir den Arbeitsweg.« Sie schaute aus dem Fenster über der Spüle zu Andis Haus. »Es gibt genug Parkplätze, und ich kann mir vorstellen, dass der Umbau nicht sonderlich schwierig wird.«

»Die größte Aufgabe wird sein, die Küche nach oben zu verlegen. Ich wollte das Haus aber sowieso entkernen, also wird das den Preis für die Bauarbeiten nicht sonderlich in die Höhe treiben.« Sie griff nach ihrem Scone. »Wie lange wohnst du schon auf der Insel?«

»Ich bin hier aufgewachsen«, erklärte Boston. »Sogar in diesem Haus. Ich habe nie irgendwo anders gelebt. Als Zeke und ich anfingen, miteinander auszugehen, habe ich ihn gewarnt, dass ich mit knapp dreihundert Quadratmeter Gepäck komme.« Ihr Lächeln verblasste ein wenig. »Er hat gesagt, das würde ihm an mir gefallen.«

Andi biss in ihr Scone und genoss die Mischung aus saurem Apfel und Zimt. »Arbeitest du außerhalb?«

Boston schüttelte den Kopf. »Ich bin Künstlerin. Hauptsächlich im Bereich Textilien, in letzter Zeit hingegen ...« Ihre Stimme verebbte und etwas Dunkles trat in ihre Augen. »Manchmal fertige ich Porträts an. Ich bin für die meisten seltsamen Sachen, die du hier siehst, verantwortlich.«

»Ich liebe die Veranda.«

»Wirklich? Deanna hasst sie.« Boston zog die Nase kraus. »Das würde sie natürlich nie laut sagen, aber ich höre sie jedes Mal seufzen, wenn sie einen Fuß daraufsetzt.«

»Deanna?«

»Unsere andere Nachbarin.«

»Ihr Haus ist wunderschön.«

»Ja, oder? Du solltest es mal von innen sehen. Ich bin sicher, dass sie dich einladen wird. Die vorderen Räume sind alle originalgetreu eingerichtet. Die Historische Gesellschaft liebt sie.« Boston schaute wieder aus dem Fenster. »Sie hat fünf Töchter. Oh, das sind dann ja Kunden für dich.« Sie runzelte die Stirn. »Oder heißt es Klienten?«

»Patienten.«

Boston nickte. »Richtig. Die Mädchen sind sehr süß.« Sie zuckte mit den Schultern. »Und das war es auch schon mit der Nachbarschaft. Nur wir drei. Ich bin so froh, dass jemand ins mittlere Haus einzieht. Es steht schon seit Jahren leer, und ein verlassenes Haus kann sehr traurig sein.«

Obwohl Bostons Ton gleich geblieben war, spürte Andi eine Veränderung in der Energie der anderen Frau. Sie sagte sich, dass sie mal wieder »verrückter als normal« war, wie ihre Mutter es nannte, aber trotzdem wurde sie das Gefühl nicht los, dass ihre neue Nachbarin froh wäre, wenn sie jetzt ginge.

Schnell aß sie den Rest ihres Scones auf und lächelte dann. »Ich danke dir vielmals für den Koffeinkick und den Snack. Aber ich habe noch so viel zu tun.«

»Ja, ich habe gehört, dass Umzüge anstrengend sind. Ich kann mir nicht vorstellen, irgendwo anders zu leben als hier. Ich hoffe, du wirst in unserer kleinen Straße glücklich.«

»Da bin ich mir sicher.« Andi stand auf. »Es war schön, dich kennenzulernen.«

»Finde ich auch«, sagte Boston und begleitete sie zur Haustür. »Komm gerne jederzeit vorbei, wenn du etwas brauchst. Das schließt eine heiße Dusche ein. Wir haben ein Gästebad, nur für den Fall, dass das Wasser abgestellt wird.«

»Das ist sehr nett von dir, aber wenn das Wasser abgestellt wird, ziehe ich in ein Hotel.«

»Das hat Stil.«

Andi winkte und trat auf die Veranda hinaus. Dort blieb sie eine Sekunde stehen und schaute sich ihr Haus aus der Perspektive ihrer Nachbarn an. Auf dieser Seite gab es mehrere gesprungene Fensterscheiben. Ein Teil der Hausverkleidung hing herunter, und an einigen Stellen war die Farbe abgeplatzt. Der Garten war von Unkraut überwuchert.

»Schön ist wirklich etwas anderes«, murmelte sie und kehrte zu ihrem Wagen zurück.

Keine Sorge, sagte sie sich. Sie würde sich noch einmal die Pläne für den Umbau anschauen und sich gleich am Samstag mit Zeke treffen, um den Vertrag zu unterschreiben. Dann könnten die Arbeiten beginnen.

In der Zwischenzeit musste sie sich auf die Ankunft des Umzugsunternehmens vorbereiten. Sie hatte sich oben schon ein Zimmer ausgesucht, in dem sie ihre Möbel lagern würde. Während der Umbauarbeiten wollte sie in den beiden kleinen Zimmern im Dachgeschoss wohnen. Sie waren nicht schön, aber zweckmäßig. Das größere von beiden könnte als Wohnzimmer und Pseudo-Küche dienen. Sie würde einfach nur Sachen essen, die sie im Toaster oder in der Mikrowelle erwärmen konnte.

Das winzige Bad im Dachgeschoss hatte eine Dusche, die offensichtlich für Leute gemacht war, die nicht größer als eins fünfzig waren, und die Armaturen stammten aus den Vierzigerjahren, aber immerhin funktionierte alles. Zeke hatte versprochen, als Erstes einen Heißwasserboiler einzubauen.

Sie hatte, was sie brauchte, um die dreimonatige Renovierung zu überleben. Auch wenn sie Zeke gesagt hatte, dass alles Anfang Juli fertig sein sollte, hatte sie vor, ihre Praxis erst Anfang September zu eröffnen, sodass sie einen ausreichenden zeitlichen Puffer hatte. Sie hatte genug Renovierungssendungen im Fernsehen gesehen, um zu wissen, dass es oft zu zeitlichen Verzögerungen kam.

Andi nahm die Putzmittel aus dem Kofferraum ihres SUV.

Sie musste das Zimmer putzen, das sie als Möbellager nutzen wollte, und dann das Badezimmer in Angriff nehmen. Danach würde sie sich mit einem Pulled-Pork-Sandwich von Arnie's belohnen. Ihr Makler hatte ihr versichert, dass das Essen dort hervorragend sei.

Vorsichtig stieg sie die Treppe zur Haustür hinauf. Zwei der acht Stufen waren lose. Sie steckte den Schlüssel ins Schloss und drehte ihn herum. Dann betrat sie das Foyer.

Anders als in Bostons Haus gab es hier kein ausgewähltes Arrangement an charmanten Möbeln, keine Vorhänge und nichts, das auch nur im Entferntesten behaglich wirkte. Der Geruch nach Verfall und Schmutz vermischte sich mit dem Gestank von ehemaligen Bewohnern der Nagetiergattung. Die Tapete hing von wasserfleckigen Wänden, und mehrere der Wohnzimmerfenster waren mit Sperrholz vernagelt.

Andi stellte ihren mit Putzmitteln vollgepackten Eimer und die Tasche mit Putzlappen und Haushaltsrollen ab, streckte ihre Arme seitlich aus und drehte sich einmal im Kreis. Vor Vorfreude fing sie an zu kichern, als sie das dreidimensionale Desaster musterte, das ihr neues Zuhause war.

»Du wirst so glücklich werden«, flüsterte sie. »Ich werde dich zum Strahlen bringen.« Sie grinste. »Tja, ich und die Bauarbeiter. Du wirst schon sehen. Wenn alles fertig ist, geht es uns beiden besser.«

Wenn das Haus fertig sein würde, würde sie sich hier auf der Insel eingelebt haben. Ihr Exverlobter wäre nicht mehr als eine abschreckende Geschichte, und sie würde anfangen, eine blühende Praxis aufzubauen. Sie wäre nicht länger die Versagerin der Familie oder die Frau, die dumm genug gewesen war, zehn Jahre ihres Lebens an einen Mann zu vergeuden, der versucht hatte, sie zu verändern, bevor er sie fallen ließ und zwei Wochen später eine andere heiratete. Sie würde sich keine Sorgen darüber machen müssen, gut genug zu sein.

»Wir werden nicht so perfekt sein wie das Haus zur Linken oder so künstlerisch wie das auf der anderen Seite, aber es wird uns gut gehen. Du wirst schon sehen.«

Die Worte waren wie ein Versprechen. Und sie war immer gut darin gewesen, ihre Versprechen zu halten.

2. KAPITEL

Deanna Philips starrte das Foto an. Das Mädchen war hübsch – vielleicht fünfundzwanzig oder sechsundzwanzig – und hatte dunkle Haare. Aufgrund der Pose konnte sie die Augenfarbe nicht erkennen. Die Frau hatte die Arme um einen Mann geschlungen, die Lippen an seine Wange gepresst. Er schaute zur Kamera, und das Mädchen sah ihn an.

Der Schnappschuss war in einem glücklichen Moment aufgenommen worden. Der Mann lächelte, die junge Frau lehnte sich zu ihm, das Knie gebeugt, ein Fuß erhoben. Alles an diesem Foto war charmant. Sogar bezaubernd. Nur leider war der fragliche Mann Deannas Ehemann.

Sie stand im Schlafzimmer und lauschte dem Geräusch der Dusche. Es war kurz nach sechs Uhr morgens, aber Colin war schon seit fünf Uhr auf. Erst war er laufen gegangen, dann hatte er gefrühstückt, und nun duschte er. Um halb sieben würde er aus der Tür sein. Er würde ins Büro fahren und sich von dort auf den Weg machen. Colin musste für seine Arbeit viel reisen, und sie würde ihn erst Ende der Woche wiedersehen.

Tausend Gedanken schossen ihr durch den Kopf. Er hat mich betrogen. Er war so dumm, ein Bild auf seinem Handy zu behalten. Er hat mich betrogen. Wen hat es noch gegeben? Wie viele andere? Er hat mich betrogen. Ihr Magen zog sich zusammen und wogte wie ein Schiff im Sturm. Hätte sie etwas gegessen, würde sie sich jetzt übergeben. So jedoch erschauerte sie nur, und auf ihrem gesamten Körper bildete sich eine Gänsehaut. Ihre Beine zitterten.

»Reiß dich zusammen«, flüsterte sie. Sie hatte nicht viel Zeit. In weniger als einer halben Stunde würde sie die Mädchen wecken und für die Schule fertig machen müssen. Sie wurde heute Vormittag in der Schule der Zwillinge erwartet. Danach musste sie zur Arbeit. Es gab Dutzende Einzelheiten,

Tausende Aufgaben und Jobs und Verantwortlichkeiten. Nichts davon verschwand, nur weil Colin sie auf die schlimmstmögliche Weise hintergangen hatte.

Ihre Augen brannten, doch sie weigerte sich zu weinen. Tränen bedeuteten Schwäche. Immer noch das Handy umklammernd, überlegte sie, was sie tun sollte. Ihn zur Rede stellen? Das wäre die logische Entscheidung. Sie sollte etwas sagen. Nur wusste sie nicht, was. Sie war noch nicht bereit. War nicht –

Das Rauschen von Wasser verstummte, als Colin die Dusche abstellte. Deanna legte das Handy leise wieder zurück auf die Kommode neben die Brieftasche und die Schlüssel ihres Mannes. Sie hatte es nur genommen, um sich die Fotos vom letzten Softballspiel anzusehen. Mit den Bildern wollte sie die Facebook-Seite ihrer Familie auf den neuesten Stand bringen. Stattdessen hatte sie Verrat gefunden.

Ich brauche Zeit, erkannte sie. Zeit, um herauszufinden, was los war. Was das alles zu bedeuten hatte. Welches ihre nächsten Schritte sein würden. Gab es überhaupt nächste Schritte?

Sie nahm sich ihren Bademantel und zog ihn über. Dann eilte sie nach unten ins Büro und schaltete ihren Computer ein. Sie bemerkte, dass ihre Finger zitterten, als sie den Knopf auf ihrem Laptop drückte. Sie saß in dem großen Ledersessel und schlang die Arme um sich. Ihre Füße waren kalt, aber sie würde nicht ins Schlafzimmer zurückgehen, um sich ihre Hausschuhe zu holen. Sie konnte nicht. Ich würde auseinanderbrechen, dachte sie. Ihre Zähne klapperten. Wenn sie nicht aufpasste, würde sie in eine Million Teile zerspringen.

Der Computer summte und zirpte, während er hochfuhr. Schließlich kam das Hintergrundfoto zum Vorschein. Es zeigte eine perfekte Familie – Vater, Mutter, Töchter. Alle blond, attraktiv, fröhlich. Sie waren am Strand, trugen alle elfenbeinfarbene Pullover und Jeans; ein Gewusel aus Armen und Beinen, die Zwillinge in der Hocke vorne, die älteren Mädchen hinter ihnen. Colin hat seine Arme um mich geschlungen, dachte Deanna. Sie lachten. Waren glücklich.

Was zum Teufel war schiefgegangen?

»Geht es dir gut?«

Sie schaute auf und sah ihren Mann im Türrahmen stehen. Er trug den dunkelblauen Anzug, den sie für ihn ausgewählt hatte. Der Mann hatte einen fürchterlichen Geschmack, was Kleidung anging. Die Krawatte gefiel ihr nicht, na und? War das heute wirklich wichtig?

Sie musterte ihn und fragte sich, wie andere Frauen ihn wohl sahen. Er war attraktiv, das wusste sie. Groß, mit breiten Schultern und blauen Augen. Er hielt sich fit. Sie war stolz darauf, dass ihr Mann in Jeans und T-Shirt immer noch gut aussah. Anders als viele andere Männer seines Alters hatte Colin sich keinen Bierbauch zugelegt. Er würde nächstes Jahr vierzig werden. Hatte die andere Frau damit zu tun? Hatte er eine Midlife-Crisis?

»Deanna?«

Sie merkte, dass er sie fragend anschaute. »Mir geht es gut.« Sie war sich nicht sicher gewesen, ob sie in der Lage sein würde zu sprechen, aber irgendwie brachte sie die Worte heraus.

Er fuhr fort, sie zu mustern, als erwarte er mehr. Sie befeuchtete sich die Lippen, weil sie nicht wusste, was sie sagen sollte. Zeit, dachte sie verzweifelt. Sie brauchte wirklich mehr Zeit.

Sie schob ihre Hände unter den Tisch, damit er nicht sah, wie sie zitterten.

»Mein Magen macht mir heute Morgen etwas Probleme. Ich habe wohl etwas Falsches gegessen.«

»Kommst du klar?«

Sie wollte ihn anschreien, dass sie natürlich nicht klarkäme. Wie konnte er das nur fragen? Er hatte alles, was sie hatten, genommen und zerstört. Er hatte sie zerstört. Alles, wofür sie gearbeitet hatte, alles, was sie wollte, war weg. Sie würde ihn verlassen müssen. Würde eine dieser verzweifelten alleinerziehenden Mütter werden. Guter Gott, sie hatte fünf Kinder. Fünf Töchter. Das würde sie alleine nicht schaffen.

»Mir geht es gut«, sagte sie. Alles, damit er ging. Sie brauchte Zeit, um zu denken, zu atmen, zu verstehen. Sie brauchte einen Moment, um sich von dem Schock zu erholen.

»Ich bin am Donnerstag zurück«, sagte er. »Ich werde die Woche über in Portland sein.«

Solche Dinge erzählte er ihr immer. Einzelheiten. Sie hörte nie zu. Sie und die Mädchen hatten ihre eigene Routine. Sie waren es gewohnt, dass Colin unter der Woche nicht da war.

Und jetzt könnte er für immer gehen, erkannte sie. Und was dann? Sie hatte eine Teilzeitstelle in einem Handarbeitsladen. Sie gab Quilting- und Scrapbook-Kurse. Von ihrem Gehalt bezahlten sie Extras wie Ferien und Essengehen. Von dem, was sie verdiente, könnte sie nicht einmal ein Aquarium unterhalten, ganz zu schweigen von fünf Mädchen.

Panik breitete sich in ihr aus, wickelte sich um ihr Herz, bis sie glaubte, gleich hier zu sterben. Sie zwang sich, ihren Ehemann weiter anzusehen, sehnte sich verzweifelt danach, sich daran zu erinnern, was normal war.

»Ich hoffe, dort ist es warm«, sagte sie.

»Was?«

»In Oregon. Ich hoffe, ihr habt gutes Wetter.«

Er runzelte die Stirn. »Deanna, bist du sicher, dass es dir gut geht?«

Sie wusste, wenn sie versuchte zu lächeln, würde das in einer Katastrophe enden. »Es ist nur mein Magen. Ich glaube, ich verschwinde mal lieber ins Badezimmer. Fahr vorsichtig.«

Sie erhob sich. Zum Glück trat er zurück, als sie näher kam, so konnte sie an ihm vorbeischlüpfen, ohne ihn zu berühren. Sie eilte die Treppe hinauf und rannte ins Bad. Dort klammerte sie sich an dem marmornen Waschtisch fest und schloss die Augen vor dem blassen, fassungslosen Gesicht, das sie im Spiegel sah.

»Mom, du weißt, dass ich dieses Brot hasse. Warum backst du es trotzdem immer wieder?«

Deanna schaute nicht einmal auf. Sie legte einfach die Sandwiches, die sie am Vorabend zubereitet hatte, in die Lunchbox. Als Nächstes folgten Babymöhren, dann ein Apfel und die Kekse. Flachssamen, dachte sie, als sie den wiederverwendbaren Behälter mit den kleinen Keksen in die Hand nahm. Sie waren mit Flachssamen hergestellt. Nicht gerade die Lieblingskekse ihrer Mädchen, aber gesund.

»Mom!« Madison stand vor ihr, die Hände in die Hüften gestemmt. Mit zwölf hatte sie bereits einen herablassenden Blick drauf, der auch die stärkste Seele auf der Stelle verkümmern lassen konnte.

Deanna kannte den Blick und auch seine Ursache – vor allem deshalb, weil sie ihrer Mutter gegenüber vor all den Jahren genauso empfunden hatte. Der einzige Unterschied war, dass ihre Mutter ein Albtraum gewesen war, während Deanna keine Ahnung hatte, was sie getan hatte, dass ihre Tochter sie so sehr hasste.

»Madison, dafür habe ich heute nicht die Nerven. Bitte. Nimm einfach dein Sandwich.«

Ihre Tochter funkelte sie weiter böse an, dann stapfte sie davon und murmelte etwas, das verdächtig klang wie: »Du bist so eine Bitch.« Aber Deanna war sich nicht sicher, und an diesem Morgen war das eine Schlacht, in die sie nicht ziehen wollte.

Um acht Uhr hatten alle fünf Mädchen das Haus verlassen. In der Küche herrschte das übliche Chaos aus Schüsseln in der Spüle, Tellern auf dem Tresen und offenen Müslipackungen auf der Arbeitsplatte. Lucy hatte ihre Lunchbox neben dem Kühlschrank liegen lassen, was für Deanna später einen weiteren Zwischenstopp bedeutete. Und Madisons Mantel hing immer noch über dem Barhocker am Tresen.

Lucys Vergesslichkeit war nichts Neues und ganz sicher nichts Persönliches, was sich über Madison und den Mantel nicht sagen ließ. Keine achtundvierzig Stunden, nachdem ihre Älteste den wasserabweisenden roten Mantel als perfekt bezeichnet und betont hatte, dass sie ihn unbedingt haben musste, hatte sie ihn schon gehasst. Seit diesem Shoppingausflug Ende September stritten sie und Madison sich über das Kleidungsstück, wobei ihre Tochter darauf beharrte, dass ein neuer Mantel gekauft werden müsste, was Deanna verweigerte.

Irgendwann im Oktober hatte Colin gesagt, sie sollten ihr eine neue Jacke kaufen – es wäre die Streitigkeiten nicht wert. Lucy gefiel der rote Mantel, und bis zum Herbst würde er ihr vermutlich passen. Wenn Madison ihn das ganze Jahr über tragen würde, würde er zu abgenutzt sein, um ihn weiterzugeben.

Noch ein Moment, in dem Colin mich nicht unterstützt hat, dachte Deanna verbittert. Ein weiteres Beispiel dafür, dass ihr Ehemann sich mit ihren Töchtern gegen sie verbündete.

Deanna ging zur Spüle und stellte das Wasser an. Sie wartete, bis es die richtige Temperatur hatte, dann drückte sie genau drei Mal auf den Seifenspender und fing an, sich die Hände zu waschen. Wieder und wieder. Das vertraute Gefühl des warmen Wassers und der glitschigen Seife tröstete sie. Sie wusste, sie sollte das nicht zu lange tun. Dass sie, wenn sie nicht aufpasste, zu weit ging. Und deshalb spülte sie ihre Hände ab, lange bevor sie dazu bereit war, holte eines der Baumwollhandtücher aus der Schublade unter der Spüle und trocknete sie ab.

Sie verließ die Küche ohne einen Blick zurück. Um das Chaos würde sie sich später kümmern. Doch anstatt in ihr Schlafzimmer im ersten Stock hinaufzugehen, sank sie auf die unterste Treppenstufe und ließ den Kopf in die Hände fallen. Wut mischte sich mit Angst und dem beißenden Geschmack der Demütigung. Sie hatte ihr Bestes gegeben, um nicht so zu werden wie ihre Mutter, doch manche Lektionen bekam man nicht wieder aus dem Kopf. Die vertraute Frage »Was werden die Nachbarn denken?« hatte sich in ihrem Gehirn festgesetzt und weigerte sich zu verschwinden.

Alle würden reden. Alle würden sich fragen, wie lange die Affäre schon ging. Alle würden annehmen, er betrog sie schon seit Jahren. Immerhin war Colin für seinen Job viel auf Reisen. Auch wenn das Mitgefühl und die beflissene Aufmerksamkeit ihrer Freunde ihr gelten würde, würden die anderen Frauen einen Schritt zurücktreten. Sie würden ihre Zeit nicht mit einer geschiedenen Frau verbringen wollen. Die Ehemänner würden sie anschauen und sich fragen, wie sie Colin dazu gebracht hatte, sie zu betrügen. Dann würden sie Colin nach dem Wie und Wo fragen und sich beim Anhören seiner Abenteuer wieder lebendig fühlen.

Deanna wünschte, sie könnte ins Bett krabbeln und den Morgen noch mal von vorne beginnen. Wenn ich nur nicht nach den Fotos gesucht hätte, dachte sie. Dann wüsste sie es nicht. Aber die Zeit konnte man nicht zurückdrehen, und sie musste sich der Realität von Colins Verrat stellen.

Sie starrte auf den Ring an ihrer linken Hand. Selbst in dem schummrigen Licht glitzerte der große Stein. Sie achtete darauf, die Eheringe alle drei Monate reinigen und die Fassung überprüfen zu lassen, um sicherzugehen, dass sich nichts gelockert hatte. Sie achtete auf so viele Dinge. Sie war ein Dummkopf.

Deanna nahm den Ring vom Finger und warf ihn quer durch den Flur. Er prallte von der Wand ab und rollte in die Mitte des gebohnerten Holzfußbodens. Dann bedeckte sie ihr Gesicht mit den Händen und ließ den Tränen freien Lauf.

Boston King stellte die Vase auf den kleinen, handbemalten Tisch, den sie aus dem Gästezimmer geholt hatte. Die Tischplatte war weiß, die Beine blassgrün. Vor Jahren hatte sie ein Band aus Tulpen an den Rand gestempelt, ein perfektes Echo der Blumen, die sie nun arrangierte, bis sie den richtigen Eindruck von lässiger Unordnung machten.

Sie zupfte ein langes, dunkelgrünes Blatt zurück, schob die Blüte der gelben Tulpe etwas näher zu der pinkfarbenen. Als sie mit ihrem Werk zufrieden war, hob sie den kompletten Tisch an und trug ihn ein paar Schritte weiter, sodass er direkt in einem Strahl aus hellem Sonnenlicht stand. Dann setzte sie sich auf ihren Hocker, nahm ihren Block und den Stift in die Hand und fing an zu zeichnen.

Ihre Hand bewegte sich schnell und selbstbewusst. Ihr Kopf wurde immer klarer, als sie sich auf die Formen, Kontraste und Linien konzentrierte, bis sie nicht länger ein Objekt sah, sondern nur noch seine Teile. Teile des Ganzen, dachte sie mit einem Lächeln. Sie erinnerte sich an einen ihrer Lehrer, der immer gesagt hatte: »Wir sehen die Welt auf molekularer Ebene. Die einzelnen Steine, die das Gebäude bilden, nicht das Endresultat.«

Die erste Blume erblühte auf dem Papier. Aus einem Impuls heraus griff Boston nach einem Stück Kreide, weil sie hoffte, die Reinheit der gelben Blütenblätter einfangen zu können. Während sie die Kreide über das Papier führte, klimperte ihr Armband in der vertrauten Melodie. Ihre Augen fielen zu und gingen dann wieder auf.

Grau. Sie hatte das Grau genommen, nicht das Gelb. Den dunkleren ihrer Grautöne, beinahe schwarz. Das Stück war klein und abgenutzt, aber scharf. Sie hielt ihre Kreiden immer angespitzt. Dann bewegte sich ihre Hand wieder, schneller als zuvor. Die Linien hatte sie so verinnerlicht, dass ihre Bewegungen beinahe schon Gewohnheit waren.

Was eben noch eine Blume gewesen war, wurde nun etwas viel Schöneres, Wertvolleres. Ein paar weitere Striche, und sie betrachtete das Gesicht eines Babys. Liam, dachte sie und strich mit den Fingern über das Bild, verwischte und verblendete die harten Linien, bis sie genauso schläfrig waren wie der Junge.

Sie fügte ein paar Details im Hintergrund hinzu, dann musterte sie das Ergebnis. Ja, sie hatte ihn eingefangen, die Rundung seiner Wange, das Versprechen der Liebe in seinen halb geschlossenen Augen. Ihr geliebter Junge.

In die untere rechte Ecke des Papiers schrieb sie ihre Initialen und das Datum und riss es dann vom Block, um es auf die anderen zu legen, die sich bereits stapelten. Mit ihrem Tee in der Hand ging sie zum Fenster und schaute hinaus in den hinteren Garten.

Fichten säumten das hintere Ende ihres Grundstücks. Vor ihnen schwankten die Wachsmyrten in der nachmittäglichen Brise. Sie alle hatten den großen Sturm im letzten Winter überlebt. Die letzten ihrer Tulpen tanzten, sie hatten ihr Versprechen des nahenden Frühlings bereits gegeben. In der nächsten Woche würde sie den Rest ihres Gartens bepflanzen. Sie liebte es, frisches Gemüse zu haben, auch wenn sie nicht die beinahe fanatische Besessenheit ihrer Nachbarin Deanna teilte, wann immer möglich nur selbst gezogenes Gemüse zu essen.

Sie war sich der Stille bewusst und fühlte mehr den steten Schlag ihres Herzens, als dass sie ihn hörte. Das war es, woraus ihre Tage in letzter Zeit bestanden. Aus Stille. Nicht aus Ruhe. Ruhe hatte eine erholsame Energie. In der Ruhe könnte sie Frieden finden. In der Stille gab es nur die Abwesenheit von Geräuschen.

Sie drehte sich um und ging in den vorderen Teil des Hauses. Der große Umzugswagen auf Andis Auffahrt erwachte grollend zum Leben. Er stand seit dem frühen Morgen da. Zeke hatte ihr von Andis Plänen erzählt, den Großteil ihrer Möbel in einem Zimmer im ersten Stock zu lagern und während der Umbauphase im Dachgeschoss zu wohnen. Boston beneidete die Umzugsleute nicht darum, die schweren Möbel die enge Treppe hinaufschleppen zu müssen.

Als hätten ihre Gedanken ihn heraufbeschworen, fuhr ihr Mann mit seinem zerbeulten roten Pick-up um den zurücksetzenden Möbelwagen herum und zu ihrem Haus hinauf. Sie sah zu, wie er den Wagen abstellte, ausstieg und auf den Seiteneingang zukam.

Er bewegte sich noch so leicht und elegant wie damals, als sie ihn zum ersten Mal gesehen hatte. Sie war erst fünfzehn gewesen – frisch auf der Highschool auf dem Festland. Es war die erste Unterrichtswoche, und sie klammerte sich an ihre Freundinnen wie ein mutterloses Äffchen, das im Dschungel verlassen worden war. Er war schon im Abschlussjahr. Sexy. Im Footballteam. Trotz der Hitze des Septembernachmittags hatte er stolz seine Teamjacke getragen.

Sie hatte einen Blick auf ihn geworfen und sich sofort verliebt. In dem Moment hatte sie gewusst, dass er der Eine war. Er zog sie gerne damit auf, dass er länger gebraucht hatte. Dass er sein Schicksal erst akzeptierte, nachdem er zehn Minuten mit ihr geredet hatte.

Seitdem waren sie zusammen. Sie hatten geheiratet, als sie zwanzig war und er zweiundzwanzig. Ihre Liebe hatte nie geschwankt, und sie waren so glücklich miteinander gewesen, dass sie die Familienplanung zurückgestellt hatten. Sie wollte sich eine Karriere aufbauen, und er war mit seiner Firma beschäftigt. Es gab eine ganze Welt zu entdecken. Ihr Leben war perfekt gewesen.

»Hey, Babe«, rief Zeke, als er durch die Küchentür trat. »Unsere Nachbarin ist eingezogen.«

»Ich hab's gesehen.«

Er kam aus der Küche und auf sie zu. In seinen Augen schimmerte wie immer Zuneigung, aber auch Sorge. Denn in den letzten sechs Monaten schienen sie mehr zu stolpern, als es richtig hinzubekommen.

Es läuft alles auf Schuld hinaus, dachte sie und umklammerte ihre Teetasse fester. Vom Kopf her wussten sie, dass keiner von ihnen schuld war, aber in ihren Herzen ... Nun, sie konnte nichts über sein Herz sagen, ihres jedenfalls hatte sich in eine gähnende Leere verwandelt. In letzter Zeit fragte sie sich immer öfter, ob die Liebe in einem schwarzen Loch überhaupt überleben konnte.

»Ihre Renovierung wird einen starken Effekt auf unser diesjähriges Geschäftsergebnis haben«, sagte Zeke. »Du wirst nett zu ihr sein, okay?«

Sie lächelte. »Ich bin immer nett.«

»Ich meine ja nur, vielleicht solltest du dich so lange zurückhalten, über die Kräfte zu reden, die aus der Erde fließen, bis wir die Schecks eingelöst haben.«

Boston verdrehte die Augen. »Ich habe nur ein einziges Mal die Sommersonnenwende gefeiert, und das war, um nett zu meiner Freundin aus dem Kunstkurs zu sein, den ich gegeben habe.«

»Du kannst auch ganz schön seltsam sein, ohne dass andere Leute daran schuld sind.«

»Blödmann.«

»Spinnerin.« Er gab ihr einen Kuss auf die Wange. »Ich hole nur schnell mein Zeug rein.«

Er ging wieder hinaus zu seinem Truck. Boston schaute auf die Uhr und sah, dass es noch zu früh war, um mit den Vorbereitungen fürs Abendessen zu beginnen. Bei diesem schönen Wetter überlegte sie, einfach Hamburger zu grillen. Die ersten der Saison. Am vorigen Wochenende hatte Zeke das Hightech-Grillmonster aus Edelstahl herausgeholt und konnte es kaum erwarten, es anzufeuern.

Ich könnte einen Salat machen, dachte sie. Vielleicht Andi einladen. Sie musste nach dem langen Umzugstag erschöpft sein, und Boston wusste, dass es in ihrem Haus keine auch nur ansatzfähig funktionierende Küche gab.

Zeke kehrte mit einem Arm voller Pläne und Verträge zurück. In der einen Hand hielt er seine Lunchbox, in der anderen eine kleine Schachtel.

Sie lächelte. »Ist das für mich?«

»Ich weiß nicht. Ich habe es für das schönste Mädchen der Welt gekauft. Bist du das?«

Was auch immer sonst schiefläuft, Zeke ist stets bemüht, dachte sie. Er war ein aufmerksamer Mann, der ihr regelmäßig kleine Geschenke mitbrachte.

Die Geschenke waren nie teuer. Ein neuer Pinsel, eine einzelne Blume, eine antike Spange für ihr Haar. In all den Jahren ihrer Ehe hatte er sich immer große Mühe gegeben, sie wissen zu lassen, dass er an sie dachte. Dass sie ihm wichtig war. Das war Teil des Kitts, der ihre Ehe zusammenhielt.

Sie griff nach dem Schächtelchen, doch er drehte sich weg und hielt es außer Reichweite. »Nicht so schnell, junge Dame.«

Er legte seine Papiere ab und streckte dann langsam die Hand mit der Schachtel aus. Sie nahm sie und ließ die Vorfreude wachsen.

»Diamanten?«, fragte sie, wohl wissend, dass sie beide keinerlei Interesse daran hatten.

»Verdammt. Du wolltest Diamanten? Es ist ein neuer Truck.«

Trotz der Neckerei klang etwas in seiner Stimme anders. Als sie aufschaute, sah sie Unsicherheit in seinen Augen. Langsam öffnete Boston die Schachtel. Ihr Blick fiel auf ein paar winzige, rosafarbene Babyschuhe.

Sie waren aus feinstem Garn gestrickt und hatten eine kleine Spitzenborte und zarte Schnürbänder. Sie waren bezaubernd und mädchenhaft. Bei ihrem Anblick zog sich ihre Brust zusammen. Sie konnte nicht atmen. Ihr wurde eiskalt, und die Schachtel mit den Schuhen rutschte ihr aus den Händen.

»Wie konntest du nur?«, flüsterte sie kaum hörbar. Schmerz schoss durch sie hindurch wie ein scharfes Messer. Sie drehte sich weg, entschlossen, das Monster des Schmerzes in seinem Käfig zu lassen.

Zeke packte ihren Arm. »Boston, schließ mich nicht aus. Wende dich nicht ab. Gib mir etwas, Honey. Wir müssen darüber reden. Es ist sechs Monate her. Wir können immer noch eine Familie haben. Ein weiteres Baby.«

Sie riss sich von ihm los und funkelte ihn an. »Unser Sohn ist gestorben.«

»Glaubst du, das weiß ich nicht?«

»Du benimmst dich nicht so. Du sagst sechs Monate, als wäre das ein Leben. Nun, das ist es nicht. Es ist nichts. Ich werde nie über ihn hinwegkommen, hörst du? Niemals.«

Sie sah, wie die Zuneigung aus den Augen ihres Mannes schwand und von etwas Finsterem ersetzt wurde. »Du tust das ständig«, sagte er. »Du schließt mich aus. Wir müssen den nächsten Schritt machen.«

»Dann mach ihn doch«, gab sie zurück, während sich die vertraute Taubheit über sie legte. »Ich bleibe genau da, wo ich bin.«

Resignation setzte sich in seinen Mundwinkeln fest. »Wie immer«, sagte er. »Na gut. Du willst mehr vom Üblichen? Sollst du haben. Ich gehe. Ich weiß nicht, wann ich zurück sein werde.«

Er zögerte, bevor er sich umdrehte, als wartete er darauf, dass sie ihn bäte, nicht zu gehen. Sie presste die Lippen fest zusammen und wollte, nein, musste allein sein. Er würde losziehen und sich betrinken, und das war für sie in Ordnung. Sie verlor sich in ihren Bildern und er sich in der Flasche. So bekämpften sie ihren jeweiligen Schmerz.

Er schüttelte den Kopf und stapfte nach draußen. Ein paar Sekunden später hörte sie, wie sein Truck ansprang.

Sie wartete, bis das Geräusch des Motors verklang, dann ging sie zurück in ihr Atelier. Als sie eintrat, sah sie nicht das Licht, das durch die hohen Fenster fiel, die Regale, die sorgfältig für ihre Bedürfnisse angefertigt worden waren, die Staffeleien und die leeren Leinwände, die auf ihr Schicksal warteten. Nein, ihr Blick fiel auf die Bilder von Liam. Ihrem Sohn.

Winzige Skizzen und lebensgroße Porträts. Bleistiftzeichnungen und Aquarellfarben. Sie hatte jedes Material benutzt, jedes Medium. Sie hatte Hunderte von Bildern erschaffen, vielleicht sogar Tausende. Seitdem sie ihn beerdigt hatten, war er alles, was sie malen konnte. Alles, was sie erschaffen wollte.

Mit immer noch kaltem Körper und klopfendem Herzen nahm sie ihren Skizzenblock und einen Stift in die Hand. Dann setzte sie sich auf ihren Lieblingshocker und fing an zu zeichnen.

3. KAPITEL

Deanna saß in ihrem Auto auf dem Parkplatz. Der Frühling hatte den Pazifischen Nordwesten erreicht. Neue Blätter reflektierten das Sonnenlicht, und Knospen überzogen die Büsche. Im Park wuchs weiches, grünes Gras, das noch nicht von den Füßen der Kinder zertrampelt worden war, die bald kommen würden, um hier zu spielen.

Sie griff nach ihrem Pappbecher und merkte, dass sie zu sehr zitterte, um ihn zu halten, geschweige denn, ihn an die Lippen zu führen. Sie hatte die letzten zwei Tage zitternd verbracht. Zitternd und nichts essend und in dem Versuch herauszufinden, wie sie die zerbrochenen Überreste ihres einst perfekten Lebens retten könnte. Sie hatte abwechselnd sich die Schuld gegeben und den Wunsch verspürt, Colin umzubringen. Sie hatte geweint und geschrien, und wenn die Kinder da waren, so getan, als wäre alles in Ordnung. Dann hatte sie einen Plan gefasst.

Auf dem Beifahrersitz neben ihr lagen mehrere Zettel. Notizen, die sie sich gemacht, Telefonnummern und Statistiken, die sie sich aufgeschrieben hatte. Sie hatte alle Papiere der Mädchen und Kopien von ihren und Colins Kontoauszügen dabei.

Ihre Optionen waren begrenzt. Tatsache war, dass sie keine Scheidung wollte. Verheiratet zu sein war Teil ihrer Identität, Teil dessen, was sie immer gewollt hatte, und das würde Colin ihr nicht auch noch nehmen. Also würde sie ihm erklären, dass sie ihm vielleicht vergeben würde, aber niemals vergessen. Dass er sich gehörig würde anstrengen müssen, falls er vorhatte, sie zurückzugewinnen.

Sie hatte verschiedene Waffen, die sie einsetzen würde. Zum einen natürlich die Mädchen. Dann sein Ruf in der Gemeinde. Colin liebte die Insel, aber wenn er sich nicht zusammenriss, würde er verbannt werden.

Eine kleine Stimme in ihrem Kopf flüsterte, dass er die andere Frau vielleicht gar nicht aufgeben wollte. Vielleicht hatte er kein Interesse mehr an seiner Familie. Und mit Familie meinte die Stimme sie, denn niemand konnte anzweifeln, dass Colin seine Mädchen liebte.

Sie ignorierte die Stimme, weil sie wusste, dass sie von einem schwächeren Teil von ihr stammte. Hier war jedoch Stärke gefordert. Und sie würde stark sein. Sie wusste, wie das ging. Sie hatte so viel Schlimmeres als das hier überlebt.

Sie atmete tief ein und beruhigte sich so weit, dass sie ihren Kaffee nehmen und einen Schluck trinken konnte. Sobald Colin zugestimmt hatte, die Affäre zu beenden, würde sie auf einer Paartherapie bestehen. Sie würde wie nebenbei erwähnen, dass sie die Namen einiger guter Anwälte kannte. Anwälte, die nicht sicher waren, dass ein untreuer Ehemann es verdient hatte, viel Zeit mit seinen Kindern zu verbringen.

Das Haus war zum Glück kein Thema. Es gehörte ihr, und das würde so bleiben, bis sie starb. Im Laufe der Jahre hatte sie ein paarmal darüber nachgedacht, auch Colin ins Grundbuch eintragen zu lassen, aber sie hatte es nie getan, wofür sie nun dankbar war.

Sie schaute auf die Uhr. Vor einer Stunde, kurz bevor er nach Hause kommen sollte, hatte sie Colin in einer SMS mitgeteilt, dass sie von der anderen Frau wusste, und ihn gebeten, sich hier mit ihr zu treffen. Die Unterhaltung musste unter vier Augen geführt werden, und mit fünf Mädchen im Haus war Privatsphäre ein seltenes Gut. Madison war bei einer Freundin, für die anderen vier hatte Deanna einen Babysitter engagiert.

Colins zerbeulte Limousine bog neben ihrem SUV ein. Deanna stellte den Kaffee ab und griff nach den Mappen. Als ihre Finger sich um den Türgriff schlossen, überkam sie die Wut. Kalte, dicke Wut, die in ihr den Wunsch weckte, um sich zu schlagen, zu verwunden. Wie konnte er es nur wagen? Sie hatte ihr Leben in den Dienst der Familie gestellt, und das war der Dank dafür?

Sie atmete tief ein, versuchte sich zu beruhigen. Sie musste klar im Kopf bleiben. Sie musste denken können. Sie musste die Kontrolle behalten.

Colin stieg aus dem Wagen und schaute sie über das Dach hinweg an. Er trug immer noch seinen blauen Anzug, allerdings mit einem anderen Hemd und einer anderen Krawatte. Bestärkt durch das Wissen, im Recht zu sein, öffnete sie ihre Tür.

»Hallo, Deanna.«

Hallo? Nicht »Es tut mir leid«? Sie presste die Lippen zusammen und nickte, dann ging sie vor zum Picknicktisch auf dem Rasen. Sie setzte sich auf die Bank, von der aus man einen Blick über den Puget Sound hatte. So hatte sie etwas zum Anschauen, während er um Gnade winselte.

Er setzte sich ihr gegenüber und sah sie an. Sie wartete. Sie war auf seine Erklärungen vorbereitet, auf seine Entschuldigungen. Sie hoffte, ein wenig Angst in seinen blauen Augen zu sehen. Nein, dachte sie grimmig. Sehr viel Angst.

Aber die war nicht da. Er sah aus wie immer. Müde von seiner Reise. Resigniert vielleicht. Er sah beinahe entschlossen aus, fand sie, aber das ergab keinen Sinn.

Er nickte in Richtung der Mappen, die sie in der Hand hielt. »Du hast dich vorbereitet.«

»Das habe ich.«

Er beugte sich vor und stützte die Ellbogen auf den Tisch. »Ich habe keine Affäre. Und ich hatte nie eine Affäre.«

»Ich habe das Foto gesehen.«

»Du hast *ein* Foto gesehen.«

Sie richtete sich auf und straffte die Schultern. »Wenn du hier Haare spalten willst, ist diese Unterhaltung beendet.«

»Ich sage ja nur, dass du ein Foto von mir mit einer Kollegin gesehen hast. Die ganze Firma hat gefeiert. Val hatte sich gerade verlobt. Vor ein paar Wochen hat ihr Freund sich seltsam benommen. Sie dachte, er versuche, die Beziehung zu beenden, aber ich habe ihr geraten, nicht aufzugeben. Wie sich herausstellte, hat er ein romantisches Wochenende geplant, um ihr einen Antrag zu machen. Das Bild ist der Moment, in dem sie sich bei mir bedankt.«

»Mit einem Kuss?«

»Auf die Wange, Deanna. Sie ist noch ein Kind. Ich betrüge dich nicht.«

Sie sah die Wahrheit in seinen Augen. Colin war noch nie ein guter Lügner gewesen. Ein guter Charakterzug für einen Ehemann, dachte sie, als die Erleichterung ihre Angst verdrängte. Die Mappen, die sie in der Hand hielt, fühlten sich auf einmal schwer und übertrieben an.

»Du hättest etwas sagen können«, murmelte sie, weil sie sich bewusst war, dass sie ihm eine Entschuldigung schuldete.

»Du auch.« Er richtete sich auf und betrachtete sie. »Es tut mir leid, dass du mich für einen Mann hältst, der dich betrügen würde.«

»Ich wusste nicht, was es sonst sein könnte«, gab sie zu. Es war ihr unangenehm, im Unrecht zu sein. »Deine Arbeit ist so abgetrennt von uns. Du hast eine andere Frau geküsst, und du bist ständig unterwegs.«

»Deine Fehlinterpretation ist nicht meine Schuld«, sagte er.

»Ich weiß.«

Ich bin eine Idiotin, dachte sie. Sie musste es erklären und ihren Fehler eingestehen. So liefen diese Dinge nun einmal. »Es ist nur …« Die Worte blieben ihr in der Kehle stecken.

»Nein«, sagte Colin, als sie nicht fortfuhr. Er schaute sie an. »Nein, das reicht mir nicht.«

»Was?«

»Du entschuldigst dich schon wieder nicht.«

Sie versteifte sich. »Colin!«

»Ich bin es leid. Dich, uns. Ich bin in unserer Ehe nicht glücklich. Und zwar schon seit geraumer Zeit.«

Sie blinzelte. Seine Worte trafen sie direkt in die Brust. Ihr Mund öffnete sich, aber ihr fiel nichts ein, was sie sagen könnte.

Seine Miene verspannte sich. »Ich bin es leid, Deanna. Ich bin es leid, mich mit dir herumschlagen zu müssen. Dir liegt nichts an mir oder an unserer Beziehung. Ich bin nicht sicher, woran dir überhaupt etwas liegt, außer deinen Willen durchzusetzen und was die anderen Leute über uns sagen. Du scheinst mich definitiv nicht um dich haben zu wollen. Du willst meinen Gehaltsscheck, und dann willst du, dass ich dir aus dem Weg gehe.«

Hitze brannte auf ihren Wangen, während eiskalte Angst ihre Brust zusammenzog und es ihr unmöglich machte zu atmen.

»Glaubst du, mir fällt nicht auf, wie ungeduldig du mit mir bist, wenn ich versuche, etwas mit den Mädchen zu unternehmen? Du gibst uns allen das Gefühl, unwillkommene Gäste in unserem eigenen Haus zu sein. Für dich ist nichts gut genug. Und wir schon gar nicht. Du maßregelst die Mädchen ständig, und du kannst mich nie einfach machen lassen. Das Haus ist deine Domäne, und du machst verdammt deutlich, dass ich dort nicht willkommen bin.«

»Ich weiß nicht, wovon du redest«, flüsterte sie, erschüttert von seinem plötzlichen Angriff. »Nichts davon ist wahr.«

»Ach ja? Glaubst du das wirklich? Dann haben wir ein größeres Problem, als ich dachte.« Er schwieg einen Moment. »Ich dachte, es würde besser werden. Dass du erkennen würdest, was du tust. Aber das hast du nicht und das wirst du nicht. Vielleicht hatte ich Angst vor den Konsequenzen. Ich weiß es nicht. Wie auch immer, ich habe keine Lust mehr zu warten.«

Er stand auf und sah auf sie herab. »Ich bin sicher, du hast alle möglichen Informationen in deinen Mappen, Deanna. Ich weiß nicht, ob du vorhattest, mir eine Heidenangst einzujagen, oder ob du mich rauswerfen wolltest. Mein Fazit wird vermutlich anders ausfallen als deines, aber ich sage es dir trotzdem: Ich will eine echte Ehe. Ich will mich in meinem eigenen Haus willkommen fühlen. Ich bin es leid, dass du ständig sagst, wie es zu laufen hat, und dass du unsere Töchter behandelst wie Hunde, die lernen müssen, stubenrein zu werden, anstatt wie Kinder, die umsorgt werden müssen. Ab sofort wird sich etwas bei uns ändern oder unsere Ehe ist vorbei.«

Er hatte vielleicht noch mehr gesagt, da war sie sich nicht sicher. Sie wusste nur, dass ihr kalt war und sie nicht atmen konnte und ihr Magen schmerzte. Sie versuchte aufzustehen, konnte es aber nicht. Die Mappen fielen zu Boden. Papiere verteilten sich überall.

Er irrte sich. Er irrte sich! Die Worte hallten wieder und wieder durch ihren Kopf. Er lag falsch und war gemein. Sie hasste ihn. Hasste das hier.

Sie drehte sich zu ihm um und wollte ihm das sagen, aber er war bereits weg. Sie sah nur noch seinen Wagen davonfahren. Sie sah ihm nach, bis er um eine Kurve verschwand, und dann war sie allein.

Boston vergrub ihre Hände in der kalten Erde und bewegte ihre Finger in dem losen Mutterboden. Neben sich hatte sie Setzlinge aufgereiht, zarte Bündel, die zu kräftigen Pflanzen heranwachsen würden. In einem Großteil des Gartens säte sie Samen aus, aber seit ein paar Jahren experimentierte sie auch mit Setzlingen. Zu diesem Zweck hatte Zeke ihr extra ein kleines Gewächshaus gebaut. Letztes Jahr hatte sie mit ihren Tomaten Erfolg gehabt. Dieses Jahr waren Brokkoli und Kohl dazugekommen.

Sie griff nach der ersten Pflanze und lehnte sich dann auf ihren Fersen zurück, als sie einen Truck in die Einfahrt einbiegen hörte. Das ist nicht mein Mann, dachte sie. Es war bestimmt ihr Schwager Wade. Der vermutlich hier war, um Zeke zu verteidigen. Einmal großer Bruder, immer großer Bruder. Wade konnte so wenig gegen sein Bedürfnis tun, sich einzumischen, wenn Zeke irgendwelche Schwierigkeiten hatte, wie er seine Größe oder Augenfarbe ändern konnte.

Sie setzte sich im Schneidersitz auf den Rasen und wartete. Ungefähr dreißig Sekunden später kam Wade um die Hausecke.

»Ich dachte mir schon, dass du im Garten bist«, sagte er im Näherkommen.

Boston schaute zu ihm auf. Die Brüder hatten ungefähr die gleiche Größe von knapp eins neunzig und dunkle Haare und Augen. Sie waren stark, umgänglich und unendlich loyal. Außerdem wurden sie von Dämonen getrieben, die keiner von ihnen sich je eingestehen würde, und teilten eine Leidenschaft für Sport, die sie nie verstanden hatte. Sie feierte jedes Jahr ein kleines privates Fest, wenn die Footballsaison endlich vorbei war.

Wade setzte sich neben sie und streckte die langen Beine von sich. Er trug Jeans und abgetragene Arbeitsschuhe, dazu ein kariertes Hemd. Keine Jacke. Die King-Brüder waren zäh und zogen sich erst dann etwas über, wenn die Temperaturen in Richtung Gefrierpunkt sanken.

Sie kannte Wade fast genauso lange wie seinen Bruder. Wenn sie sich recht erinnerte, hatte Zeke sie nach ihrem zweiten Date nach Hause mitgenommen, damit sie seine Familie kennenlernte. Bei Salat und Spaghetti hatte er verkündet, sie eines Tages zu heiraten. Sie musste seinen Eltern zugutehalten, dass sie bei dieser Bemerkung nicht einmal gezuckt hatten. Vermutlich, weil sie glaubten, eine so junge Liebe würde sowieso nicht lange halten.

»Er glaubt, dass du sauer auf ihn bist«, sagte Wade im Plauderton.

»Sollte nicht er diese Unterhaltung mit mir führen?«, fragte sie.

»Du weißt doch, dass Zeke Auseinandersetzungen hasst.«

»Und du nicht?«

Er grinste. »Du magst mich zu sehr, um mich anzuschreien. Außerdem bin ich nur ein unschuldiger Beobachter.«

»Ich liebe Zeke und habe keine Probleme damit, ihn anzuschreien.«

»Ich weiß. Deshalb bin ich ja auch an seiner Stelle hier. Er weiß nicht, wie er zu dir durchdringen soll. Er sagt, an einigen Tagen sei es, als seist du gar nicht da.«

Eine akkurate Einschätzung, dachte sie, wohl wissend, dass jede Ecke ihres Herzens mit Schmerz erfüllt war. Es war so viel, dass für nichts anderes Platz blieb. Und weil der Schmerz drohte, sie von innen heraus zu zerstören, hatte sie sich bewusst entschieden, gar nichts mehr zu fühlen.

Sie vermisste ihr Baby in perfekter Einsamkeit, in einem emotionalen Vakuum, wo ihr Junge immer lächelte und glücklich war und nur knapp außerhalb ihrer Reichweite.

Sie spielte mit der umgegrabenen Erde. »Das ist nicht dein Kampf, Wade.«

»Sag mir, dass er nach Hause kommen kann. Ich bin es leid, ihn auf meiner Couch schlafen zu lassen.«

»Er hätte gar nicht gehen müssen.«

Wade hob seine linke Augenbraue.

Sie seufzte. »Es ist nicht meine Schuld, dass er lieber wegläuft, anstatt zu kämpfen. Ich würde es mit ihm aufnehmen.«

»Wirklich? Er sagt, das Problem ist, dass du nicht kämpfst.« Sorge verdunkelte seine Augen. »Ihr habt bereits Liam verloren. Verliert nicht auch noch einander.«

Boston schaffte es, bei der Erwähnung des Namens ihres

Sohnes nicht zusammenzuzucken. »Ich kann nicht verloren werden«, sagte sie, darum bemüht, ihre Stimme ruhig zu halten, damit Wade die Wahrheit nicht ahnte. »Ich werde Zeke lieben, bis ich sterbe. Was den Rest angeht, hat er dir erzählt, was er gesagt hat?«

Wade schaute sie an. »Das ist nicht falsch, Boston. Ein weiteres Baby zu haben ...«

Sie rappelte sich auf und schüttelte den Kopf. »Hör auf. So etwas darfst du nicht sagen. Du hast eine Tochter. Sie ist wunderschön und gesund, und du hast kein Recht, mir zu sagen, wann ich bereit sein sollte.« Sie trat einen Schritt nach hinten, dann noch einen.

Wade hob abwehrend beide Hände. »Es tut mir leid. Du hast recht. Ich habe das nicht zu entscheiden. Ich hätte es nicht erwähnen sollen.«

Sie atmete tief ein. Wade stand auf und schlang seine Arme um sie. Sie ließ sich in den Trost sinken – eine schweigende Annahme seiner Entschuldigung. Ihr Schwager gab ihr einen Kuss auf den Scheitel.

»Sei nicht böse auf ihn. Er liebt dich. Ich liebe dich auch, nur, du weißt schon, nicht so.«

Das war ein alter Witz – ein vertrauter Witz. Behaglich. Sie schloss die Augen und nickte. »Ich liebe dich auch nicht so. Schick ihn nach Hause. Es ist gut.«

»Bist du sicher?«

»Wenn er hier ist, kann ich ihn besser foltern.«

»Das ist mein Mädchen.« Er ließ sie los. »Ich übernehme den Gordon-Job.«

»Das Haus nebenan? Nicht Zeke?«

»Wir fanden, das wäre für das Projekt angemessener.«

Sie schaute Wade an und hob eine Augenbraue. »Natürlich fandet ihr das. Ich bin sicher, es war eine lange, gründliche Unterhaltung und hatte nichts mit der Tatsache zu tun, dass

Andi Gordon hübsch und Single ist und einen tollen Hintern hat.«

»Meine Arbeit ist nicht leicht. Aber ich tue, was ich kann.«

»Du bist so ein Arbeitstier.«

»Nicht wirklich, aber ich will mir mal die neue Nachbarin ansehen.« Er zwinkerte ihr zu. »Ich habe gleich morgen früh einen Termin mit ihr. Wünsch mir Glück.«

»Nein. Und jetzt schick meinen Mann nach Hause.«

Wade winkte zustimmend und ging zurück zu seinem Truck. Boston wandte sich wieder ihren Pflanzen zu.

Zeke würde heimkehren, und sie würden reden, und das Leben würde weitergehen. Irgendwann würde er akzeptieren müssen, dass sie für den nächsten Schritt noch nicht bereit war – dass ihr Herz in so viele Stücke zerfetzt worden war, dass es vielleicht nie wieder heilen würde. Menschen erholen sich auf verschiedene Arten und in unterschiedlichen Geschwindigkeiten von Schicksalsschlägen. Es war für sie in Ordnung, dass er schon darüber hinweg war. Beinahe wünschte sie, so sein zu können wie er. Aber nur beinahe. Denn solange sie nicht losließ, konnte sie ihr Baby nah bei sich haben. In ihrem Schmerz war Liam immer bei ihr. Genau da, wo er hingehörte.

Deanna war nicht sicher, wie lange sie im Park gesessen hatte. Als sie sich schließlich zwang aufzustehen, zitterte sie noch mehr. Vielleicht, weil es sich abgekühlt hatte, vielleicht aber auch wegen etwas tief in ihrem Inneren.

Colins Worte schlugen weiter auf sie ein. Als sie aufstand, spürte sie das Blut aus Wunden sickern, die niemand anders sehen konnte.

Er irrt sich, sagte sie sich auf dem Weg zu ihrem Wagen. Wie konnte er nur so etwas von ihr denken? Sie liebte ihre Kinder. Sie widmete ihr Leben ihrer Familie. Alleine war sie nichts. Sie wurde von ihren Beziehungen definiert, von ihrer Liebe zu ihnen.

Sie startete den Motor und fuhr langsam nach Hause zurück. Als sie um eine Kurve bog, glitten die Mappen vom Beifahrersitz, und die Papiere verteilten sich im Fußraum.

Ich bin mir so sicher gewesen, dachte sie verbittert. Sie hatte sich so gut vorbereitet. Sie hatte gewusst, was sie sagen, was sie verlangen würde. Jetzt stolperte sie nur noch vor sich hin und wusste einfach nicht, was genau falsch gelaufen war.

Die Demütigung brannte in ihr, ließ ihre Haut in Flammen stehen. Hatte er mit den Mädchen darüber gesprochen? Wussten sie, was passiert war? Von Madison würde sie Schadenfreude erwarten, aber die anderen Mädchen, die jüngeren, die Zwillinge ... Sie waren ihre Babys. Sie liebten sie. Sie war ihre Mutter.

Doch Deanna erkannte, dass sie sich nicht mehr so sicher war wie noch vor einer Stunde. Es war, als hätte jemand ihre Welt genommen und geschüttelt, bevor er sie wieder abgesetzt hatte. Während alles noch da war, wo es sein sollte, waren die Nähte nicht mehr gerade, und die Kanten passten nicht aufeinander.

Sie bog um die Ecke und fuhr den letzten Hügel hinauf. Die drei Häuser, die Drei Schwestern, kamen in Sicht. Normalerweise beruhigte sie der Anblick ihres wunderschön restaurierten Hauses, aber heute nicht. Jetzt nicht.

Offensichtlich hatte sie nicht so lange im Park gesessen, wie sie gedacht hatte, denn Colin stand noch in der Auffahrt. Alle fünf Mädchen hatten sich um ihn versammelt, umarmten ihn und sprachen auf ihn ein. Jede wollte diejenige sein, die seinen Koffer tragen durfte.

Sie verlangsamte den Wagen und kam auf der Straße zum Stehen. Schweigend beobachtete sie, wie die Mädchen ihren Vater anstrahlten. Sie freuten sich so, ihn zu sehen. Deanna hörte ihre aufgeregten Stimmen, ihr Lachen. Sie tanzten förmlich für ihn.

Vor ein paar Tagen hätte diese Szene sie mit Stolz und Zufriedenheit erfüllt. So viele Väter hatten kein Interesse an ihren Kindern, aber nicht Colin. Er war immer in das Leben seiner Töchter involviert gewesen. Jetzt verstand sie, dass er die ganze Zeit über einen Plan gehabt hatte. Das Verlangen, ihr alles zu nehmen. Ihr wehzutun.

Deanna wartete, bis alle ins Haus gegangen waren, dann parkte sie neben seinem Wagen und ging ebenfalls hinein. Aus der Küche drangen laute Stimmen, als Colins Töchter um seine Aufmerksamkeit buhlten. Sie nahm die Treppe hinauf ins Schlafzimmer und schloss die Tür hinter sich.

Drinnen lehnte sie sich gegen das stabile Holz. Sie konnte kaum atmen. Ich werde nicht weinen, sagte sie sich. Sie würde ihn nicht wissen lassen, dass er sie getroffen hatte.

Sie machte ein paar Schritte aufs Bett zu und hielt sich um Luft ringend an einem der Bettpfosten fest.

Die Ungerechtigkeit weckte in ihr den Wunsch zu schreien. Sie hatte alles für Colin geopfert. Hatte dieses perfekte Leben erschaffen, über das er sich jetzt beschwerte. Sie war eine gute Mutter. Das war sie wirklich! Wie konnte er es wagen, über sie zu urteilen? Er durfte jede Woche auf Reisen gehen. Sie kümmerte sich um alle Einzelheiten, musste jede Krise managen, während er kommen und gehen konnte, wie es ihm gefiel. Er war immer der nach Hause zurückkehrende Held. Sie war der Elternteil, der die Kinder ermahnte, sich die Zähne zu putzen.

Bitterkeit stieg wie Galle in ihrer Kehle auf. Sie klammerte sich mit beiden Händen an das geschnitzte Holz und grub ihre Nägel in die glatte Oberfläche. Hass erfüllte sie. Verbitterung und Wut vermischten sich zu einem Gift.

Verdammt soll er sein, dachte sie verbittert. Verdammt sollten sie alle sein.

4. KAPITEL

Andi stand vor der Kaffeemaschine. »Komm schon«, murmelte sie ungeduldig. »Beeil dich. Ich bin verzweifelt.«

Wasser verschwand im Kaffeepulver und tropfte als dunkles, magisches Elixier unten wieder heraus. Andi hielt ihre Tasse dorthin, wo normalerweise die Kaffeekanne stand, und wartete, bis der Becher beinahe überfloss, dann tauschte sie ihn geschickt gegen die Kanne aus und nahm ihren ersten Schluck.

Leben, dachte sie glücklich, als die heiße Flüssigkeit ihre Kehle hinunterrann. Leben und Versprechungen und ein leichtes Heben des schläfrigen Nebels, der sich um ihr Gehirn gelegt hatte.

Sie schob sich die Haare aus dem Gesicht und versuchte sich daran zu erinnern, dass sie dieses Haus liebte. Sie war aus einem Grund hierhergezogen, der ihr damals sehr verlockend vorgekommen war.

»Mehr Kaffee«, sagte sie laut. »Dann werde ich mich bestimmt auch wieder daran erinnern, warum das hier eine gute Idee war.«

Sie durchquerte den Dachboden und schaute aus dem Fenster. Ihre Wohnverhältnisse mochten im Moment etwas beengt sein, aber über den Ausblick konnte sie sich wahrlich nicht beschweren. Von hier oben überblickte sie beinahe die ganze westliche Hälfte der Insel. Dahinter funkelte das Meer hell in der Morgensonne. In diesem Moment, mit einem Kaffee in der Hand und ohne unangenehme Botschaften, die ihr Gehirn attackierten, sah sie das Potenzial. Um drei Uhr morgens gelang ihr das eher nicht.

Ein Truck bog in ihre Einfahrt ein. Sie schaute nach unten und fragte sich, wer sie wohl an einem Samstagmorgen um acht Uhr besuchen könnte. Es war ja nicht, als ob sie –

»Mist«, sagte sie und stellte ihren Becher auf der Fensterbank ab. Wenn sie in den letzten drei Nächten mehr als vier Stunden geschlafen hätte, wäre ihr das früher eingefallen.

Sie riss sich das T-Shirt über den Kopf, schlüpfte in eine Jeans und zog den BH an. Dann schnappte sie sich die Bluse von gestern, zog die Sandalen an und eilte die Treppe hinunter. Im ersten Stock blieb sie lang genug stehen, um die Bluse anzuziehen und glatt zu streichen.

Sie war sich bewusst, dass sie seit ihrer Ankunft nicht geduscht hatte und ihre Haare vermutlich aussahen wie etwas aus »Halloween 5«, und sie war dankbar, dass sie sich wenigstens die Zähne geputzt hatte. Die Zivilisation verlangte die Einhaltung gewisser Standards. Ihre mochten im Moment nicht besonders hoch liegen, aber wenigstens hatte sie noch welche.

Sie sprang die letzten drei Stufen hinunter und lief zur Tür, die sie in dem Moment öffnete, als Zeke klopfen wollte.

»Ehrlich?«, fragte sie lachend. »Du bist mit dem Auto gekommen? Du wohnst –«

Nebenan. Die Worte blieben an ihrer Zunge kleben. Denn der Mann vor ihr war nicht Zeke King, ihr Bauunternehmer und Nachbar.

Zeke war groß mit dunklen Haaren und einem netten Lächeln. Vermutlich war er sogar gut aussehend. Aber obwohl man die gleiche Beschreibung auch auf den Mann anwenden konnte, der nun vor ihr stand, hatten die beiden überhaupt keine Ähnlichkeit miteinander.

Er war vielleicht einen Zentimeter größer als Zeke, wirkte aber wesentlich länger. Sein Haar war dunkler, sein Lächeln heller. Sexyer, dachte sie und schloss bewusst den Mund, während sie sich wünschte, sie hätte geduscht und sich geschminkt. Vielleicht hätte sie auch diesen tollen Anzug anziehen sollen, in dem sie aussah, als hätte sie tatsächlich Kurven und sogar Brüste.

»Guten Morgen«, sagte der Mann mit tiefer, rauchiger Stimme.

Ihre unlackierten Zehen rollten sich ein wenig zusammen.

»Sie müssen Andi Gordon sein. Ich bin Wade King, Zekes Bruder.«

Zeke hatte einen Bruder?

Wades Augen waren von feinsten Fältchen umgeben und seine Gesichtszüge waren ein wenig ausgeprägter. Sie schätzte, dass er ein paar Jahre älter war als Zeke. Wenn sie nicht die letzten zehn Jahre damit verbracht hätte, sich das Herz von einem Idioten zertrampeln zu lassen, der sie am Altar stehen gelassen und dann zwei Wochen später seine Sekretärin geheiratet hatte, würde sie sich vermutlich fragen, ob Wade Single war.

»Andi?«

»Was? Sorry.« Sie schüttelte den Kopf. »Ich bin noch nicht ganz da. Kommen Sie rein.«

Sie trat einen Schritt zurück, um ihn einzulassen.

»Wo sind Sie denn?«, fragte er.

»Wie bitte?«

»Sie sagten, Sie wären noch nicht ganz hier.«

»Oh, stimmt. Der Schlafmangel. Ich habe Fledermäuse.«

Wade lachte.

Auf einmal fand sie ihn ein klein bisschen weniger sexy.

»Das war kein Witz. Ich habe Fledermäuse und kein warmes Wasser. Wenn ich wach wäre, würde ich sagen, das mangelnde Heißwasser ist das größere Problem, aber die fliegenden Nagetiere halten mich nachts wach.«

Er ließ seinen abgetragenen Rucksack auf den Boden fallen.

»Sie hassen Fledermäuse wirklich.«

»Ich hasse alles, was mir nachts um drei in die Haare fliegt. Ich versuche, sie mit einem Besen in die Flucht zu schlagen.«

»Ha, das würde ich zu gerne sehen.«

»Und ich würde sie zu gerne loswerden. Wissen Sie, wie viel Prozent von ihnen Tollwut übertragen?«

»Nein.«

»Sehr viel.«

Um seinen Mund zuckte es. »Solange Sie die tatsächliche Zahl wissen.«

Sie stemmte die Hände in die Hüften. »Warum sind Sie hier?«

»Ich bin Ihr Bauunternehmer. Wade King. Sie sind wirklich müde.«

»Ich erinnere mich an Ihren Namen. Sie sind Zekes Bruder. Sie arbeiten zusammen?«

»Ja. King Construction. Nicht verwandt und nicht verschwägert.«

»Was?«

»King Construction. Kings of California?«, versuchte er zu erklären. »Sie sind sehr bekannt in ... Ach, egal. Zeke und ich kümmern uns gemeinsam um alle Projekte. Wir werden uns hier abwechseln, aber ich habe die Leitung.« Er hob seinen Rucksack wieder auf. »Ich habe die Pläne dabei. Sind Sie bereit, sie sich anzusehen? Ich weiß, dass Sie sich direkt nach dem Kauf mit Zeke getroffen haben, aber ich würde gerne alles noch mal bestätigen, bevor wir am Montag mit den Abrissarbeiten anfangen.«

»Kriege ich warmes Wasser und keine Fledermäuse?«

Er ließ ein Grinsen aufblitzen, bei dem ihr die Knie weich wurden. »Sicher. Bevor ich gehe, kümmere ich mich um beides.«

»Dann freue ich mich, mir die Pläne anzusehen.«

Kurz nach zehn am Morgen stand Andi unter dem heißen Duschstrahl und beschloss, nie wieder um etwas zu bitten oder sich über irgendetwas zu beschweren. Ihre Dusche war der Himmel. Sie spülte sich das Shampoo aus den Haaren, dann griff sie nach ihrem Duschgel mit Geburtstagstortenduft und gab sich eine großzügige Menge in die Hand. Der süße Geruch umfing sie und sorgte dafür, dass sich auch die letzten Reste ihrer Erschöpfung auflösten. Solange sie heißes Wasser und Kaffee hatte, war sie ein glücklicher Mensch.

Zwanzig Minuten später hatte sie sich saubere Kleidung angezogen und ihre nassen Haare gekämmt. Sie folgte den Flüchen in den dritten Stock und beobachtete, wie ihr sehr attraktiver Bauunternehmer entdeckte, dass sie wegen der Fledermäuse nicht gelogen hatte.

»Sehen Sie?«

»Das ist kein guter Zeitpunkt für Selbstgefälligkeit«, erklärte er, während er eine Art Schmetterlingsnetz in eine dunkle Ecke des Zimmers schob, das sie als Wohnzimmer benutzte.

»Na klar ist es das. Sie haben mir nicht geglaubt. Oh, und das mit der Tollwut war auch kein Witz. Lassen Sie sich von den Viechern nicht beißen.«

Er warf ihr einen kurzen Blick zu. »Das war der Plan.«

Etwas Dunkles schoss von den Dachbalken herab. Wade schwang das Netz und schnappte den Schatten, bevor er hinter dem großen Schrank verschwinden konnte. Andi musste zugeben, dass sie hingerissen war von seiner ausgezeichneten Hand-Augen-Koordination und dem Ansatz seiner Muskeln, die sie unter seinem abgetragenen T-Shirt erkennen konnte.

Die Fledermaus flatterte im Netz. Wade hielt die Öffnung an die Wand, sodass sie nicht rauskonnte.

»Halten Sie das bitte mal.«

Sie nahm den Stiel des Netzes, während er sich Handschuhe überzog. »Sie werden sie doch aber nicht töten, oder?«

»Nein. Ich werde sie draußen freilassen. Ich habe nur diese eine gefunden. Wenn die weg ist, sollten Sie Ihre Ruhe haben.«

Nachdem er sich die Fledermaus geschnappt hatte, trat Andi ans Fenster. Kurz darauf tauchte Wade auf ihrem fleckigen Rasen auf und ging auf eine Gruppe Bäume zu. Sekunden später flatterte etwas in den Ästen, und er kehrte zum Haus zurück.

Beeindruckend, dachte sie und wünschte, sie hätte ihn schon nach der ersten schlaflosen Nacht angerufen. Sie hätte so viel früher frei von Fledermäusen sein können.

Sie schenkte zwei Becher Kaffee ein und setzte sich dann an den kleinen Tisch. Wade gesellte sich zu ihr und holte die Pläne aus seinem Rucksack.

Sie saßen so nah beieinander, dass ihr sein sauberer Geruch nach Seife und Weichspüler in die Nase stieg. Seine dunklen Augen bestanden aus tausend verschiedenen Schattierungen von Braun mit winzigen Goldflecken darin. Ihr Blick blieb an seinem Mund hängen, und sie fragte sich, ob er wohl ein guter Küsser war. Nicht, dass sie das beurteilen könnte. Sie hatte Matt zehn Jahre lang geküsst, und man sah ja, wo das hingeführt hatte.

»Hier ist der Plan für das Erdgeschoss.«

Er schob ihr das Papier zu und drehte es so, dass die Haustür ihr am nächsten lag. Sie beugte sich vor und betrachtete die verschiedenen Räume. Wartezimmer, Empfangsbereich, Büro, Pausenraum, drei Behandlungszimmer, Lagerraum.

Er sprach von Fenstern und Licht und den Materialien, die sie einsetzen würden. Es mussten noch Entscheidungen bezüglich der Farben und der Einbauten getroffen werden.

»Wir haben vor ein paar Jahren die Praxis von Doc Harrington renoviert«, erklärte er. »Haben Sie ihn schon kennengelernt?«

»Ja. Ich werde bei ihm arbeiten, bis meine Praxis fertig ist. Montag fange ich an.«

»Wenn Sie können, schauen Sie sich dort einmal um. Wir haben ein paar maßgeschneiderte Einbauten gefertigt, die die Arzthelferinnen lieben. Das könnten wir für Sie auch tun.«

Sie schaute Wade an. »Am wichtigsten ist, immer im Hinterkopf zu haben, dass ich mit Kindern arbeite. Ich will, dass sie sich wohlfühlen. Es ist schon schlimm genug, wenn sie krank sind – da sollte die Umgebung ihnen nicht auch noch Angst machen. Also helle, freundliche Farben.«

Er lehnte sich zurück und grinste. »Jetzt klingen Sie wie meine Schwägerin.« Er zeigte zu dem Haus nebenan. »Boston.«

»Oh, stimmt. Zeke ist ihr Mann. Ich habe sie Anfang der Woche kennengelernt. Sie ist sehr nett.«

»Das ist sie. Und sie ist Künstlerin. Vielleicht können Sie beide sich darüber austauschen, was eine Farbe freundlicher macht als eine andere.«

Sie musterte ihn und bemerkte, dass seine Augen amüsiert funkelten. »Sie machen sich über mich lustig.«

»Ein bisschen. Wir haben noch ein wenig Zeit, bis wir uns um den Anstrich der Wände kümmern müssen.«

»Ich werde meine Entscheidung in den nächsten Wochen treffen.«

Sie sprachen über logistische Dinge – welche Wände herausgerissen würden, wie viel Dreck entstehen würde. Wade versicherte ihr, dass sie während der gesamten Bauarbeiten in dem Haus wohnen könne, und sie glaubte ihm beinahe. Sie bestätigte die Lieferdaten für verschiedene Geräte und gab ihm eine Liste der Einbauten und Apparate, die sie sich bereits ausgesucht hatte.

»Ich werde Ihnen an den meisten Abenden ein Update geben«, sagte er. »Ich bin fast immer der Letzte, der abends die Baustelle verlässt.«

»Ein Chef, der arbeitet«, murmelte sie. »Beeindruckend. Aber sind diese langen Arbeitszeiten für Ihre Familie nicht hart?«

»Sie haben sich daran gewöhnt.«

Sie seufzte innerlich. So viel zu ihrem subtilen Versuch, herauszufinden, ob er verheiratet war oder nicht. Jede durchschnittliche Sechzehnjährige hatte mehr Datingerfahrung als sie. Sie wollte nur wissen, ob Wade so gut war, wie er aussah. Und natürlich, ob er verheiratet war.

Nicht, dass sie eine Beziehung wollte. Oder sonst etwas. Sie war mit der Vorstellung auf die Insel gezogen, den Rest ihres Lebens im Zölibat zu verbringen. Irgendwann würde sie es nicht mehr vermissen, mit einem Mann zusammen zu sein. Mal ehrlich, wie lange konnte man sich nach etwas sehnen, das man gar nicht wirklich kannte? Sie und Matt hatten nie das gehabt, was man ein wildes Sexleben nannte, auch wenn die Vorstellung, etwas anderes zu tun, als jeden zweiten Samstag das Licht zu löschen und … nun ja … durchaus gut klang. Nicht, dass sie das je laut aussprechen würde. Oder auch nur denken. Dieser Teil ihres Lebens war vorbei. Sie hatte sich weiterentwickelt. Sie befand sich jetzt sozusagen auf einer höheren spirituellen Ebene.

»Andi?«

Sie blinzelte und merkte, dass Wade sie anschaute. »Hm?«

»Geht es Ihnen gut?«

»Ja, danke. Ich bin nur ein bisschen fertig von meinen Nächten mit der Fledermaus.«

»Das wäre für jeden eine Herausforderung.« Er stand auf. »Kommen Sie. Ich zeige Ihnen, wo ich die Küche einbauen würde.«

Traurigerweise war das die aufregendste Einladung, die sie seit Langem erhalten hatte.

Am Sonntagmorgen blieb Deanna am oberen Treppenabsatz stehen. Sie hörte Gelächter und Stimmen aus der Küche. So war es immer. Egal, wie sein Arbeitspensum aussah, Colin sorgte immer dafür, am Sonntag zu Hause zu sein. Er stand früh auf und machte Frühstück für die ganze Familie. Manchmal

Omeletts und manchmal Pfannkuchen. Einmal hatte er sogar Scones gebacken.

Die Mädchen gesellten sich zu ihm, saßen auf den Hockern am Tresen und erzählten ihm von ihrer Woche. Madison und Lucy halfen bei den Vorbereitungen, und Audrey passte auf die Zwillinge auf.

Deanna war nie ein großer Fan dieses Sonntagsrituals gewesen. Sie mochte es nicht, wenn Colin kochte. Er hinterließ immer so ein Chaos. Der Mann benutzte jeden Topf und jede Pfanne, die sie besaßen. Überall waren Flecken und Spritzer, und das Geschirr stapelte sich in der Spüle. Aber am wenigsten gefiel es ihr, dass diese Morgen sich immer anfühlten, als hätten sich alle gegen sie verschworen. Trotz der Tatsache, dass sie die Mutter war und diejenige, die jede andere Mahlzeit zubereitete, fühlte sie sich sonntagsmorgens in ihrer Küche nie wohl.

Jetzt schwankte sie ein wenig, unsicher, ob sie zu ihnen gehen sollte oder nicht. Sie und Colin waren einander in den letzten zwei Tagen aus dem Weg gegangen. Er hatte auf der Couch geschlafen, was sie unendlich genervt hatte. Sie hatte diejenige sein wollen, die ihn aus ihrem gemeinsamen Schlafzimmer warf, aber die Chance hatte er ihr nicht gegeben. Jetzt tat er so, als hätte sich nichts verändert.

Sie schätzte, für ihn hatte es das auch nicht. Er hatte sein Ultimatum gestellt und war dann gegangen und hatte sie allein gelassen.

Sie rieb die Finger aneinander und spürte ihre trockene Haut, die gerissenen Knöchel. Sie wusch ihre Hände zu oft. Schlimmer noch, es half nicht einmal mehr. Das vertraute Ritual bot ihr überhaupt keinen Trost.

Scham breitete sich in ihr aus. Scham darüber, schwach zu sein, keine Kontrolle über ihre Familie und ihren Ehemann zu haben. Wenn die Leute das wüssten, würden sie über sie lachen. Sie würde nirgendwo dazugehören.

Das wird nicht passieren, ermahnte sie sich. Sie war stark und entschlossen. Sie hatte schon schwierigere Umstände überlebt als das hier. Irgendwie würden sie und Colin wieder auf einen Nenner kommen. Das waren sie in der Vergangenheit immer. Er hatte nur eine seiner Launen. Er würde darüber hinwegkommen. Was die Mädchen anging: Sie war ihre Mutter, und das würde sich nie ändern.

Sie reckte das Kinn und machte sich auf den Weg nach unten. Als sie sich der Küche näherte, wurden die Stimmen lauter. Gelächter brach aus. Deanna zwang sich zu einem Lächeln und trat durch die breite Tür.

Colin stand am Herd. Die Zwillinge und Audrey saßen am Tresen. Lucy schenkte Saft ein, und Madison stand neben ihrem Dad.

Wie auf Kommando drehten sich alle gleichzeitig zu ihr um. Auf die glücklichen Gesichter der drei jüngeren Mädchen legte sich ein Anflug von Schuldgefühlen. Lucy sah aus, als wolle sie in einen Schrank krabbeln, Madison hingegen funkelte sie an. Colins Miene war nicht zu lesen.

Schweigen scheuchte das Lachen fort. Deanna schaute von einer ihrer Töchter zur anderen. Offensichtlich war sie hier nicht willkommen. Ihre Finger krümmten sich wie von selbst gegen ihre Handflächen, während sie sich sagte, dass sie nicht nachgeben durfte. Colin richtete seine Aufmerksamkeit wieder auf den Herd und wendete die Pfannkuchen.

»Sie sind gleich fertig«, verkündete er.

»Ich hole den Sirup«, sagte Madison.

Deanna stand im Türrahmen und fühlte sich unsichtbar und ungewollt. Erinnerungen an frühere Sonntage blitzten vor ihren Augen auf. Es ist schon immer so gewesen, dachte sie schockiert. Das Schweigen, wenn sie den Raum betrat. Die offensichtlichen Anzeichen, dass sie gehen sollte. Dass sie nicht dazugehörte.

Tränen brannten in ihren Augen. Sie blinzelte sie fort, drehte sich auf dem Absatz um und ging. Im Flur blieb sie stehen, weil sie nicht wusste, wohin sie sollte. Ihre Brust verengte sich, und sie eilte die Treppe hinauf. Im Schlafzimmer schloss sie die Tür hinter sich und drehte den Schlüssel um. Dann zog sie sich ins Badezimmer zurück, wo sie das heiße Wasser aufdrehte und nach der Seife griff.

Am Sonntagnachmittag saß Andi auf ihrer ramponierten und leicht gefährlichen Veranda vor dem Haus. Sie musste aufpassen, nicht auf lose Bretter zu treten oder sich einen Splitter einzufangen, aber der Tag war einfach zu schön, um drinnen zu bleiben. Außerdem gingen ihr langsam die Dinge aus, die sie in ihrem winzigen Wohnbereich tun konnte. Sie hatte ausgepackt, war die Fledermaus los und wartete nun darauf, am nächsten Morgen mit der Arbeit anzufangen.

Boston kam um ihr Haus herum, sah sie und winkte. Andi winkte zurück.

»Wie läuft's?«, fragte Boston, und ihre violetten Strähnen leuchteten in der Sonne.

»Gut.« Andi stand auf und ging die Stufen hinunter. »Ich habe mich eingerichtet. Morgen fangen die Bauarbeiten an.«

Boston schüttelte den Kopf. »Genieß diesen letzten Tag der Normalität. Ich weiß, die Abbrucharbeiten sind notwendig, aber sie sind schwer mit anzuschauen.«

»Zum Glück bin ich den Großteil des Tages nicht da. Ich praktiziere vorübergehend bei Dr. Harrington. Das gibt mir die Möglichkeit, meine potenziellen Patienten kennenzulernen.«

»Es macht ihm nichts aus, dass du in seiner Praxis wilderst?«

Andi grinste. »Überhaupt nicht. Er hat mir gesagt, dass es ihn freut, eine Kinderärztin in der Gegend zu haben.« Sie schaute sich um und senkte dann die Stimme. »Ich glaube, er ist es leid, sich mit kleinen Kindern und Babys herumzuschlagen. Bei denen gibt es mehr Notfälle. Ohrenentzündungen und so.«

Boston nickte, doch ihr Blick glitt in die Ferne. »Stimmt.« Sie verschränkte die Arme vor der Brust. »Wade hat was von einer Fledermaus erzählt. Ist sie weg?«

»Sieht so aus.« Andi musterte ihre Nachbarin. Sie hätte schwören können, dass eben etwas passiert war, aber sie hatte keine Ahnung, was. Bevor sie eine Möglichkeit fand, danach zu fragen, ging die Haustür auf der anderen Seite auf und eine attraktive blonde Frau trat auf die Veranda hinaus.

»Deine andere Nachbarin«, murmelte Boston. »Deanna Philips. Sie ist die mit den fünf Töchtern. Ich sollte dich vermutlich vorstellen.«

Andi wollte gerade zustimmen, als Deanna ihre Hand hob und sich über die Wange wischte. Sie waren zu weit weg, um die Tränen sehen zu können, aber die Bewegung war unverkennbar.

»Vielleicht ist ein andermal besser«, sagte Andi und wandte sich ab.

Boston nickte und zog die Augenbrauen zusammen. »Deanna ist immer so gefasst. Ich kann mir nicht vorstellen, dass sie weint. Das wäre ja ein Bruch in ihrer perfekten Fassade.« Sie verzog das Gesicht. »Sorry, das klang zickiger, als es gemeint war.«

»Kein Problem.« Andi dachte, dass das Leben in dieser kleinen Straße vielleicht doch nicht so ruhig und einfach war, wie sie angenommen hatte.

5. KAPITEL

Am Montagmorgen parkte Andi hinter dem eingeschossigen Gebäude und stieg aus dem Wagen. Tief in ihrem Magen flogen die Schmetterlinge in Formation. Sie wusste, dass sie das physiologisch mit Synapsen und Adrenalin sowie anderen Chemikalien erklären könnte, die von Aufregung vor einem möglicherweise unbehaglichen Ereignis verursacht wurden, fand aber, dass Schmetterlinge ein hübscheres Bild waren.

Sie hatte ihre Kleidung für den ersten Arbeitstag sorgfältig ausgewählt. Eine taillierte Bluse, die in einer schwarzen Hose steckte. Flache, bequeme Schuhe. Ihre langen, lockigen Haare hatte sie zu einem Zopf geflochten und ein wenig Wimperntusche aufgelegt. Beim Lipgloss hatte sie kurz gezögert, ihn dann aber als zu viel für einen Arbeitstag befunden und sich für farblosen Lippenbalsam entschieden. Nun fühlte sie sich präsentabel.

Sie nahm ihre Handtasche, ihre Arzttasche und den weißen Kittel, auf dessen Brusttasche *Dr. Andi* gestempelt war. Einige ihrer Patienten fanden den Kittel einschüchternd, also hatte sie sich eine pinkfarbene Raupe auf die Tasche sticken lassen. Die Kombination aus der Neonfarbe und den hochhackigen violetten Pumps der Raupe hatte den gewünschten Effekt. Mit einem Blick wurde sie von Furcht einflößend zu lustig. Ein entspannter Patient ließ sich leichter versorgen, und Andi ging es einzig darum, den Kindern zu helfen.

Sie ging zur Eingangstür und trat ein. Das Wartezimmer war in sanften Beigetönen gehalten. Es gab ausreichend Sofas und Sessel, viele Zeitschriften und den Blick auf die Ladenzeile auf der anderen Straßenseite. Eine typische Arztpraxis, dachte sie und ging auf den Empfangstresen zu.

Die Frau dahinter war um die fünfzig und hatte flammend rote Haare. Selbst im Sitzen war sie groß. Sie trug blitzende

Ringe an verschiedenen Fingern und besaß die längsten Wimpern, die Andi je gesehen hatte. Sie bezweifelte, dass die natürlicher waren als die Haarfarbe. Aber das Lächeln der Frau war warmherzig, und Andi erinnerte sich daran, dass sie sehr freundlich gewesen war.

»Hi, Laura«, sagte Andi.

Die Frau schaute auf und sprang auf die Füße. »Sie sind hier! Wir freuen uns alle so sehr, dass Sie heute anfangen. Sie haben bereits erste Termine, wenn Sie das glauben können. Sobald bekannt wurde, dass eine Kinderärztin auf die Insel zieht, gingen die Anrufe los. Die Familien sind so aufgeregt.«

Laura bedeutete ihr, mit nach hinten zu kommen. Andi trat durch die Tür im Empfangsbereich und fand sich in einem langen Flur wieder.

Die Praxis war einst ein großzügiges Privathaus gewesen. Die Schlafzimmer waren in Behandlungsräume und Büros umgewandelt worden.

»Es sollten bereits alle da sein, also können Sie die Mitarbeiter kennenlernen. Dr. Harrington sagte, er würde gerne ein paar Minuten mit Ihnen reden, bevor Sie anfangen.«

Dr. Harrington führte die Allgemeinpraxis auf der Insel. An den Wochenenden gab es eine Notfallpraxis, aber ansonsten mussten die Bewohner zu Dr. Harrington gehen oder auf das Festland fahren, wenn sie ärztliche Hilfe benötigten. Nach der demografischen Struktur der Insel zu urteilen – viele Familien und einige Stunden von Seattle entfernt gelegen –, gab es hier Bedarf für eine Kinderärztin. Jetzt würde Andi herausfinden, ob sie mit dieser Einschätzung recht hatte.

Eine hübsche Blondine mit langen, glatten Haaren trat aus einem der Behandlungsräume. Andi erinnerte sich, sie getroffen zu haben, als sie die Insel besucht und sich bei Dr. Harrington vorgestellt hatte.

»Nina, richtig?«, fragte sie.

Die Frau war Anfang dreißig und trug einen hellblauen Schwesternkittel. »Sie erinnern sich. Willkommen, Dr. Gordon.«

»Andi, bitte.«

»Okay. Andi.«

Laura berührte Ninas Arm. »Wir dachten, es wäre leichter, wenn Sie eine feste Arzthelferin zugeteilt bekämen. Nina hat sich freiwillig dafür gemeldet.«

»Sie können mich alles fragen«, sagte Nina. »Ich kann Ihnen alles zeigen, vom Platz für die Desinfektionstücher bis zur besten Reinigung der Stadt.«

»Ich werde beides brauchen«, erwiderte Andi.

Laura stellte sie den anderen Helferinnen vor, dann führte Nina sie in ihr vorübergehendes Büro. Es war ein kleiner, fensterloser Raum mit einem Schreibtisch und einem Computer.

»Ich weiß, es ist nicht viel«, setzte Nina an.

»Keine Sorge«, unterbrach Andi sie. »Ich werde nicht lange hier sein. Hauptsache, ich habe einen Ort, an dem ich meine Patientenkartei aktualisieren kann.«

»Und vielleicht ein wenig Internetshopping in der Pause?«

Andi grinste. »Auf jeden Fall. Bislang liebe ich alles an dieser Insel, bis auf die mangelnden Einkaufsmöglichkeiten.«

»Wenn Sie einen Magneten in Form einer Brombeere haben wollen, kann ich Ihnen einen großartigen Deal verschaffen.«

»Im Moment habe ich noch keine Küche, also wird das warten müssen.«

»Lassen Sie mich einfach wissen, wenn Sie so weit sind.«

»Versprochen«, sagte Andi.

Sie packte ihre Handtasche in die unterste Schublade des Metallschreibtischs und folgte Nina durch den Flur zu Dr. Harringtons Büro.

Der ältere Mann erhob sich, als sie eintrat. »Danke, Nina. Andi, wie schön, Sie wiederzusehen.«

»Ich freue mich auch, Dr. Harrington.«

Der grauhaarige Arzt schüttelte ihre Hand. »Ron, bitte.« Er zwinkerte ihr zu. »Dr. Harrington ist mein Vater.«

Sie setzte sich auf den Besucherstuhl vor seinem Schreibtisch, und er kehrte zu seinem Stuhl zurück.

»Haben meine Mitarbeiter Ihnen schon alles gezeigt?«, fragte er.

»Das haben sie. Ich habe sogar schon Termine.«

»Ja, Sie werden hier gut zu tun haben, so viel ist sicher. Es gibt genug Arbeit für uns alle.«

»Ich bin Ihnen sehr dankbar, dass Sie mich den Sommer über hier arbeiten lassen.«

»Ich bin froh, Unterstützung zu haben.« Seine blauen Augen funkelten hinter der Brille. »Zumindest, bis mein Sohn sich im September zu mir gesellt.« Lächelnd lehnte er sich auf seinem Stuhl zurück. »Mein Sohn, der Arzt. Das klingt nett.«

»Ja, das tut es.«

»Habe ich schon erwähnt, dass Dylan unter den Besten seines Jahrgangs ist?«

Nur ungefähr fünfzehn Mal, dachte Andi und lächelte. »Wirklich? Sie müssen so stolz auf ihn sein.«

»Das bin ich. Genau wie seine Mutter. Er ist ein kluger Junge. Und ein Arzt.«

Seine Freude am Erfolg seines Sohnes ist gut, dachte Andi. Einige Eltern waren begeistert, wenn ihre Kinder Ärzte wurden. Ihr Weg zur Kinderärztin war ein wenig trügerischer gewesen. Ihre Eltern hatten kein Problem mit dem Arztberuf, sie fanden nur, dass ihre Entscheidung eine Vergeudung ihres Talentes war.

Warum sollte man sich mit aufgeschürften Knien und Impfungen herumschlagen, wie ihre Mutter es ausgedrückt hatte. Als Herz-Lungen-Chirurgin fand sie, dass Andi sich eine etwas herausfordernde Spezialisierung hätte aussuchen sollen. Ihr Vater, der Neurochirurg, stimmte ihr da zu. Andis Bruder war ebenfalls Neurochirurg, und ihre Schwester arbeitete in der medizinischen Forschung an etwas, das vermutlich irgendwann einmal Krebs heilen würde. Andi war die Enttäuschung der Familie – eine Versagerin und das Kind, das sein Potenzial nicht voll entfaltet hatte.

Sie schüttelte die Stimme ihrer Mutter ab und richtete ihre Aufmerksamkeit wieder auf Ron, der ihr erklärte, wie die Praxis funktionierte.

»Nina wird mit Ihnen den Terminplan durchgehen«, sagte er gerade. »Falls es Ihnen nichts ausmacht, wäre es schön, wenn Sie jeden dritten Samstag arbeiten könnten. Dafür bekommen Sie einen freien Tag.«

»Das ist kein Problem«, sagte sie. »Ich weiß, dass viele Eltern arbeiten und es deshalb schwierig sein kann, unter der Woche zum Arzt zu gehen.«

»Gut. Dann wird Nina Ihnen zeigen, wo Sie alles finden.« Er erhob sich. »Ich dachte, Sie und ich könnten heute gemeinsam zu Mittag essen. Dann kann ich Ihnen alle Fragen beantworten, die Sie vielleicht haben.« Er zwinkerte ihr zu. »Und Ihnen Fotos von der Abschlussfeier meines Sohnes zeigen.«

»Das wäre schön.«

»Gut.«

Er schüttelte erneut ihre Hand. »Wir freuen uns, Sie bei uns zu haben, Andi.«

»Ich freue mich auch, hier zu sein.«

Nina wartete im Flur auf sie. »Ihre Termine heute sind alles Routinesachen«, sagte sie, als sie in den hinteren Teil des Hauses gingen. »Ein Check-up fürs Sommercamp, ein paar Impfungen, eine Vorsorgeuntersuchung eines Babys.«

»Klingt nach einem Tag ganz nach meinem Geschmack.«

Nina bedeutete ihr, in den Raum zu ihrer Linken einzutreten. Es war der Pausenraum, in dem mehrere Spinde sowie ein Tisch mit sechs Stühlen standen. Das Fenster ging auf den hinteren Parkplatz hinaus. Aber was in Andi ein warmes, kribbeliges Gefühl hervorrief, war der Blumenstrauß, der neben einer Torte mit dem pinkfarbenen Schriftzug *Willkommen* stand. Alle Arzthelferinnen und Mitarbeiterinnen hatten sich versammelt und warteten auf sie.

»Willkommen auf der Insel.«

»Wir sollten Sie zum Lunch ausführen.«

Die letzte Aussage kam von Laura, der Empfangsdame.

»Das wäre schön«, sagte Andi. »Sie müssen mich nicht einladen, aber es wäre toll, als Gruppe zu gehen.«

Die anderen Frauen schauten einander an. Nina warf ihr einen Blick zu. »Wirklich? Wir waren uns nicht sicher. Immerhin sind Sie ja Ärztin und so.«

»Trotzdem muss ich essen«, erwiderte Andi lächelnd. »Und ich mag Gesellschaft. Ich würde gerne die Gelegenheit haben, Sie alle kennenzulernen.«

»Dann ist das abgemacht«, sagte Laura fest und griff nach einem Messer. »Gleich morgen, weil ich weiß, dass Dr. Harrington heute mit Ihnen essen geht.« Sie schnitt das erste Stück Torte ab und legte es auf einen Teller. »Gott, ich liebe es, wenn mein Tag mit einem Zuckerschock beginnt.«

Um fünf vor neun hatte Andi ihr Stück Torte aufgegessen und eine zweite Tasse Kaffee getrunken. Sie spürte bereits den Anflug eines netten Koffein-Zuckerrauschs. Nicht gerade das Frühstück, das sie ihren Patienten empfehlen würde, aber heute war ein besonderer Anlass.

Nina streckte ihren Kopf ins Büro. »Carly und Gabby Williams warten in Raum vier auf Sie. Das ist das Untersuchungszimmer, das Sie hauptsächlich nutzen werden.«

Andi stand auf und strich sich ihren weißen Kittel glatt. »Ich bin bereit«, sagte sie und griff nach der Karteikarte.

Nina begleitete sie. »Gabby ist zehn und bei guter Gesundheit. Sie soll in ein paar Wochen ins Sommercamp und dafür benötigt sie eine ärztliche Bescheinigung über ihre körperliche Verfassung.«

»Okay.« Andi blieb vor der geschlossenen Tür stehen und atmete tief durch.

Ihre Nerven tanzten, und sie redete sich gut zu, dass alles glattlaufen werde. Ihre Patienten waren der beste Teil ihres Tages. Sie klopfte einmal und betrat dann das Behandlungszimmer.

»Hi«, sagte sie. »Ich bin Dr. Andi Gordon.« Sie lächelte Mutter und Tochter an. »Schön, Sie kennenzulernen.«

»Carly Williams«, sagte die Mutter.

»Ich bin Gabby.«

Sie waren beide blond mit dunkelblauen Augen und ähnlichen Gesichtsformen.

Andi wandte sich an das Mädchen. »Ich schätze, du bist die Mutter?«

Gabby grinste. »Ich weiß, dass Sie das nicht ernst meinen.«

»Nicht?«

Gabby schüttelte den Kopf. »Das geht gar nicht. Sie sind Ärztin und Ärzte sind richtig klug.«

»Das habe ich auch schon gehört.« Andi setzte sich auf den Rollhocker. »Okay, ich habe gehört, du willst ins Sommercamp?« Sie warf Carly einen Blick zu. »Es geht doch um Ihre Tochter und nicht um Sie, oder?«

Carly lachte. »Ich würde zu gerne für einen Monat mein Leben hinter mir lassen und in ein Camp gehen. Aber ich fürchte, ich überschreite die Altersvorgaben.«

Gabby kicherte.

Andi beugte sich zu ihr. »Also, erzähl mir alles über das Camp.«

»Das wird super. Es liegt in den Bergen, und es gibt Pferde, aber das Beste ist, dass ich mithelfen kann, ein Theaterstück zu schreiben, das wir dann aufführen und alles.«

»Wow. Jetzt will ich auch mitkommen.«
»Ich bin schon ganz aufgeregt«, gab Gabby zu.
»Das verstehe ich.« Andi zog ihr Stethoskop aus der Tasche. »Reitest du?«
»Ich will es dort lernen.«
Sie fing mit der Untersuchung an, wobei sie langsam vorging und dafür sorgte, dass Gabby weiter vom Camp erzählte, anstatt sich Sorgen zu machen, ob irgendetwas wehtun könnte. Als Mutter und Tochter den Raum wieder verließen, machte sie sich ein paar Notizen in der Patientenakte und seufzte erleichtert. Es würde ein guter Tag werden.

Am Montagabend postete Deanna die letzten beiden Fotos auf der Facebook-Seite der Familie und überflog dann noch mal ihren Eintrag. Es war ein Update über die schulische Entwicklung der Mädchen. Sie machte sich weniger Sorgen über Tippfehler als über den Ton. Sie wollte nicht, dass irgendjemand erriet, dass etwas nicht stimmte.

Die Fassade des »Natürlich ist alles in Ordnung, warum fragst du?« aufrechtzuerhalten war ermüdend. Vielleicht war es aber auch der Schlafmangel. Die meisten Nächte verbrachte sie damit, wach in ihrem großen Bett zu liegen und sich zu fragen, wie alles nur hatte so schiefgehen können und warum sie jetzt die Böse war.

Wenn sie wie ihre Mutter wäre, würde sie Madisons Abneigung und Colins fürchterliche Anschuldigungen verstehen. Aber so war sie nicht. Ihr Haus war sauber, sie bereitete die Mahlzeiten zu, schenkte ihren Kindern positive Aufmerksamkeit. Niemand fand sie betrunken und bewusstlos in ihrem eigenen Erbrochenen. Sie hatte nicht ein einziges Mal die Hand gegen ihre Kinder erhoben, geschweige denn sie geschlagen. Sie zuckten nicht zusammen, wenn sie an ihnen vorbeiging.

Aber sie himmelten sie nicht an – nicht so, wie sie es bei ihrem Vater taten. Sie rannten nicht auf sie zu, ihre Mienen erhellten sich nicht, wenn sie einen Raum betrat, und sie wusste ums Verrecken nicht, warum.

Sie versuchte sich einzureden, es läge daran, dass Colin so viel unterwegs war. Er war seltener greifbar als sie. Aber sie war sich nicht sicher, ob sie dieses Argument selbst glauben konnte. Also musste es etwas anderes sein. Wenn sie nur wüsste, was.

Sie rieb sich die Schläfen und wünschte sich, ihre Augen würden nicht so sehr brennen.

»Ich fahre morgen wieder los.«

Deanna schaute auf und sah Colin ins Büro kommen. Sie hatten seit seiner Verbalattacke am Freitag kaum miteinander gesprochen, und in diesem Moment stand ihr definitiv nicht der Sinn danach, das zu ändern. Aber es gab ein paar Dinge zu besprechen.

»Wann kommst du zurück?«, fragte sie.

»Donnerstag.« Er schloss die Bürotür hinter sich und trat an ihren Schreibtisch. »Hast du über das nachgedacht, worüber wir letzte Woche gesprochen haben?«

Sie stand auf, damit sie ihn direkt ansehen und nicht zu ihm aufschauen musste. »Wir haben nicht geredet. Du hast mir gesagt, was ich alles falsch mache, und dann bist du abgehauen. Das ist keine Unterhaltung.«

Er musterte sie. »Du hast recht. Dann lass uns jetzt reden.«

»Ich habe mein Leben damit verbracht, mich um dich und die Mädchen zu kümmern, und als Dank bekomme ich nur Anschuldigungen und Verbitterung zu hören.«

»Du erwartest Dankbarkeit?«

Natürlich. Sie war eine verdammt gute Mutter und eine hervorragende Ehefrau gewesen. Was natürlich keiner von ihnen zu schätzen wusste. »Ich will nicht dein Sandsack sein.«

Er hob seine Augenbrauen. »Das ist ein wenig extrem.«

»Wie würdest du es denn nennen? Du sagst diese Dinge, und dann sorgst du dafür, dass sich meine Kinder von mir abwenden.« Ihre Kehle zog sich zu, aber sie weigerte sich, Schwäche zu zeigen. »Ich weiß nicht, was du von mir willst. Ich habe nichts, was ich noch geben könnte.«

»Dann haben wir ein Problem, denn ich will mehr. Ich will Teil von allem sein.« Er schob die Hände in die Taschen seiner Jeans.

»Was heißt das?«

»Das heißt, dass du dich ein wenig entspannen sollst. Es gibt Dutzende Regeln für alles, was die Mädchen oder ich tun. Du willst die komplette Kontrolle darüber haben, wohin wir gehen, was wir anziehen, was wir essen.«

»Ich bereite das Mittag- und das Abendessen zu. Das ist keine Kontrolle.« Die Ungerechtigkeit traf sie tief. »Ich führe einen Kalender über unsere Aktivitäten, damit ich weiß, wer wann wohin gefahren werden muss. Wieso verdrehst du alles, was ich tue?«

Sie wollte ihm sagen, wenn er so unglücklich sei, könne er ja gehen. Nur war sie dafür noch nicht bereit – verlassen zu werden.

»Du stellst mich als Monster dar, aber das bin ich nicht.«

Seine Miene verspannte sich. »Heute beim Abendessen hat Audrey um einen Nachschlag von der Lasagne gebeten, und du hast ihn ihr verweigert.«

»Sie hatte genug.«

»Woher weißt du das? Sie hat mir später erzählt, dass sie in der Schule ihr Sandwich hat fallen lassen und der Lehrer es weggeworfen hat. Sie hatte kein Geld, also konnte sie sich nichts zu essen kaufen. Deine Tochter hatte nur einen Apfel zum Mittag und hatte einfach Hunger.«

Deanna spürte, dass sie rot wurde. »Dann hätte sie etwas sagen können.«

»Und riskieren, dass du sie anschreist? Es war leichter, hungrig zu bleiben.«

»Ich schreie nicht.« Sie schrie nie. Sie sprach mit fester, vernünftiger Stimme.

»Du machst ihr Angst. Verdammt, du machst mir Angst.«

»Ich wünschte, dem wäre so.«

Er schüttelte den Kopf. »Ich weiß, dass du es gut meinst, Deanna, aber es ist nicht leicht mit dir. Ich wurde in dem Glauben erzogen, dass du es als Mutter unserer Kinder am besten weißt. Doch das glaube ich nicht mehr. Ich glaube, es gibt Themen aus deiner Vergangenheit, die –«

Sie schlug mit den flachen Händen auf die Tischplatte und funkelte ihn an. »Lass meine Mutter da raus, hörst du?«

Er hob abwehrend beide Hände. »Gut. Du willst nicht darüber reden? Dann werden wir das nicht tun. Aber eines weiß ich: Ich verbringe mehr als die Hälfte meines Lebens auf Reisen. Ich verpasse es, meine Töchter aufwachsen zu sehen. Ich bin nicht für sie da, obwohl ich es sein will. Ich verstehe, dass wir mehr Geld verdienen, wenn ich unterwegs bin, aber wir werden lernen müssen, mit weniger zurechtzukommen. Ich will hier sein. Ich will zu ihren Spielen und Aufführungen gehen. Ich will sie zu ihren Verabredungen fahren. Ich will ihre Freundinnen kennenlernen.«

Und was bleibt dann für mich? fragte Deanna sich. Er versuchte, sie aus ihrem eigenen Leben zu drängen.

»Das Zweite, was ich will, ist zu verstehen, was du über mich denkst. Über uns.« Sein Mund verzog sich ein wenig. »Ich bezweifle, dass du mich noch liebst, und ich bin nicht mal sicher, ob du mich überhaupt magst. Ich schätze, dein Lebensstil liegt dir wesentlich mehr am Herzen als unsere Ehe.« Er zuckte mit den Schultern. »Ich würde mich gerne irren, aber das glaube ich nicht.«

Er schaute an ihr vorbei und richtete seinen Blick dann

wieder auf ihr Gesicht. »Ging es je um mich, oder war ich nur Mittel zum Zweck?«

Die Beleidigung brannte ihr bis auf die Knochen, während die Angst sie in ihrem eisigen Griff hielt.

»Wie kannst du es nur wagen?«, fragte sie mit leiser, wütender Stimme.

»Ja, klar. Wie kann ich nur? Es ist ja auch nur meine Ehe.«

Sie wollte etwas werfen. Ihn schlagen und ihn so verletzen, wie er sie verletzt hatte. Hass brannte hell in ihr, aber nicht hell genug, um zu vergessen, was eine Scheidung bedeuten würde.

»Denk nicht einmal daran, in unser Bett zurückzukehren«, sagte sie ihm.

Colin nickte, dann lächelte er sogar, auch wenn es ein hässliches Lächeln war. »Sicher. Kein Sex. Ist ja nicht so, als wäre das eine große Veränderung.«

Damit drehte er sich um und ging. Deanna starrte ihm mehrere Sekunden hinterher, bevor sie auf ihren Stuhl sackte und die aufgesprungenen Hände vors Gesicht schlug. Sie wartete auf die Tränen, doch die kamen nicht. Sie war zu leer, zu zerbrochen. Alles war falsch, aber sie wusste nicht, wo der Fehler war, und hatte keine Ahnung, wo sie anfangen sollte, ihn zu beheben.

6. KAPITEL

Das Restaurant des Blackberry Island Inn lag direkt am Wasser. Die Menschen, die sich hier zum Mittagessen eingefunden hatten, waren eine Mischung aus Geschäftsleuten, Touristen und Ladys, die sich zum Lunch trafen. Andi las die Speisekarte und versuchte, sich zwischen der Suppe, dem Sandwich des Tages und der Quiche zu entscheiden.

Nina schaute sie an. »Ehrlich, du musst den Hähnchensalat auf Focaccia probieren. Der ist so gut, dass es einer religiösen Erfahrung gleicht.«

Obwohl Andi als Ärztin im Rang über den Helferinnen der Praxis stand, hatte sie am Ende ihres ersten Arbeitstages allen Frauen das Du angeboten. So fühlte sie sich einfach wohler.

»Sie hat recht«, sagte Laura und rückte ihre Lesebrille zurecht. »Ich schwöre, ich könnte jeden Tag einen Eimer davon essen. Natürlich würde ich dann fett werden, und Dr. H. würde mich über meinen Blutdruck und mein Cholesterin belehren.« Sie legte die Speisekarte auf den Tisch. »Ich liebe es, für diesen Mann zu arbeiten, aber er ist von Gesundheit nahezu besessen.«

Andi bemühte sich, nicht zu lachen. »Äh, das ist vermutlich ein Berufsrisiko.«

»Du hast recht. Mir ist vor Jahren eine Stelle bei einem Zahnarzt angeboten worden, aber ich wusste, das Geräusch des Bohrers würde ich nicht den ganzen Tag lang ertragen. Wir können subatomare Partikel sichtbar machen, aber es gelingt uns nicht, einen stummen Bohrer zu erfinden? Wir verschwenden zu viel Geld für die falsche Forschung.«

Darüber lachten alle. Andi lehnte sich auf ihrem Stuhl zurück und lauschte der Unterhaltung, die um sie herumfloss. Sie hatte den ersten Tag in der Praxis überlebt und den zweiten schon halb hinter sich. Und nun saß sie hier mit den Angestellten und aß zu Mittag. An diesem Morgen hatte sie das Haus verlassen, als ein paar kräftige Männer gerade anfingen, Wände einzureißen. Es gab keine Fledermäuse mehr, sie hatte warmes Wasser, und alles in allem war ihr Leben ziemlich gut.

Dawn, eine der Arzthelferinnen, hob ihr Eisteeglas. »Ich kann nicht glauben, dass du freiwillig hierhergezogen bist«, sagte sie. »Ich wohne schon mein ganzes Leben hier und habe den Landkreis kaum einmal verlassen. Ich habe immer davon geträumt, mal nach Seattle zu ziehen.«

»Dann hast du geheiratet und Kinder bekommen, und nun hängst du hier fest«, sagte Misty fröhlich. Sie war die Praxisleiterin und Buchhalterin und überhaupt diejenige, die alles am Laufen hielt.

Laura nippte an ihrer Cola light. »Sie jammert gerne. Hör nicht auf sie. Sie liebt es hier auf der Insel. Das tun wir alle.«

»Ihr seid also alle hier geboren?«, fragte Andi.

»Ich bin hierhergezogen, als ich fünf war«, sagte Laura. »Was praktisch das Gleiche ist.« Sie lehnte sich zu Andi hinüber. »Du weißt, dass alle guten Männer hier verheiratet sind, oder?«

»Ach komm, es gibt auch ein paar Singles«, warf Nina ein.

»Aber nicht viele«, entgegnete Laura. »Was die Touristen angeht: Wenn du einen ohne Frau an der Seite siehst, freu dich nicht zu früh. Die Chancen stehen gut, dass er nicht an der weiblichen Anatomie interessiert ist.«

Misty stieß Laura gegen den Arm. »Benimm dich. Jage Andi doch nicht gleich in ihrer ersten Woche Angst ein.«

»Ja, bitte tu das nicht.« Andi lachte. »Ich würde damit gerne bis zu meiner zweiten Woche warten. Aber keine Sorge, der Mangel an Männern macht mir nichts. Ich hatte so was schon erwartet, als ich hierhergezogen bin. Nach meiner unschönen Trennung habe ich den Männern abgeschworen. Zumindest für die nächsten zehn Jahre.«

Auch wenn Wade anzuschauen eine nette Abwechslung

war. Sie fragte sich, ob ihr Bauunternehmer in die Kategorie Single fiel oder nicht. Leider wusste sie nicht, wie sie unauffällig danach fragen könnte.

»Du bist so mutig«, sagte Nina. »An einem neuen Ort ganz neu anfangen. Du hast dieses schöne Haus gekauft, und bald wirst du deine eigene Praxis eröffnen.«

Andi lächelte, weil sie wusste, dass diese Beschreibung wesentlich besser klang als die Wahrheit – nämlich, dass sie weggelaufen und hier gestrandet war.

Misty seufzte. »Ich stimme Nina zu. Ich könnte nie machen, was du getan hast. Dr. H. lässt dir ausrichten, dass wir dir gerne helfen, wenn es um Bewerbungsgespräche und das Einrichten deiner Praxis geht.«

Andi war für einen Moment sprachlos. »Das ist sehr nett von euch.«

»Er ist ein guter Kerl.«

»Und besessen von seinem Sohn«, seufzte Laura.

»Mein Sohn, der Arzt«, sagten alle im Chor und brachen dann in Gelächter aus.

Die Kellnerin kam und nahm ihre Bestellung auf. Andi beschloss, den berühmten Hähnchensalat zu probieren.

»Haben die Bauarbeiten an deinem Haus schon angefangen?«, fragte Nina, als die Kellnerin wieder gegangen war. »Das ist eine ziemlich große Aufgabe.«

»Das stimmt. Zum Glück muss ich nichts tun.« Andi zuckte mit den Schultern. »Ich komme nur abends nach Hause und bete, dass es Fortschritte gegeben hat. Das ganze Haus wird mehr oder weniger vollständig entkernt.«

»Wirst du dort deine Praxis haben?«, wollte Nina wissen.

»Ja, im Erdgeschoss. Die Pläne sind finalisiert. Wade hat sie mir am Samstag gezeigt.«

»Oh, Wade.« Laura fächelte sich mit der Hand Luft zu. »Der ist so heiß.«

»Und ein wenig jung für dich«, erinnerte Misty sie.

»Honey, ich gucke nur. Wenn er mir allerdings mal eine Kostprobe anbieten würde, wäre ich nicht abgeneigt.«

Andi riss die Augen auf. »Dann ist er also beliebt?«

»Er ist praktisch ein Gott«, gab Dawn zu. »Ich bin mit ihm gemeinsam zur Schule gegangen und habe für ihn geschwärmt, seit ich zwölf war. Er hat mich nie auch nur angeschaut.«

»Sein Pech«, versicherte Nina ihr.

»Ich wünschte, dem wäre so. Er ist echt nett.«

»Ich liebe seinen Hintern«, sagte Laura und warf Andi dann einen Blick zu. »Hast du den schon gesehen?«

»Ich, äh ... ich habe nicht wirklich drauf geachtet.«

»Das musst du. Und allein die Vorstellung, dass er jeden Abend da ist. Du bist eine sehr glückliche Frau.«

Andi wusste nicht, was sie dazu sagen sollte, was sich als ganz gut herausstellte, denn mit einem Mal kam ihr eine Idee. »Wie kommt seine Frau damit zurecht, dass alle anderen Frauen auf der Insel ihren Mann anhimmeln?«

Die vier Frauen schauten einander an. Misty hob eine Augenbraue. »Er ist nicht verheiratet.«

»Seine Frau ist an Krebs gestorben«, erklärte Nina. »Eine traurige Geschichte.«

»Er hat eine Tochter«, ergänzte Dawn. »Carrie. Sie ist zwölf und wirklich süß. Sie und meine Tochter verbringen manchmal Zeit miteinander, aber ihre wahre beste Freundin ist Madison Philips. Ihre Familie wohnt direkt neben dir.«

Wieder wechselten die Frauen einen Blick, dann folgte eine Sekunde Schweigen.

»Ich sage es«, verkündete Laura. »Hast du Deanna Philips schon kennengelernt? Ihr gehört das Haus neben deinem. Sie ist eine totale Zicke.«

»Ich habe Boston kennengelernt.« Schnell ging Andi in Gedanken die Verwandtschaftsverhältnisse durch. »Sie ist Wades

Schwägerin und Zekes Frau? Habe ich das richtig verstanden?«

»Ganz richtig«, versicherte Nina ihr. »Und ich bin nicht sicher, ob Deanna eine Zicke ist. Sie ist ... intensiv.«

»Scheinheilig meinst du«, sagte Laura. »Die armen Kinder.«

Andi wusste nur, dass Deanna vor ein paar Tagen weinend auf ihrer Veranda gestanden hatte.

Dawn schüttelte den Kopf. »Deanna ist eine dieser Mütter, die ihr eigenes Brot backen, nur Biogemüse kaufen und ihre Kinder kein Fernsehen gucken lassen, außer es dient der Bildung. Daran ist nichts falsch«, fügte sie schnell hinzu. »Es ist nur –«

Laura schaltete sich ein. »Sie erzählt den Leuten ständig, wie lange das verdammte Haus schon im Besitz ihrer Familie ist. Sie kann nicht einfach einen normalen Garten haben. Nein, er muss perfekt gepflegt sein, um zu dem perfekten Stil ihres perfekten Hauses zu passen.«

»Du klingst gar nicht verbittert«, warf Nina ein.

»Wir hatten in meiner Kindheit nicht viel Geld«, sagte Laura. »Das werde ich nicht leugnen. Deanna ist genauso arm aufgewachsen wie ich, aber wenn man sie heutzutage reden hört, könnte man meinen, sie wäre persönlich auf der Mayflower hergekommen. Ich habe einmal mit ihr zusammen eine Weinprobe für einen guten Zweck organisiert, und sie war mir kein bisschen sympathisch.«

»Wirklich?«, sagte Misty. »Das hätte ich ja nie vermutet.«

»Ich habe sie noch nicht kennengelernt«, sagte Andi und war auf einmal auch gar nicht mehr so scharf darauf. Sie hatte Probleme, die ganzen Informationen über Deanna mit der traurigen Frau in Einklang zu bringen, die alleine vor ihrem Haus gestanden hatte.

»Sie wird nett zu dir sein«, sagte Nina. »Sie hat fünf Töchter, also muss sie ganz begeistert sein, eine Kinderärztin nebenan wohnen zu haben.«

»Im Hauspreis enthaltene Patienten«, murmelte Andi. Sie räusperte sich. »Letzte Woche habe ich Boston kennengelernt, und wir haben uns am Wochenende unterhalten. Sie wirkt nett.«

»Sie ist toll«, bestätigte Nina.

»Eine Künstlerin«, ergänzte Laura. »Ich habe zwei ihrer Gemälde. Die sind so schön. Ihr Geld verdient sie hauptsächlich damit, Stoffe für Designer im ganzen Land per Hand zu bemalen. Aber ihre wahre Berufung sind Porträts. Ihre Arbeiten sind wirklich bezaubernd. Mein Mann hat vor ungefähr zehn Jahren von ihr ein Bild unserer beiden Kinder anfertigen lassen. Damals hatte Boston gerade ihr Kunststudium abgeschlossen. Das Bild hängt immer noch in unserem Wohnzimmer. Es ist wundervoll.«

Misty nickte. »Sie und Zeke sind zusammen, seitdem sie Kinder waren. Das ist wahre Liebe und schön mitanzusehen.« Ihre Augen verdunkelten sich. »Es ist so traurig, was passiert ist.«

Alle schwiegen. Laura schaute Andi an. »Sie und Zeke haben vor ungefähr einem Jahr ein Baby bekommen. Der Kleine starb mit sechs Monaten. Er hatte einen Herzfehler. Sie hielt ihn in den Armen, und auf einmal war er tot. Ich konnte es nicht glauben, als ich es gehört habe. Sie hatten es nicht verdient, ihren kleinen Jungen zu verlieren.«

»Oh, das wusste ich nicht«, murmelte Andi. Sie hatte selbst noch kein Kind verloren, aber sie hatte Eltern betreut, denen das passiert war. Deren Schmerz war bei ihr geblieben.

»Wir klatschen normalerweise nicht so viel«, sagte Nina in das folgende Schweigen.

»Doch, tun wir«, widersprach Laura. »Und sogar noch mehr. Wir halten uns nur zurück, weil Andi uns noch nicht so gut kennt, und wir wollen, dass sie uns mag. Du solltest uns mal nach einem oder zwei Gläsern Wein sehen. Das würde dir die Locken aus den Haaren ziehen.«

Andi hob die Hand und zog an einer ihrer Locken. »Gegen glatte Haare hätte ich nichts einzuwenden. Als ich klein war, habe ich ein Buch über ein Mädchen gelesen, das Scharlach bekommen hat. Sie mussten ihr den Kopf rasieren, und ihre Haare sind lockig nachgewachsen. Ich habe meine Mom immer gebeten, mich ins Krankenhaus zu bringen, damit ich jemanden mit Scharlach finden und seine Keime aufnehmen konnte. Ich hoffte, meine Haare würde dann glatt nachwachsen.«

Laura schüttelte langsam den Kopf. »Ich weiß nicht, ob das die süßeste Geschichte ist, die ich je gehört habe, oder die traurigste. Wie auch immer, es ist gut zu wissen, dass du genauso verrückt bist wie wir alle.«

»Warum sollte mir das Verrücktsein erspart bleiben?«, fragte Andi grinsend.

»Ausgezeichnete Frage, Honey. Ausgezeichnete Frage.«

Um Punkt Viertel nach fünf am Nachmittag kam Andi nach Hause. Sie war zwar noch dabei, sich an das Inselleben zu gewöhnen, aber ihre Arbeitszeiten liebte sie jetzt schon. Sie war an beiden Tagen vor halb sechs zu Hause gewesen. Sie wusste, dass sie ab und zu Notfälle aufhalten würden, insgesamt verlief das Leben hier jedoch wesentlich ruhiger als in Seattle.

Sie parkte ihren Wagen neben dem zerbeulten Pick-up in ihrer Einfahrt, den sie von ihrem Treffen am Samstagmorgen kannte, und schaute noch schnell einmal in den Spiegel. Nicht, dass sie viel ausrichten könnte. Sie würde ganz sicher nicht plötzlich anfangen, sich mehr zu schminken.

Sie strich sich die Haare glatt und überprüfte, dass sie keine Mascaraspuren unter den Augen hatte. Dann schnappte sie sich ihre Handtasche und stieg aus. Zumindest hatte sie geduscht und war einigermaßen vernünftig gekleidet. Als Wade sie das letzte Mal gesehen hatte, war sie erschöpft und verlottert gewesen und vor angreifenden Fledermäusen geflohen.

Sie ging die Treppe zu ihrer Veranda hinauf und betrat das Haus. Ich sollte mir eine lässige, aber charmante Begrüßung zurechtlegen, dachte sie. Etwas Lustiges, das Wade –

Sie blieb mitten in dem stehen, was einmal ihr Eingangsbereich gewesen war. Sie fürchtete, dass ihr der Mund offen stand, aber sie konnte es nicht mit Sicherheit sagen, weil der Schock zu groß war.

Sie hatte kein Haus mehr. Es gab die äußeren Wände und eine Treppe in den ersten Stock hinauf, aber ansonsten war nicht viel übrig geblieben.

Alle inneren Wände waren weg. Hier und da standen noch ein paar Streben, vermutlich, um den ersten und zweiten Stock zu stützen. Ihr fielen auch ein paar Fenster auf, und sie fragte sich, ob sie dafür wohl dankbar sein sollte. Sie konnte quer durchs Haus direkt in den Bereich schauen, der einst die Küche gewesen war. Der Fußboden war ebenfalls verschwunden.

»Keine Panik.«

Sie hörte Wade, bevor sie ihn sah. Er kam hinter der Treppe hervor und grinste.

»Ich schwöre, alles wird gut.«

»Ich glaube, ich stehe eher davor, in Ohnmacht zu fallen als panisch zu werden«, gab Andi zu. »Ich kann nicht glauben, was Sie an nur einem Tag alles geschafft haben.«

»Ist das nicht toll? All unsere anderen Projekte verzögern sich aus dem einen oder anderen Grund, deshalb war heute unser gesamtes Team hier.«

»Ich Glückliche.«

Sie war viel zu geschockt, um mehr aufzunehmen als seine langen Beine und die breiten Schultern. Der Mann sieht in Jeans echt gut aus, dachte sie abwesend und sagte sich, dass sie sein gutes Aussehen später bewundern würde. Wenn ihr Herz wieder angefangen hätte zu schlagen.

»Es fühlt sich irgendwie entweiht an«, gab sie zu. Am Morgen hatte sie noch ein Haus gehabt. Jetzt war da kaum mehr als ein Gerüst. Wo war das alles hin?

Er legte ihr eine Hand auf den Arm. »Betrachten Sie es als etwas Gutes. Je schneller alles weg ist, desto schneller können wir es wieder aufbauen. Gibt es nicht irgendein Beispiel aus der Medizin, mit dem Sie das vergleichen können?«

»Nur, wenn wir mein Haus als Infektion ansehen wollen, die herausgeschnitten werden muss.«

Er schüttelte den Kopf. »Nein, ich glaube, das wollen wir nicht.«

»Ja, das sorgt auch nicht wirklich dafür, dass ich mich besser fühle.« Andi ließ ihre Tasche auf die unterste Treppenstufe fallen. »Muss noch mehr herausgerissen werden?«

»Nur ein Teil des Holzfußbodens. Aber den werden wir später wieder einsetzen.«

Andi erinnerte sich, dass sie darüber gesprochen hatten, den Boden aufzubewahren und auf dem Dachboden einzusetzen. »Ich bin froh, dass ich nicht hier war, um den Abriss mit anzusehen.«

»Es war sehr laut.«

Er klang fröhlich. Vermutlich ist es einfacher, wenn das, was man zerstört, einem nicht gehört, dachte sie.

»Kommen Sie.« Er deutete auf den hinteren Bereich des Hauses. »Ich möchte Ihnen zeigen, was wir uns für den Pausenraum der Mitarbeiter ausgedacht haben. Natürlich nur, falls Sie noch Interesse an einer Kitchenette haben.«

Sie folgte ihm und ließ ihren Blick auf seinen beim Mittagessen erwähnten Hintern fallen. Laura hatte recht, dachte sie und verweilte ein wenig bei dem Anblick. Wades Hintern war wirklich ziemlich nett. Das musste an der ganzen körperlichen Arbeit liegen, die er Tag für Tag leistete.

»Wir hatten gedacht, hier die Schränke einzubauen und

darunter eine Arbeitsplatte. Dazu ein tiefes Spülbecken und einen Kühlschrank.« Er zeigte an, wo jedes Teil hinkommen sollte. »Die Spinde kommen an diese Wand und unter dem Fenster wird es weiteren Stauraum geben. Das gäbe Ihnen eine zweite, lange Arbeitsplatte, an der Sie bei Firmenpartys das Buffet aufbauen können.«

»Was wissen Sie denn von Firmenpartys?«, fragte sie und lächelte ihn an. »Gibt es die im Baugewerbe oft?«

»Klar. Wir mögen Mottopartys. Sie wissen schon, exotische Reiseziele oder Kostümfeste zu Halloween.« Er zwinkerte ihr zu. »Mein Vorarbeiter verkleidet sich gerne als Marilyn Monroe.«

»Ach wirklich?«

Wade grinste. »Wir haben schon öfter Geschäftsräume umgebaut. Es ist immer gut, dafür zu sorgen, dass die Angestellten glücklich sind, und kleine Küchen kommen normalerweise gut an.«

»Das gefällt mir.«

»Gut.« Er musterte sie einen Moment. »Haben Sie sich bei Dr. Harrington schon eingelebt? Er treibt Sie mit seinem Gerede über seinen Sohn sicher in den Wahnsinn, oder?«

»Weiß denn jeder davon?«

»Ja, so ziemlich. Sie hätten die Collegeabschlussbilder vor ein paar Jahren sehen sollen.«

»Ich komme gut zurecht«, sagte sie. »Alle sind so nett zu mir. Ich habe schon viele Patienten. Eine Kinderärztin scheint hier wirklich benötigt zu werden.«

»Wie schön für Sie. Wollten Sie immer Ärztin werden?«

Sie dachte an ihre Familie und daran, dass sie keine große Wahl gehabt hatte. »Ja, ich glaube schon.«

»Ihre Eltern müssen sehr stolz auf Sie sein.«

Sie sind mehr enttäuscht als alles andere, dachte sie. Aber das war Leuten, die nicht wussten, wie sie aufgewachsen war, schwer zu erklären. Diejenigen, die ihre Familie nicht kannten, gingen davon aus, dass sie von ihnen für klug und erfolgreich gehalten wurde. Sie würde dem attraktiven Wade nicht gestehen, dass sie verglichen mit dem, was ihre Eltern und Geschwister erreicht hatten, eher eine Niete war.

»Meine Mutter hätte gerne gehabt, dass ich Chirurgin werde«, sagte sie, auch wenn das nicht ganz der Wahrheit entsprach. Ihre Mutter hätte gerne gehabt, dass sie sich noch weiter spezialisierte.

»Dann sollte sich mal jemand mit ihr über ihre Ansprüche unterhalten«, sagte Wade. »Ich habe eine Tochter. Sie ist zwölf. Im Moment hat sie jede Woche einen anderen Berufswunsch, aber sie hat noch nicht ein einziges Mal erwähnt, dass sie Ärztin werden will. Ich würde mich mit Sicherheit freuen, sollte sie das werden.«

»Sie hat ja noch Zeit, sich zu entscheiden.«

»Das stimmt. Sie wird jetzt schon viel zu schnell groß.« Er richtete seinen dunklen Blick auf ihr Gesicht. »Wie ist es denn so, der klügste Mensch im Raum zu sein?«

»Oh, das bin ich wohl eher nicht.«

»Im Moment schon.«

Sie lachte. »Sie vergessen, dass Sie mich vor einer wilden Fledermaus gerettet haben. Klug zu sein hat mir mit ihr nicht sonderlich geholfen. Oder mit ihm. So genau habe ich nicht hingesehen.«

»Ich auch nicht«, sagte Wade.

»Wie auch immer, dafür sind Sie mein Held.«

»Mir gefällt die Vorstellung, jemandes Held zu sein. Erinnern Sie sich morgen früh daran, wenn Sie nach unten kommen und das hier sehen. Das wird Sie davor bewahren auszuflippen.«

Dessen war Andi sich nicht so sicher, aber sie würde sich bemühen.

Er schaute auf die Uhr. »Ich muss los, aber ich wollte nicht gehen, bevor Sie zu Hause sind.«

»Weil Sie Angst hatten, ich würde schreiend in die Nacht hinausrennen?«

»Vertrauen Sie mir, Andi. Alles wird besser. In ein paar Wochen werden Sie Ihr Haus nicht wiedererkennen.«

»Ich vertraue Ihnen«, erwiderte sie. Und seltsamerweise tat sie das tatsächlich. Was sie zu einer Idiotin machte. Sie hatte Matt vertraut, und er hatte sie am Altar stehen lassen. Aber Wade war nicht wie ihr Verlobter. Und sie gingen auch nicht miteinander aus. Er war ihr Bauunternehmer und –

»Andi?«

Sie blinzelte. »Sorry, meine Gedanken sind abgeschweift.«

»Das habe ich gemerkt. Es ist irgendwie charmant. Tun Sie das nur nicht, während Sie Auto fahren.«

»Ich bin hinter dem Lenkrad immer sehr konzentriert.«

Er sah sie an, als wollte er noch etwas sagen. »Wir sollten mal miteinander ausgehen«, wäre nett. »Ich will dich küssen, bis dir die Sinne schwinden, und dann wilde Liebe mit dir machen« wäre eine noch bessere Option, dachte sie verträumt.

Nein, ermahnte sie sich. Sie war hierhergezogen, um dem ganzen Junge-Mädchen-Chaos zu entfliehen. Keine Männer. Was bedeutete, keinen Sex. Oder zumindest keinen Sex mit einem anderen Menschen. Wie deprimierend.

»Wir sehen uns morgen.«

Sie würden was? Oh, stimmte ja. »Sicher. Morgen. Ich wünsche Ihnen einen schönen Abend.«

»Ich Ihnen auch.«

Er lächelte und ging an ihr vorbei. Sie gab der Verlockung nach und sah ihm nach. Dieser Mann hatte wirklich einen sehr feinen Hintern. Ehrlich gesagt, war alles an ihm nett.

Unglücklicherweise hatte er nicht einen Hauch von Interesse an ihr bekundet. Nicht einmal ein kleines Flackern. Lag es an ihr? Matt hatte immer versucht, sie zu verändern. Er hatte gewollt, dass sie sich sexyer kleidete und wilder benahm. Hätte sie auf ihn hören sollen?

Hatte sie eine Aura, die nur Männer sehen konnten und die ihnen sagte, sie wäre langweilig? Das würde sie nicht überraschen. Sie war schon auf der Highschool nicht sonderlich gut in Beziehungen gewesen. Auf dem College hatte sie darum gekämpft, nur Einsen zu schreiben, was ihr nicht viel Freizeit gelassen hatte. Dann hatte sie eine Woche vor Beginn ihres Medizinstudiums Matt kennengelernt. Sie hatte also nicht gerade einen großen Erfahrungsschatz, auf den sie zurückgreifen konnte, wenn es um Dating-Fragen ging.

Das ist auch nicht wichtig, ermahnte sie sich und ging zur Treppe. Sie würde von jetzt an männerlos leben. Eine alleinstehende, sich selbst verwirklichende Frau, die sich in ein fledermausfreies Abenteuer stürzte. Ja, das war sie.

Trotzdem würde sie zu einem Kuss von Wade nicht Nein sagen. Also nur, falls er jemals fragen sollte.

7. KAPITEL

Andi zog sich um und ging wieder nach unten, um ihr nacktes Haus näher in Augenschein zu nehmen. Es blieben noch ein paar Stunden, bis die Sonne untergehen würde, und die Luft im Haus war stickig. Sie öffnete die wenigen Fenster, die nicht mit Brettern vernagelt waren, und ging dann nach draußen, um sich auf die Veranda zu setzen.

Von ihrem neuen Lieblingsplatz zum Nachdenken konnte sie die Zerstörung nicht sehen. Stattdessen konnte sie sich vorstellen, wie es aussehen würde, wenn alles fertig war. Das gesamte Haus gestrichen, der Garten wiederhergestellt … Ihre beiden Nachbarinnen hatten wunderschöne Gärten. Sie hatte nicht vor, mit ihnen in einen Wettbewerb zu treten, aber sie musste dafür sorgen, dass ihr Haus keine Schande für die kleine Nachbarschaft war.

Beinahe hatte sie die Energie aufgebracht, um ein wenig zu recherchieren, als eine sehr große Katze um ihr Haus herumkam und auf sie zuschlenderte.

»Hallo«, sagte sie. »Wer bist du denn?«

Die Katze kam die Treppe hinauf und setzte sich mit erwartungsvollem Blick neben Andi. Das Tier trug ein Halsband und Andi griff nach dem daran hängenden Schild.

»Pickles«, las sie laut. »Nicht wirklich eine klare Aussage über dein Geschlecht. Hallo, Pickles.«

Sie ließ die Katze an ihren Fingern schnuppern und streichelte dann ihr Gesicht. Pickles lehnte sich einen Moment lang an sie, dann legte sie sich auf den Boden, als richte sie sich auf eine längere Streicheleinheit ein.

»Offensichtlich hast du keine Angst vor Menschen, oder?«

»Das ist unser Kater.«

Andi schaute auf und sah ein Mädchen an der Treppe stehen. Es war vermutlich neun oder zehn und hatte blonde lange Haare, blaue Augen und trug eine Brille.

»Pickles?« Andi lächelte. »Das ist ein lustiger Name.«

»Den hat Madison ihm gegeben, aber da war sie noch ein Baby. Mom sagt, ich war damals schon geboren, aber daran erinnere ich mich nicht. Ich bin Lucy.«

»Hi, Lucy. Ich bin Andi Gordon. Schön, dich kennenzulernen.«

Lucy lächelte zögernd und machte einen Schritt vor. Andi rutschte auf der obersten Stufe beiseite, um ihr Platz zu machen.

Sie erinnerte sich daran, was sie beim Lunch über Lucys Mutter gehört hatte. Niemand schien Deanna sonderlich gut leiden zu können, was Andi ein unbehagliches Gefühl gab. Sie wollte keine Vermutungen über jemanden anstellen, den sie nie getroffen hatte. Vielleicht war Deanna einer von diesen zickigen Menschen mit einem guten Herzen.

»In meinem Haus wird gerade gründlich renoviert«, sagte Andi und zog die Nase kraus. »Ich hoffe, das macht nicht zu viel Lärm.«

»Ich glaube nicht. Mom hat nichts gesagt.« Das Mädchen schaute zu ihr auf. »Ich bin froh, dass Sie das Haus gekauft haben. Es war so einsam ganz allein.«

»Das habe ich auch gedacht. Und die anderen Häuser sind so hübsch.«

»Es ist schwer, in der Mitte zu sein.«

»Bist du die mittlere von deinen Schwestern?«

Lucy nickte, hielt den Blick aber auf den Kater gerichtet. »Ich habe vier Schwestern und bin die Zweitälteste. Die jüngsten sind Zwillinge.«

»Wow. Das sind aber viele Mädchen. Und Zwillinge können ganz schön anstrengend sein.«

»Das sagt Mom auch immer.« Lucy schaute auf. »Mom wollte einen Jungen, aber stattdessen haben wir Sydney und Savannah bekommen. Ich glaube, Dad hat das nichts ausgemacht. Er sagt immer, er hätte die besten Mädchen.«

Andi lächelte. »Das glaube ich gerne. Wer würde nicht so eine Familie haben wollen?«

Lucy seufzte. »Meine beste Freundin ist in den Frühlingsferien weggezogen. Ihr Dad hat einen Job in Texas bekommen. Sie will, dass ich sie diesen Sommer besuchen komme, aber Mom meint, ich wäre noch zu jung.«

»Das tut mir leid«, sagte Andi. »Es ist schwer, eine Freundin zu verlieren.« Vor allem mitten im Schuljahr, wenn alle sozialen Gruppen sich bereits formiert hatten. Sie wollte Lucy sagen, dass es im Herbst leichter würde, aber für ein Mädchen ihres Alters musste der September noch Lichtjahre entfernt sein.

Lucy nickte und schob ihre Brille hoch. »Meine Mom weint in letzter Zeit sehr viel«, sagte sie mit leiser Stimme. »In ihrem Zimmer, weil wir es nicht wissen sollen.«

Andi zuckte zusammen. »Das muss schwierig sein.«

»Das ist es. Madison sagt, Daddy soll sie verlassen und uns mitnehmen, aber ich will das nicht. Ich will hierbleiben. Alles soll so bleiben, wie es ist.« Sie zögerte. »Vielleicht ein bisschen besser.«

Andi wollte das Mädchen an sich ziehen und in den Arm nehmen. Lucy machte im Moment offensichtlich viel durch. Aber sie kannten einander nicht, und sie war nicht sicher, ob die Kleine ihre Unterstützung schätzen würde.

»Es ist schwer, wenn Mütter weinen«, sagte sie stattdessen. »Wenn meine Mom geweint hat, war ich innerlich immer ganz angespannt. Als wäre etwas mit meinem Magen nicht in Ordnung.«

Lucy starrte sie an. »Ich weiß. Es ist beinahe so, als müsste ich mich übergeben.«

»Manchmal kriegen die Eltern das wieder hin.«

»Das hoffe ich.« Lucy schaute zu ihrem Haus hinüber. »Bald gibt es Abendbrot, und ich darf nicht zu spät kommen.« Sie nahm Pickles auf den Arm und stand auf.

»Danke, dass du vorbeigekommen bist«, sagte Andi. »Komm gerne jederzeit wieder.«

Lucy ließ ein Lächeln aufblitzen, das ihr ganzes Gesicht erhellte. »Okay. Bye.«

»Bye.«

Andi sah ihr nach. Als das Mädchen um die Ecke verschwunden war, richtete sie ihre Aufmerksamkeit auf das schöne Haus. Jede Familie hat ihre Geheimnisse, dachte sie. Einige waren allerdings beängstigender als andere. Sie hoffte, dass das, was auch immer Deanna und ihr Ehemann gerade durchmachen mussten, sich löste, bevor die Mädchen noch mehr Stress ausgesetzt wurden.

Boston sah zu, wie Lucy mit Pickles über der Schulter zu ihrem Haus zurückstapfte. Der Kater hat eine besondere Belohnung im Katzenhimmel verdient, dachte sie, als sie über den mit Unkraut überwucherten Rasen auf Andis Haus zuging. Nicht nur, weil er sich von den Mädchen wie eine Puppe herumschleppen ließ, sondern auch, weil sie ihn immer wieder in lächerliche Outfits steckten. Manchmal setzten sie ihm sogar Hüte auf.

»Hi«, rief sie im Näherkommen.

Andi drehte sich zu ihr um. »Selber hi.«

Boston hob den Korb, den sie in der Hand hielt. »Ich habe gehört, dass heute die gesamte Crew in deinem Haus war und es praktisch komplett zerstört hat. Ich dachte, du bist bestimmt traumatisiert.«

Andi stand auf und ging die Stufen hinunter. »Das bin ich. Ehrlich. Ich fürchte mich ein wenig davor, wieder hineinzugehen.«

Boston reichte ihr den Korb. »Trostessen. Makkaroni mit Käse, ein grüner Salat und eine Flasche guter Chardonnay.« Sie grinste. »Ich persönlich würde ja mit dem Wein anfangen.«

Andi schaute den Korb in ihrer Hand an. »Das hättest du nicht tun müssen. Aber danke. Das ist so nett.«

»Gern geschehen. Ich freue mich so, eine Nachbarin zu haben.« Technisch gesehen, waren sie und Deanna auch Nachbarinnen, aber sie hatten einander nie nahegestanden. Sie waren nicht einmal sonderlich freundlich zueinander. Jetzt, wo sie darüber nachdachte, fragte sie sich, warum eigentlich. Sie lebten schon seit Jahren in der gleichen Straße.

Ein Teil des Problems war, dass Deanna ihr Missfallen Boston gegenüber auf jede nur erdenkliche Weise deutlich gemacht hatte. Und Boston musste zugeben, dass sie ein wenig selbstgefällig war, wenn es um Deanna ging.

»Ich habe so einen Umbau miterlebt«, fuhr sie fort. »Das ist kein Spaß. Versuch dich einfach immer daran zu erinnern, dass das Ergebnis es wert sein wird.«

»Das werde ich.« Andi deutete auf die Veranda. »Ich habe noch keine Möbel, aber willst du dich einen Moment zu mir setzen, oder musst du gleich zurück?«

»Ach, ich kann noch ein wenig bleiben. Zeke kommt aber demnächst nach Hause, und er liebt es, wenn ich Makkaroni mit Käse mache.« Sie setzte sich auf eine Stufe.

»Ich habe über den Garten nachgedacht«, sagte Andi. »Ich war nie eine sonderlich gute Gärtnerin, aber ich schätze, damit sollte ich bald mal anfangen.«

»Ja, jetzt ist die Hauptsaison«, bestätigte Boston. »In der Stadt gibt es ein Gartencenter. Ich kann dir den Namen einer Frau geben, die dort arbeitet. Sie bietet nebenbei Landschaftsplanung an.«

»Du und meine andere Nachbarin habt die Latte ziemlich hoch gelegt«, sagte Andi grinsend. »Ich will das Viertel nicht im Stich lassen.«

»Das wirst du nicht.«

Boston musterte sie. Licht und Schatten tanzten über Andis

Gesicht und betonten ihre Knochenstruktur. Sie ist hübsch, dachte Boston und war dabei mehr an den Formen und Linien interessiert als daran, was die Welt als attraktiv ansah. Andis Haare, diese Masse an Locken, die ihr auf die Schultern fielen, würden auf Leinwand schwer einzufangen sein. Aber ihre Augen – dieses strahlende Grün – würden die Leute anziehen.

»Du kennst nicht zufällig einen Innenausstatter, der nicht zu teuer ist, oder?«, fragte Andi. »Ich werde ein wenig Hilfe benötigen, die Praxis einzurichten. Ich will helle Farben, die die Patienten willkommen heißen. Ein Arztbesuch kann für Kinder ziemlich beängstigend sein, und ich will, dass sie sich bei mir wohlfühlen.«

Boston dachte an den Grundriss von Andis Haus und die Umbaupläne, die Zeke ihr gezeigt hatte. »Ein Wandgemälde«, sagte sie automatisch und sah schon eine Dschungelszene vor sich. »Bunte Farben, die sich in den anderen Räumen fortsetzen können. Blau und Grün mit roten und gelben Highlights. Ein Dschungel. Vögel. Große Papageien. Vielleicht ein Fisch in einem Fluss und Raubkatzen mit glühenden Augen.« Sie hielt inne. »Sorry, ich habe mich hinreißen lassen.«

»Das muss dir nicht leidtun. Ich liebe die Idee. Ich bin echt gut, was den medizinischen Teil betrifft, und habe bereits sämtliche Geräte bestellt. Aber ich weiß nicht, was ich mit dem Wartezimmer und dem Empfangsbereich tun soll. Außerdem wird es einen langen Flur geben.«

»Du könntest auf jede Tür ein anderes Tier malen«, schlug Boston in einem Anflug von kreativem Enthusiasmus vor. »Und für den Fußboden würde ich einen Grünton nehmen, der das Dschungelthema aufgreift. Also, falls du in diese Richtung gehen willst.«

Zekes Truck fuhr vor dem Nachbarhaus vor. Andi schaute hin und dann wieder zu Boston. »Ich würde gerne ein andermal ausführlicher darüber sprechen, wenn du magst.«

»Klar. Das wäre ein schönes Projekt. Ich kann dir ein paar Ideen liefern und vielleicht ein paar Skizzen zeichnen.«

»Ich schätze, du bist nicht daran interessiert, mir ein Angebot für ein Wandgemälde zu machen?«, fragte Andi. »Ich habe deine Arbeit bei dir zu Hause gesehen und finde sie wunderschön.«

Boston zögerte. Sie hatte seit Monaten nicht mehr als ein paar wenige Textilprojekte gemacht. Ihre Tage verbrachte sie auf andere Weise. Ein Wandgemälde zu entwerfen und dann zu malen wäre eine Herausforderung. Zeke würde sagen, dass es ihr guttäte, mal aus ihrem Trott herauszukommen. Sich von dem Projekt davontragen zu lassen.

»Lass mich darüber nachdenken«, murmelte sie und stand auf. »Ich habe im Moment viel zu tun.«

Das war gelogen, bot ihr aber eine sichere Rückzugsmöglichkeit, falls die Vorstellung, ein Wandgemälde zu erstellen, sie zu überwältigen drohte. Sie wusste, wenn sie den Auftrag annähme, würde sie ihn auch zu Ende bringen müssen. Das bedeutete Druck, und sie fühlte sich immer noch zerbrechlich. Das hatte der Verlust ihr angetan – er hatte sie so fragil wie dünnes Glas zurückgelassen.

»Auf jeden Fall helfe ich dir gern, die Farben für deine Praxis auszusuchen«, sagte sie.

»Das wäre toll.« Andi stand ebenfalls auf. »Danke. Und danke fürs Essen.«

»Genieß es.« Boston ging die Stufen hinunter und auf ihr Haus zu.

Zeke wartete neben seinem Truck auf sie. Er lächelte, als sie näher kam. »Freundest du dich mit der Nachbarin an?«

»Ich habe ihr etwas zu essen gebracht.«

Seine braunen Augen leuchteten voller Vorfreude auf. »Makkaroni und Käse?«

»Ja. Steht im Ofen.«

Er zog sie in seine Arme und hielt sie ganz fest. »Deshalb bleibe ich mit dir verheiratet. Wegen deiner Pasta.«

Sie ließ sich gegen ihn sinken, in die vertraute Kombination aus Stärke und Wärme. In diesem Moment war alles gut, und sie konnte atmen. Konnte beinahe vergessen, dass sie jeden Moment zersplittern könnte.

Dann würden sie sich wieder streiten, weil sie sich in letzter Zeit häufig stritten. Wut war Zekes Art zu versuchen, zu ihr durchzudringen. Sie würde sich darauf einlassen, und er würde abhauen. Nachdem er gegangen war, würde sie malen, und irgendwann würde er wieder nach Hause kommen. Ihr Leben war uneben geworden. Wie ein Wagen mit einem eckigen Reifen. Sie war sich des Kreislaufs bewusst, hatte aber keine Ahnung, wie sie ihn durchbrechen sollte, ohne das Einzige zu zerstören, das sie beide zusammenhielt.

Deanna scannte den kleinen Pinsel und gab die Menge in den Computer ein. Die Lieferung an diesem Mittwoch war wesentlich größer als üblich, da sie mehrere Sonderbestellungen sowie eine ganze Ladung Wolle für Weihnachten enthielt.

Wir haben Mai, dachte sie, als sie den zweiten Pinsel zur Hand nahm und einscannte. Mussten die Leute wirklich jetzt schon über Weihnachten nachdenken?

Sie kannte die Antwort. Handarbeiterinnen fingen früh an, und jeder, der vorhatte, für die Festtage einen Pullover, einen Schal oder sonst etwas zu stricken, würde den Sommer über daran arbeiten. Normalerweise mochte sie es, dass das Inventar von Cozy Crafts die nächste Jahreszeit ankündigte, aber heute ging ihr alles auf die Nerven.

Sie hasste Colin. Das war das eigentliche Problem. Sie hatte den Großteil der letzten beiden Nächte damit verbracht, wach zu liegen und ihn mental zu beschimpfen. Außerdem hatte sie detaillierte Listen von allem erstellt, was sie je für ihn getan hatte. Alles, was ihm nie aufgefallen war oder was er nicht zu schätzen gewusst hatte.

Wie ihr Gewicht. Sie wog noch genauso viel wie am Tag ihrer Hochzeit. Vier Schwangerschaften, fünf Babys und nicht ein Gramm Unterschied. Anders als Boston, die während ihrer Schwangerschaft dreißig Pfund zugelegt und sich nie die Mühe gemacht hatte, sie wieder loszuwerden.

Deanna hielt sich über politische Ereignisse auf dem Laufenden. Sie verstand die Ölkrise, konnte sich intelligent über aktuelle Vorfälle unterhalten und nahm an den Aufsichtsratssitzungen der Schule teil. Sie war belesen. Sie kümmerte sich hervorragend um ihr Haus und ihre Familie. Sie backte Brot, kaufte nur Biolebensmittel und machte beinahe jeden verdammten Bissen, den ihre Familie sich in den Mund steckte, selbst.

Und der Dank dafür? Ablehnung. Zurückweisung. Drohungen.

Sie beendete die Eingabe der aktuellen Lieferung in den Computer und legte die Pinsel im Laden aus. Dann sortierte sie die Wolle und gestaltete eine Weihnachtsauslage.

Cozy Crafts lag auf der Westseite der Insel neben Island Chic, einer Boutique. Die Klientel bestand sowohl aus Touristen als auch aus Einheimischen. Deanna lehrte das Erstellen von Scrapbooks und gab Anfängerkurse im Stricken. Sie koordinierte die anderen Lehrer. Sie war diejenige, die Boston vor zwei Jahren überredet hatte, einen Einführungskurs in Malerei zu geben. Dieser Kurs hatte zu einem Artikel in einem internationalen Reisemagazin geführt. Aber interessierte Colin auch nur irgendetwas davon?

Sie sah zum Schaufenster des Ladens und überlegte kurz, einen Stuhl hindurchzuwerfen. Nicht, dass ihr das aus ihrer Krise helfen würde, aber irgendetwas musste sie tun. Jeder Teil von ihr schmerzte. Sie war frustriert und verängstigt und wütend.

Scheidung. Allein bei dem Gedanken verspannte sich ihr gesamter Körper. Sie wollte nicht geschieden sein. Sie wollte weder das Stigma noch den Kampf. Kein Mitleid, kein Gerede.

Ohne es zu wollen, erinnerte sie sich daran, wie ihre Mutter mitten in der Nacht in der Küche ihres ekelhaften, schmutzigen Hauses gestanden hatte.

»Wenn du heiratest, sorg dafür, dass du den Mann behältst«, hatte sie gesagt. »Es gibt nichts Schlimmeres, als ohne Mann zu sein.«

Deanna schätzte, dass sie vielleicht zehn oder elf Jahre alt gewesen war, als diese Perle der Weisheit in ihre Richtung geworfen worden war. Damals hatte sie gedacht, dass ein Mann etwas Gutes wäre. Ihre Mutter trank nicht so viel, wenn sie einen Mann hatte. Ihre Schläge kamen nicht so häufig und waren nicht so brutal. Das Haus war sauberer, und im Kühlschrank stand etwas zu essen.

Nun fand sie den Ratschlag auch richtig, aber aus anderen Gründen. Sie wollte nicht ihren Lebensstil ändern oder härter arbeiten müssen. Sie wollte niemandem das Warum erklären. Colin sollte verdammt dafür sein, dass er alles auf den Kopf gestellt hatte.

Sie ging zur Tür und drehte das Schild auf *Geöffnet*. Dann schloss sie auf. Um elf Uhr begann ihr Scrapbook-Kurs. Das war etwas, worauf sie sich freuen konnte. Colin würde morgen wieder zu Hause sein. Deanna graute vor seiner Ankunft. Sie wusste nicht, was sie zu ihm sagen oder wie sie sich ihm gegenüber verhalten sollte.

Sie schüttelte die deprimierende Realität ihres Lebens ab und ging zu dem Berg Weihnachtsgarn, den sie auf einem der Arbeitstische abgelegt hatte. Sie könnte es genauso gut im vorderen Bereich des Ladens platzieren, damit sie anfangen konnten, es zu verkaufen. Ihren Job gut zu machen war jetzt wichtiger als jemals zuvor.

Ein paar Minuten später ging die Tür auf und Boston trat ein.

»Hi«, rief sie, als sie Deanna sah. Ihr Blick fiel auf die rote und grüne Wolle. »O nein. Jetzt schon? Es ist noch nicht mal Sommer.«

»Das habe ich auch gedacht, aber Strickprojekte brauchen Zeit.«

»Ich weiß, aber ich bin noch nicht bereit.«

Boston trug eine lange, bunte Tunika über einer engen Jeans. Doch das formlose Oberteil konnte nicht die Fettrollen verbergen, die über ihren Hosenbund quollen. Ihr Gesicht war so rund, dass es beinahe schon aufgeschwemmt wirkte. Als sie durch einen sonnigen Fleck im Laden ging, fing sich das Licht in den violetten Strähnen in ihren Haaren.

Was um alles in der Welt denkt sich diese Frau? fragte Deanna sich. Sie war kein Teenager mehr – also sollte sie aufhören, so zu tun. Aber Boston war schon immer exzentrisch gewesen. Das war so ein Künstlerding. Die meisten Menschen fanden es charmant.

»Das bringt meine innere Uhr total durcheinander«, sagte Boston und atmete tief durch. »Aber ich werde mich davon nicht unterkriegen lassen.« Sie lächelte. »Ich brauche Acrylfarben. Eines dieser Sets, die ihr für Kinder verkauft.«

Acrylfarben? Boston? Sie bestellte den Großteil ihres Zubehörs in Europa. Deanna musste andauernd Bestellungen in Italien und Frankreich aufgeben und versuchen, die in fremden Sprachen verfassten Bestellformulare zu durchschauen.

»Wofür?«

Boston drehte sich um und ging zu dem Regal mit dem Künstlerbedarf. »Ich werde ein Wandgemälde malen.« Sie schüttelte den Kopf. »Nein, ich werde versuchen, ein Wandgemälde zu malen. Für Andis Wartezimmer. Ich wollte mit einigen Skizzen auf Papier anfangen und ein paar Farben ausprobieren. Ich weiß nicht. Es ist ein großes Projekt, aber vielleicht brauche ich genau das.«

Deanna trat zu ihr. »Ich habe keine Ahnung, wovon du redest. Wer ist Andi?«

Boston blieb vor den kleinen Gläsern mit bunten Farben stehen. »Unsere neue Nachbarin.«

Deanna unterdrückte einen Fluch. »Ich habe mich ihr noch gar nicht vorgestellt.« Sie erinnerte sich vage daran, Umzugswagen vor dem schrecklichen Haus gesehen und Baustellenlärm gehört zu haben, hatte aber nicht realisiert, dass schon jemand eingezogen war.

Boston griff nach einem Glas mit roter Farbe und hielt es ins Licht. »Du hast viel um die Ohren. Im Moment ist so viel los.«

Deanna spürte, dass sie errötete. »Was soll das heißen?«

Boston sah sie verwirrt an. »Ich meine die Mädchen. Sie sind jetzt alle fünf in der Schule. Die Sommerferien stehen kurz bevor. Das bedeutet doch bestimmt viele Projekte in letzter Minute. Und Colin reist so viel, dass du dich um alles alleine kümmern musst.« Sie zögerte. »Oder gibt es sonst noch was?«

»Nein. Natürlich nicht.« Deanna gab sich eine mentale Ohrfeige. Sie musste sich zusammenreißen. Schlimm genug, sich sorgen zu müssen, dass Colin ihre persönlichen Probleme ausplaudern könnte. Noch schlimmer wäre es, wenn sie sich selbst verriete. »Ich bin müde. Tut mir leid.«

»Kein Problem.« Boston nahm sich ein halbes Dutzend bunter Farben und ein paar günstige Pinsel. »Ich nehme das hier.«

Sie gingen gemeinsam zur Kasse.

»Ich werde Andi am Wochenende besuchen«, sagte Deanna. »Wie ist sie so?«

»Nett. Hübsch. Ich mag sie. Sie ist Kinderärztin. Und in einem Notfall direkt nebenan.«

»Super.« Deanna scannte die Farben und Pinsel ein.

Eine Karrierefrau, dachte sie grimmig. Jemand, der ihre Entscheidungen kritisch sehen würde. Jemand, der darauf hinweisen würde, dass sie sich mit so vielen Kindern von einem Mann abhängig gemacht hatte und niemanden außer sich selbst für ihre momentane Situation verantwortlich machen konnte. Nicht gerade eine Unterhaltung, auf die sie sich freute.

Sie packte alles in eine Tüte und reichte sie Boston. »Viel Glück mit deinem neuen Projekt.«

»Danke. Ich bin ganz aufgeregt deswegen. Ich brauche etwas Neues. Eine Ablenkung. Es ist die perfekte Jahreszeit für eine Veränderung.«

Damit winkte sie und ging.

Deanna starrte ihr hinterher. Was für eine dumme Bemerkung. Veränderung war gut? Die letzte große Veränderung, die Boston hatte mitmachen müssen, war der Tod ihres Babys gewesen. Was für ein Mensch fand denn bitte, dass Veränderungen gut waren?

8. KAPITEL

Am Samstagmorgen verließ Andi früh das Haus. Die Bauarbeiter würden den Großteil des Tages arbeiten, und sie wollte auf keinen Fall auf dem Dachboden festsitzen und dem Gehämmer und Gebrumm lauschen. Es gab auf der Welt nicht genug Kaffee, um diesen Lärm in etwas Erträgliches zu verwandeln.

Die Entkernung des Erdgeschosses war abgeschlossen, aber für das ungeübte Auge waren die Fortschritte nicht zu erkennen. Wade schwor, dass es neue Rohre und elektrische Leitungen gab. Ihr fehlten Wände oder etwas anderes Greifbares. Später würde sie für die Steckdosen und Schalter dankbar sein, aber im Moment fand sie es nicht sonderlich befriedigend, auf die lose herumhängenden Kabel zu schauen.

Nächste Woche würde eine zusätzliche Crew kommen und mit dem Umbau des ersten Stocks beginnen, also weitere Wände und die beiden Badezimmer herausreißen. Ihr armes Haus würde nur noch eine Hülle sein.

Aber das kommt später, sagte sie sich und machte sich zu Fuß auf den Weg den Hügel hinunter in Richtung Stadt. Heute würde sie die Insel erkunden. Der Himmel war klar, die Sonne warm, und der Tag fühlte sich vielversprechend an. Sie hatte sich mit Sonnencreme eingeschmiert und sich für eine Weinprobentour angemeldet, die um elf Uhr beginnen sollte. Bis dahin hatte sie vor, über die Promenade von Blackberry Island zu schlendern und sich das Stadtzentrum anzuschauen.

Als sie sich dem Wasser näherte, sah sie zu ihrer Linken verschiedene Läden und Geschäfte. Vier Frauen betraten ein Studio namens Scoop and Stretch. *Yoga und Pilates* stand auf dem Schild davor.

Interessant, dachte Andi. Sie hatte ein paar Yogaklassen ausprobiert und herausgefunden, dass sie vermutlich die am wenigsten gelenkige Frau des Planeten war. Aber ein paar ihrer Freundinnen schworen auf Pilates. Offensichtlich ging es dabei um die Stärkung der tiefer liegenden Muskulatur, und wer konnte das nicht gebrauchen?

Sie blieb kurz stehen, um die Telefonnummer in ihr Handy einzuspeichern, dann ging sie weiter. Sie würde später dort anrufen und sich über die Kurse informieren.

Als sie die Hauptstraße erreichte, die einmal um die Insel führte, sah sie das Schild für einen Bauernmarkt und wandte sich in die entsprechende Richtung. Es waren viele Leute zu Fuß unterwegs. Hauptsächlich Familien. Ein kleiner Junge hielt einen riesigen Golden Retriever an der Leine, und es war schwer zu sagen, wer hier wen führte. Vor ihr ging ein älteres Paar Hand in Hand.

Das ist nett, dachte Andi. Dieses Gefühl von Gemeinschaft. Derzeit kannte sie noch niemanden, aber sie wusste, das würde sich ändern. Sie war sich jetzt schon sicher, dass sie sich mit den Arzthelferinnen aus Dr. Harringtons Praxis anfreunden würde.

Ein paar Minuten später hatte sie den Markt erreicht. Er war auf dem Parkplatz der Kirche aufgebaut. An einigen Ständen wurde frisches Gemüse angeboten, auch wenn es noch früh in der Erntesaison war. Es gab Unmengen an Spargel und frische Blumen, Eier und Käse. Der Duft von langsam kochendem Schweinefleisch vermischte sich mit dem von gegrilltem Rind. Am Ende der einen Reihe bereiteten einige Latinas frische Tortillas und Tamales zu. Obwohl es noch früh war und sie gefrühstückt hatte, knurrte Andis Magen.

Sie schaute sich jeden Stand an. Es gab Gläser mit Honig aus der Region, handgemachte Seifen und biologisch hergestellte Cremes. Mehrere Produkte verlockten sie zum Kauf, aber sie wollte sie nicht mit auf die Weinprobe schleppen und wusste nicht, ob sie genug Zeit hätte, um nach Hause zurückzugehen und wieder hierherzukommen. Also begnügte sie sich mit Bummeln. Als sie schließlich zum Treffpunkt für die Weinprobe ging, war sie richtig gut drauf.

Eine brünette Frau Anfang zwanzig in einem Island-Tours-T-Shirt stand vor dem Laden, in dem ihre Tour beginnen würde. Andi ging zu ihr.

»Ich bin für die Weinprobe um elf angemeldet«, sagte sie. »Andi Gordon.«

»Super. Ich bin Beth.« Beth überflog ihre Liste und reichte Andi dann ein hellrotes Plastikarmband. »Das müssen Sie den ganzen Tag über tragen. Wir haben bei jedem der Weingüter spezielle Weinproben, und das hier ist Ihre Eintrittskarte. Denken Sie daran, es nicht zu übertreiben und ausreichend Wasser zu trinken. Außerdem sollten Sie die angebotenen Snacks essen.« Sie ließ ein Lächeln aufblitzen. »Wir wollen nicht, dass unsere Touristen betrunken Auto fahren.«

Andi dachte kurz daran, sie darauf hinzuweisen, dass sie keine Touristin war, doch das war hier nicht der Punkt. »Ich bin zu Fuß da«, sagte sie.

»Perfekt. Dann können Sie so viel trinken, wie Sie mögen.« Beth hielt den Stift erwartungsvoll über ihre Liste.

»Was?«, fragte Andi.

»Der andere Name?«

»Was für ein anderer Name?«

»Sind Sie denn nicht in Begleitung?«

Die letzten zehn Jahre hatte Andi auf so eine Frage mit Ja antworten können. Ja, sie hatte jemanden. Ja, sie war mit Matt zusammen. Sie war eine Hälfte eines Paares. Ein Duo. Vielleicht war sie nicht verrückt vor Liebe gewesen, aber mit Matt zusammen zu sein hatte sich behaglich angefühlt.

»Nein, ich bin heute alleine hier«, sagte sie.

Beth blinzelte. »Oh. Super. Wir haben ein paar lustige Leute dabei. Ich bin sicher, Sie werden viel Spaß haben.«

Andi wollte sagen, dass die Welt nicht aus den Angeln fiel, nur weil eine Frau kein Date hatte. Aber sie fühlte sich ja selbst unbehaglich, wenn auch entschlossen. Sie hatte entschieden, dass ein Matt-Fiasko genug war. Sie würde ihr neues Singleleben mit offenen Armen angehen und akzeptieren, dass ihr kein »glücklich bis ans Lebensende« vorherbestimmt war. Sie war eine Frau, und sie würde sich selbst verwirklichen.

»Hey, sind Sie diejenige, die allein hier ist?«

Andi drehte sich um und sah ein älteres Paar neben sich stehen. Sie waren beide groß und dünn mit grauen Haaren und einem freundlichen Lächeln. Und mindestens siebzig.

»Wie bitte?«

Die Frau lächelte. »Ich bin Betty, und das ist mein Fred. Wir sind auch für die Weinprobe hier. Das nette Mädchen, das uns heute begleitet, erwähnte, dass Sie niemanden haben.« Betty senkte ihre Stimme. »Wir haben gesagt, dass wir uns um Sie kümmern.«

Andi unterdrückte ein Stöhnen. Sie war über dreißig, Ärztin und durchaus in der Lage, alleine eine Weinprobe mitzumachen, bei der sie sich nicht weiter als vier Meilen von ihrem Haus entfernte.

Doch sie war dazu erzogen worden, höflich zu sein, also schenkte sie den beiden ein, wie sie hoffte, aufrichtig wirkendes Lächeln. »Das ist sehr süß von Ihnen, aber ich komme schon klar.«

»Das macht uns keine Umstände.« Betty hakte sich bei ihr unter. »Wir haben eine Tochter, die ist genau wie Sie. Sehr hübsch, niemand versteht, warum sie keinen Mann abbekommt. Wir haben lange vermutet, dass sie lesbisch ist, aber sie schwört, das wäre sie nicht. Wir würden sie natürlich genauso lieben. Vielleicht gibt es auf dieser Tour ja einen netten alleinstehenden Mann.«

»Ich bin ehrlich gesagt hier, um etwas über die Insel zu lernen und den Wein zu probieren.«

Betty tätschelte ihren Arm. »Sie sind so tapfer. Das ist inspirierend. Ich sage meinem Fred immer, dass er auf keinen Fall als Erster gehen darf. Ich wüsste überhaupt nicht, was ich alleine anstellen sollte. Ich kümmere mich seit fünfzig Jahren um ihn. Finden Sie nicht auch, es ist das höchste Ziel einer jeden Frau, Ehefrau und Mutter zu sein?«

Andi räusperte sich. »Ich kann mir vorstellen, dass das sehr befriedigend ist, aber –«

»Das kommt schon noch, Honey. Wir reisen mit Freunden. Kommen Sie, ich stelle Sie ihnen vor. Sie sind alle sehr nett, aber bei Walter sollten Sie ein wenig vorsichtig sein. Er schaut gerne den Frauen nach, und Sie sind genau sein Typ.«

Andi massierte sich die Stirn, weil sie einen Anflug von Kopfschmerzen verspürte.

»Hey ihr alle, das hier ist Andi. Sie ist heute alleine. Ich habe gesagt, wir würden uns um sie kümmern.« Betty senkte die Stimme. »Sie weiß Vorschläge für Singlemänner sehr zu schätzen. Enkel, Großneffen. Andi ist in einem Alter, wo sie nicht mehr wirklich wählerisch sein kann.«

Andi öffnete den Mund und schloss ihn wieder. Ehrlich, was sollte sie dazu sagen? In diesem Moment schwor sie sich, dass sie jeden der angebotenen Weine probieren und jedes Glas bis auf den letzten Tropfen austrinken würde.

Andi neigte eigentlich nicht dazu, sich zu betrinken, aber während der Weinprobe hatte sie eine Ausnahme gemacht. Betty und ihre Freunde hatten ihr angeboten, sie zu ihrem Haus zurückzufahren, doch sie hatte abgelehnt. Der Spaziergang würde ihr guttun. So wie sich ihr der Kopf drehte, brauchte sie ein wenig frische Luft. Um nicht zu dehydrieren, hatte sie eine Flasche Wasser dabei. Sie würde schon klarkommen.

Sie hatte außerdem mehrere Telefonnummern von altersgemäßen Verwandten der Senioren abgelehnt. Ehrlich gesagt, hatten die Beschreibungen der fraglichen Singlemänner sie abgeschreckt.

Da gab es Beas und Harolds ältesten Enkel, der immer noch bei seiner Mutter wohnte, aber so viele Geschäftsideen hatte, dass er gar nicht wusste, wo er anfangen sollte. Jeff, ein zweiunddreißigjähriger Extremsportler, dessen letzte sexuell übertragbare Krankheit sehr gut abheilte. Chase, der mit dreißig bereits dreimal verheiratet gewesen war, weil er einfach nicht »die Eine« fand. Und Derek, ein Autor, der nach einer Frau mit einem gesicherten Job suchte, die ihn unterstützte, während er den großen amerikanischen Roman schrieb. Selbst Beth, die Leiterin der Tour, hatte einen Exfreund erwähnt, der in ein paar Wochen aus der Entzugsklinik kommen würde.

Andi hatte alle Angebote, sie zu verkuppeln, abgelehnt und versprochen, in Verbindung zu bleiben. Ja, die Weinprobe war wundervoll gewesen, aber jetzt war sie froh, wieder allein zu sein. Sie hatte sich davongestohlen und sich auf den Rückweg zu ihrem Haus gemacht.

Allein mit ihren Gedanken und einem schönen Schwips, konzentrierte sie sich darauf, auf dem Bürgersteig zu bleiben. Auch wenn das schwerer war, als es sein sollte, konnten sich Gedanken in ihren Kopf einschleichen.

Sicher, seitdem Matt sie vor dem Altar hatte stehen lassen, war sie auf keinem Date mehr gewesen, aber wenn diese Männer ihre einzige Wahl darstellten, war sie glücklich, allein zu sein. Sie wollte nicht jemandes Mutter spielen und hatte auch keinerlei Interesse daran, der Hafen im Sturm zu sein. Sie wollte einen guten Mann, der lustig und fürsorglich war. Loyal und vielleicht ein kleines bisschen sexy.

»Korrektur – kein Mann«, sagte sie laut und schaute sich dann schnell um, um sicherzugehen, dass niemand in Hörweite war. Sie war auf die Insel gekommen, um allein zu sein. Um neu anzufangen und männerlos zu bleiben.

Sie hielt am Fuße des Hügels inne und schaute den Weg hinauf, der zu ihrer Straße führte. Mit ihrem benebelten Gehirn und den steigenden nachmittäglichen Temperaturen war sie sich auf einmal nicht mehr so sicher, ob sie es zurückschaffen würde. Wie jämmerlich war das bitte?

Sie atmete tief ein und ging weiter. Einen Fuß vor den anderen, sagte sie sich. So begann jede Reise.

Während sie die steile Straße hinaufging, ließ sie ihre Gedanken wandern. Mit jedem Schritt wurde die Aussicht spektakulärer. Die Meerenge erstreckte sich in himmlischem Blau. Sie sah die Halbinsel und die Wasserstraße, die zum Pazifik führte. Es wäre alles so viel hübscher, wenn sie sich besser konzentrieren könnte.

Der Duft von Salz lag in der Luft. Sie atmete mehrmals tief ein, in dem Versuch, ihren Kopf klarzukriegen, und ging weiter.

Vielleicht war das mit den Männern ein wenig übereilt von mir, dachte sie. Vielleicht war es übereilt, nach einer schlechten Erfahrung eine Entscheidung zu treffen, die den Rest ihres Lebens beeinflusste. Natürlich hätte das, was sie mit Matt erlebt hatte, jeden zurückgeworfen. Und es war ja nicht so, als gäbe es irgendwelche potenziellen Kandidaten. Sie war gerade in ein absolutes Touristengebiet gezogen. Und Touristen waren kein gutes Datingmaterial. Sie fand Betty und Fred ganz sympathisch, aber sie wollte mit keinem von ihren Vorschlägen ausgehen. Was die Bewohner der Insel anging: Soweit sie das bisher beurteilen konnte, waren sie alle gebunden. Immer zwei zusammen. Wie auf der Arche Noah, dachte sie kichernd, als sie um die Ecke bog und ihr Haus sah.

»Oh, wie hübsch«, murmelte sie. So groß und ... nun ja, einfach hübsch.

Das Sonnenlicht funkelte auf den wenigen verbliebenen Fensterscheiben, und der ungepflegte Garten sah weniger Furcht einflößend aus. Anstatt nach Unkraut sollte ich nach Potenzial Ausschau halten, sagte sie sich.

»Potenzial«, sagte sie laut und lachte, weil es so lustig klang. O ja, sie war betrunken.

Zumindest war es die richtige Entscheidung gewesen, das Haus zu kaufen. Was das Ausgehen mit Männern anging ...

Apropos, einer von ihnen verließ in diesem Moment ihr Haus. Er war groß und muskulös und trug ein T-Shirt und Cargoshorts. Er beugte sich vor, hob mehrere Kanthölzer auf und legte sie sich über die Schulter, als wögen sie nichts. Dann kehrte er ins Haus zurück.

Als er im Inneren verschwand, stolperte Andi ein wenig nach.

Nett, dachte sie, nachdem sie Wade erkannt hatte. Sehr nett. »Glaubst du, er würde mit mir ausgehen?«, überlegte sie laut. »Oder mit mir Sex haben?« Die letzten Monate mit Matt waren von der sexlosen Art gewesen, und auch wenn ihre Zeit zwischen den Laken nie sonderlich interessant gewesen war, vermisste sie es, Orgasmizisten zu haben. Orgasmusse. Orgasmen.

Wade war so groß und stark und hatte diese großen Hände. Als Medizinerin wusste sie, dass die Gerüchte bezüglich großer Hände und Füße nur ein Mythos waren, aber ein Mädchen durfte ja wohl noch träumen. Wobei, wenn sie von heißem, schwitzigem Sex mit ihrem Bauunternehmer träumte, bedeutete das dann nicht, dass sie nicht so selbstverwirklicht war, wie sie gedacht hatte? Und wenn sie nicht bereit war, den Rest ihres Lebens als ... als alte Jungfer zu verbringen, war auf die Insel zu ziehen dann nicht eine wirklich dumme Idee gewesen?

Ihr Blick verschwamm, und sie spürte, dass sie aus der Sonne musste. Vielleicht sollte sie ein wenig Wasser trinken.

Ja, das war richtig. Immer schön trinken. Sie würde etwas Wasser trinken und dann herausfinden, was sie unternehmen sollte bezüglich …

Andi blinzelte, und der Gedanke war fort.

Sie schaffte es, den Weg zu ihrem Haus hinaufzugehen, und stolperte dann die Stufen zur Veranda hoch. Als sie durch die Tür trat, musste sie sich kurz gegen den Türrahmen lehnen, damit ihre Augen sich an das dunklere Licht gewöhnen konnten. Sie schaute auf die Wasserflasche in ihrer Hand und fragte sich, wo die auf einmal herkam.

»Hey, Sie sind zurück. Wie war die Weinprobe?«

Sie schaute auf und sah Wade näher kommen. Sie lächelte ihn an.

»Ich war auf einer Weinprobentour.«

»Ich weiß.«

»Da gab es sehr viel Wein.«

Er zog seine dunklen Augenbrauen zusammen. »Sie sind betrunken.«

Sie hob eine Hand und hielt Daumen und Zeigefinger nah aneinander. Nur war da eine Flasche im Weg. Huch? Wo kam die denn her?

»Andi?«

Sie richtete ihre Aufmerksamkeit wieder auf seine Augen. Hübsch, dachte sie und schwankte ein wenig. Wie das Haus, nur anders.

»Wie viel haben Sie getrunken?«

»Ich habe keine Ahnung. Ich war mit Fred und Betty zusammen.«

»Wer sind Fred und Betty?«

»Freunde. Alte Freunde.« Sie kicherte, weil sie wusste, er würde denken, es handle sich um Leute, die sie schon lange kannte, obwohl sie doch Leute meinte, die alt waren. Aber den Witz zu erklären wäre viel zu kompliziert.

»Sie werden sich morgen hassen«, sagte er. »Nehmen wir Ihnen erst einmal das hier ab.«

»Was?«

Er trat näher und nahm ihr den Rucksack ab, den sie vollkommen vergessen hatte. Es fühlte sich an, als hätte ihr jemand das Gewicht der Welt von den Schultern genommen.

»Wow, wie viel Wein haben Sie denn gekauft?«

Sie starrte den Rucksack an. Wo war der auf einmal hergekommen? »Da drin ist Wein?«

Er hob ihn mit einer Hand hoch. »Ich würde sagen, ungefähr eine Kiste. Soll ich den nach oben in die Küche bringen?«

»Ich habe eine Küche? Sie haben mir eine Küche gebaut? Das ist so nett.« Noch am Morgen hatte sie keine Küche gehabt. Nur einen leeren Raum.

Wade schüttelte den Kopf. »Sie sind ja schlimmer dran, als ich gedacht habe. Kommen Sie. Ich bringe Sie nach oben. Dort können Sie sich ruhig hinsetzen, bis Sie bereit sind, sich zu übergeben.«

»Ich werde mich nicht übergeben«, informierte sie ihn.

»Da irren Sie sich hoffentlich. Glauben Sie mir, das alles schnell loszuwerden wird helfen, damit Sie sich morgen besser fühlen. Ansonsten würde ich morgen nicht Sie sein wollen.«

Sie hatte keine Ahnung, wovon er sprach, aber das schien auch nicht schlimm zu sein, weil sie sich bewegten. Halb schob, halb trug Wade sie die Treppe hinauf. In einer Sekunde kam es ihr vor, als befände sie sich in der leeren Hülle eines Hauses, in der nächsten Minute war sie in ihrem Wohnzimmer im Dachgeschoss, und Wade drückte sie in einen Sessel.

»Mir geht es gut«, sagte sie.

Er lachte. »Das sehe ich.«

Er legte ihren Rucksack auf den Tresen, nahm ein wenig Eis aus dem winzigen Gefrierschrank und gab es in ein Glas, das er dann mit Wasser füllte und ihr reichte.

»Trinken Sie«, befahl er. »Ich komme später noch mal vorbei, um nach Ihnen zu sehen.«

Bevor sie ihm sagen konnte, dass das nicht nötig wäre, ging er bereits. Als er das Erdgeschoss erreicht hatte, stellte sie das Glas auf den Tisch und presste sich die Hände auf den Magen. Dreißig Sekunden später war sie auf dem Weg zum Badezimmer, um Wades Theorie zu testen.

9. KAPITEL

Boston starrte auf den großen Bogen Papier. Vor ihrem inneren Auge sah sie das Wandgemälde genauso, wie sie es haben wollte. Der geschmeidige Jaguar mit den glühenden Augen, die lächelnden, schelmischen Affen in den hellgrünen Bäumen, die zwinkernde Raupe. Normalerweise war das alles, was sie brauchte. Sobald die Vision in ihrem Kopf klar war, fing ihre Hand an, sich zu bewegen. Aber nicht an diesem Nachmittag.

Es war ihr dritter Versuch, Ideen für Andis Wartezimmer zu skizzieren. Außerhalb ihrer Komfortzone zu arbeiten, ohne den Druck zu haben, sich ein Vierhundert-Dollar-pro-Meter-Design für einen Stoff auszudenken, war ihr wie das perfekte Gegenmittel für ihre derzeitige künstlerische Flaute vorgekommen. Aber trotz allem, was sie sah, wenn sie die Augen schloss, obwohl sie sich so sehr wünschte, dass ihre Arbeit zum Leben erwachte, saß sie wie erstarrt da. Ihre Finger waren taub und unkooperativ.

»Hey, Babe.«

Die vertraute Stimme, die vertrauten Worte erlösten sie aus ihrem Künstlergefängnis. Sie sprang auf und eilte aus dem Atelier.

»Du bist aber früh zurück«, sagte sie, als sie die Küche betrat.

Zeke stand im Vorraum und löste gerade seinen Werkzeuggürtel. »Ich musste nach Hause zu meinem Mädchen«, sagte er mit einem Zwinkern.

Sie ging auf ihn zu. Sein Werkzeuggürtel fiel zu Boden, und seine Arme schlangen sich um sie. Sie trat in seine Umarmung.

Alles war vertraut. Behaglich und sexy zugleich. Sie wusste nicht nur, wie sich Zekes Mund unter ihrem bewegen würde, sie wusste auch, welche Gefühle diese Bewegung in ihr auslösen würde. Vorfreude vermischte sich mit Sicherheit und erschuf Begierde.

Bis vor sechs Monaten ist Sex nie ein Problem gewesen, dachte sie, während sie sich an ihn lehnte und genoss, wie seine Hand an ihrem Körper auf und ab glitt. Nach Liams Geburt war sie noch vor der Freigabe durch ihren Arzt wieder bereit gewesen, mit Zeke intim zu sein. In letzter Zeit jedoch war Zeke derjenige gewesen, der kein Interesse gehabt hatte.

Er vertiefte den Kuss und umtanzte ihre Zunge mit seiner. Mit seinen großen Händen umfing er ihren Hintern und drückte leicht zu. Sie drängte ihre Hüften an ihn und ließ sie langsam kreisen, wartete darauf, den vertrauten Druck seiner Erektion zu spüren. Sie wollte seine Härte fühlen. Sie nahm die Hände herunter und umfasste seine Handgelenke, um seine Hände zu ihren Brüsten zu führen, da bemerkte sie, dass da nichts war. Kein körperlicher Beweis dafür, dass er sie überhaupt wollte.

Er unterbrach den Kuss und gab ihr einen letzten Klaps auf den Hintern, dann legte er einen Arm um ihre Schultern.

»Also, erzähl mir, wie weit du heute mit dem Wandgemälde gekommen bist«, sagte er und führte sie in Richtung ihres Ateliers.

»Da gibt es nichts zu sehen. Es fällt mir ein wenig schwer anzufangen.«

»Das ist okay. Ich erwarte keine Perfektion. Ich bin nur neugierig.«

Er klang entschlossen, und sie erkannte, dass sie ihn nicht aufhalten konnte. Also gab sie dem Unausweichlichen nach und ließ sich von ihm über den Flur führen.

Das Atelier war kurz nach ihrer Hochzeit ans Haus angebaut worden. Es zeigte nach Süden und hatte große Fenster, die viel Licht hereinließen. Es gab maßgefertigte Regale und Schubladen für ihre Malutensilien, Halter für ihre Pinsel und

Stifte und speziell angefertigte, ausziehbare Tische für ihre handbemalten Stoffe.

Zeke ließ sie los und betrat das Atelier. Boston blieb im Flur stehen, weil sie bereits wusste, was er sehen würde. Was sie nicht mehr hatte verstecken können. Denn das tat sie schon seit Wochen: Beweise verstecken.

Auf einer Staffelei stand ein leeres Skizzenblatt. Jede andere Oberfläche, jeder Zentimeter Wandfläche war von Bildern ihres toten Sohnes bedeckt. Bleistiftzeichnungen, Ölporträts, Aquarellfarben, Pastelle. In Schwarz-Weiß, Farbe, realistisch, abstrakt. Jeder Stil, jede Pose, jede Position. Sie fand die Bilder tröstlich, wusste aber, dass Zeke das nicht tat.

Er drehte sich langsam im Kreis und nahm alles in sich auf. Schließlich schaute er sie an. Sein Mund war verspannt, sein Körper steif.

»Was zum Teufel, Boston? Du machst das immer noch? Wo bist du?«

Sie betrat das Atelier und stellte sich ihm. »Ich bin hier.«

»Nein, bist du nicht. Du musst lernen, deine Trauer zu verarbeiten.«

»Das tue ich.«

»Das hier ist nicht verarbeiten. Das hier ist verstecken. Glaubst du, du kannst ihn zurück ins Leben malen?«

»Nicht jeder will seine Trauer in einer Flasche ertränken, Zeke.«

»Zumindest fühle ich etwas. Zumindest weine ich um unser Kind. Hast du das je getan? Hast du auch nur ein einziges Mal geweint?«

Sie sah seinen Zorn. Er war grell und rot – ein Klischee, aber trotzdem. Schimmernd. Sie sah auch Traurigkeit. Sie war etwas gedämpfter. Indisch oder Heuschreckengrün, dachte sie, und es war so viel einfacher, darüber nachzudenken als über die Worte ihres Mannes.

»Ich gehe damit auf meine eigene Weise um«, erklärte sie ihm.

»Das tust du nicht. Du verirrst dich.« Er machte einen Schritt auf sie zu. »Verdammt, Boston, ich kann nicht auch noch dich verlieren. Aber ich habe das Gefühl, du entgleitest mir.«

Er zeigte auf das Atelier, auf die Bilder und Skizzen. »Weißt du eigentlich, wie viel Angst mir das macht? Weißt du, wie es ist, zu wissen, dass du Liam wieder und wieder malst?« Seine Hände ballten sich zu Fäusten. »Tu mir das nicht an, Boston. Bitte. Such dir Hilfe. Sprich mit einem Arzt.«

»Mit einem Psychiater, richtig? Weil ich verrückt bin?«

Sie schüttelte den Kopf. Sie wusste, was passieren würde. Wie er oder sie versuchen würde zu reparieren, was kaputtgegangen war. Verstand denn niemand, dass zerbrochen zu sein das Einzige war, was ihr geblieben war? Ohne das wäre Liam wirklich fort.

»Ich kann dir dabei nicht zusehen«, erklärte er und ging an ihr vorbei und den Flur hinunter.

Sie ließ ihn gehen. Sie wusste, dass er jetzt das Haus verlassen würde. Er ging vielleicht zu Wade oder in eine Bar. Sie schätzte, sie sollte sich Sorgen machen. Nicht darüber, dass er sie betrügen könnte, sondern über das, was sie jedes Mal verloren, wenn sie das hier taten. Wenn die Liebe ein Haus wäre, würde sie sagen, dass ihr Fundament anfing zu bröckeln. Und eines Tages würde das Haus einfach in sich zusammenfallen.

Sie wartete auf den Anflug von Schmerz, auf die Sorge. Sie war violett. Nein. Glyzinie und Distel. Ja, das war besser.

Sie hörte, wie die Tür von Zekes Truck zufiel, gefolgt von dem Geräusch des startenden Motors. Sie ging zu ihrem Hocker und setzte sich. Dann nahm sie ihren Stift zur Hand. Die Gedanken an den Zeichentrickjaguar verschwanden. Stattdessen sah sie ein wunderschönes, schlafendes Baby vor sich und fing an zu zeichnen.

Andi wachte mit mörderischen Kopfschmerzen und dem von Herzen kommenden Schwur auf, sich nie, nie wieder so zu betrinken. Ihre Augen fühlten sich an wie mit Sandkörnern gefüllt, ihr gesamter Körper schmerzte, und ihre Haut war ungefähr zwei Nummern zu klein. Als Ärztin konnte sie sich den Prozess der Entgiftung vorstellen, den ihr Körper gerade durchlief. Als Mensch, der das durchmachen musste, konnte sie nur viel Wasser trinken und darauf warten, dass der Kater verging.

Sie hatte nur vage Erinnerungen an den gestrigen Nachmittag. Sie war sich ziemlich sicher, mit Wade gesprochen zu haben. Sie hoffte nur, dass sie nichts allzu Dummes von sich gegeben hatte. Wie ihn zu fragen, ob sie mal seine Muskeln anfassen dürfte. Oder ob er sein Hemd ausziehen würde. Ja, ihr Bauunternehmer war ein gut aussehender Kerl, und ja, vielleicht war sie ein wenig voreilig gewesen mit ihrer Erklärung, so was von über die Liebe hinweg zu sein. Wie auch immer, sie musste die Sache durchdenken. Sich vorsichtig bewegen. Und vielleicht abwarten, bis sie sich ein bisschen weniger wie ein überfahrenes Tier fühlte, bevor sie sich ihm an den Hals warf. Außerdem war es ja nicht so, als hätte er Interesse an ihr bekundet. Nicht ein einziges Blinzeln seiner langen, dunklen Wimpern hatte auch nur darauf hingedeutet, dass er in ihr etwas anderes sah als eine Kundin. Sie hatte genug romantische Zurückweisung für dieses Jahr erlebt, vielen Dank.

Nachdem sie zwei Gläser Wasser getrunken und drei Cracker gegessen hatte, ging sie nach unten. Zum Glück war Sonntag, und sie würde sich nicht mit Hämmern oder Sägen oder auch nur einer Unterhaltung herumschlagen müssen. Sie könnte sich in friedlicher Einsamkeit entgiften und später vielleicht ein wenig Suppe essen.

Der große, offene Bereich, der die traurige, nackte Hülle ihres Hauses war, verbesserte ihre Laune nicht gerade. Sie wollte

Wände und einen Fußboden. Fenster anstelle von zugenagelten Löchern. Okay, es war erst eine Woche vergangen, aber trotzdem. Sie wollte sichtbare Fortschritte.

Andi blieb neben einer sehr neu und ordentlich aussehenden Verkabelung stehen und versuchte, sich darüber zu freuen. Doch sie empfand nicht einmal ein kleines Flackern. Sie wollte gerade wieder hinaufgehen, um den Rest des Vormittags im Liegen zu verbringen, als es an der Tür klopfte.

Zumindest nahm sie an, dass es ein Klopfen war. In ihrem gegenwärtigen Zustand fühlte es sich mehr nach einer Horde Westgoten an, die unablässig gegen die Tür und in ihrem Kopf hämmerte. Sie lief schnell zur Tür, damit es aufhörte.

»Ja?«, sagte sie und starrte die hübsche blonde Frau an, die auf ihrer Veranda stand.

Ihre Besucherin war von durchschnittlicher Größe und hatte blaue Augen und blasse Haut. Sie war lässig gekleidet, aber auf eine Art, bei der Andi sich auf einmal ihres vermutlich fleckigen T-Shirts und der weiten Shorts sehr bewusst war. Ganz zu schweigen von ihren nackten Füßen und den ungekämmten Haaren.

Langsam dämmerte ihr, dass es sich bei der Besucherin um ihre perfekte Nachbarin handelte.

»Hi«, sagte die Frau mit einem geübten Lächeln. »Ich bin Deanna Philips. Ich wohne nebenan.«

Deanna trug eine leichte Jacke über einem Spitzenhemd. Ihre Hose war maßgeschneidert, und die Perlenkette hielt das ganze Outfit zusammen. Sie war geschminkt und trug Ohrringe. Andi zupfte am ausgefransten Saum ihres T-Shirts.

»Schön, Sie kennenzulernen«, sagte Andi und trat automatisch zurück, um die Frau hereinzubitten. Zu spät erinnerte sie sich daran, dass sie keine Wände hatte, ganz zu schweigen von einem Platz, wo man sich hinsetzen konnte. »Sorry. Ich bin im Umbau.«

Das Haus, dachte sie panisch. Das Haus ist im Umbau. Gut, sie könnte auch eines dieser Umstylings gebrauchen, aber das ging Deanna wohl kaum etwas an.

Deanna trat ein und schaute sich um. Ihre zierliche Nase kräuselte sich ein wenig. »Wenigstens ist schon mal alles bis auf die Balken weg«, sagte sie. »Ich bin sicher, das Haus wird bezaubernd aussehen, wenn es fertig ist.« Sie hielt inne. »Es tut mir leid, dass ich erst so spät vorbeischaue.«

Sie hielt Andi eine Auflaufform hin. »Willkommen in der Nachbarschaft. Das ist Hühnchen mit Gemüse. Sehr gesund, aber ich hoffe, Sie mögen es.«

»Danke.«

Andi nahm die Schüssel und war dankbar, sich heute keine Gedanken mehr ums Essen machen zu müssen. Vorausgesetzt, sie würde jemals wieder Appetit haben. Ehrlich gesagt, drehte sich ihr im Moment bereits vom Aroma der Gewürze der Magen um.

Deanna betrachtete die vernagelten Fenster und den freigelegten Estrich. »Ich habe gehört, Sie sind Ärztin?«

»Kinderärztin, ja.«

»Ein Beruf. Ja, das wird heutzutage erwartet, nicht wahr? Alles zu haben. Ich wollte Mutter sein und eine Familie haben.« Sie presste die Lippen zu einem dünnen Strich zusammen. »Darüber habe ich mich definiert. Sehr altmodisch, ich weiß.«

Andi war nicht sicher, ob es an ihrem Kater oder der Unterhaltung lag, aber sie hatte erhebliche Schwierigkeiten, der Frau zu folgen.

»Ich habe gehört, dass Sie fünf Töchter haben. Das ist ziemlich unglaublich. Ich habe Lucy kennengelernt. Was für ein süßes Mädchen.«

Deanna starrte sie an. »Ja. Töchter. Fünf Mädchen, für die ich verantwortlich bin.« Sie schüttelte leicht den Kopf. »Ich bin sicher, Sie wollen mal vorbeikommen, um sich mein Haus anzusehen. Das Erdgeschoss ist ziemlich perfekt restauriert. Das Wohnzimmer ist mit einer Mischung aus Antiquitäten und Reproduktionen eingerichtet, die dem Alter des Hauses entsprechen.«

»Äh, das wäre nett. Danke.«

Deanna nickte. »Das Haus befindet sich seit seiner Erbauung im Besitz meiner Familie. Boston hat ihres auch geerbt, aber ihre Großeltern haben es von den ursprünglichen Besitzern gekauft.«

»Okay.« War es wichtig, wessen Familie das Haus am längsten besaß?

Deanna schenkte ihr ein weiteres Lächeln, das jedoch nicht ganz bis zu ihren Mundwinkeln reichte. »Nun denn, ich habe Sie lange genug aufgehalten. Willkommen. Wir sind sehr dankbar, dass jetzt jemand hier wohnt. Was auch immer Sie mit diesem Haus anstellen werden, es wird eine Verbesserung sein.«

Damit drehte sie sich um und ging. Andi starrte ihr hinterher. Sie war nicht sicher, was schiefgelaufen war, aber überzeugt, dass sie Deanna Philips niemals mögen würde.

Eine Woche später fühlte Andi sich genauso von der Rolle, aber dieses Mal ohne den Kater vom letzten Sonntag. Als sie nach unten ging, gestand sie sich ein, dass sie lächerlich einsam war und der Tag ihr endlos vorkam. Während der Woche war sie gut beschäftigt. Sie hatte viele Patienten, und die Arzthelferinnen waren freundlich. Wenn sie nach der Arbeit nach Hause kam, war sie angenehm erschöpft und bereit, sich zu entspannen. Den gestrigen Tag hatte sie mit Einkäufen gefüllt, aber heute hatte sie nichts vor.

Normalerweise hatten sie und Matt die Sonntage zusammen verbracht. Es war der einzige Tag der Woche, an dem sie beide freihatten und nur selten einen Bereitschaftsdienst übernehmen mussten. Auch wenn Matt dank seiner Spezialisierung – pädiatrische Onkologie – nie wirklich freihatte.

Trotzdem hatten sie gemeinsam Dinge unternommen. Waren in Museen oder mit Freunden essen gegangen, hatten seine Familie besucht, sich einen Film im Kino angeschaut. Ihr Tag war erfüllt gewesen, oft mit dem, was er tun wollte. Nun, mit zweiunddreißig, musste sie erkennen, dass sie überhaupt nicht wusste, was sie mit einem ganzen Tag alleine anstellen sollte.

Sie trank ihren Kaffee aus und spülte die Tasse ab, dann machte sie ihr Bett. Sie war bereits geduscht und angezogen. Der Tag war sonnig und warm, das sollte sie nutzen. Vielleicht könnte sie … Was? Gab es auf Blackberry Island irgendwelche Museen? Sie wollte nicht alleine ins Kino, und ihre Freunde wohnten mehrere Stunden entfernt in Seattle.

Sie schaute aus dem kleinen Dachfenster und sah ihren vernachlässigten Garten. Das ist doch was, dachte sie. Sie könnte ihr Grundstück erkunden. Sie könnte ein wenig herumlaufen, ein Gefühl dafür bekommen. Vielleicht sogar ein paar Fotos machen. Dann könnte sie in der Woche Wade fragen, ob er einen Gärtner kannte, der ihr helfen würde, ein wenig Ordnung hineinzubringen. Oder sich den Namen der Frau geben lassen, die Boston erwähnt hatte.

Schnell cremte sie sich mit Sonnenschutz ein, setzte einen Hut auf, nahm ihre kleine Digitalkamera und ging nach draußen.

Im Pazifischen Nordwesten mochte es im Winter viele regnerische, düstere Tage geben, aber sobald die Sonne herauskam, gab es keinen schöneren Ort auf der Erde. Andi schaute in den blauen Himmel über sich, dann auf die Insel unter sich und das Wasser dahinter. Sie hätte schwören können, beinahe bis zum Pazifik sehen zu können. Es wehte ein leichter Wind, und es war warm. Der Sommer war wirklich auf der Insel angekommen.

Sie ging in ihren hinteren Garten und fing an, Fotos zu schießen. Es gab bereits angelegte Beete, die allerdings mit hohen, rauen Büschen überwuchert waren, deren Namen sie nicht kannte. Das Gras war an einigen Flecken braun. Das Einzige, was hier üppig wuchs, war das Unkraut. Sie machte noch mehr Fotos und fragte sich, ob sie ein Sprinklersystem hatte. Oder Gartengeräte. In der hinteren Ecke des Grundstücks stand ein Schuppen, doch der sah aus, als würde er jeden Moment zusammenfallen, und sie war sicher, darin eine dicht besiedelte Spinnenkolonie zu finden.

Nachdem sie einige Fotos vom seitlichen Garten gemacht hatte, ging sie nach vorne und fotografierte dort weiter. Durch die Linse zu schauen machte ihr erst richtig deutlich, wie schrecklich ihr Garten war. Sie musste so bald wie möglich mit Wade über Vorschläge für die Anlage des Gartens sprechen. Sie konnte am Ende des Tages ins Haus gehen und beim Blick aus dem Dachgeschoss aufs Meer so tun, als wäre alles in Ordnung. Ihre Nachbarn hingegen mussten den Garten jeden Tag aus ihren Fenstern sehen.

»Hi, Andi.«

Sie drehte sich um und sah Lucy auf sich zukommen. Der treue Kater der Familie lag entspannt in ihren Armen. Sie hatte zwei kleinere Kinder bei sich. Eineiige Zwillinge, dachte Andi, als sie die blonden Haare und großen blauen Augen sah.

»Hi«, sagte sie lächelnd. »Schön, dich wiederzusehen.«

»Das sind meine beiden kleinen Schwestern, Sydney und Savannah. Keine Sorge, wenn du sie nicht auseinanderhalten kannst. Das kann niemand außerhalb der Familie.«

Andi lachte, dann ging sie in die Knie und streckte ihre Hand aus. »Ich freue mich sehr, euch beide kennenzulernen.«

Sydney und Savannah schüttelten ihr die Hand, dann schauten sie einander an und kicherten.

Alle drei Mädchen trugen T-Shirts und Shorts. Die Zwillinge

hatten identische T-Shirts mit Rüschen am Saum an. Eines war pink, das andere gelb.

»Ich bin Sydney«, sagte das Mädchen in Gelb.

Lucy setzte sich auf das Gras und ließ Pickles los, der sich sofort auf ein sonnenbeschienenes Fleckchen legte und anfing, sich zu putzen. Die Zwillinge setzten sich neben ihre Schwester.

»Was machst du gerade?«, wollte Lucy wissen.

»Ich mache Fotos von meinem Garten. Ich will mich von jemandem beraten lassen, was ich am besten damit anstelle. Im Moment sieht er ziemlich schrecklich aus.«

Savannah nickte heftig. »Mommy hasst dein Haus. Sie sagt, es ist ein Schand –« Sie schaute zu Lucy, die nur mit den Schultern zuckte.

»Ein Schandfleck?«, bot Andi an.

»Genau. Ein Schandfleck.«

Nicht gerade freundliche Worte, auch wenn sie wahr waren.

»Das arme Haus hat lange leer gestanden«, sagte Andi. »Ich schätze, es war früher traurig, aber bald sollte es glücklich sein.«

»Häuser können nicht glücklich sein«, erklärte Sydney ihr.

»Warum nicht?«

»Weil sie nicht echt sind.«

Andi neigte den Kopf und betrachtete ihr Haus. »Für mich sieht es aber echt aus.«

»Sie meint, dass das Haus nicht lebendig ist«, erklärte Lucy. »Aber ich weiß, was du meinst. Ich fand auch immer, dass dein Haus traurig war.«

Sydney rutschte ein Stückchen näher und schenkte ihr ein breites Lächeln. »Willst du uns einen Keks anbieten?«

»Was?« Andi starrte sie an. Richtig. Erfrischungen. Das war es, was Gastgeberinnen taten. »Es tut mir leid. Ich habe nicht viel zu essen im Haus. Ich habe einen Apfel, den könnten wir uns teilen.«

»Nein danke.«

Andi stöhnte. »Nächstes Mal werde ich Kekse dahaben.«

Sydney schaute sie hoffnungsvoll an. »Und Limonade?«

»Klar.«

»Das wäre schön.«

»Wir können jetzt eine Fantasieteeparty feiern«, schlug Lucy vor. »Das tun wir ständig. So tun, als hätten wir einen Kaffeeklatsch. Auch wenn Sydney uns immer sagt, dass da nicht wirklich Tee in unseren Tassen ist.«

»Sie versteht es nicht, so zu tun als ob«, sagte Savannah grinsend.

»Tu ich doch«, widersprach Sydney. »Aber so zu tun ist nicht echt.«

»Es macht trotzdem Spaß«, sagte Lucy.

Sydney rutschte noch näher an Andi heran. »Mommy wollte einen Jungen, aber stattdessen hat sie uns bekommen.«

Andi schätzte, dass der Kommentar stimmte. Nach drei Mädchen war es kaum überraschend, wenn man sich einen Jungen wünschte. Aber es tat ihr leid, dass die Zwillinge anscheinend gehört hatten, wie ihre Eltern darüber sprachen. So eine Information sollte nicht weitergegeben werden.

»Ich finde euch bezaubernd«, sagte sie warmherzig. »Ich würde mich sehr freuen, drei Mädchen wie euch zu haben.«

Die Schwestern lächelten sie dankbar an. Lucy übernahm die Leitung ihrer Fantasieteeparty und verteilte Tassen und Untertassen und eine sehr ausgewählte Mischung an Fantasiekeksen.

Boston erhaschte einen Blick auf die Mädchen, als sie im Wohnzimmer Staub wischte. Zeke und Wade waren nach Seattle zu einem Mariners-Spiel gefahren, also war sie allein und rastlos. Zum ersten Mal hatte sie sich in ihrem Atelier beengt gefühlt, und es war ihr nicht gelungen, sich in ihrer Kunst zu verlieren. Hausarbeit hatte wie eine fröhliche Alternative geklungen, was nur zeigte, wie schlimm es um sie stand. Niemand putzte gerne – außer vielleicht Deanna, und Gott wusste, dass Deanna sich zugutehielt, ein wenig besser als alle anderen zu sein.

Boston hörte gerade lange genug mit dem Staubwischen auf, um sich zu ermahnen, vorsichtig mit ihren Vorurteilen zu sein. Nicht nur, weil sie sich dadurch nicht besser fühlte, sondern auch, weil sie an Karma glaubte. Es war besser, sich daran zu erinnern, dass Deanna ihr Bestes gab, um eine perfekte Mutter zu sein, und sich ihre guten Eigenschaften ins Gedächtnis zu rufen. Auch wenn sie im Moment keine Ahnung hatte, welche das waren.

Sie trat ans Fenster und beobachtete, wie drei von Deannas Töchtern in Andis Vorgarten saßen und Teeparty spielten. Sie bildeten einen Kreis, und der Kater der Familie hatte es sich in der Mitte gemütlich gemacht. Das Sonnenlicht schien sie alle zu umarmen, die Unschuld dieses Augenblicks gleichzeitig zu segnen und zu beschützen.

Das Gold und Gelb und das zarte Cremeweiß, aus dem sich das Blond der Haare der Mädchen zusammensetzte, das Aufblitzen von Pickles' rosiger Zunge, als er sich sorgfältig das Gesicht putzte. Es gab scharfe Kanten von knochigen Ellbogen und Knien, die Spiralen von Andis Locken, die gezackten Ränder der Grashalme.

Eine Energie brodelte in Boston hoch und quoll über, erfüllte sie. Sie sah das Bild und spürte es auch. Sie wusste, es wäre aussichtslos, und doch konnte sie dem Drang nicht widerstehen, also ließ sie das Staubtuch auf den Tisch fallen und eilte zurück in ihr Atelier. Dort schnappte sie sich ein Kästchen mit Pastellfarben und machte einen Umweg durch die Küche, um einen Teller Mini-Schoko-Muffins zu holen. Die waren zwar mit Weizenmehl und Zucker gebacken, und Deanna würde einen Schlaganfall erleiden, sollte sie herausfinden, dass ihre Kinder das gegessen hatten, aber das war Boston egal. Die

Mädchen mussten noch ein paar Minuten länger an ihrem Platz bleiben, und Muffins erschienen ihr als die einfachste Form der Bestechung.

Sie steckte sich drei Saftpäckchen in die Taschen ihrer Shorts und eilte zur Haustür hinaus.

Das Quartett saß noch da. Pickles hatte sein Reinigungsritual beendet und lag mit geschlossenen Augen seitlich ausgestreckt in der Sonne.

»Ich hoffe, ich störe euch nicht«, sagte Boston, als sie näher kam. »Ich habe gesehen, dass ihr hier draußen eine Teeparty veranstaltet, und konnte nicht anders, als mich selbst einzuladen.«

»Du bist herzlich willkommen. Ich bin eine fürchterliche Gastgeberin – ein Makel, den ich bis nächstes Wochenende behoben haben werde, das verspreche ich.«

Die Schwestern rutschten schnell zur Seite, um Platz für Boston zu machen. Drei blaue Augenpaare richteten sich auf die Muffins.

»Sind die mit Schokolade?«, fragte Lucy leise und andächtig.

»Ja. Ich habe sie selbst gebacken.«

»Mommy sagt immer, selbst gemacht ist am besten«, warf Sydney ein.

Boston hielt ihnen den Teller hin. »Ich weiß, was sie von gekauften Snacks hält, also müsst ihr euch darüber keine Gedanken machen.«

Die Zwillinge schauten Lucy an, die ihre Lippen fest zusammenpresste und dann langsam die Hand ausstreckte, um sich einen Mini-Muffin zu nehmen. In der Sekunde, in der ihre Finger sich darum schlossen, griffen die Zwillinge ebenfalls zu. Boston reichte Andi die Saftpäckchen, damit sie sie verteilte, und nahm ihren Block in die Hand.

Sie zögerte, bevor sie eine Farbe wählte, und entschied sich dann für Gelb. Sie sah bereits die anscheinend zufälligen Linien, die ihre Haare werden würden. Angst brodelte in ihr hoch und ließ sie zittern, aber sie ignorierte das leichte Beben in ihren Fingern und machte den ersten Strich.

Der zweite ging schon leichter, genau wie der dritte. Sie ließ das Gelb fallen und griff nach einem hellen Rosaton, um die Konturen der Gesichter zu skizzieren. Ihre Hand bewegte sich immer schneller. Sie war sich der Unterhaltung bewusst, die um sie herumfloss, des Gekichers der Mädchen und des Schlürfens, als die letzten Reste aus den Saftpäckchen gesaugt wurden, aber sie sah nur die Umrisse, die Formen, die Farben.

Pickles kam ihrer unausgesprochenen Bitte nach und blieb liegen. Sie zeichnete die schwarzen Anteile seines Körpers und ließ an den weißen Stellen das Papier durchscheinen. Andis lange Beine nahmen genauso Gestalt an wie ihre lockigen Haare. Bostons Arm fing an wehzutun, und sie verspürte die verräterischen Anzeichen eines Krampfs in ihren Fingern, doch sie machte weiter. Schweißperlen bildeten sich auf ihrer Oberlippe und rannen ihren Rücken hinunter. Sie hätte schwören können, das Brausen des Meeres zu hören, aber vielleicht war es auch nur das Geräusch des Blutes, das in ihren Ohren rauschte.

Sie zeichnete den Baum ein, dann die vordere Seite des Hauses. Der Block fiel auf ihren Schoß, sie schaute auf und sah, dass die Mädchen und der Kater fort waren und sie allein mit Andi war.

Es war, wie nach einem intensiven Traum aufzuwachen. Sie war nicht ganz sicher, was real war und was nicht. Ob sie sabberte oder etwas gesagt hatte, was sie lieber nicht laut ausgesprochen hätte. Für sie war das Erschaffen von Kunst etwas Persönliches. Etwas Intimes. Sie hatte nicht vorgehabt, sich so … zu verlieren.

Doch der Beweis dafür, dass sie genau das getan hatte, lag vor ihr. Die Skizze war primitiv, unvollendet, schlampig, aber sie fing die Mädchen zusammen ein. Da war Leben, Bewegung. Und es war nicht Liam.

Die Verwirrung sorgte dafür, dass ihr noch unbehaglicher

zumute war. Sie wollte ihre Sachen zusammensammeln und in ihr Haus flüchten. Nur schien sie sich irgendwie nicht bewegen zu können.

»Geht es dir gut?«, fragte Andi mit leiser, sanfter Stimme.

Boston nickte. »Sorry. Ich habe mich mitreißen lassen.«

»Das war intensiv, aber beeindruckend. Ich kann nicht glauben, dass du das so schnell gemalt hast.« Sie beugte sich über die Zeichnung und fuhr leicht mit dem Finger die Kurve von Lucys Wange nach. »Ich kriege nicht mal ein Strichmännchen hin. Sieh dir Pickles' Ohren und das Haus an. Das sind nur fünf oder sechs Striche, und doch ist es mein Haus. Ich würde es überall wiedererkennen.«

Boston spürte, wie Gefühle in ihr aufbrandeten. Verlegenheit. Freude. Unsicherheit.

»Ich wünschte, ich hätte nur ein Zehntel deiner Fähigkeiten«, gab Andi zu. »Mir graut schon davor, die Wandfarben und das Inventar auszusuchen. Du hast wirklich Talent.«

Boston errötete und wischte sich dann die Farbe von den Fingern. »Es ist ein Geschenk. Dafür kann ich nicht die Lorbeeren einheimsen.«

»Ich denke, das kannst du sehr wohl. Du hast hart daran gearbeitet, das zu perfektionieren, was dir gegeben wurde. Wir werden alle mit etwas geboren. Und nun sieh dir an, was du aus deinem Talent gemacht hast.«

Boston presste ihre Lippen zusammen, doch als sie Andi ansah, gelang ihr ein Lächeln. »Du bist sehr süß. Vielen Dank. Das hier ist nicht sonderlich gut«, sie zeigte auf die Zeichnung. »Aber ich bin froh, dass es dir gefällt. Ich hänge schon seit einer ganzen Weile fest und das hier –«

»Wenn es um das Wandgemälde geht, mach dir darüber keine Gedanken. Ich wusste, dass du Künstlerin bist, hatte aber keine Ahnung, wie brillant du bist. Das Projekt ist definitiv nicht deine Liga.«

»Nein«, sagte sie schnell. »Das ist es nicht. Ich will wirklich an ein paar Entwürfen für dich arbeiten. Aber ich konnte es nicht. Ich konnte in letzter Zeit gar nichts tun.« Sie hielt inne, dann straffte sie die Schultern. »Zeke und ich haben vor einem Jahr ein Baby bekommen. Liam. Er war wunderschön. So glücklich und strahlend ...« Sie schluckte gegen die Enge in ihrer Kehle an. Enge, keine Tränen. Niemals Tränen.

»Er ist vor fast sieben Monaten gestorben. Ein Herzfehler. Sie sagten, das kann einfach passieren. Er ist so zur Welt gekommen, und es war nur eine Frage der Zeit. Es war weder genetisch noch durch Untersuchungen zu entdecken. Eines Tages hat sein Herz einfach aufgehört zu schlagen.« Sie starrte auf den Rasen. »Ich hatte ihn im Arm. In der einen Sekunde hat er mich angelächelt, in der nächsten Sekunde war er fort.«

Andi drückte ihre Hand. »Das tut mir so leid. Ein Kind zu verlieren ist ein Schmerz, der sich jeder Beschreibung entzieht.«

Sie weiß das vermutlich, dachte Boston und war dankbar für Andis Güte. Als Kinderärztin hatte Andi bestimmt schon den Tod eines Patienten miterlebt und die Schmerzen der Eltern.

»Ich zeichne ihn«, flüsterte sie. »Wieder und wieder. Ich zeichne ihn, und das spendet mir Trost.«

»Ich bin sicher, es ist, als wäre er bei dir. Du hast ihn in deinem Körper erschaffen, und nun erschaffst du ihn in deinem Herzen neu.«

Boston starrte sie an. »Ja. Das ist es. Genau das mache ich.« Das war etwas, das Zeke nie verstehen würde. »Seit seinem Tod habe ich nichts anderes tun können. Also ist das hier ...«, sie deutete auf ihre Zeichnung, »eine Art Durchbruch.«

»Das freut mich.« Andi drückte kurz ihre Hand.

Boston wusste, dass sie noch weit davon entfernt war, geheilt zu sein, aber sie fühlte sich, als hätte sie einen ersten Schritt gemacht. Nach Monaten, in denen sie nur gestolpert war, kam ihr das wie ein Wunder vor.

»Vielleicht kann ich mich jetzt an dein Wandgemälde machen.«

»Keine Eile. Und du darfst den Auftrag immer noch ablehnen. Ich habe das Gefühl, Picasso gebeten zu haben, mir beim Streichen des Badezimmers zu helfen.«

Boston lachte. Es klang noch ein wenig rostig, fühlte sich aber gut an. »Ich würde dir sehr gerne helfen, dein Badezimmer zu streichen.«

»Das werde ich Wade und seinen Männern überlassen.« Andi hielt inne. »Wade scheint ein netter Kerl zu sein.«

»Das ist er. Hast du seine Tochter schon kennengelernt?«

»Nein.«

»Sie ist toll. Zwölf Jahre alt, was ja angeblich ein schwieriges Alter sein soll. Bislang ist sie aber das gleiche süße Kind wie immer. Ich bin sicher, du wirst sie bald sehen. Sie ist gut mit Deannas Ältester befreundet.«

Ihr Blick fiel auf die übrig gebliebenen Mini-Muffins. »Die bringe ich besser ins Haus, bevor Deanna sie sieht und mit einer Harke auf mich losgeht.« Sie grinste. »Sie erlaubt ihren Kindern keinen Zucker.«

»Ernsthaft?«

»Kein Zucker, keine verarbeiteten Lebensmittel und nur sehr wenig, was sie nicht selbst gemacht hat.«

»Das nenne ich mal Hingabe.«

»Niemand kann leugnen, dass sie eine hingebungsvolle Mutter ist.«

Eine Mutter mit fünf Kindern, dachte Boston und spürte, wie die Schwere zurückkehrte. Das war doch nicht fair.

Sie rappelte sich auf. »Danke, dass ich eure Party crashen durfte.«

»Du bist jederzeit herzlich willkommen«, sagte Andi. »Nächstes Mal werde ich auf Gesellschaft vorbereitet sein. Kekse und Limonade.«

»Das wird den Mädchen gefallen. Sorg nur dafür, dass Deanna es nicht sieht.«

»Sie macht mir ein wenig Angst«, gab Andi zu.

»Mir auch.«

Boston nahm ihre Sachen und ging zu ihrem Haus zurück. Ihr Blick fiel auf ihre Zeichnung. Auf die Gesichter und die Farben. Was sich vor ein paar Minuten noch so heilsam angefühlt hatte, kam ihr jetzt wie Verrat vor. Sie eilte hinein, ließ alles auf den Tisch fallen, löste das Blatt vom Block und zerriss es sorgfältig in zwei Teile. Dann in vier. Dann in sechzehn. Als es kaum mehr als Konfetti war, warf sie es in den Mülleimer.

Fünf Minuten später saß sie mit dem Stift in der Hand in ihrem Atelier. Sie zeichnete, ohne nachzudenken, und schnell nahm die seitliche Ansicht eines schlafenden Babys Gestalt an.

10. KAPITEL

Die Wut stellte sich als besserer Gefährte heraus, als Deanna erwartet hatte. Colin war in den letzten zwei Wochen sehr viel unterwegs gewesen, und am Wochenende hatten sie kaum miteinander gesprochen. Sie sagte sich, dass sie sich schon mal daran gewöhnte, wie das Leben wäre, wenn sie erst geschieden wären, wusste aber, dass das eine Lüge war. Sie hatte den Schutz, den ein Ehemann bot, den Gehaltsscheck. Sollten sie sich trennen, wäre sie wirklich ganz auf sich allein gestellt. Verdammt sollte er sein.

Also blieb sie wütend. Das war nicht schwer und sorgte ehrlich gesagt langsam dafür, dass sie sich besser fühlte. Während die Wut sich weiter in ihr aufbaute, erkannte sie, dass sie schon sehr lange zornig war. Sicher schon Jahre. Nicht nur auf Colin, aber er war ein bequemes Ziel. Er hatte es verdient.

»Ich mag ihre Haare«, sagte Lucy, während sie den Tisch deckte. »Sie hat gesagt, sie ist mit lockigen Haaren geboren worden. Ich wünschte, ich hätte auch Locken.«

Deanna hatte keine Ahnung, wovon ihre Tochter da redete. Oder über wen. Vermutlich irgendeine Freundin aus der Schule. Zumindest schloss Lucy Freundschaften. Das war doch was. Lucy war immer schwierig gewesen. Ruhig. Und dann diese Brille. Trotzdem, sie war noch zu jung für Kontaktlinsen, und als Deanna sich wegen einer Laser-Operation erkundigt hatte, war Lucys Ärztin so entsetzt gewesen, als hätte sie vorgeschlagen, es mit Blutegeln zu probieren.

Niemand versteht es, dachte sie, als sie nach den beiden Hühnchen schaute, die im Backofen brieten. Fünf Kinder. Was hatte sie sich nur dabei gedacht? Wer hatte heutzutage noch fünf Kinder? Natürlich hatte sie nur zwei gewollt. Einen Jungen und ein Mädchen. Aber mit jedem Mädchen war sie entschlossener gewesen, einen Jungen zu bekommen. Denn das machte man so. Dann waren die Zwillinge gekommen, und sie hatte aufgegeben.

Sie liebte ihre Mädchen. Alle. Aber jetzt hatte sie fünf, und die überforderten sie jeden Tag ein bisschen mehr.

Sie griff nach dem Glas Chardonnay, das sie sich eingeschenkt hatte. Es war aus einer Flasche, die sie vor ein paar Abenden geöffnet hatte. Sie würde ihn austrinken, bevor Colin nach Hause käme, und zum Abendessen eine neue Flasche aufmachen.

Sie trank einen Schluck und stellte das Glas ab. Dann schaute sie zur Spüle. Sie wollte sich verzweifelt die Hände waschen, die glitschige Seife spüren, das warme Wasser. Sie wollte all den Schmerz und die Unsicherheit wegwaschen, mit der sie zu kämpfen hatte. Nur war ihre Haut bereits an einigen Stellen aufgerissen und ihre Knöchel gesprungen. Verräterische Zeichen, dachte sie. Sie musste stark sein. Sie durfte Colin keinen Anlass geben, sich noch mehr zu nehmen, als er bereits getan hatte.

Schritte dröhnten auf der Treppe.

»Daddy ist da!«, schrie Madison und rannte zur Haustür. Das Fenster in ihrem Kinderzimmer ging auf die Straße hinaus, sodass sie immer die Erste war, die sah, wenn ihr Vater nach Hause kam.

Lucy ließ das Besteck liegen und rannte ihrer Schwester hinterher. Die anderen Mädchen strömten aus ihren Ecken, und jede versuchte, die Erste auf der Auffahrt zu sein.

Deanna stand allein in der Küche und griff nach ihrem Wein. Ihr Magen war ein dicker Knoten, aber sie trank trotzdem. Sie trank, weil sie nicht tun konnte, was sie eigentlich tun wollte, nämlich, ihre Hände zu waschen. Und sie trank, weil ihre Mädchen nie auf sie zugerannt kamen.

»Gut gemacht, Audrey«, sagte Colin. »Du hast fleißig gelernt. Ich bin stolz auf dich.«

Deanna umklammerte ihr Glas, während ihre mittlere Tochter vor Stolz strahlte. Das ist so typisch, dachte sie und schaute sich am Tisch um. Ein Wort von ihrem Vater, und sie plusterten sich alle auf. Sie hatte Audrey auch gesagt, dass sie den Buchstabiertest gut gemacht hatte, doch das war kaum registriert worden. Und es war ja nicht so, als hätte die Achtjährige jedes Wort richtig gehabt. Sie hatte zwei von zwanzig falsch gehabt. Deanna hatte sie jedes dieser falschen Wörter fünfmal schreiben lassen, damit sie sie sich für den nächsten Test merkte. Aber ohne Zweifel würde ihr das wieder als irgendeine Form von Kindesmissbrauch ausgelegt.

»Was war sonst noch los?«, fragte Colin und warf Deanna einen Blick zu. »Hast du schon unsere neue Nachbarin kennengelernt?«

»Ja, schon vor Wochen.« Okay, es war erst zwei Wochen her, aber trotzdem.

»Ist sie wirklich Ärztin?«

»Kinderärztin«, sagte Madison. »Das hat Carrie mir erzählt. Ihr Dad macht den Umbau. Sie wird ihre Praxis im Erdgeschoss des Hauses einrichten.«

»Das ist schön«, verkündete Lucy und schob sich die Brille auf der Nase hoch. »Sydney, Savannah und ich hatten letzten Sonntag mit ihr Tee.«

»Wir haben nur so getan«, erklärte Sydney. »Aber dann ist Boston vorbeigekommen und –« Sie zuckte zusammen, als hätte jemand sie unter dem Tisch getreten.

Lucy warf ihr einen warnenden Blick zu. »Sie ist echt nett«, sagte sie schnell. »Ihre Haare sind so hübsch. So lang und lockig.«

»Ach, hast du vorhin von ihr gesprochen? Von der Frau nebenan?« Deanna sah ihre Tochter stirnrunzelnd an. »Du verbringst zu viel Zeit mit ihr. Wieso verbringt eine erwachsene Frau ihre Zeit mit Kindern?«

»Wenn sie Kinderärztin ist, ist das nicht ungewöhnlich«, warf Colin ein.

»Warum ist sie nicht verheiratet? Warum hat sie keine eigene Familie? Vermutlich ist sie lesbisch.«

Colin zog die Augenbrauen zusammen.

Die vier jüngeren Mädchen wirkten verwirrt, während Madison wütend das Gesicht verzog.

»Das machst du immer«, erklärte ihre Älteste. »Du sagst immer böse Sachen über Menschen, obwohl du gar nicht weißt, ob es stimmt. Warum musst du immer das Schlimmste annehmen?«

»Was ist lesbisch?«, fragte Sydney.

»Das ist nicht wichtig«, erklärte Colin ihr und wandte sich dann an Deanna. »Ich stimme Madison zu. Du genießt es, das Schlimmste anzunehmen. Ich bin sicher, dass unsere Nachbarin eine sehr nette Person ist. Sie ist definitiv eine willkommene Ergänzung für die Gemeinde. Hast du nicht immer gesagt, wie schön es wäre, einen Kinderarzt auf der Insel zu haben? Jetzt haben wir eine Ärztin direkt nebenan. Aber du musst wieder mehr daraus machen.«

Verletzt öffnete Deanna den Mund, aber ihr fiel nichts ein, was sie erwidern könnte. »Ich habe nur einen Scherz gemacht«, brachte sie schließlich heraus.

»Genau. Weil wir alle wissen, dass du ein echter Scherzkeks bist.« Colin stand auf. »Kommt, Mädchen, wir gehen raus und holen uns ein Eis.«

Alle fünf Mädchen starrten ihn mit dem gleichen Gesichtsausdruck an – einer Mischung aus Vorfreude und Furcht.

Deanna umklammerte ihr Weinglas. »Heute ist nicht der Abend für Nachtisch«, murmelte sie.

»Wem sagst du das.« Er schob seinen Stuhl an den Tisch. »Weil jeder weiß, dass nur einmal die Woche einen Nachtisch zu haben gut für die Charakterbildung ist, richtig? Ich lade meine hübschen Töchter auf ein Eis ein, und dann werden wir über die Promenade schlendern, damit ich der Welt zeigen kann, was für ein glücklicher Mann ich bin. Kommt, Mädchen.«

Sie sprangen auf. Lucy und Audrey nahmen ihre Teller und brachten sie schnell zur Spüle, aber die anderen drei ließen ihre auf dem Tisch stehen und rannten ihrem Vater hinterher.

Aus dem Flur drang Lachen zu ihr herüber. Die Haustür öffnete und schloss sich, dann herrschte Schweigen. Deanna saß in ihrer chaotischen Küche allein am Tisch. Ganz allein.

Sie steckte mitten in einem Krieg, aber sie verstand weder dessen Regeln, noch wusste sie, wie sie ihn gewinnen sollte. Sie verstand ja nicht einmal wirklich, warum er überhaupt angefangen hatte oder wieso sie der Feind war. Sie wusste nur, dass es keine Menschenseele gab, die sie anrufen konnte. Niemanden, der sie in den Arm nehmen und sagen würde, dass alles wieder gut wird. Es gab nicht einen einzigen Menschen, den sie als wahre Freundin betrachtete.

»Ich bin für den Fünfuhrkurs hier«, sagte Andi glücklich.

Sie stand vor dem kleinen, schmalen Empfangstresen im Scoop and Stretch, dem Yoga- und Pilatesstudio in der Stadt.

Die junge Frau am Empfang – eine hübsche Brünette Mitte zwanzig – schaute sie kurz an. »Ich habe hier keine Privatstunden eingetragen.«

»Ich bin für den normalen Kurs hier. Ich habe vor ein paar Tagen angerufen und mich angemeldet.«

»Hast du da gesagt, dass du neu bist?« Die Brünette lächelte sie an. »Wir bitten alle unsere neuen Schüler, erst einmal mindestens eine Privatstunde zu nehmen, damit sie lernen, wie die Übungen richtig durchgeführt werden. Wir wollen nicht, dass du dich verletzt.«

»Oh. Ich dachte, ich hätte erwähnt, dass ich noch nicht hier war.«

Andis gute Laune fiel in sich zusammen. Sie hatte ihre Termine extra so gelegt, dass sie rechtzeitig hier sein konnte. Ein weiterer sehr langer Sonntag hatte sie daran erinnert, dass sie diejenige gewesen war, die auf der Insel hatte leben wollen. Es war an ihr, sich ein Leben aufzubauen. Freunde und Aktivitäten zu finden, die ihr Spaß bringen würden. Sport hatte noch nie zu ihren Lieblingsbeschäftigungen gehört, aber in einem Kurs konnte sie wenigstens mit anderen Leuten reden.

»Hast du schon mal Pilates gemacht?«, fragte das Mädchen.

»Nicht wirklich.«

Eine zierliche Rothaarige mit dem Körper einer Tänzerin kam auf den Tresen zu. »Ich bin Marlie. Ich unterrichte den Kurs um fünf. Du darfst gerne mitmachen, aber da ich fünf weitere Schülerinnen habe, werde ich nicht mehr tun können, als ein Auge auf dich zu haben. Wenn das für dich in Ordnung ist, bist du herzlich eingeladen. Dann kannst du ein Gefühl dafür bekommen, was wir hier tun, und entscheiden, ob du weitermachen willst.«

»Klar.« Andi war jetzt weniger sicher. Sie hatte gedacht, in einem Kurs wären mehr als nur sechs Schülerinnen.

»Das Problem wäre also gelöst.« Die Brünette lächelte. »Du kannst deine Sachen dort lassen.«

Sie zeigte auf eine Reihe offener Regale mit Drahtkörben darin. Andi legte ihre Handtasche in einen davon.

Die anderen Schülerinnen waren zwischen Anfang zwanzig und Mitte sechzig. Alle sahen fit aus, trugen Schwarz und waren barfuß. Andi dachte, dass sie sich Zeit für eine Pediküre hätte nehmen sollen, als sie ihre Schuhe auszog und sie zu ihrer Tasche in den Korb legte.

»Dann legen wir los«, sagte Marlie.

Andi folgte den Frauen zu einer Reihe von Matten, die vor einer Wand lagen. Hinter jeder war ein Metallrahmen mit verschiedenen Griffen und Federn an der Wand angebracht. Die Frauen setzten sich mit dem Blick in den Raum auf die Matten. Andi nahm die am äußeren Rand.

»Wir fangen mit den Hundert an«, sagte Marlie.

Hundert was? fragte Andi sich. Sie sah, dass die anderen Frauen sich hinlegten und ihre Hände an ein Paar Griffe legten. Also tat sie es ihnen gleich. Sie hob die Beine wie alle anderen, zog ihr Kinn an die Brust und spürte sofort ein Brennen in ihrem Bauch und auf der Rückseite ihrer Beine. Würden sie diese Position halten, bis –

»Und wir pumpen. Einatmen zwei, drei, vier, fünf. Ausatmen zwei, drei, vier, fünf.«

Zu Andis Entsetzen fingen alle an, ihre Arme auf und ab zu bewegen, während sie ihre Beine zusammenpressten und im Neunziggradwinkel hoben.

»Fersen zusammen, Zehen auseinander«, sagte Marlie und ging von einer zur anderen. »Kinn auf die Brust, Andi. Spann deine Bauchmuskeln an.«

Bei sechzig zitterte Andis Bauch. Bei hundert wusste sie, dass sie einen schrecklichen Fehler gemacht hatte. Schlimmer noch – wie sich herausstellte, war die Hundert eine der leichteren Übungen.

Fünfzig Minuten später lag sie keuchend auf der Matte und war sich nicht sicher, ob sie jemals wieder würde aufstehen können. Obwohl sie Anatomie studiert hatte, beschwerten sich Muskeln in ihrem Körper, von deren Existenz sie nichts geahnt hatte.

Alle anderen sprangen auf die Füße und bedankten sich bei Marlie für die Stunde. Andi schaffte es, auf Hände und Knie zu kommen und sich dann langsam aufzurappeln.

»Wie fandest du es?«, fragte Marlie.

»Es war super.«

»Du hast das gut gemacht. Warum buchst du nicht ein paar

Einzelstunden, um die verschiedenen Übungen kennenzulernen, und kommst dann wieder in den Kurs? Hier sind alle so nett. Es bringt wirklich viel Spaß.«

Andi schaute zu den Frauen, die sich vorne im Studio miteinander unterhielten. Sie waren ein wenig verschwitzt, sahen aber nicht so aus, als wären sie von einem Bus überfahren worden. Selbst die gut sechzigjährige Frau bewegte sich, als wäre der Kurs keine große Herausforderung gewesen.

»Ich bin mir nicht sicher, ob ich das Wort ›Spaß‹ benutzen würde, aber ich glaube, ich würde es gerne noch mal probieren.« Sobald sie sich erholt hatte.

Sie ging zu ihrem Wagen und stieg ein. Ihr Arm zitterte, als sie den Schlüssel ins Zündschloss steckte und den Motor startete. Gut, dass ihr Wagen Automatik hatte. Auf keinen Fall könnte sie jetzt eine Kupplung durchtreten.

Selbst die kurze Fahrt den Hügel hinauf zu ihrem Haus schmerzte. Sie hatte noch nie viel Sport getrieben, und jetzt bezahlte sie den Preis dafür. Sie fragte sich, ob sie sich morgen früh überhaupt noch bewegen könnte.

Wades Wagen stand in ihrer Einfahrt, aber heute reagierte sie nicht wie sonst darauf. Sie war verschwitzt, rot im Gesicht und trug eine wenig schmeichelhafte Jogginghose und ein T-Shirt. Wenn sie weiter zu Scoop and Stretch gehen wollte, würde sie in süße Sportklamotten investieren müssen. Sie fragte sich, ob es Sportkleidung mit eingebauter Shapewear gab.

Mühsam schleppte sie sich über die Veranda ins Haus, wo Wade mit einem Klemmbrett in der Hand stand.

»Ich will Ihnen etwas zeigen«, sagte er und deutete in den rückwärtigen Teil des Hauses.

Sie stellte ihre Handtasche und die Tasche mit ihrer Arbeitskleidung auf der untersten Treppenstufe ab und humpelte ihm hinterher. Er blieb vor verschiedenen Holzstücken stehen.

»Wir haben den Großteil der Elektrik erneuert und fangen

gerade an, die Büros zu verkleiden. Am Ende der Woche werden Sie sehen können, welcher Raum wo sein wird.«

»Fortschritte«, sagte sie und versuchte zu lächeln. »Das ist toll.«

Er musterte sie einen Moment. »Ich habe ein paar Aufträge, die Sie unterzeichnen müssen. Für die Einbauten und die Schalter. Außerdem hat der Lieferant für die medizinischen Geräte angerufen und den Liefertermin für die Untersuchungstische bestätigt.«

Er führte weitere Einzelheiten aus, und sie bemühte sich, zuzuhören, war aber nicht mit dem Herzen dabei.

Das hier ist mein Leben, dachte sie und starrte die Holzbalken an, den freigelegten Estrich. Dieses Haus, diese Insel. Sie war wirklich von all ihren Freunden weggezogen, von ihrem Alltag, von allem, was sie kannte. Sie fing ganz neu an, mit nicht mehr als einem abgerockten alten Haus, einem Job, den sie liebte, und sehr schwachen Bauchmuskeln.

Auch wenn einen Beruf zu haben ihr einen großen Vorsprung vor vielen Menschen verschaffte, hielt er sie nachts nicht warm. Sie war so sicher gewesen, mit den Männern fertig zu sein, nur war sie das in Wahrheit nicht, und nun lebte sie hier auf der Insel. Was sollte sie hier unternehmen, um jemanden kennenzulernen? Wade war der einzige Singlemann, den sie bisher getroffen hatte, und er zeigte keinerlei Interesse an ihr.

»Es gefällt Ihnen nicht«, sagte er.

Sie schaute ihn an. »Was gefällt mir nicht? Sorry. Ich bin abgeschweift. Können Sie das noch mal wiederholen?«

»Sicher. Aber geht es Ihnen gut?«

Sie öffnete den Mund und schloss ihn wieder. »Nein. Geht es nicht. Ich bin hierhergezogen, ohne wirklich zu wissen, was ich da tue. Hier ist jeder entweder Teil einer Familie oder Tourist. Ich habe keine Freunde, keine Hobbys, keine Badewanne. Ich habe mich absichtlich von der Welt abgeschnitten, und jetzt hänge ich fest. Es gibt hier keine Singlemänner. Oder zumindest habe ich noch keine getroffen. Und selbst wenn ich einen fände, ich war seit mehr als zehn Jahren nicht mehr auf einem Date. Ich weiß nicht, ob sich etwas geändert hat, und ich war früher schon nicht gut darin. Ich bezweifle, dass sich das mit steigendem Alter verbessert hat. Ich bin allein, einsam, und sollte Ihnen jemals jemand etwas von einer Übung namens Bauchmassage erzählen, glauben Sie nicht, dass das etwas Gutes ist, denn das ist es nicht.«

Wade schaute sie lange an, dann räusperte er sich. »Sollten wir dann lieber morgen über die Lampen reden?«

Sie wusste nicht, ob sie lachen oder in hysterisches Schluchzen ausbrechen sollte. »Sicher. Sorry. Das ist nicht Ihr Problem. Ich liebe es, was Sie mit dem Haus machen.«

»Danke.«

Er zog sich so schnell zurück, dass sie beinahe erwartete, Schleuderspuren auf dem Estrich zu sehen. Sie ging nach oben, duschte und zog sich um. Als sie wieder nach unten kam, packte Wade gerade zusammen.

Er ging zur Haustür und drehte sich noch einmal zu ihr um. »Es wird besser.«

»Das können Sie nicht wissen, aber danke für Ihren Optimismus.«

Er lachte leise. »Sie sind aber auch ein kleiner Sonnenschein, oder?«

»Ich bin pragmatisch.«

»Machen Sie sich keine Gedanken über Verabredungen. Da hat sich nichts geändert.«

»Ich hoffe es.«

»Wir sehen uns morgen, Andi.« Er winkte kurz und ging.

Sie ließ sich auf die unterste Treppenstufe sinken und stützte den Kopf in die Hände. Jupp, vollkommenes Desinteresse. Sie war nicht einmal überrascht.

11. KAPITEL

Deanna schnitt das Brot auf, das sie vorige Woche gebacken hatte, und suchte alles zusammen, was sie für die Zubereitung der Sandwiches benötigte. Abgesehen von Madison waren die Mädchen noch im Bett, was ein paar weitere Minuten der Ruhe bedeutete.

Noch eine, maximal zwei Stunden, sagte sie sich. Dann wäre Colin fort und die Mädchen in der Schule. Sie schaute auf die Uhr und ließ die Sandwiches liegen. Es war an der Zeit, die Mädchen zu wecken.

Sie stieg die Treppe hinauf. Als sie durch den Flur ging, hörte sie Stimmen aus dem Schlafzimmer.

»Warum?«, fragte Madison. »Daddy, wir brauchen dich hier.«

Deanna blieb stehen.

»Ich weiß, mein Mädchen. Ich will ja auch hier sein. Ich arbeite daran, das zu ändern.«

»Aber nicht doll genug. Es liegt an ihr, oder? Sie treibt dich aus dem Haus. Ich wünschte, sie würde stattdessen gehen.«

Deanna spürte die Worte wie einen Messerstich ins Herz.

»Das meinst du nicht so«, sagte Colin leise.

»Tue ich doch«, beharrte ihre Zwölfjährige. »Ich hasse sie.«

Deanna zuckte zusammen.

»Madison«, warnte Colin. »Sprich respektvoll über deine Mutter.«

»Ich respektiere sie nicht, und ich mag sie nicht. Du kannst mich nicht zwingen, sie zu mögen. Warum sollte ich auch? Warum sollte das irgendeiner von uns tun? Die Zwillinge sind zu jung, um es besser zu wissen, aber Audrey und Lucy empfinden genauso. Sie ist schrecklich.«

Deanna spürte, wie sie mit jeder Sekunde kleiner und schwächer wurde. Sie drehte sich um und stolperte schnell wieder die

Treppe hinunter. In der Küche drückte sie die Hände auf den Magen und ermahnte sich weiterzuatmen.

Das passierte nicht. Das konnte nicht sein. Wie konnte Madison diese grausamen Dinge sagen? Das Mädchen hatte doch keine Ahnung, was eine schreckliche Mutter war. Sie hatte es zu leicht gehabt. Irgendwie war das alles Colins Fehler. Er hatte das angerichtet.

Ein paar Minuten später betrat er die Küche. Deanna ging sofort auf ihn los.

»So wird es jetzt also in Zukunft sein?«, fragte sie. »Du bringst meine Kinder gegen mich auf?«

Er stand da in seinem Anzug, die Reisetasche in der einen Hand, die Aktentasche in der anderen. »Ich habe ihr nicht gesagt, was sie sagen soll.«

»Nein, aber du hast sie ermutigt. Du willst, dass sich meine Kinder von mir abwenden. Du willst, dass ich nichts mehr habe.«

»Diese Anschuldigungen werde ich nicht hinnehmen«, sagte er. »Was auch immer du für ein Problem mit Madison hast, das ist eine Sache zwischen euch beiden.«

»Na klar. Nimm nur den einfachen Weg. Das tust du ja immer.« Sie schlug mit den flachen Händen auf den Tresen. »Wenn ich so schrecklich bin, warum hast du mich dann geheiratet? Warum bleibst du hier?«

Er atmete tief ein. »Ich habe dich geliebt, Deanna. Ich dachte, wir würden zusammen glücklich sein. Was deine Frage angeht, warum ich bleibe ...« Er zuckte mit den Schultern. »Manchmal frage ich mich das auch. Ich schätze, wegen der Mädchen und dem, was du und ich mal hatten. Ich will wissen, ob wir noch eine Chance haben. Aber langsam glaube ich, die haben wir nicht.« Er ging in Richtung Tür. »Ich maile dir später die Einzelheiten meiner Reise.«

Und dann war er weg.

Deanna atmete tief durch. Die Hysterie war nur einen Herzschlag entfernt. Sie spürte, wie sich der Schmerz und die Wut in ihr aufbauten, bis sie nur noch schreien wollte. Die Mädchen mussten noch geweckt, die Sandwiches gemacht werden und ...

Sie konnte das nicht, ertrug es nicht. Sie hatte weder die Kraft noch den Willen. Sie musste atmen, konnte aber nicht. Ihre Brust war zu eng. Sie würde ohnmächtig werden.

Sie rannte zur Spüle und stellte das Wasser an. Immer noch nach Luft schnappend, hielt sie ihre Hände unter das kochend heiße Wasser und ließ es über ihre aufgesprungene Haut laufen. Dann gab sie Seife in ihre Hände und fing an, sie zu waschen.

Andi stand inmitten des perfekten Gartens und schaute langsam von einer Seite zur anderen. Boston hatte nicht gescherzt, als sie sagte, dass Deannas Garten die perfekte Ergänzung zu ihrem Haus wäre. Der Vorgarten war hübsch, aber der hintere Teil war umwerfend. Es gab Wege und geschnittene Hecken, Kräuter und Blumen. Andi versuchte, sich inspirieren zu lassen, fühlte sich aber eher besiegt. Sie konnte einen Löwenzahn nicht von einer Petunie unterscheiden und war nicht sicher, wie sie den einen loswerden und die andere kultivieren sollte.

Wäre ihr eigener Garten nicht so fürchterlich, würde sie sich sagen, dass sie einfach warten und ein Projekt nach dem anderen angehen sollte. Nur machten das tote Gras und die überwucherten Beete sie jedes Mal traurig, wenn ihr Blick darauf fiel. Sie stellte sich dann vor, was die stets perfekte Deanna wohl dachte. Sich ständig diese Hässlichkeit ansehen zu müssen, könnte womöglich eine Krankheit bei ihr auslösen.

Sie atmete tief durch. Entweder würde sie alleine herausfinden, was sie tun sollte, oder sie könnte einen Gärtner engagieren, der das für sie tat. Er oder sie wäre wie Wade, nur draußen. Oder vielleicht nicht wie Wade, dachte sie grimmig. Sie wollte niemand anderen finden, dem sie sich am liebsten an den Hals werfen wollte, nur um ignoriert zu werden. So etwas einmal alle zehn Jahre zu tun war Spaß genug für sie.

Mit Matt ist es allerdings anders gewesen, dachte sie. Nicht besser, nur anders. Matt hatte alles entschieden. Wenn sie über ihre Zukunft gesprochen hatten, war es immer darum gegangen, was er wollte. Er hatte auf der Seite ihrer Mutter gestanden, wenn es um Andis Karriere ging. Er hatte sie bedrängt, sich zu spezialisieren. Er hatte ihre Kleidung und ihre Locken gehasst. Er wollte, dass sie die Haare abschnitt und sie glätten ließ.

Sie blinzelte ein paarmal. »Matt war ein Arschloch«, murmelte sie. »Ein total egoistisches Arschloch, und ich habe gesagt, ich würde ihn heiraten. Was mich zur Idiotin in unserer Beziehung machte.«

Die Hintertür von Deannas Haus ging auf, und Deanna trat auf die Veranda hinaus. »Andi?«

Andi spürte, dass sie errötete. »Hi«, sagte sie und winkte verlegen.

»Ich habe Stimmen gehört. Ist jemand bei Ihnen?«

Andi stand mitten am Tag ohne Einladung mitten im Garten ihrer Nachbarin. Dafür gab es keine gute Erklärung, abgesehen vielleicht von der Wahrheit.

»Tut mir leid, dass ich Sie störe«, sagte sie schnell. »Ich hatte eine Pause zwischen meinen Terminen und bin nach Hause gefahren. Aber wegen der Bauarbeiten wollte ich nicht ins Haus.«

Außerdem hatte sie Wade nicht begegnen wollen, doch es war ein großer Unterschied, die Wahrheit zu sagen oder brutal ehrlich zu sein.

»Mein Garten ist eine Katastrophe, und Ihrer ist so schön. Ich habe ihn gerade von meinem Grundstück aus bewundert, und plötzlich bin ich herübergekommen, und da bin ich nun.« Sie hielt beide Hände hoch. »Was das Reden angeht, irgendwie habe ich angefangen, an meinen Exverlobten zu denken, und dabei erkannt, dass er ein totaler Idiot ist. Er hat versucht, alles an mir zu ändern, und ich habe es zugelassen. Ich schätze, ich dachte, er hätte recht.«

Zu viel Information, dachte sie und räusperte sich. »Wie auch immer, das war die Unterhaltung, die ich gerade mit mir geführt habe. Ich wollte Ihnen keine Angst machen.«

»Das haben Sie nicht.« Deannas leicht distanzierte Miene wurde etwas weicher. »Klingt so, als wären Sie ohne ihn besser dran.«

»Das bin ich.«

»Zumindest hatten Sie keine Kinder mit ihm. Das macht eine Trennung leichter.«

Andi dachte daran, was Lucy gesagt hatte – dass ihre Mutter geweint hatte. Instinktiv machte sie einen Schritt auf Deanna zu.

»Alle Beziehungen haben ihre holprigen Strecken«, sagte sie leise. »Wenn ich irgendetwas tun kann ...«

Deannas Miene vereiste. »Nein, da gibt es nichts. Wenn Sie mich jetzt bitte entschuldigen würden.« Sie trat zurück und schloss die Tür fest hinter sich.

Später am Nachmittag fuhr Andi von der Praxis zurück zu ihrem Haus, entschlossen, die Erinnerungen an ihren emotionalen Zusammenbruch am Vortag auszuradieren. Sie würde sich erwachsen, professionell und selbstsicher benehmen. Wenn das nicht funktionierte, würde sie leugnen, dass ihr letztes Treffen mit Wade jemals stattgefunden hatte. In ihren Augen war Leugnen ein vollkommen legitimer Bewältigungsmechanismus.

Sie stieg aus dem Wagen und straffte die Schultern. Bevor ihr eine charmante, weltgewandte Begrüßung einfallen konnte, ging die Tür zu ihrem Haus auf und ein großes, schlaksiges Mädchen hüpfte auf die Veranda hinaus.

Wades Tochter, dachte Andi beim Anblick der dunklen Haare und Augen. Aber was an ihm sexy und faszinierend aussah, wirkte an seiner Tochter einfach nur unschuldig und hübsch. Wenn die Jungs noch nicht Schlange standen, würden sie es bald tun.

»Ich bin Carrie«, sagte das Mädchen und winkte ihr fröhlich zu. »Mein Dad hält mich von den Baustellen fern, weil er meint, dass einige Kunden keine Kinder um sich haben wollen. Ich habe ihm gesagt, dass Sie Kinderärztin sind und Kinder mögen müssen, sonst hätten Sie eine echt schlechte Berufswahl getroffen.«

Andi lachte. »Das hast du ganz richtig erkannt, und ich liebe meinen Job. Schön, dich kennenzulernen, Carrie.«

»Ich freue mich auch, Sie kennenzulernen. Freuen Sie sich schon auf das fertige Haus? Ich habe die Pläne gesehen, und das wird so cool! Mein Dad ist wirklich gut. Sie denken vermutlich, das muss ich sagen, aber es stimmt.«

»Ich habe vollstes Vertrauen in ihn.« Andi ging auf die Treppe zu.

»Gut. Das sollten Sie auch.« Carrie wartete auf der Veranda. »Mögen Sie die Insel? Hier ist es ziemlich cool. Manchmal wünschen meine Freunde und ich uns, es gäbe hier eine Mall und andere Sachen, wo man hingehen kann, aber eigentlich ist es ganz okay so, wie es ist.« Sie zog die Nase kraus. »Das war jetzt nicht wirklich cool, also dürfen Sie niemandem verraten, dass ich das gesagt habe.«

»Dein Geheimnis ist bei mir sicher.«

»Ärztin zu sein ist schwer«, sagte Carrie. »Ich habe meinen Naturwissenschaftslehrer gefragt, und er hat gesagt, dass Sie ganz lange zur Schule gegangen sind. Nach dem College, meine ich.«

»Ja, das stimmt, ich habe lange studiert. Aber ich habe auch früh mit dem College angefangen, das hat geholfen. Nach meinem Abschluss dort musste ich an die Uni und mich in meinem Spezialgebiet weiterbilden. Pädiatrie.«

Carrie riss die Augen auf. »Das ist ganz schön viel, was man lernen muss. Ich sollte mich vermutlich nicht über meinen Aufsatz in Sozialkunde beschweren, oder?«

»Ja, ich könnte nicht so mitfühlend sein, wie du es gerne hättest.«

Carrie nickte. »Sie haben keine Kinder, oder?«

»Nein. Ich möchte aber mal welche haben.«

»Kinder sind super. Vor allem zwölfjährige Mädchen. Wir sind eigentlich sogar die Besten.«

Andi grinste. »Das habe ich auch gehört, aber danke, dass du mich noch mal daran erinnerst.«

Carrie lachte. »Ich gehe jetzt mal zu meiner Freundin Madison. Sie wohnt nebenan. Es war schön, Sie kennengelernt zu haben.«

»Dich auch.«

Carrie hüpfte die Treppe hinunter. Auf dem Weg angekommen, drehte sie sich noch einmal um. »Oh, mein Dad hat da diese Idee für mehr Stauraum. Er ist deswegen total aufgeregt. Ich weiß nicht, ob Sie das brauchen oder nicht, aber vielleicht könnten Sie so tun, als wären Sie deswegen auch ganz aufgeregt? Er steckt echt immer sein ganzes Herz in seine Arbeit, wissen Sie?«

»Du bist eine gute Tochter, und ich verspreche, mich zu freuen.«

»Danke.«

Carrie winkte und ging dann auf Deannas Haus zu.

Andi sah ihr nach. Was für ein tolles Kind, dachte sie. Der Verlust der Mutter erklärte die emotionale Reife. Sie war automatisch in die Leere getreten, die entstanden war. Aber ihre Persönlichkeit war purer Charme. Ein Teil davon war genetisch bestimmt, aber sehr viel kam auch durch ihr Umfeld. Offensichtlich war Wade mehr als nur ein hübsches Gesicht.

Diese Information hätte ich nicht gebraucht, dachte sie beim Reingehen. Der Mann war schon verlockend genug, ohne zu wissen, dass er ein toller Vater war.

»Sie sind da«, sagte Wade, als sie eintrat. »Ich habe da eine Idee, über die ich mit Ihnen sprechen wollte. Für zusätzlichen Stauraum.«

Sie dachte an Carrie und grinste. »Wie toll. Sie können wohl Gedanken lesen. Ich habe gerade überlegt, dass ich zu wenig Stauraum habe.«

»Jetzt nicht mehr. Lassen Sie mich Ihnen kurz erklären, was ich mir vorgestellt habe.«

Deanna bog links ab und fuhr dann über die Getaway Bridge. Fünf Meilen weiter auf dem Festland wurden die charmanten Vororte von Ladenzeilen und großen Einkaufspassagen abgelöst. Sie fuhr um den brandneuen Costco herum und weiter in ein einst heruntergekommenes Viertel mit kaputten, von Graffiti beschmierten Häusern.

Hier war sie aufgewachsen, in einer Einzimmerhütte an einer Straße mit geborstenen Bürgersteigen und verlassenen Autos. Sie fuhr an einem neueren Wohnkomplex vorbei, dankbar, dass die Trostlosigkeit ihrer Kindheit von etwas so Normalem ersetzt worden war.

Aber die Zeit und die neuen Gebäude konnten die Erinnerungen nicht ausradieren. Erinnerungen daran, wie ihre Mutter nach Tagen ohne Dusche gerochen hatte. An das Klirren der Schnapsflaschen im Mülleimer. An den Knoten in ihrem Magen, der sich immer gebildet hatte, wenn sie wusste, dass die nächsten Schläge kämen.

Deanna umklammerte das Lenkrad fester und ignorierte den Schmerz in ihren aufgerissenen Knöcheln und Fingern. Selbst ohne die Augen zu schließen, sah sie das dreckige Haus noch genau vor sich. Sie erinnerte sich daran, wie sie sich gesagt hatte, sie müsse keine Angst vor den Ratten haben. Und daran, früh in die Schule gegangen zu sein, um sich heimlich an den Waschbecken der Mädchentoilette waschen zu können.

Es hatte auch weniger schlimme Tage gegeben. Als ihre Mutter noch jünger war und es geschafft hatte, die Aufmerksamkeit eines Mannes zu erregen. Dann war das Haus sauberer, es gab etwas zu essen und weniger Schläge. Aber immer wieder zogen die Männer fort, und dann wurde es noch schlimmer.

Das Schlimmste geschah, als Deanna zehn war. Lucys Alter, dachte sie abwesend. Ihre Mutter hatte zwei Tage gesoffen, bevor sie bewusstlos geworden war. Sie hatte einen von ihrem Kater und ihrer Hoffnungslosigkeit befeuerten Wutausbruch bekommen und war mit aller Kraft auf ihre Tochter losgegangen. Sie hatte ihr zwei blaue Augen verpasst und einen Arm gebrochen und dabei so laut geschrien, dass die Polizei aufgetaucht war.

Betrunken und stinkend und hässlich, wie sie war, hatte ihre Mutter versucht, mit dem Polizisten zu flirten. Er hatte sie ignoriert und Deanna in sein Auto gesetzt. Später hatte er sie ins Krankenhaus gefahren. Sie erinnerte sich noch daran, wie sauber alles gewesen war. Wie viel Angst sie gehabt hatte, dass die Krankenschwester sie anschreien würde, weil sie die Laken schmutzig machte.

Dann war Tante Lauren aufgetaucht. Die ältere Schwester ihrer Mutter. Es war, als wäre Deannas Mutter das Zerrbild und Lauren die echte Person. Sie waren sich so ähnlich und doch vollkommen verschieden.

Lauren hatte am Fußende des Bettes gestanden. Ihre blauen Augen waren vor Sorge ganz dunkel. »Ich habe gehört, was passiert ist. Es tut mir leid, was du alles durchmachen musstest, Deanna. Dein Onkel und ich werden dich bei uns aufnehmen. Aber du musst versprechen, gut zu sein. Verstehst du das?«

Gut. Sie war nicht sicher, was das bedeutete, aber sie sagte sich, dass sie das schon herausfinden würde. Sie schwor, alles zu sein, was die beiden wollten, denn wenn sie es nicht vermasselte, würden sie sie nicht zurückschicken.

Es hatte Regeln gegeben, aber Regeln waren leicht, vor allem, wenn sie sich nicht alle paar Tage änderten. Deanna hatte ihr Bestes gegeben und schnell gelernt. Lauren hatte sie gelobt, was Deanna zwar erlaubte, sich ein wenig zu entspannen, aber ganz hatte sie ihre Wachsamkeit nie aufgegeben.

Das Haus auf dem Hügel war ihr Zuhause geworden. Sie hatte jeden Winkel des wunderschönen Hauses geliebt, hatte seine Geschichte gelernt, war stolz auf sein Aussehen gewesen. Lauren erzählte ihren Freundinnen oft, dass Deanna die perfekte Tochter wäre.

Perfektion – das war das Ziel. Perfekt zu sein bedeutete, sie durfte bleiben. Perfekt zu sein hieß, schöne Dinge zu haben.

Perfekt zu sein bedeutete, dass die Menschen sich um sie kümmerten. Zumindest ist das bisher so gewesen, dachte Deanna und presste die Augen fest zu.

12. KAPITEL

Das Heulen der Säge durchschnitt den Nachmittag. Andi saß an einen Baum gelehnt in ihrem Vorgarten und las in einem Fachmagazin. Ab und zu glitt ihr Blick zum Haus. Diese Woche wurden die Fenster ausgetauscht, was bedeutete, dass sie hineinschauen konnte. Hin und wieder sah sie Wade vorbeigehen.

Der Mai war in den Juni übergegangen, und das Wetter hatte sich dementsprechend verändert. Morgens war es kühl und neblig, aber nachmittags klar und sonnig. Die Männer, die körperlich schwer arbeiteten, trugen oft Shorts und ärmellose T-Shirts. Als Medizinerin wusste sie die wohlgeformten Muskeln eines gesunden Mannes zu schätzen. Als Frau, die ihren Bauunternehmer heiß fand, ertappte sie sich dabei, sich auf leicht raubtierhafte Art die Lippen zu lecken.

Sie richtete ihre Aufmerksamkeit wieder auf den Artikel über Keuchhusten, der vor allem für Säuglinge eine ernste Krankheit war. Letztes Jahr waren die Fälle hier erheblich angestiegen. Mehrere Countys in Washington boten spezielle Impfstunden an, um eine weitere Ausbreitung zu verhindern. Als praktizierender Arzt bekam Dr. Harrington regelmäßige Updates vom Amt für Seuchenschutz über neue Ausbrüche. Andi hatte sich auch schon für diesen Informationsdienst angemeldet. Daran zu denken, wie ich meine Patienten gesund halten kann, ist ein wesentlich sinnvollerer Zeitvertreib, als Wade King anzustarren, sagte sie sich.

Die Sägen legten wieder los. Das hohe Kreischen des Holzes ließ sie erschauern.

»Na, hast du Probleme, dich zu konzentrieren?«

Sie schaute auf und sah Boston vor sich stehen. Andi grinste. »Es ist nicht gerade ein beruhigendes Geräusch.«

»Wem sagst du das. Komm, mach bei mir eine Pause.«

Andi rappelte sich auf und folgte ihrer Nachbarin durch die

Gärten zum hinteren Teil ihres Hauses. Boston trug ein fließendes Sommerkleid, das bei jedem Schritt flatterte. Die Sonne fing sich in ihren violetten Strähnen. Sie gingen durch den Vorraum in die Küche, die noch genauso bunt und gemütlich war, wie sie sie in Erinnerung hatte.

Boston holte einen Krug mit Tee aus dem Kühlschrank und gab Eiswürfel in zwei Gläser. Auf der Marmorplatte des Tresens stand bereits ein Teller mit Keksen.

»Ich experimentiere gerade mit glutenfreiem Mehl«, sagte Boston. »Also freu dich nicht zu früh auf die Kekse.«

Andi nahm sich einen. »Leiden du oder dein Mann unter eine Glutenunverträglichkeit?«

»Nein. Ich will nur trendy sein. Sollte ich Gluten nicht vermeiden?«

»Wenn du glaubst, es nicht zu vertragen, dann ist es gut, die Ernährung umzustellen. Nach einer Weile fängt man langsam wieder mit einzelnen Produkten an. Oder du könntest eine Darmreinigung machen und dann nach und nach die Nahrungsmittel wieder einführen.« Sie grinste. »Das solltest du allerdings nur machen, wenn du nicht vorhast, irgendwo hinzugehen, und viel Zeit für Pausen im Badezimmer hast.«

Boston lachte. »Danke für die Warnung. Ich bin für so etwas aber ehrlich gesagt nicht diszipliniert genug.« Sie schnappte sich den Teller mit den Keksen und schob ihn in die andere Ecke der Küche, dann holte sie eine Plastikdose hervor. Als sie den Deckel öffnete, stieg Andi der köstliche Duft von Schokolade in die Nase.

Sie atmete tief ein. »Was ist das?«

»Brownies.«

»Du bist meine Heldin.«

Boston stellte die Gläser mit dem Eistee ab, setzte sich neben Andi und nahm sich einen Brownie. »Normalerweise bist du unter der Woche nicht zu Hause.«

Andi nahm sich ebenfalls einen Brownie. Er war feucht und schwer, und durch die dicke Glasur drückten sich Walnüsse. Ihr lief das Wasser im Mund zusammen.

»Ich bin nicht gefeuert worden, falls du das fragen wolltest. Ich will einmal im Monat am Samstag die Praxis öffnen, weil es für viele Eltern schwierig ist, unter der Woche zum Arzt zu gehen. An diesen Tagen kann ich Impfungen durchführen und Hausbesuche machen.«

Boston nickte. »Das ist eine gute Idee. Die Eltern werden es sicher zu schätzen wissen. Ich bin total verwöhnt, was meine Arbeitszeiten angeht. Ich tue, was ich will und wann ich es will.« Sie hielt inne. »Ich habe etwas, das ich dir in den nächsten Tagen zeigen will. Es ist nicht viel, nur ein paar Dschungeltiere und einige Ideen, die ich für die Pflanzen habe.«

»Ich freue mich drauf. Wie gesagt – ich bin dir sehr dankbar, dass du dein Talent mit mir teilst. Ich bin keine sonderlich würdige Kundin.«

»Würdest du dich besser fühlen, wenn ich dir sage, dass ich es für die Kinder tue?«

»Ja, das würde ich.«

Andi wartete. Boston sah aus, als wollte sie noch mehr sagen. Schließlich zuckte sie mit den Schultern.

»Es ist gut, ein Projekt zu haben«, gab sie zu. »Ich bin in letzter Zeit irgendwie neben der Spur, und das hier hat mich gezwungen, mir anzusehen, wie ich meine Zeit verbringe. Das ist gut. Oh, das erinnert mich an etwas. Warte kurz.«

Boston rutschte von ihrem Hocker und eilte aus der Küche. Kurz darauf kehrte sie mit einem Bild in der Hand zurück.

Der Rahmen war aus weiß gebeiztem Holz. Das Bild selbst zeigte die drei nebeneinanderstehenden Häuser. Die Einzelheiten der äußeren beiden waren perfekt. Das von Deanna wirkte irgendwie steifer und stolzer. Winzige Pinselstriche fingen die Biegungen der Verandabrüstung ein, die Textur der

Verschalung. Bostons Haus war genauso schön, aber auf entspanntere Weise. Das Hauptaugenmerk lag auf der Skulptur im Vorgarten.

Andis Blick fiel auf ihr Haus. Die Künstlerin war gnädig gewesen und hatte den Garten hübsch gestaltet, ein paar Fenster eingezeichnet, wo in Wirklichkeit nur Spanplatten gewesen waren, sowie eine freundliche Farbe gewählt.

»An den Tagen, an denen die Bauarbeiten dir auf die Nerven gehen«, sagte Boston, »soll es dir helfen durchzuhalten.«

»Ich liebe es«, sagte Andi. »Und dein Timing ist perfekt. Denn wir sind erst in der vierten Woche, und ich bin es schon so leid.«

Boston lachte und setzte sich wieder auf den Hocker. »Tut mir leid, dir sagen zu müssen, dass noch viele Wochen folgen werden.«

»Danke dir vielmals für das Bild.«

»Aber nicht für die Neuigkeiten?«

Andi verlagerte ihr Gewicht. »Es ist ein wenig schwerer, sich darüber zu freuen.«

»Helfen die attraktiven Typen denn wenigstens?«

Andi nahm ihren Eistee in die Hand. »Sie tragen zur Stimmung bei«, gab sie zu. »Männliche Muskeln zu sehen lässt mein Herz schneller schlagen. Aber da ich sicher bin, dass sie alle verheiratet sind, behalte ich meinen wogenden Busen für mich.«

Boston hob eine Augenbraue. »Wade ist Single.«

Andi ermahnte sich, ruhig zu bleiben. Zu erröten und zu stottern würde weder ihr Selbstvertrauen noch die Freundschaft fördern. »Das habe ich gehört, und auch wenn er der Attraktivste der Gruppe ist, habe ich den Eindruck, dass er mich eher als Kundin denn als Frau sieht.« Sie zuckte beiläufig – zumindest hoffte sie das – mit den Schultern. »Wir arbeiten zusammen. Das ist alles.«

Boston neigte den Kopf. Ihre Haare fielen ihr in einer Masse aus roten und violetten Strähnen über die Schulter. »Wade ist ein guter Kerl. Und wegen Carrie etwas vorsichtig, was Frauen angeht. Er will nicht, dass ihr wehgetan wird.«

»Natürlich nicht. Jeder Alleinerziehende wäre vorsichtig, aber da ihre Mom gestorben ist, ist es noch komplizierter. Wenn Eltern sich scheiden lassen, bleiben sie dem Kind meistens trotzdem als Vorbilder erhalten ...« Sie verstummte, als sie sah, dass Boston lächelte.

»Ich habe doch gar nichts Lustiges gesagt«, erklärte Andi verunsichert.

»Du bist sehr scharfsinnig. In normalen Unterhaltungen versteckst du das, aber dein Kopf arbeitet die Dinge immer gründlich durch.«

»Ich bin weniger intuitiv, als du denkst.« Matt war der Beweis dafür.

»Das glaube ich nicht. Sind in deiner Familie alle so feinfühlig?«

»Ich bin mir nicht sicher. Meine Verwandten vertrauen eher auf Bildung als auf Intuition. Jeder ist mehr als ein Arzt.«

»Mehr?«

Andi nahm ihr Glas in die Hand. »Meine Mutter ist eine berühmte Herzchirurgin. Mein Vater hat sich noch stärker spezialisiert. Sagen wir einfach, in meiner Welt ist es eine Verschwendung, einfach nur Kinderärztin zu sein. Meine Mutter piesackt mich ständig damit, dass ich mich nur um aufgeschlagene Knie und Impfungen kümmere.«

Boston zuckte sichtlich zusammen. »Sorry. Das ist ja schrecklich. Du bist eine wundervolle Ärztin.«

»Es ist nett, dass du das sagst, aber du hast keine Ahnung, ob das stimmt.«

»Du irrst dich. Ich habe dich in Aktion gesehen. Mit Lucy und den Zwillingen. Du warst toll mit ihnen. Du behandelst

Kinder wie normale Menschen, nicht wie eine Untergattung. Das lieben sie. Ich wette, deine Patienten beten dich an. Sie vertrauen dir.«

Andi spürte, dass sie rot wurde. »Danke. Du bist sehr nett.«

»Ich bin Künstlerin«, sagte Boston. »Mein Job ist es, die Welt zu beobachten. Ich weiß, wovon ich rede.«

Andi grinste. »Okay. Du bist die Expertin. Also verrate mir, warum ich nach zehn Jahren Beziehung und nachdem ich vor dem Altar stehen gelassen wurde erst jetzt herausgefunden habe, dass ich ohne meinen Exverlobten besser dran bin?«

Die Worte sprudelten ohne Vorwarnung aus ihr heraus. Andi hätte sie am liebsten zurückgeholt, aber das ging nicht.

Boston starrte sie mit großen Augen an. »O Andi. Ist dir das passiert?«

Sie nickte, der Humor war ihr vergangen. »Er hat mich nicht gewarnt. Ich dachte, alles wäre gut, bis meine Mutter kam und mir sagte, dass er nicht da wäre. Er ist nie aufgetaucht, hat keine Nachricht hinterlassen. Später, als ich endlich mit ihm sprechen konnte, hat er gesagt, er wäre noch nicht bereit gewesen. Wir waren seit zehn Jahren zusammen, und er war nicht bereit?« Ihre Stimme hob sich. »Ich war wütend und gedemütigt. Wie konnte er sich nicht sicher sein? Was gab es da noch zu wissen? Und wenn er mich nicht wollte, warum hat er das nicht einfach gesagt?«

Sie schluckte gegen das enge Gefühl in ihrer Kehle an. »Zwei Wochen später ist er mit seiner Sekretärin durchgebrannt. Sie haben in Las Vegas geheiratet. Er kannte sie seit drei Monaten. Das Schlimmste ist, dass ich erst jetzt erkenne, wie er immer versucht hat, mich zu verändern. Er mochte weder meine Kleidung noch meine Wohnung. Er hat auch meine Haare gehasst.«

»Ich liebe deine Haare.«

»Danke. Warum hat er sich die ganze Mühe gemacht? Und warum habe ich sie mir gemacht? Ich bin froh, dass wir nicht geheiratet haben, aber warum habe ich das alles nicht früher gesehen?«

Boston legte eine Hand auf Andis und drückte sie leicht. »Es tut mir leid. Er klingt wie ein totales Arschloch.«

»Das ist er. Ein kompletter Idiot.« Sie schaute ihre neue Freundin an. »Weißt du, was wirklich ätzend ist? Ich vermisse es mehr, Teil eines Paares zu sein, als ich ihn vermisse. Was bedeutet, dass ich ihn nicht geliebt habe. Ich habe geliebt, was wir zusammen waren. Zu heiraten wäre also ein Fehler gewesen. Das verstehe ich und bin dankbar, dass es nicht dazu gekommen ist. Ich wünschte nur, ich hätte das alles vor neuneinhalb Jahren erkannt. Ich habe das Gefühl, zehn Jahre meines Lebens an ihn vergeudet zu haben.«

»Es hilft, an Karma zu glauben.«

»Ich werde es versuchen. Mir zu wünschen, dass er von einer Bande Kakerlaken überrannt und aufgefressen wird, hilft nicht wirklich.«

»Hast du deshalb das Haus gekauft und bist auf die Insel gezogen?«

Andi nickte. »Ich wollte einen klaren Bruch.« Sie lachte erstickt auf. »Ich wusste, das hier ist das Land der Familien und Touristen. Dass ich mich hier von der normalen Datingszene abschneide. Ich dachte, das ist genau das, was ich will. Eine dieser coolen Singlefrauen zu sein, die niemanden brauchen. Schon gar nicht einen Mann. Nur denke ich jetzt, dass das vielleicht etwas übereilt war.«

Boston drückte ihre Finger und ließ ihre Hand dann los. »Hier festzuhängen ohne einen einzigen Singlemann in Sicht, meinst du?«

»So in der Art.« Sie trank einen Schluck. »Ich mag die Insel und weiß, dass ich mich hier bald heimisch fühlen werde. Ich möchte meine Praxis eröffnen, also das ist alles gut.«

»Wade ist ein toller Mann«, sagte Boston.

»Ein toller Mann, der nicht im Geringsten an mir interessiert ist.«

»Woher willst du das wissen?«

»Falls er an unerwiderter Liebe leidet, ist er sehr gut darin, das für sich zu behalten.« Sie zuckte mit den Schultern. »Es ist schon gut. Ich habe gehört, am Wochenende kommt eine Busladung Senioren auf die Insel. Da müssen doch ein paar Singlemänner drunter sein. Vielleicht versuche ich es bei einem von ihnen.«

Boston kicherte. »Du wärst auf jeden Fall eine gute Trophäe.«

»Ich Glückliche.«

Boston beugte sich zu ihr. »Wade ist wegen Carrie vorsichtig. Er verabredet sich meistens mit Frauen vom Festland, wenn du verstehst, was ich meine.«

»Keine Komplikationen, keine Erklärungen?«

»Ganz genau. Also gib ihn noch nicht auf. Ich habe seinen Bruder nackt gesehen, und wenn sie sich auch nur ein wenig ähneln, ist er die Wartezeit wert.«

Andi lachte. »Okay, ich bin mir nicht sicher, ob ich mich wohl dabei fühle, mir Zeke nackt vorzustellen.«

»Ja, ist vermutlich auch besser so.«

Andi wollte etwas sagen, als ihr auffiel, dass Bostons Lächeln zittrig war. Es saß nicht so fest auf ihren Lippen, wie es sollte.

Boston schob ihr die Dose mit den Brownies hin. »Lassen wir den Lunch ausfallen und essen stattdessen mehr von diesen. Danach wirst du dich besser fühlen.«

Andi griff nach einem der Brownies und seufzte. »Schokolade ist wirklich magisch, oder?«

»Ja, das fand ich auch schon immer.«

Deanna war es leid, in ihrem eigenen Zuhause die Außenseiterin zu sein. Colin wollte Veränderungen? Fein – dann würde sie sich ändern. Die Mädchen wollten eine Mom, mit der sie Spaß haben konnten? Das würde sie auch hinbekommen.

Sie wartete, bis die Zwillinge in ihrem Zimmer mit einem Puzzle beschäftigt waren, dann ging sie ins Wohnzimmer, um das Puppenhaus der Mädchen zu holen. Sie bettelten sie ständig an, damit draußen spielen zu dürfen. Ihre Puppen und die winzigen Möbel auf dem Rasen ausbreiten zu können. Sie hatte das immer verweigert. Die kleinen Teile würden schmutzig werden oder verloren gehen. Und das war eine Sache mehr, die sie im Moment nicht gebrauchen konnte. Aber wenn sie Colin zeigen wollte, dass sie sich bemühte, musste sie etwas unternehmen.

Nicht, dass sie ihm das wirklich zeigen wollte. Sie wollte, dass alles wieder so war wie früher. Als sie ihm etwas bedeutet und sie sich in ihrer Haut wohler gefühlt hatte. Aber so lächerlich es auch war, sie würde das Puppenhaus der Zwillinge auf den Rasen tragen und die beiden machen lassen, was sie wollten.

Sie hob es hoch und schwankte leicht. Es war schwerer, als sie es in Erinnerung hatte.

»Sydney, Savannah«, rief sie. »Kommt mal nach unten.«

Sie ging zur Hintertür und stützte die Ecke des Puppenhauses auf der Arbeitsplatte ab, während sie nach dem Türknauf griff. Das Haus kam ins Rutschen, aber sie fing es auf.

Die Mädchen kamen in die Küche gerannt.

»Mommy, was machst du da?«

»Ich lasse euch draußen spielen«, sagte sie und konzentrierte sich darauf, die Tür zu öffnen.

Sie schwang weit auf und Deanna hob das Puppenhaus wieder an. Sie schob sich durch die Tür und ging über die Veranda.

»Mommy, hast du Pickles gesehen?«, fragte Sydney.

Deanna spürte mehr, dass der Kater an ihr vorbeiglitt, als dass sie ihn wirklich fühlte. Sie rückte das Haus zurecht, in dem Versuch, den verdammten Kater zu sehen, damit sie sich nicht beide den Hals brachen, aber dabei bewegte sie sich zu schnell. Das Haus kippte, und sein Schwerpunkt verrutschte nach rechts. Sie versuchte, es festzuhalten, aber es war glatt und schwer. Ihr Fuß streifte Pickles, der Kater jaulte auf und schoss zwischen ihre Füße. Sie stolperte, und auf einmal segelte das Puppenhaus durch die Luft. Es flog im hohen Bogen über die Treppenstufen und landete auf dem Boden.

Der Aufprall war seltsam leise. Die dünnen Wände brachen, und die Miniaturmöbel und Puppen wurden auf dem Rasen verteilt. Das Dach knackte, bevor es zusammenfiel und das gesamte Haus platt drückte.

»Nein!«, hauchte Deanna und sprang vor, obwohl sie wusste, dass es zu spät war. »Ich wollte doch nur, dass ihr ein wenig Spaß habt.«

Sie schaute ihre Töchter an. Savannahs Augen füllten sich mit Tränen, während Sydney ihre Mutter mit einem Ausdruck im Gesicht ansah, der so sehr der Abscheu ähnelte, die Deanna von Madison kannte, dass sie fürchtete, sich gleich übergeben zu müssen.

»Es tut mir leid«, flüsterte sie. »Es tut mir leid.«

Sie streckte die Hände nach Savannah aus. Ihre Tochter machte einen Schritt zurück und wischte sich die Tränen von den Wangen. Dann fassten die Zwillinge einander an den Händen und rannten gemeinsam wieder ins Haus. Deanna stand allein auf der Veranda, das zerbrochene Puppenhaus vor sich auf dem Rasen, und konnte das Gefühl des Grauens nicht unterdrücken, das ihr verriet, dass mehr zerbrochen war als nur das Spielzeug.

»Kann ich ein paar mit zu Madison nehmen, wenn wir fertig sind?«, fragte Carrie, als sie vorsichtig den Teig für die Zuckerkekse ausrollte. »Ich werde sie durch die feindlichen Linien schmuggeln müssen, wie in einem alten Kriegsfilm.«

Sie grinste, während sie sprach, und ihre dunklen Augen funkelten amüsiert. Boston wusste, es war falsch, sie zu ermutigen, Madison dabei zu helfen, die Regeln zu brechen. Als Erwachsene sollte sie die Besessenheit ihrer Nachbarin mit selbst gemachtem, biologisch wertvollem und zuckerfreiem Essen respektieren. Sie sollte Deannas Entschlossenheit bewundern, ihre Kinder gesund zu ernähren. Und das würde sie auch, wenn Deanna nicht so missionarisch wäre.

»Das kannst du, aber wenn du erwischt wirst, habe ich dich nie zuvor gesehen.«

Carrie griff lachend nach dem Ausstecher in Form eines Gänseblümchens und drückte ihn fest in den Teig.

»Danke, dass du mir mit den Keksen hilfst«, sagte sie und warf Boston einen Blick zu. »Dad hat gesagt, er würde das machen, aber du weißt ja, wie er ist.«

»Ein Mann?«

Carrie nickte. »Er bemüht sich, aber das ist nicht dasselbe.« Sie drückte die Form erneut in den Teig. »Du erinnerst dich an sie, oder?«

»An deine Mom? Aber natürlich.« Boston dachte über die Frage nach. »Hast du Schwierigkeiten, dich an deine Mom zu erinnern, Carrie?«

»Ein wenig. Ich habe Fotos und so. Und auch ein paar Erinnerungen, aber die kommen mir alle so lang her vor. Ich wünschte, sie wäre hier, aber das ist etwas anderes, als sie zu vermissen, oder?«

»Ja.« Boston berührte ihre Schulter. »Sie hat dich sehr geliebt. Sie wäre sehr stolz auf dich.«

»Danke. Glaubst du, dass Dad je wieder heiraten wird?«

»Ich weiß es nicht. Hast du ihn mal gefragt?«

Carrie verdrehte die Augen. »Als wenn er auf die Frage antworten würde. Er geht nicht viel aus. Zumindest nicht hier. Ich weiß, was er macht, wenn er übers Wochenende wegfährt.«

Sie zog die Nase kraus. »Okay, ich weiß nicht genau, was er macht, aber ich weiß, dass er Menschen trifft. Frauen. Manchmal denke ich, es wäre nett, mehr eine Familie zu sein, weißt du?«

»Jemanden zu verlieren, den man liebt, ist schwer.«

»So wie du Liam verloren hast?«

Boston spürte den Stich tief in ihrem Herzen. »Ja, ganz genau so«, sagte sie leise.

»Dad sagt, Eltern sollten ihre Kinder nicht überleben, aber meine Mom zu verlieren hat mir auch nicht gefallen. Ich finde, niemand sollte sterben.«

»Das würde alles verändern.«

Carries Augen leuchteten auf. »Hier im Haus wäre es echt eng, wenn alle, die je hier gelebt haben, noch da wären.«

»Du würdest dir ein Zimmer teilen müssen.«

»Mit einem Geist. Das könnte lustig sein.« Sie schob den übrig gebliebenen Teig beiseite und trug das Backblech dann zum Ofen. »Andi wirkt nett. Für Dad, meine ich. Aber ich kann nicht sagen, ob er sie mag.« Sie schob das Blech in den Ofen und stellte die Uhr. »Ich meine, ich weiß, dass er sie mag, aber nicht, ob auf diese Jungs-Mädchen-Art. Glaubst du, dass Andi ihn mag?«

Boston wusste zufällig die Antwort auf diese Frage. Auch wenn sie diese Information nicht mit ihrer zwölfjährigen Nichte teilen würde. »Ich denke, du solltest die beiden das alleine herausfinden lassen.«

»Meine Mom ist schon mein halbes Leben weg, Boston. Das sind sechs Jahre. Wenn mein Dad gut wäre im Dating, glaubst du nicht, dass er dann längst eine Freundin hätte? Irgendjemand muss ihm helfen.«

Boston lachte. »Ich finde deine Argumente ausgezeichnet, trotzdem sage ich dir, dass du den armen Mann in Ruhe lassen sollst.«

»Andi ist wirklich hübsch. Und sie ist Ärztin, was echt cool ist. Glaubst du, sie hat noch einen Freund in Seattle?«

»Carrie, hör auf, dich da einzumischen.«

»Warum? Wir könnten sie zusammenbringen, und dann würden Dad und ich nebenan einziehen.«

Boston legte ihrer Nichte einen Arm um die Schultern. »Das fände ich sehr schön, aber die Menschen müssen sich von selbst verlieben.«

»So wie du und Zeke?«

»Ja, so in der Art.«

Carrie lehnte sich gegen sie. »Es war Liebe auf den ersten Blick, oder?«

»Du hast die Geschichte schon tausendmal gehört.«

Carrie schlang ihre Arme um Bostons Taille und seufzte. »Erzähl sie mir nur noch einmal. Es ist meine absolute Lieblingsgeschichte.«

Boston drückte sie an sich und gab ihr einen Kuss auf den Scheitel.

Dieses Mädchen zu halten brachte sie dem Gefühl des Glücks so nah, wie sie ihm seit Monaten nicht gekommen war. Wenn sie sie nur lange und fest genug hielt, könnte sie beinahe die Lücke in ihrem Herzen füllen. Aber nur beinahe.

»Es war auf der Highschool«, fing sie an.

Carrie kletterte auf einen Barhocker und wartete gespannt. »Und du hast ihn gesehen. Er hatte seine Teamjacke an, richtig?«

Boston lächelte. »Richtig.«

13. KAPITEL

»Ich kann mein Schlafzimmerfenster sehen«, sagte Lucy und zeigte in die Richtung.

Sydney und Savannah drängten sich näher, um es auch zu sehen. Regentropfen rannen über die Scheibe und verschleierten die Sicht.

»Mir gefällt es hier oben«, sagte einer der Zwillinge. Da sie anders angezogen waren als beim letzten Mal, konnte Andi sie nicht auseinanderhalten.

»Es ist ganz gemütlich, oder? Wie in einer Höhle.« Andi nahm das Spiel zur Hand, das die Kinder mitgebracht hatten. »*Candy Land*? Das Spiel liebe ich.« Sie lächelte. »Ich habe eine Idee. Wir nehmen einen Stapel Decken mit nach unten und spielen unten vor dem Fenster.«

Die Mädchen stimmten zu, dass das lustig wäre. Die Zwillinge kümmerten sich um das Spiel, und Lucy nahm die Kekse, die Andi gekauft hatte. Andi steckte einige Saftpakete in eine Einkaufstasche, dann schnappte sie sich ein paar Decken aus ihrem kleinen Wäscheschrank. Ein paar Minuten später wählten sie ihre Spielsteine aus. Andi mischte die Karten und legte sie verdeckt auf das Spielbrett.

Einer der Zwillinge lächelte sie an. »Du darfst als Erste.«

»Das ist sehr nett von dir, aber ihr seid meine Gäste. Wie wäre es, wenn Lucy anfängt?«

Lucy strahlte überrascht, dann nahm sie die erste Karte, und das Spiel begann. Fünfzehn Minuten später waren sie mit der ersten Runde durch und fingen mit der zweiten an. Andi ließ die drei spielen und verteilte Kekse und Saft. Der Regen trommelte an die Fensterscheibe. Mit den neuen Fenstern war es hier schön hell.

Langsam wird es was, dachte sie und schaute sich um. Die Träger für die Wände im Erdgeschoss waren alle eingebaut. Da die Elektrik und die neuen Rohre schon verlegt waren, käme als Nächstes die Isolierung, gefolgt von den Trockenbauplatten. Das war aufregend.

Lucy versetzte ihren Spielstein und nahm einen Schluck Saft. »Danke«, sagte sie höflich.

»Gern geschehen.« Andi lächelte die Zehnjährige an. »Das Schuljahr muss bald vorbei sein.«

»Ja, bald sind Ferien.«

»Das wird lustig. Habt ihr Pläne für den Sommer? Fahrt ihr in den Urlaub?«

Lucy zuckte mit den Schultern. »Ich weiß nicht. Daddy reist für seine Arbeit sehr viel. Er sagt, er ist gerne bei uns zu Hause, wann immer er kann.«

»Ich bin sicher, er genießt es, Zeit mit seinen Mädchen zu verbringen.«

»Er liebt uns sehr«, warf einer der Zwillinge ein.

Andi musterte die beiden und suchte nach irgendeinem kleinen Unterschied. Ein Muster in der Iris, die Form der Ohren. Aber da war nichts.

»Ich stecke fest«, sagte sie.

Die drei Mädchen schauten sie an.

»Ich kann euch nicht auseinanderhalten«, gab sie zu. »Ich bin Ärztin. Ich sollte doch in der Lage sein, irgendetwas zu finden.«

Die Zwillinge kicherten. Der linke von ihnen – in einem lavendelfarbenen T-Shirt mit Zeichentrickkatzen darauf – hob die rechte Hand und zeigte Andi eine winzige Narbe am Ballen seines Daumens.

»Das ist passiert, als ich noch ein Baby war. Daran siehst du, dass ich Sydney bin.«

Andi fragte sich, wie vielen Menschen wohl das Geheimnis enthüllt wurde, um die eineiigen Zwillinge auseinanderzuhalten. »Danke, dass du mir das gezeigt hast.«

»Du musst das vermutlich wissen«, erklärte Sydney ihr. »Weil du unsere Ärztin bist.«

»Bin ich das?«

»Mhm. Das hat Mommy beim Abendessen gesagt.« Sydney runzelte die Stirn. »Sie wollte wissen, warum du keine eigenen Kinder hast.«

Weil mein Exverlobter ein Idiot ist, dachte Andi, achtete aber darauf, ihre freundliche, offene Miene beizubehalten. Und sie war genauso idiotisch gewesen. »Ich hätte sehr gerne eigene Kinder und hoffe, dass es eines Tages dazu kommt.«

»Du bist keine Lisbon?«, fragte Savannah.

Lucy errötete. »Sag so was nicht.«

»Aber ich weiß nicht, was das ist.« Sie wandte sich an Andi. »Das hat Mommy gesagt. Wir haben Audrey später gefragt, aber sie wusste es auch nicht.«

Lucy verlagerte unbehaglich ihr Gewicht auf der Decke. »Spielt einfach weiter.«

Lisbon? Andi versuchte herauszufinden, was Deanna wohl gesagt haben könnte, dass ihre Kinder …

Lesbe, dachte sie auf einmal und mochte Deanna mit jeder Sekunde weniger. Die Frau war wirklich jemand, den man nicht als Nachbarin haben wollte. Nur weil sie über dreißig und nicht verheiratet war, bedeutete das doch nicht, dass sie lesbisch sein musste. Sie hatte eine langjährige Beziehung gehabt, die zerbrochen war. Wäre sie auch so unter Beschuss geraten, wenn sie verheiratet gewesen und nun geschieden wäre?

»Ich bin nicht aus Lissabon«, sagte Andi entspannt. »Was übrigens eine Stadt in Portugal ist. Die ich schon immer mal besuchen wollte. Ich habe gehört, es ist dort wunderschön. Lucy, du bist dran.«

Lucy lächelte dankbar und griff nach der nächsten Karte.

Andi beobachtete die hübschen Mädchen, die auf den Decken spielten, und fragte sich, wie um alles in der Welt jemand wie Deanna so tolle Kinder hervorgebracht hatte. Das muss der Einfluss des Vaters sein, dachte sie und hoffte, sie würde in Zukunft nicht allzu viel Kontakt mit ihrer wenig ansprechenden Nachbarin haben müssen.

»Und dann verwandelt sie sich in eine Meerjungfrau!«, quiekte Sydney.

Das hohe Geräusch schoss wie ein Laserstrahl durch Deannas Kopf. Der dumpfe Kopfschmerz, der sie schon den ganzen Tag quälte, wurde ein paar Stufen schlimmer.

Savannah drückte eines ihrer Spielzeuge in der großen Badewanne unter Wasser. »Sie muss gerettet werden. Beeil dich.«

Die Mädchen kicherten, während sie spielten, und waren ganz in ihrer Fantasiewelt von Wasser und Meerjungfrauen gefangen. Deanna beobachtete sie aus dem Schlafzimmer, wo sie gerade Wäsche zusammenlegte. Ihre Finger waren ungeschickt, und es gelang ihr nicht, die Ecken der Handtücher ordentlich aufeinanderzulegen.

Ich bin müde, dachte sie. Ihr Kopf pochte, ihre Augen waren trocken. Sie konnte sich nicht erinnern, wann sie das letzte Mal mehr als nur ein paar Stunden am Stück geschlafen hatte. Immer wenn sie die Augen schloss, spulten sich die Unterhaltungen mit Colin in ihrem Kopf ab. Die Unsicherheit fütterte die Angst, und am Ende starrte sie stundenlang an die Decke, während ihre Gedanken kreisten.

Da sie nicht wusste, was das Problem war, konnte sie keine Lösung finden. Wenn sie mal nicht vor Angst wie erstarrt war, war sie wütend. Colin tat ihr das an, und sie wusste nicht, warum. Ihn zu fragen war keine Möglichkeit. Wenn er anrief, sprach er nur mit den Kindern. So wie Madison jedes Mal zum Telefon rannte, wenn es klingelte, nahm Deanna an, dass sie bestimmte Uhrzeiten abgesprochen hatten.

»Mom, ich brauche Hilfe bei meinem Geschichtsprojekt.«

Deanna drehte sich um und sah Lucy in der Tür zum Schlafzimmer stehen. »Nicht jetzt«, sagte sie und richtete ihre Aufmerksamkeit wieder auf die Zwillinge. »Ich muss auf deine Schwestern aufpassen.«

»Wann dann?«

»Ich weiß es nicht.«

»Du hast gesagt, du würdest mir helfen. Das hast du am Wochenende und gestern gesagt.«

Der Druck um Deannas Kopf verstärkte sich. »Ich bin beschäftigt, Lucy. In diesem Haus wohnen noch vier andere Kinder, nicht nur du.«

Sie nahm ein Handtuch und ließ es wieder aufs Bett fallen, als sie bemerkte, dass ihre Finger zitterten. Sie spürte, wie der Raum um sie herum ein wenig schwankte. Zu niedriger Blutzucker, dachte sie. Sie hatte in letzter Zeit nicht viel gegessen. Sie sollte nach unten gehen und sich einen Snack holen. Sobald die Zwillinge aus der Badewanne waren.

»Mom, ich muss zur Bücherei, weißt du noch? Du hast gesagt, du würdest mich heute Abend hinfahren.«

Audreys Stimme gesellte sich zu dem schrillen Lachen ihrer Jüngsten.

»Nicht heute.«

»Aber du hast es gesagt.«

»Ich habe ein Projekt für Geschichte.« Lucy hielt ein abgegriffenes Buch hoch. »Mom, das ist wichtig. Ich muss das abgeben.«

»Aus dem Weg, ihr zwei.« Madison schob sich zwischen den Mädchen ins Zimmer. »Kann Carrie diesen Freitag bei uns übernachten? Ich bin an der Reihe.«

»Mommy, das Wasser wird kalt. Kann ich das heiße Wasser anstellen?«

Der Raum schwankte erneut. Der Kopfschmerz wuchs an, bis er sie blind machte. Deanna spürte, wie sie nach unten sank, schwebte. Alles tat weh.

Sie sackte auf die Bettkante. Die Stimmen sprachen weiter, die Fragen wiederholten sich wie ein Echo.

»Stopp!«, rief sie und rappelte sich auf. »Hört auf. Ihr alle. Hört einfach auf. Ich ertrage es nicht. Geht weg. Geht in eure Zimmer und gebt Ruhe. Seid einfach nur still!«

Am Ende schrie sie, sodass ihre Stimme von den Wänden widerhallte. Audrey und Lucy packten sich an den Händen und hielten sich aneinander fest. Madisons Gesicht wurde hart vor Abscheu.

»Du bist so eine Bitch«, sagte sie laut und deutlich, bevor sie das Zimmer verließ.

Deanna ignorierte sie und die anderen beiden. Sie ging ins Badezimmer, wo die Zwillinge zitternd und weinend im Wasser saßen.

»Steht auf«, sagte sie angespannt.

Sie standen beide auf. Sie wickelte ihre Töchter in Badehandtücher und hob sie aus der Wanne.

»Geht in euer Zimmer. Trocknet euch ab und zieht euch eure Schlafanzüge an. Sofort.«

Immer noch weinend und mit vor Angst und Tränen großen Augen rannten die Zwillinge aus dem Bad.

Da roch sie es. Den Gestank von Alkohol und Dreck. Hörte das Kratzen von Kakerlaken und Ratten. Sah die Müllberge. Sie war wieder in ihrem alten Haus, ihre Mutter schrie wie eine Verrückte.

»Hör auf! Hör einfach auf! Du saugst mich aus. Ich kann nicht mehr. Geh einfach.«

Das Haus war so winzig gewesen, und Deanna hatte kein eigenes Zimmer gehabt. Sie erinnerte sich, in eine Ecke gekrochen zu sein und sich so klein wie möglich gemacht zu haben. Damit das Schreien aufhörte. Damit sie nicht geschlagen würde. Damit die Schläge nicht in echte Prügel ausarteten.

»Ich bin nicht wie sie«, flüsterte sie, aber als sie in den Spiegel schaute, sah sie ihre Mutter. Die Kleidung war anders, genau wie das Gesicht, aber die Stimme war die gleiche.

Sie zwang sich zu atmen. Als das Zittern schließlich aufhörte, zog sie den Stöpsel in der Wanne und ging zur Toilette. Sie hob den Deckel, beugte sich vor und übergab sich.

Es kam kein Essen. Nur Galle und Selbsthass. Als sie fertig war, sank sie auf den Boden, schlang ihre Arme um die Knie und fing an, sich vor- und zurückzuwiegen.

Boston stand mitten in dem Raum, der einmal das Wartezimmer werden würde, und versuchte die Wände zu sehen, wo bisher nur Balken und Estrich zu sehen waren. In den letzten paar Wochen war es ihr gelungen, Zeichnungen von einem halben Dutzend Tieren und Käfern für das Dschungelgemälde zu erstellen. Jedes Mal, wenn sie sich hinsetzte, um zu malen, war sie überzeugt, es nicht zu können, aber sie schaffte es. Die Zeichentrickfiguren waren nicht gerade brillant, aber sie waren ein Fortschritt, und sie sagte sich, dass es mit der Zeit leichter werden würde.

Sie hatte sich für ein Farbschema entschieden und die entsprechenden Muster zusammengestellt, um sie von Andi absegnen zu lassen. Als Nächstes würde sie als Vorlage eine verkleinerte Version des Wandgemäldes malen.

Allein der Gedanke daran, alles zusammenzufügen, ließ sie beinahe einen Ausschlag kriegen, aber das war okay. Jedes Mal, wenn sie Angst bekam, ging sie in ihr Atelier und malte Bilder von ihrem Sohn, bis ihr Herz aufhörte zu rasen. Sie brauchte immer weniger und weniger Zeit, um wieder ins Gleichgewicht zu kommen.

Das Projekt sollte ihr helfen zu heilen. Boston war nicht sicher, ob ihr das gefiel, aber sie wusste nicht, wie sie es vermeiden sollte. Sie schätzte, weiterzumachen und stehen zu bleiben, waren zwei gleich verständliche Reaktionen. Solange sie noch Schmerz empfand, war Liam noch bei ihr.

»Hey.«

Sie drehte sich um und ließ beinahe ihren Block fallen, als sie Wade ins Haus kommen sah.

»Was machst du hier?«, fragte sie. »Du solltest doch in Marysville sein und mit dem Schrankhersteller reden.«

»Ich freue mich auch, dich zu sehen«, sagte ihr Schwager und hob seine Augenbrauen. »Er hat den Termin verlegt.«

Boston presste die Lippen zusammen. »Sorry. Es ist nur ...« Sie schaute auf ihren Block und dann wieder ihn an. »Du solltest nicht wissen, dass ich hier bin.«

Wade schüttelte den Kopf. »Warum nicht?«

»Ich male ein Wandgemälde für Andis Wartezimmer.«

Sie musste nicht mehr sagen. Zeke und Wade standen einander nahe. Zeke hatte seinem Bruder bestimmt von den ganzen Bildern von Liam erzählt und dass er glaubte, sie würde nicht richtig mit dem Verlust ihres Sohnes umgehen. Zeke würde es als gutes Zeichen sehen, dass sie an dem Wandbild arbeitete. Aber sie war sich noch nicht sicher, ob es das auch wirklich war.

Wade lächelte. »Das ist doch toll. Warum wolltest du nicht, dass ich davon erfahre?«

»Weil Zeke es nicht weiß, und ich noch nicht bereit bin, es ihm zu sagen.«

Wade hob beide Hände und trat einen Schritt zurück. »Da mische ich mich nicht ein.«

»Ich weiß, deshalb wollte ich ja vorbeikommen, wenn du nicht da bist. Ich will dich in nichts hineinziehen. Kannst du so tun, als wäre ich nie hier gewesen?«

Wade ließ die Hände sinken. »Sicher, aber gerne tue ich das nicht.«

»Danke.« Sie musterte ihn. »Andi ist nett. Ich habe gesehen, wie gut sie mit Deannas Kindern umgeht. Und sie ist hübsch. Findest du ihre Locken nicht auch toll?«

Er kniff die Augen zusammen. »Boston, worauf willst du hinaus?«

»Ich meine ja nur. Du bist Single, sie ist Single ...«

»Sie ist eine Kundin.«

»Ach bitte. Seit wann ist das denn ein Problem?«

»Das ist es nicht. Ich sage nur, ich glaube nicht, dass es eine gute Idee ist, mit einer Kundin auszugehen, während ich noch an ihrem Projekt arbeite.«

»Also wirst du mit ihr ausgehen, wenn du fertig bist?«

Er stöhnte. »Quälst du mich mit Absicht? Ich dachte, du magst mich.«

»Das tue ich auch. Du bist mein Lieblingsschwager. Ich weise dich ja nur darauf hin, dass sie hübsch und lustig und alleinstehend ist. Das solltest du nutzen.«

»Auf keinen Fall.«

Boston schaute ihn an. »Warum nicht? Magst du sie nicht?«

»Natürlich mag ich sie.« Er zuckte mit den Schultern. »Aber sie ist Ärztin.«

Boston wartete auf den Rest des Satzes.

»Das ist alles«, sagte Wade. »Sie ist Ärztin.«

»Du kannst Ärzte nicht leiden?«

»Sie ist gebildet. Klug. Ich arbeite auf dem Bau.«

»Und?«

»Ich bin nicht ihr Typ.«

Bostons Verwirrung löste sich. »Du weißt schon, dass du gesagt hast, du wärst nicht ihr Typ. Nicht umgekehrt. Also bist du an ihr interessiert.«

Wade stöhnte. »Bitte töte mich auf der Stelle.«

»Auf keinen Fall. Also, du magst sie. Dann solltest du sie mal einladen. Ich denke, sie würde Ja sagen.«

Er hob den Kopf und starrte sie an. »Woher weißt du das?«

»Ich bin von Natur aus sehr feinfühlig.«

»Ja, klar.« Er grinste schief. »Sie hat sich nach mir erkundigt.«

»Vielleicht.«

»Das ist interessant.«

Sie grinste. »Ist das jetzt der Moment, in dem ich dich daran erinnere, dass es keine gute Idee ist, mit einer Kundin auszugehen?«

»Halt den Mund.«

Sie lachte. »Du bist so ein *Mann*.«

»Das ist eine meiner besten Qualitäten.«

Andi lehnte sich auf ihrem Stuhl zurück und wünschte sich, ihr Büro hätte ein Fenster, aus dem sie sich stürzen könnte. Auch wenn der Fall von knapp einem Meter auf den Rasen neben der Praxis keinen Schaden anrichten würde, wäre der Akt an sich ein nettes Symbol.

Stattdessen hielt sie sich den Hörer ans Ohr, schloss die Augen und wappnete sich innerlich gegen den kommenden Angriff.

»Hast du dich in deinem Haus schon eingerichtet?«, fragte ihre Mutter.

»Die meisten meiner Sachen sind noch eingelagert, also gab es nicht viel einzurichten. Die Bauarbeiten gehen aber voran.«

»Ich schätze, das sind gute Neuigkeiten.« Ihre Mutter seufzte. »Dein Vater und ich haben unseren Frieden mit deiner Entscheidung getroffen.«

»Dann kann ich heute Nacht wenigstens beruhigt schlafen.«

»Sarkasmus?«, fragte ihre Mutter. »Ich dachte, dem wärst du inzwischen entwachsen.«

»Nein. Ich werde bis ins Grab sarkastisch sein. Sorry, Mom.«

»Ich nehme an, du kannst nicht anders. Wie gesagt, wir denken, wenn du dein Leben damit vergeuden willst, dich um aufgeschlagene Knie und Impfungen zu kümmern, kannst du diese Dienste auch gut in irgendeinem Kaff anbieten. Ich bin sicher, dass man dort gute medizinische Versorgung benötigt.«

»Ja, da bin ich mir auch sicher. Bisher ist die Dankbarkeit

wirklich herzerweichend. Einige meiner Patienten bezahlen mich mit Vieh. Erst letzte Woche habe ich zwei Hühner und das Hinterbein eines Elchs bekommen.«

Ihre Mutter seufzte. »Wirklich, Andi, ist das nötig?«

Sie öffnete die Augen. »Irgendwie schon. Ich bin nur eine Fahrt mit der Fähre von Seattle entfernt. Wir haben fließend Wasser und Handyempfang, Mom. Kaff? Ich lebe in einem Touristen-Nirwana.«

»Gut. Ich habe verstanden. Ich hasse es nur zuzusehen, wie du dein Leben wegwirfst. Du hättest wichtige Arbeit leisten können.«

»Mir ist meine Arbeit wichtig.«

»Ich habe von einem Stipendium gehört«, setzte ihre Mutter an.

»Nein.«

»Aber es ist –«

»Nein. Du wirst akzeptieren müssen, dass ich glücklich bin mit dem, was ich tue.«

»Aber du bist Kinderärztin.«

Und die Loserin der Familie, dachte Andi. Diejenige, die nicht mithalten konnte. »Lass es gut sein, Mom.«

»Okay. Du weißt, dass es Gerüchte gibt, dass deine Schwester und ihr Forscherteam den Nobelpreis gewinnen könnten?«

»Ich freue mich für sie.«

»Dein Vater und ich reisen nächsten Monat zu einem medizinischen Symposium in British Columbia. Vielleicht kommen wir auf dem Weg bei dir vorbei.«

Argh! Ein Besuch der Familie. Warum? »Das wäre zauberhaft«, brachte sie heraus und hoffte, wenigstens ein bisschen so zu klingen, als meinte sie es ernst.

Ihre Mutter seufzte erneut, wie so oft, wenn die angesehene Dr. Gordon mit ihrer Jüngsten sprach. »Ich liebe dich, Andi. Genau wie dein Vater.«

»Ich weiß Mom. Ihr wünschtet nur, ich wäre ein wenig ambitionierter.«

»Das wäre nett gewesen. Du bist eine Gordon.«

»Ich Glückliche.«

»Ich schicke dir die Informationen bezüglich des Stipendiums.«

»Ich wünschte wirklich, du würdest es nicht tun.«

Ein lautes Piepen unterbrach das Gespräch.

»Das bin ich«, sagte ihre Mutter. »Ich muss los. Wir sprechen uns bald.«

Es folgte ein Klicken, und der Anruf war beendet. Andi legte den Hörer zurück und schaute sich nach dem fehlenden Fenster um.

14. KAPITEL

Deanna stand unsicher in ihrem Schlafzimmer. Ihr Ausbruch war drei Tage her. Drei Tage, an denen ihre Kinder sie argwöhnisch beobachtet hatten und verstummt waren, sobald sie ein Zimmer betrat. Die Zwillinge hatten den Vorfall bereits vergessen, aber die älteren Mädchen erinnerten sich. Und sie hatten Angst.

Sie erkannte die Symptome, weil sie sie am eigenen Leib erfahren hatte. Sie hatte selbst erlebt, wie es war, nicht zu wissen, was einen erwartete. Mit Regeln zu leben, die sich ständig änderten, mit Bestrafungen, die schnell und hart waren und oft Narben hinterließen. Sie hatte sich geschworen, niemals wie ihre Mutter zu werden.

Das bin ich auch nicht, sagte sie sich. Ihr Haus war wunderschön. Sauber. Perfekt. Es gab regelmäßige Mahlzeiten mit gutem Essen, und ihren Kindern fehlte es an nichts. Und doch waren ihre Augen so trüb, wie ihre es gewesen waren, und als sie am Morgen an Lucy vorbeigegangen war, war ihre Tochter zusammengezuckt.

In ihrem Zimmer am Ende des Flurs war Madison mit ihrer besten Freundin Carrie. Auch wenn es ein Wochentag war, hatte Deanna der Übernachtung zugestimmt. Vermutlich weil sie sich schuldig fühlte. Jetzt wünschte sie, Madison würde ins Badezimmer gehen oder so, damit sie allein mit Carrie reden konnte.

Nicht, weil sie etwas Bestimmtes besprechen wollte; Carrie war nur einfach so freundlich und nahbar. Die meiste Zeit hatte Deanna keine Ahnung, was sie zu ihrer eigenen Tochter sagen sollte, aber die Unterhaltungen mit Carrie waren immer so leicht. Deanna musste ein paar Sekunden mit einem Kind verbringen, das sie nicht ansah, als wäre sie der Teufel persönlich.

Entschlossen, sich eine Entschuldigung auszudenken, ging sie den Flur hinunter, blieb aber stehen, als sie Carries besorgte Stimme hörte.

»Bist du sicher, dass es dir gut geht?«

»Ja«, erwiderte Madison. »Vergiss es einfach.«

»Das kann ich nicht. Ich mache mir Sorgen. Du musst mit deiner Mom reden.«

Deanna presste sich eine Hand aufs Herz. Worüber sollte sie mit ihr reden? War Madison krank? War in der Schule etwas vorgefallen?

»Ich werde nicht mit ihr reden«, beharrte Madison mit leiser, wütender Stimme. »Ich würde nie mit ihr über so etwas sprechen.«

»Aber sie ist deine Mom.«

»Das kann ich nicht ändern, aber ich werde ihr nicht das Gefühl geben, dass sie mir wichtig ist. Ich hasse sie.«

Deanna lehnte sich gegen die Wand. Ihre Brust zog sich zusammen, ihre Augen brannten. Diese absolute Ablehnung traf sie bis tief ins Mark und ließ sie zerbrochen zurück.

»Du irrst dich, was sie angeht«, widersprach Carrie. »Sie ist nicht so schlimm. Eltern sind dazu da, einem zu sagen, was man tun soll. Mein Dad tut das andauernd.«

»Er ist anders. Er liebt dich. Wenn er dich ansieht, ist er so glücklich und stolz. Sie sieht uns nur als Chaos, das sie aufräumen muss. Sie interessiert sich nur dafür, was die anderen Leute sagen, nicht dafür, was wir fühlen. Sie will, dass alle denken, sie wäre so perfekt. Es geht immer nur um sie.«

»Selbst wenn das wahr sein sollte, hast du Glück.« Carries Stimme war jetzt ganz leise. »Ich würde alles dafür geben, meine Mom zurückzuhaben.«

»Du kannst meine haben.«

Madisons kühle, geübte Zurückweisung ließ Deanna zittern. Sie drehte sich um und wollte ins Schlafzimmer zurückkehren.

Die Wände schienen sich zu bewegen – sie kamen immer näher –, und sie wusste nicht, wie sie sie aufhalten sollte.

»Mom?«

Sie blieb stehen und blinzelte, bis sie Lucy richtig erkennen konnte. »Was?«

»Du hast nie gesagt, ob ich zu der Party gehen darf. Ich hatte gehofft, du würdest Ja sagen.«

Ihre Zweitälteste, so blond und blauäugig wie ihre Schwestern, starrte sie an. Die lächerliche Brille auf ihrer Nase ließ sie aussehen wie eine Eule. Sie blieb immer leicht verschwommen, während die anderen Mädchen scharf gezeichnet waren.

»Na gut. Geh.«

Ihre Tochter lächelte strahlend und kam auf sie zu, als wollte sie sie umarmen. In letzter Sekunde trat sie einen Schritt zurück und rannte in ihr Zimmer. Deanna starrte ihr hinterher. Sie hatte bereits Madison verloren. Wäre Lucy die Nächste? Dann Audrey? Eine nach der anderen wandten ihre Töchter sich von ihr ab.

»Das Beste habe ich für den Schluss aufgehoben«, sagte Wade und ging durch den Flur in ihr künftiges Büro.

Andi folgte ihm und war an seinem Hintern genauso interessiert wie an den Fortschritten im Haus. Es gab inzwischen nicht nur echte Wände, auch der Großteil ihrer medizinischen Apparate war bereits geliefert worden und lagerte nun im künftigen Wartezimmer. Die Praxis nahm langsam Form an.

Das Büro würde in wenigen Wochen fertig sein, doch der Ausbau ihrer zukünftigen Wohnung ging wesentlich langsamer voran. Im ersten Stock würden sich später ihre Küche, das Wohnzimmer, ein Gästezimmer und ein Bad befinden. Im Moment waren sie in der Etage aber noch bei: »Oh, sieh nur, neue Elektroleitungen.« Aus Sicht eines Laien waren neue Trockenbauwände wesentlich aufregender als ein paar Kabel. Vermutlich, weil man durch sie die tatsächlichen Räume erkennen konnte.

Sobald der erste Stock fertig wäre, würde sie ins Gästezimmer ziehen, und Wade und seine Männer würden sich im Dachboden an die Arbeit machen. Dort war das große Schlafzimmer geplant, ein privates Büro und ein drittes Zimmer. Das gesamte Haus sollte im September fertig sein. So, wie es im Moment aussah, könnte sie ihre Praxis noch vor dem Start des neuen Schuljahres eröffnen.

Wade ging in den Pausenraum und trat beiseite. Andi betrachtete die wunderschönen Holzschränke, die dort standen. Sie waren noch nicht eingebaut, und die Arbeitsplatten fehlten auch noch, aber sie bekam schon mal einen ersten Eindruck, wie es später aussehen würde.

»Ich habe Schränke«, sagte sie fröhlich und strich mit der Hand über den ihr am nächsten stehenden Schrank. »Ich liebe sie.«

»Gut, denn das sind die gleichen, die Sie oben bekommen werden.«

»Sie sind wunderschön.«

Wade hatte vorgeschlagen, im gesamten Haus die gleichen Schränke einzubauen. Eine große Bestellung anstelle von zwei oder drei kleineren Bestellungen unterschiedlicher Schränke reduzierte die Kosten enorm.

»Wir werden erst mal den Boden verlegen«, sagte er. »Aber ich habe die Schränke von den Jungs hier reintragen lassen, damit Sie sehen, wie sie sich hier machen.«

Sie betrachtete die Anordnung. »Mit der langen Arbeitsfläche hatten Sie recht. Das ist echt praktisch.«

Licht fiel durch das große Fenster, das auf ihren hinteren Garten hinausging. Selbst im Winter würde der Pausenraum immer hell und fröhlich wirken.

Sie schaute Wade an. »Ich liebe alles, was Sie bisher getan haben.«

»Gut.«

Seine Stimme war tief und ein bisschen sexy. Oder vielleicht sprach er auch ganz normal, und sie reagierte nur darauf, sich mit einem attraktiven Mann in einem so kleinen Raum zu befinden. Wie auch immer, das verräterische Kribbeln tief in ihrem Unterleib sorgte dafür, dass sie sich am liebsten gewunden hätte.

Er lehnte sich gegen die Wand. »Wie haben Sie sich bisher auf der Insel eingelebt?«

»Ich finde mich langsam zurecht. Alle sind sehr nett zu mir.« Sie dachte daran zu erwähnen, dass sie inzwischen sogar in ihrem Pilateskurs mitkam, ging aber davon aus, dass er das vermutlich nicht sonderlich interessant fände.

»Sie haben sich bei Boston nach mir erkundigt.«

Andi spürte, wie ihr der Mund offen stehen blieb. Gedanken wirbelten durch ihren Kopf. Boston war Wades Schwägerin, also war es nicht vollkommen überraschend, dass sie etwas gesagt hatte, aber trotzdem. Gab es nicht so etwas wie einen Ehrenkodex unter Frauen? Dass Wade die Unterhaltung erwähnte, bedeutete entweder, dass er an ihr interessiert war oder dass er wollte, dass sie wegging. Natürlich nur im emotionalen Sinne. Sie schätzte, er wollte nicht wirklich, dass sie wegzog, denn dann würde er nicht bezahlt werden.

»Tja, nun, ich würde mir darüber keine Gedanken machen«, sagte sie und räusperte sich. »Es gibt Gerüchte, ich sei lesbisch, also sind Sie vor mir sicher.«

Er hob eine dunkle Augenbraue. »Und, sind Sie das?«

»Nein.«

»Gut.«

Gut? Wie in ... gut?

Er straffte die Schultern. »Ich denke, Sicherheit wird überbewertet.«

Ihre Blicke trafen sich. Sie war groß, aber er war wesentlich größer, sodass sie ihren Kopf in den Nacken legen musste, als er näher kam.

»Ich habe eine Tochter.«

»Ich habe sie kennengelernt. Sie ist toll.«

»Das finde ich auch.«

Er kam noch näher. Er berührte sie zwar nicht, drang aber definitiv in ihren persönlichen Raum ein. Ihre weiblichen Körperteile boten sich für einen Frontalangriff an, aber Andi bemühte sich, ihr hungriges Flehen zu ignorieren.

»Wir arbeiten zusammen.« Er hob eine Hand und legte sie an ihre Wange. »Du und ich. Das ist eine Komplikation.«

»Ich bin sehr gut darin, Probleme zu lösen«, murmelte sie und dachte: Das kann nicht passieren. Ihr muskulöser, charmanter Bauunternehmer mit den großen Händen schaute sie gerade nicht wirklich mit einem Ausdruck an, den selbst jemand so Unerfahrenes wie sie als Interesse erkannte, oder?

»Ich wollte dich eigentlich zum Essen einladen«, sagte er. »Aber ich glaube, ich tue lieber das hier.«

Dann senkte er seinen Kopf und presste seine Lippen auf ihre.

Andis letzter erster Kuss war mehr als zehn Jahre her. Sie hatte sich ungeschickt und unsicher gefühlt. Jetzt jedoch verspürte sie ein brennendes Verlangen, denn sie wurde von einem Mann geküsst, der ganz offensichtlich wusste, was er tat.

Er drückte seine Lippen mit einer Mischung aus Hunger und Zärtlichkeit auf ihre. Sie kam sich zugleich begehrt und seltsam sicher vor. Während die sexuelle Spannung stieg, verschwand ihre Nervosität, und sie fing an, es zu genießen.

Wade legte seine freie Hand an ihre Taille und zog sie an sich. Sie folgte willig und schlang ihre Arme um seinen Hals. Er löste sich von ihrem Mund und gab ihr einen Kuss auf die Nase, dann auf beide Wangen, bevor er zu ihren Lippen zurückkehrte. Ohne sich dessen bewusst zu sein, öffnete sie sich ihm und hieß seine Zunge willkommen.

Die Lust explodierte. Es gab kein anderes Wort, um den Hunger zu beschreiben, der durch ihre Adern rauschte. Ihre Brüste schwollen an, sehnten sich schmerzhaft nach seiner Berührung, und zwischen ihren Beinen verspürte sie ein schweres, beinahe krampfhaftes Verlangen.

Er hob den Kopf und sah sie an.

Geweitete Pupillen, dachte sie glücklich. Sein Interesse war nicht vorgetäuscht.

»Das ist unerwartet«, murmelte er und küsste sie erneut.

»Definitiv.«

»Wiederholenswert.«

»Sehr.«

Irgendwo vorne im Haus fiel etwas zu Boden. Wade richtete sich auf und trat einen Schritt zurück.

»Da muss ich mal nachsehen.«

»Richtig.«

Eine Sekunde lang starrten sie einander an, dann ging er.

Andi stützte sich auf einen der Küchenschränke und wartete darauf, dass ihre Atmung sich normalisierte. Ihr gesamter Körper kribbelte, und sie wusste, dass sie grinste wie eine Idiotin. Aber das war ihr egal. Das Leben auf Blackberry Island war gerade auf einen Schlag sehr, sehr interessant geworden.

»Na, spionierst du deine Nachbarn aus?«, fragte Zeke.

Boston trat vom Fenster zurück und lachte. »Ich glaube, Wade ist an Andi interessiert, und ich weiß zufällig, dass sie an ihm interessiert ist. Es ist lustig, das zu beobachten.«

Ihr Mann stöhnte. »Misch dich da nicht ein. Das bringt nur Probleme.«

»Ich kann nicht anders. Außerdem musst du vielleicht mit deinem Bruder reden. Er ist zurückhaltend, weil Andi Ärztin ist. Was hat es damit auf sich?«

Sie gingen in die Küche. Zeke trat an den Kühlschrank und holte zwei Bier heraus. Er öffnete die Flaschen und reichte ihr eine. Sie setzte sich auf einen Barhocker, und er lehnte sich an den Tresen.

»An seiner Stelle würde ich mir auch Sorgen machen«, sagte er.

»Warum? Was soll das heißen?«

»Sie ist klug.« Er zuckte mit den Schultern. »Sie ist aufs College gegangen und hat danach studiert. Er nicht.«

»Und? Dann haben sie doch etwas, worüber sie reden können.«

»Sie verdient vermutlich so viel wie er, wenn nicht mehr. Einige Männer haben damit ein Problem.«

»Dann sind sie Idioten. Ein paar Jahre lang habe ich auch mehr verdient als du. Hat dich das gestört?«

»Nein, aber das ist etwas anderes.«

»Warum?«

»Ich weiß es nicht. Es war einfach so. Du bist eine Künstlerin. Du kannst nichts für dein Talent.«

»Aber Andi hat sich entschieden, Ärztin zu werden?«

»Vielleicht. Ich weiß es nicht. Es ist einfach anders. Ich sage nicht, dass es nicht funktionieren könnte, aber es ist etwas, das Wade überdenken muss. Wir sind dazu erzogen worden, unsere Familien zu versorgen. Was, wenn man nicht gebraucht wird? Wo ist dann der Sinn?«

Sie starrte ihn ungläubig an. »Beim Heiraten geht es doch nicht um finanzielle Unterstützung. Was ist mit Liebe und Hingabe? Ist das nicht genug?«

»Weil Männer so gut darin sind, über ihre Gefühle zu reden? Es ist einfacher, ein gutes Gehalt nach Hause zu bringen.«

»Ist das, bevor oder nachdem du mich an den Haaren in deine Höhle geschleift hast?«

Er lächelte sie an. »Muss ich das entscheiden?«

Ihre Blicke verfingen sich ineinander. Sie spürte ein leichtes Ansteigen der Spannung zwischen ihnen, und ihr Körper reagierte. Sehnsucht brandete in ihr auf.

Vor Liams Tod hätte sie sich ohne nachzudenken davon leiten lassen. Sie hätte ihr Bier abgestellt, wäre um den Tresen herumgegangen und hätte ihn geküsst. Er hätte den Kuss erwidert, und innerhalb weniger Sekunden hätten sie angefangen, Liebe zu machen. Es hatte unzählige Nachmittage gegeben, an denen sie sich genau hier in der Küche geliebt hatten. Doch jetzt konnte sie sich nicht einmal mehr erinnern, wann sie das letzte Mal intim miteinander gewesen waren.

Sie vermisste die sexuelle Harmonie, die sie und Zeke immer als selbstverständlich betrachtet hatten. Jetzt, wo sie verloren gegangen war, war sie sich nicht sicher, wie sie dieses Gefühl zurückholen sollte. Sie wusste nicht, warum er nicht mehr konnte, und sie wusste auch nicht, wie sie ihn danach fragen sollte. Aus Gründen, die sie nicht in Worte fassen konnte, besprachen sie das nicht miteinander. Vielleicht lag es daran, dass sie sich nicht erlaubte, ihre Gefühle zu fühlen, und er trank, bis er unterging.

Noch während sie sich fragte, ob sie sich ihm nähern sollte, wandte er den Blick ab, und die Stimmung im Raum wurde auf einen Schlag wieder neutral.

»Ich sollte in den nächsten Tagen mal rübergehen und mir anschauen, wie weit sie gekommen sind«, sagte er. »Wade hat erwähnt, dass die Schränke geliefert sind und sie angefangen haben, die Fußböden zu verlegen.«

»Das macht bestimmt viel Krach.«

»Ja, Andi hat Glück, dass sie tagsüber arbeitet.«

Boston strich mit den Fingern an ihrer Bierflasche entlang. »Zeke, hast du …« Sie hielt inne, nicht sicher, was sie sagen wollte. Wie sie ihm sagen konnte, dass es ihr fehlte, mit ihm Liebe zu machen.

Während sie mit den Worten kämpfte, wartete er ab. Seine Schultern verspannten sich, als wappne er sich gegen einen Schlag. Trotz spiegelte sich in seinen Augen, und er presste seine Lippen zu einer schmalen Linie zusammen.

»Ich habe an etwas gearbeitet«, gab sie sich geschlagen und wählte den leichteren Weg. »Ich wollte nichts sagen, weil ich nicht sicher war, ob ich es schaffen würde, aber jetzt habe ich alles zusammen und ... na ja, warum schaust du es dir nicht mal an?«

Sie stand auf und ging zu ihrem Atelier. Er folgte ihr.

Immer noch dominierten Bilder von Liam den Raum, aber es waren auch große Bögen Papier an die Wand getackert. Dschungelbilder mit einem grinsenden Jaguar und fröhlichen Affen. Verschiedenartige Blätter in unterschiedlichen Grüntönen füllten mehrere Bögen, und es gab mindestens fünf Sorten Schmetterlinge, die vor einem blauen Himmel flatterten.

Die bunten Primärfarben strahlten Energie aus. Sie hatte mit Absicht keine gedämpften Töne gewählt, sodass das Wandgemälde selbst an den trübsten Tagen die Aufmerksamkeit auf sich ziehen und die jungen Patienten von ihren Ängsten ablenken würde.

Ihr Ehemann starrte die Bilder mit vor Erstaunen großen Augen an. Sein Schock war so greifbar, dass Boston lachen musste. »Was ist?«

»Das hast du gemacht?« Er sah sie an. »Du hast es geschafft, Boston.«

Er klang aufgeregt und erleichtert, was ihr verriet, welch große Sorgen er sich gemacht hatte. Sie zuckte mit den Schultern.

»Andi hat mich gebeten, ein Wandgemälde für ihre Praxis zu malen. Nun ja, ehrlich gesagt, glaube ich, dass es meine Idee war, aber sie hat zugestimmt. Ich weiß, es ist keine echte Arbeit, aber ich bemühe mich.«

Er lächelte sie an. »Das ist toll. Die Kinder werden es lieben. Mir gefallen die Affen.«

»Sie sind sehr glücklich.«

»Ihnen sitzt der Schalk im Nacken.«

Sie lachte. »Das hoffe ich doch.«

Er streckte seine Arme aus, und sie trat in seine Umarmung. Ihre Hände legte sie auf seinen Rücken und hob dann instinktiv den Kopf für einen Kuss. Sein Mund bewegte sich zu ihrem.

Sie schloss die Augen und ließ sich davontragen. Sie hatten das schon Millionen Male zuvor getan. Es war leicht. Sie mussten sich nur daran erinnern, wie sehr sie einander liebten und wie gut sich das anfühlte.

Sie griff nach seiner Hand und zog sie zu ihrer Brust. Als seine Finger über ihren aufgerichteten Nippel strichen, stockte ihr der Atem. Sie ließ ihre Hand über seinen Bauch nach unten gleiten und rieb mit der Handfläche über seinen Penis. Aber bevor sie fortfahren konnte, zog er sich zurück.

Die Zurückweisung war so vollkommen wie schmerzhaft.

»Ich gehe mal nach nebenan und gucke mir die Fortschritte an«, sagte er. »Glückwunsch zum Wandgemälde.«

Dann war er fort.

Boston stand allein in ihrem Atelier. Ihr Körper summte immer noch vor Erregung, aber ihr Herz wurde schwer in ihrer Brust. Er behalf sich mit Trinken, und sie verlor sich in ihren Zeichnungen. Sie wusste, dass sie Probleme hatten, aber sie hatte angenommen, sie würden auf der anderen Seite wieder zueinanderfinden.

Aber während sie den ersten schmerzvollen Schritt auf dem Weg der Besserung gemacht hatte, war Zeke noch nicht so weit. Sie waren nicht mehr im Einklang, und zum ersten Mal fragte sie sich, ob sie jemals wieder zueinanderfinden würden.

15. KAPITEL

Ein guter Kuss konnte eine Frau für eine Weile wie auf Wolken schweben lassen. Das erkannte Andi am nächsten Morgen, als ihr Körper innerlich immer noch einen Glückstanz aufführte und sie am liebsten spontan angefangen hätte zu singen. Bisher war es ihr gelungen, Letzteres auf das morgendliche Duschen zu beschränken, aber sie wusste, dass sie aufpassen musste. Die meisten Eltern zogen es vor, wenn die Ärztin ihrer Kinder ernst und aufmerksam war und sich nicht Popsongs summend in Tagträumen verlor.

Trotzdem war sie heute glücklich. Der kurze Kuss hatte sie sich fragen lassen, wie es wohl wäre, wenn sie einen Schritt weitergingen. Sex mit Matt war angenehm, aber nicht sonderlich inspirierend gewesen. Nur ein Mal im Leben würde Andi sich gerne von der Leidenschaft mitreißen lassen.

Sie grinste, als sie einen Eintrag im Computer vervollständigte. Okay, vielleicht nicht nur ein Mal. Mindestens zwei Mal.

Nina klopfte an die offene Tür. Sie hatte eine Patientenakte in der Hand und die Augenbrauen besorgt zusammengezogen. »Wir haben eine unangemeldete Patientin. Madison Philips. Sie ist zwölf.«

Andi nickte. »Ich kenne sie. Besser gesagt, ich habe ihre Mom und ihre Schwestern kennengelernt. Sie ist meine Nachbarin.«

»Stimmt. Deanna hat eine Behandlungserlaubnis in ihrer Akte, das heißt, du darfst Madison untersuchen, ohne ihre Mutter anrufen zu müssen, was Madison wichtig zu sein scheint. Sie möchte mit dir reden, ohne dass du erst mit ihrer Mutter sprichst.«

Das bedeutet nie etwas Gutes, dachte Andi. Sie loggte sich aus ihrem Computer aus und stand auf. »Okay. Finden wir heraus, was das Problem ist.«

Es gab grundsätzlich nur wenige Gründe, weswegen ein Mädchen mit seiner Ärztin sprechen wollte, ohne dass die Eltern davon erfuhren, und keiner dieser Gründe war gut. Zwölf, dachte Andi und hoffte, dass das Mädchen nicht schwanger war. Auch wenn es körperlich möglich wäre, war es für ein Kind in diesem Alter nie gesund, schon Sex zu haben. Eine unterstützende Familie war ein Muss, und Andis wenige Begegnungen mit Deanna hatten ihr nicht viel Hoffnung darauf gemacht.

Sie nahm die Patientenakte, die Nina ihr reichte.

»Raum zwei«, sagte die Arzthelferin.

»Danke.«

Andi überflog die Akte. Madison war wegen der üblichen Kinderkrankheiten behandelt worden: Bronchitis, ein verstauchtes Handgelenk. Bei den anderen Besuchen war es um Impfungen und Gesundheitsatteste für Reisen oder Aktivitäten gegangen.

Sie schloss die Akte und klopfte an die Tür, bevor sie eintrat.

»Hi, Madison«, sagte sie lächelnd. »Ich bin Andi Gordon.«

Madison sah aus wie eine etwas ältere Version ihrer Schwestern. Lange, hellblonde Haare und große blaue Augen. Sie war hübsch mit ihren langen Beinen und dünnen Armen. Ihr Mund verzog sich zum Ansatz eines Lächelns, das aber ihre Augen nicht erreichte.

»Hi, Dr. Gordon.«

Andi zog sich einen Hocker heran und setzte sich. »Du kannst mich gerne Andi nennen.«

»Danke.« Madison schaute sich im Zimmer um. »Lucy spricht viel von dir. Genau wie die Zwillinge. Sie sagen, dass du echt nett bist. Carrie mag dich auch.« Sie schaute Andi an und wandte dann schnell den Blick ab. »Sie ist meine beste Freundin.«

»Ach, stimmt ja. Sie ist Wades Tochter. Carrie ist toll.« Andis Magen verknotete sich. Wenn Madison Sex hatte, könnte

Carrie auch welchen haben. O Gott, das war definitiv keine Unterhaltung, die sie mit Wade führen wollte.

Madison räusperte sich. »Danke, dass du Zeit für mich hast, obwohl ich keinen Termin habe.« Sie hielt inne. »Ich sollte jetzt eigentlich bei einer Freundin sein.«

»Ich bin froh, dass du vorbeigekommen bist.« Sie bemühte sich um eine entspannte Haltung und ließ das Mädchen in seiner eigenen Geschwindigkeit fortfahren.

Madison starrte auf ihre Hände. Schließlich hob sie den Kopf und atmete tief ein.

»Ich habe meine Periode bekommen. Es ist das erste Mal, und ich wusste nicht, ob ich es jemandem sagen sollte. Carrie meinte, ja, und da habe ich an dich gedacht.«

Andi schaffte es, sich die Erleichterung nicht anmerken zu lassen, die sie bei dieser Nachricht durchflutete. Die Periode war gut. Ein normaler Teil des Erwachsenwerdens. Aber sollte Madison diese Unterhaltung nicht mit ihrer Mutter führen?

Sie lächelte sanft. »Wie geht es dir? Hast du Krämpfe?«

»Ein wenig. Glaube ich. Ich fühle mich einfach seltsam, weißt du?«

»Ja, glaub mir, das tue ich. Okay, ich werde dir kurz erklären, was gerade in deinem Körper passiert und was dich in Zukunft erwartet. Vermutlich wird es noch ein paar Monate dauern, bis deine Periode regelmäßig kommt. Dein Körper muss sich an diese neue Entwicklung erst gewöhnen.«

Sie sprachen darüber, wie Madison mit den Symptomen umgehen konnte.

»Du brauchst Hygieneartikel«, sagte Andi. »Hast du die schon?«

Madison schüttelte den Kopf. »Ich habe ein paar Sachen aus Moms Badezimmer genommen.«

Andi schaute auf ihre Uhr. »Okay. Wir gehen in die Drogerie und besorgen dir, was du brauchst.«

»Ich will keine Tampons benutzen«, sagte Madison schnell. »Also im Moment noch nicht.«

»Das ist okay. Wenn du dazu bereit bist, können wir noch mal darüber reden. Sie sind leicht zu handhaben und sicher, solange du dich an die Anweisungen hältst.« Sie hielt inne. »Weißt du, das ist eigentlich ein Thema, über das du vielleicht mit deiner Mutter reden solltest.«

Madisons Miene verhärtete sich. »Nein danke«, sagte sie schnell. »Ich will nicht, dass sie es weiß.«

Sofort schrillten bei Andi alle Alarmglocken. »Gibt es irgendetwas, das ich bezüglich ihres Verhaltens dir gegenüber wissen sollte?«

»Sie ist schrecklich. Egoistisch. Sie hat viele Regeln, die so unfair sind. Manchmal glaube ich, es tut ihr leid, dass sie uns bekommen hat. Wenn wir nicht wären, könnte sie das perfekte Haus haben und müsste sich keine Sorgen machen, dass wir es durcheinanderbringen.«

Madison biss sich auf die Unterlippe. »Manchmal wird mein Dad so traurig. Ich habe gesehen, wie er sie anschaut. Als wüsste er einfach nicht, warum sie mit ihm nicht glücklich ist. Sie sagt ihm ständig, was er tun soll, und beschwert sich dann, dass er es falsch macht. Ich wünschte, er würde sie verlassen und uns mitnehmen.« Madisons Augen füllten sich mit Tränen. »Sie ist so gemein. Gestern Abend haben die Zwillinge gefragt, ob sie ein Eis haben können, und sie hat einfach nur angefangen zu schreien.«

Zwischen vereinzelten Ausrastern und emotionalem Missbrauch lag nur ein schmaler Grat. Als Ärztin war Andi für die Sicherheit ihrer Patienten verantwortlich. Sie wusste aber auch um die Gefahr, verfrüht etwas zu melden, das halb so schlimm war, und dadurch eine Familie auseinanderzureißen.

Sie hatte Zeit mit Lucy und den Zwillingen verbracht. Keines der Kinder hatte Anzeichen von ernsten Problemen zu

Hause gezeigt. Die Mädchen waren freundlich, offen, fantasievoll und stabil.

Madison steckte mitten in der Pubertät und erlebte ihre erste Hormonumstellung. Da wurde jeder etwas empfindlicher. Waren Deannas Aktionen die einer Frau, die von Natur aus nicht warmherzig war, oder steckte etwas Destruktiveres dahinter?

»Es tut mir leid, dass du dich nicht wohl dabei fühlst, mit deiner Mom darüber zu reden«, sagte Andi. »Als Ärztin muss ich sie jedoch darüber informieren, was mit dir los ist.«

Madison verschränkte die Arme vor der Brust. »Ich will nicht mit ihr darüber sprechen.«

»Das werde ich ihr sagen. Ich hoffe, dass sie deine Bitte respektiert, aber ich kann es nicht garantieren. Madison, fühlst du dich zu Hause sicher?«

Madison schwieg ein paar Sekunden. »Ich weiß, was du damit fragen willst. So ist es nicht. Sie schlägt uns nicht. Es ist anders.«

»Okay. Wenn du dich jemals nicht sicher fühlst, komm zu mir und sag es mir, okay?«

Madison nickte.

»Ich schätze, dann gehen wir jetzt mal in die Drogerie und kaufen dir, was du brauchst.« Sie stand auf. »Und ich denke, danach sollten wir zu Starbucks gehen. Wie klingt das?«

»Gut.« Madison erhob sich ebenfalls. »Danke. Carrie hatte recht. Es ist echt leicht, mit dir zu reden.«

Das junge Mädchen umarmte Andi stürmisch und hielt sie ganz fest.

Andi freute sich nicht darauf, diese Unterhaltung mit Deanna zu führen. Ihre kurzen Begegnungen waren nicht gerade warm und herzlich gewesen. Und der Klatsch bei ihrem Mittagessen mit den Kolleginnen machte sie noch nervöser.

Sie überlegte, die Unterhaltung aufzuschieben, wusste aber, dass das eine schlechte Idee war. Sie würde mit Deanna nicht als besorgte Nachbarin sprechen, sondern als die Ärztin ihrer Tochter. Dieses Gespräch war wichtig, und sie durfte sich von ihren Bedenken nicht davon abbringen lassen.

Zum Glück hatte ihr letzter Termin früher geendet, sodass sie die Praxis um vier Uhr verlassen konnte. Sie fuhr nach Hause und ging direkt zu Deanna, bevor sie es sich ausreden konnte oder sich von dem Wunsch nach einem weiteren Kuss von Wade ablenken ließ.

Sie trat auf die Veranda und drückte auf die Klingel. Ein paar Sekunden später öffnete Deanna die Tür.

»Hi, Deanna«, sagte Andi. »Ich habe mich gefragt, ob Sie wohl kurz Zeit für mich hätten.«

Ihre Nachbarin schaute sie nachdenklich an, als versuche sie, sie einzuordnen.

»Ich bin Andi Gordon«, sagte Andi und zeigte auf ihr Haus. »Ich wohne nebenan. Ich bin die Kinderärztin.«

»Natürlich.« Deanna trat zurück und bedeutete ihr hereinzukommen. »Entschuldigen Sie, ich bin in letzter Zeit etwas abgelenkt.«

Deanna war so gut angezogen wie beim letzten Mal, als Andi sie gesehen hatte. Ihr Twinset spiegelte das Blau ihrer Augen. Die maßgeschneiderte Khakihose betonte ihre schmalen Hüften und langen Beine. Sie war geschminkt, trug goldene Kreolen und sogar Lippenstift. Im Vergleich dazu kam Andi sich abgerissen vor. Ihre Kleidung war vom Arbeitstag zerknittert, und sie war ziemlich sicher, dass sich ihre Wimperntusche unter den Augen gesammelt hatte und ihr das attraktive Aussehen eines Waschbären verlieh.

Deanna führte sie in ein Wohnzimmer, das mit wunderschönen Antiquitäten eingerichtet war. Die Tische waren zierlich, die Stoffe traditionell. Andi schätzte, dass der Raum ziemlich genau so aussah wie vor hundert Jahren. Sie dachte an ihr Wohnzimmer im Dachgeschoss und das bunte Wandgemälde, das Boston für sie malen würde, und wusste, dass sie und Deanna wirklich nichts gemeinsam hatten.

Andi setzte sich auf eine schmale Polsterbank und versuchte zu lächeln. Es gab keinen leichten Weg, diese Unterhaltung zu beginnen.

Deanna setzte sich ihr gegenüber auf die Kante eines Sessels und sah sie erwartungsvoll an.

Andi atmete tief ein. »Madison war heute bei mir«, sagte sie und hob beschwichtigend eine Hand. »Alles ist gut. Sie müssen sich keine Sorgen machen. Aber ich muss mit Ihnen über etwas sprechen.«

»In Ordnung.« Deanna runzelte die Stirn. »Haben Sie sie behandelt?«

»Nein, auch wenn es ein entsprechendes Formular in ihrer Akte gibt. Ich habe nur mit ihr gesprochen. Sie hatte ein paar Befürchtungen.« Andi beugte sich vor. »Vor ein paar Tagen hat Madison ihre Periode bekommen. Sie wollte mit einem Erwachsenen darüber reden, also kam sie zu mir. Ich habe ihr alles Grundsätzliche erklärt und sie mit entsprechenden Hygieneprodukten ausgestattet.«

Deanna starrte sie an. »Ich verstehe nicht. Sie sagen mir, dass meine Tochter ihre erste Periode bekommen hat und darüber lieber mit Ihnen als mit mir sprechen wollte?«

Ihre Stimme war leise und angespannt, die Worte klangen abgehackt.

Andi nickte. Ihr Blick fiel auf Deannas fest miteinander verschränkte Hände. Auf Finger, die so rau waren, dass sie beinahe aufplatzten. Die schuppige, bös aussehende Haut passte so gar nicht zu Deannas perfekter Erscheinung.

Das ist im Moment nicht das Thema, ermahnte Andi sich.

»Ich fand es wichtig, Ihnen zu sagen, was bei Ihrer Tochter los ist. Und ich wollte meine Unterstützung anbieten, falls –«

Deanna sprang auf die Füße. Ihre Wangen liefen rot an, und ihr Blick verhärtete sich. »Wie können Sie es wagen, so hierherzukommen! Was glauben Sie eigentlich, wer Sie sind? Sie hatten dazu kein Recht. Sie hätten sie zu mir nach Hause schicken sollen. Sie ist mein Kind. Meins. Nicht Ihres. Ich weiß nicht, was für ein Problem Sie haben, aber Sie verlassen jetzt sofort mein Haus.«

Andi stand auf. »Deanna, ich wollte Ihnen nichts wegnehmen. Deshalb bin ich ja hier. Damit wir darüber reden können.«

»Darüber reden?« Sie verzog höhnisch die Lippen. »Nun, wo es zu spät ist? Ist das Ihre Art? Ihr jämmerliches, leeres Leben mit den Kindern anderer Leute zu füllen?« Ihre Stimme wurde lauter. »Sie haben sich in etwas eingemischt, das Sie nichts angeht. Sie hatten nie meine Erlaubnis, mit ihr über ihre Periode zu sprechen. Teil dieses Übergangsrituals zu sein. Sie haben Ihre Grenzen überschritten, Doktor.« Sie stakste zur Tür und hielt sie auf. »Sie müssen gehen.«

»Es tut mir leid«, sagte Andi, als sie an ihr vorbeiging. »Deanna, bitte, da gibt es ein größeres Problem.«

»Erzählen Sie mir nicht, wie ich meine Kinder zu erziehen habe. Erzählen Sie mir nicht, was falsch läuft. Sie wissen überhaupt nichts.«

Die letzten Worte kamen als Schrei aus Deanna heraus. Andi spürte, wie ihr heiß wurde. Ihr Magen verknotete sich, und ihre Hände zitterten. Sie eilte die Stufen hinunter, begierig darauf wegzukommen, bevor sie etwas Dummes tun konnte, wie zum Beispiel, in Tränen auszubrechen.

Als sie den Bürgersteig erreichte, wandte sie sich in Richtung ihres Hauses, merkte aber, dass sie nicht hineingehen wollte. Was, wenn jemand das Geschrei gehört hatte? Als Madisons

Ärztin konnte sie nicht erklären, was vorgefallen war – darüber durfte sie nur mit den Eltern des Mädchens reden.

Sie fragte sich, warum das so sein musste. Jedes Mal, wenn sie glaubte, langsam anzukommen, passierte etwas, das sie aus der Bahn warf. Schickte das Universum ihr eine Botschaft? Sollte sie einfach ihre Niederlage eingestehen und ihre Taschen packen?

Sie wusste die Antwort, bevor sie die Frage noch zu Ende gestellt hatte, aber jeder benötigte ab und zu ein paar Minuten des Selbstmitleids. Der Trick bestand darin, es nicht zu einem Lebensstil werden zu lassen.

Da sie nicht wusste, wohin sie gehen sollte, marschierte sie auf ihr Haus zu. Vielleicht könnte sie sich ungesehen nach oben schleichen. Doch bevor sie ihr Grundstück erreicht hatte, trat Boston auf ihre Veranda und winkte sie zu sich.

»Will ich es wissen?«, fragte sie, als Andi näher kam.

Andi seufzte. »Heute ist eine von Deannas Töchtern zu mir gekommen, um mit mir zu reden. Ich habe ihr gerade die Einzelheiten mitgeteilt.«

»Und ihr hat das, was du gesagt hast, offensichtlich nicht gefallen.«

»Das kann man so sagen.«

Boston berührte ihren Arm. »Du zitterst ja.«

»Ich bin nicht gut in Konfrontationen.«

Boston überraschte sie, indem sie Andi umarmte. Mehrere Sekunden lang wurde sie von starken Armen gehalten. Andi erwiderte die Geste und war dankbar für die Unterstützung.

Als Boston einen Schritt zurückmachte, lächelte sie. »Normalerweise glaube ich an die Macht eines guten Tees, aber im Moment glaube ich, dass ein Glas Wein die bessere Wahl ist. Was meinst du?«

Andi ließ ihre Handtasche auf den kleinen Tisch im Flur fallen und folgte Boston in die Küche. »Wein klingt perfekt.«

Deanna lehnte sich gegen die geschlossene Eingangstür ihres Hauses. Sie presste eine Hand auf den Magen, um die aufsteigende Galle und das Viertelsandwich niederzudrücken, das sie so mühevoll hinuntergezwungen hatte. Hass brannte in ihrer Kehle, und seine Bitterkeit ließ sie beinahe würgen.

Diese Schlampe, dachte sie wütend. So scheinheilig, so sicher, alles zu wissen. Bildet sich was ein auf ihre Ausbildung und ihren Beruf. Schlampe, Schlampe, Schlampe.

Aber der Schmerz in ihrem Herzen hatte nichts mit Andi zu tun, sondern allein mit den Neuigkeiten, die sie ihr überbracht hatte. Es ist nicht zu leugnen, Madison hasst mich wirklich, dachte Deanna, war aber kaum in der Lage, die Wahrheit zu verstehen oder gar zu akzeptieren. Das hier war keine Teenagerrebellion oder eine Phase. Es war pure Abscheu. Die Art Abscheu, die sie für ihre eigene Mutter empfunden hatte.

Sie konnte sich nicht erklären, warum es so gekommen war. Wo war ihr süßes Baby hin? Wann hatte sich alles geändert? Bis vor ein paar Jahren waren sie und Madison einander so nah gewesen. Sie hatten immer als Team zusammengearbeitet. Madison hatte ihr mit den jüngeren Mädchen geholfen, war in ihrer Nähe geblieben, hatte Teil der Familie sein wollen. Das war jetzt alles weg.

Deanna atmete tief ein. Sie schaute aus dem Fenster und sah, dass Andi sich mit Boston unterhielt. Die beiden Frauen verschwanden in Bostons Haus. Ohne Zweifel würden sie über sie reden. Darüber, was für eine schlechte Mutter sie war. Dass ihre eigene Tochter es nicht über sich brachte, etwas Intimes mit ihr zu teilen.

Madison hatte ihre Periode bekommen und wollte nicht, dass sie es wusste. Wie konnte das sein?

Die Wände des Hauses schienen auf sie zuzukommen. Sie verspürte den vertrauten Drang und wusste, wenn sie ihm nachgeben, wenn sie ins Badezimmer gehen und das Wasser anstellen würde, könnte sie vielleicht nie wieder aufhören. Sie dachte darüber nach, wegzufahren und nicht zurückzukommen. Sie dachte darüber nach, vor ein Auto zu laufen und das Problem so zu lösen.

Stattdessen wandte sie sich in Richtung Stufen. »Madison!«, rief sie.

Sie hörte einen schweren Seufzer und dann: »Ja?«

»Ich muss mal kurz nach nebenan. Pass bitte auf deine Schwestern auf.«

Normalerweise weigerte sich ihre Älteste, sich um ihre Schwestern zu kümmern. Aber anstatt sich zu beschweren, sagte Madison nur: »Okay.«

Deanna fragte sich, ob ihre Reaktion auf Schuldgefühlen beruhte. Sie konnte nur hoffen, dass ihre Tochter genug Gefühle übrig hatte, um Schuld zu empfinden.

Sie verließ ihr Haus und ging den Bürgersteig hinunter. Als sie Bostons Veranda erreichte, zögerte sie kurz, bevor sie fest auf den Klingelknopf drückte. Sie hörte Schritte, dann wurde die Tür geöffnet.

Unter anderen Umständen wäre Bostons schockierter Gesichtsausdruck komisch gewesen. So jedoch bestätigte die Miene ihrer Nachbarin Deannas größte Angst. Jeder wusste, dass ihre Tochter sie hasste und sie daran schuld war.

»Ich muss mit dir reden«, sagte Deanna. »Ich weiß, dass Andi hier ist. Mit ihr muss ich auch reden.«

Boston zog die Tür weiter auf und zeigte auf den hinteren Bereich ihres Hauses. Deanna ging den langen Flur hinunter, ignorierte die Feen und die schreckliche Farbauswahl und sagte sich, dass sie das durchstehen würde. Dass sie einen Weg finden und dann aufhören würde, die ganze Zeit so ängstlich zu sein.

In der Küche saß Andi am Tresen. Vor ihr standen zwei Gläser Wein, ein Teller mit Käsehäppchen und eine offene Packung

Cracker. Als Deanna den Raum betrat, ähnelte Andis Miene der von Boston zuvor.

»Keine Sorge«, sagte Deanna. »Ich komme unbewaffnet.«

»Gut zu wissen.«

Boston zog einen Hocker hervor. Deanna ließ sich darauffallen und nahm dann das angebotene Glas Wein. Sie trank es in einem Zug zur Hälfte aus, bevor sie scharf einatmete und sich fragte, warum die beiden Frauen so verschwommen waren.

Mit der freien Hand berührte sie ihre Wange und spürte die Tränen. Sie setzte das Glas ab und fing richtig an zu weinen.

Harsche, hässliche Schluchzer erschütterten sie und ließen sie nach Luft schnappen. Sie kämpfte darum aufzuhören, doch es gelang ihr nicht. Demütigung gesellte sich zu ihrem Schmerz, bis sie nichts mehr war als eine offene, blutende und infizierte Wunde.

Jemand drückte ihr Taschentücher in die Hand. Sie spürte ermutigende Berührungen an ihrer Schulter. Andi sagte etwas, und Boston verschwand kurz, um dann mit einem Waschlappen zurückzukehren. Sie feuchtete ihn an und drückte ihn Deanna in den Nacken.

Deanna hatte keine Ahnung, wie lange sie weinte. Die Schluchzer verebbten und wurden zu einem Schluckauf. Sie bekam wieder Luft und putzte sich die Nase. Der Taschentuchberg wuchs an, als sie sich das Gesicht abwischte. Andi drehte den Waschlappen um und legte die kühle Seite auf ihre Haut. Dann umfing sie Deannas Handgelenk sanft mit den Fingern.

»Ich habe keinen Schlaganfall«, sagte Deanna. »Mir geht es gut.«

»Ich bin keine Ärztin, aber sogar ich sehe, dass das nicht stimmt«, sagte Boston. Sie schob ihr das Glas Wein zu. »Hier, trink noch was. Ich glaube, du kannst es gebrauchen.«

Deanna versuchte, das Glas anzuheben, aber ihre Finger zitterten zu sehr. Dann bemerkte sie ihre aufgesprungene Haut und versteckte ihre Hände unter dem Tresen.

Boston setzte sich auf einen Hocker auf der Küchenseite des Tresens. Andi nahm neben Deanna Platz. Beide beobachteten sie vorsichtig.

»Mir geht es gut«, sagte Deanna. Dann beschloss sie, dass es ihr nicht wichtig genug war, ihre Hände zu verstecken, und griff erneut nach ihrem Glas. Dieses Mal schaffte sie es, einen Schluck zu trinken.

»Ehrlich gesagt, geht es mir nicht gut«, gab sie zu. »Alles ist falsch. Colin hat mich betrogen.«

Die anderen beiden Frauen sahen einander an, dann wieder zu Deanna, die den Kopf schüttelte.

»Nein«, sagte sie schnell. »Das hat er nicht. Ich weiß nicht mal, warum ich das gesagt habe.« Sie hielt inne. »Und auch das stimmt nicht. Ich weiß genau, warum. Denn wenn er mich betrogen hätte, wäre es nicht meine Schuld, richtig? Er wäre der Böse, ich das Opfer, und ich hätte gewonnen. Wie traurig ist das bitte? Wie traurig ist es, dass ich will, dass mein Mann eine Affäre hat, damit nichts von alldem meine Schuld ist?«

Boston drückte ihren Unterarm, sagte aber nichts.

Deanna sah die beiden an. »Sie hassen mich. Colin. Die Mädchen. Vor allem Madison.« Sie wandte sich an Andi. »Deshalb hat sie es mir nicht sagen wollen.« Sie spürte erneut Tränen aufsteigen. »Sie wollte es nicht mit mir teilen. Ich weiß nicht, ob es darum ging, es für sich zu behalten oder mich zu bestrafen. Wie auch immer, ich verstehe sie. Sie sieht mich genauso an, wie ich meine Mutter immer angesehen habe. Aber ich verstehe nicht, wieso. Ich bin überhaupt nicht wie sie.«

Boston hielt sie weiter fest, ihre Finger strichen über Deannas Arm. Die Berührung war seltsam tröstend. Zum ersten Mal seit Wochen fühlte Deanna sich nicht mehr komplett allein.

»Ich kümmere mich um sie«, fuhr sie fort. »Ich koche und putze, und Colin sagt mir, ich bin streng und kontrollierend. Er sagt, er glaubt, ich liebe ihn nicht, und dass ich sein Gehalt wesentlich mehr mag als ihn. Dass er nur im Weg ist. Madison sagt, ich mache mir mehr Gedanken darüber, wie wir nach außen wirken, als darüber, wie es uns geht. Dass ich alles immer perfekt haben will.« Sie schluckte. »Ich will es perfekt haben. Ich will, dass mein Leben ordentlich und nett ist. Warum ist das so schlimm? Warum verstehen sie das nicht?«

Sie trank ihren Wein aus. »Meine Mom hat getrunken, es gab nie Essen im Haus, sie hat mich im Schrank eingesperrt. Ich habe mir geschworen, anders zu sein. Dass meine Kinder nie hungern oder Angst haben müssten. Dass ich ihnen nie peinlich wäre. Und jetzt schauen sie mich an, wie ich meine Mom angeschaut habe, und ich weiß nicht, was ich falsch mache.« Sie hielt inne, um das einzuatmen, dem sie seit Wochen aus dem Weg ging. »Aber das Schlimmste ist, ich glaube, dass vielleicht alles, was sie über mich sagen, wahr sein könnte.«

Andi sah die Risse in Deannas emotionaler Fassade, ohne genau hinsehen zu müssen. Ihre Nachbarin war derangiert, ihr Gesicht fleckig und aufgequollen, ihre Schultern zusammengesackt. Sie war menschlich und verletzt, und Andi empfand Mitgefühl mit ihr.

»Madison ist im Moment von vielen Dingen ziemlich verwirrt«, sagte sie sanft. »Wenn Eltern sich streiten, bekommen die Kinder Angst. Das lässt sie um sich schlagen.«

»Ich will nicht, dass sie Angst haben. Ich will einfach nur, dass sie …« Deanna schüttelte den Kopf. »Ich schätze, ich weiß es nicht mehr. Ich meine, was ich will. Ich würde sagen, ich will, was wir früher hatten, aber nicht, wenn jeder denkt, ich wäre schrecklich. Ich will einfach nur, dass alles nett ist.«

»Du kannst ein wenig intensiv sein«, sagte Boston. »Ich weiß, das ist deine Art, die Kontrolle zu behalten, aber so streng zu sein bringt Konsequenzen mit sich.«

Deanna starrte sie an. »Ich weiß nicht, wie man anders ist.«

Boston lächelte unerwartet. »Das weiß keiner von uns. Das ist ja der Sinn des Lebens. Hast du das noch nicht herausgefunden? All das hier ...« Sie zeigte auf ihre Küche. »Das ist eine Fassade, um die Dämonen in Schach zu halten. Einige von uns sind besser im Vortäuschen als andere, aber wir alle haben unsere Probleme.«

Deanna schaute Andi an. »Du nicht.« Nachdem sie vor dieser Frau emotional zusammengebrochen war, kam es ihr albern vor, sie weiter zu siezen. »Sieh dich doch nur an. Du bist so hübsch und eine Ärztin.«

Zum Glück hatte Andi ihr Weinglas gerade wieder abgestellt, sonst hätte sie sich verschluckt. »Ich bin in meiner Familie die Versagerin. Meine Mutter ist enttäuscht, dass ich nicht pädiatrische Neurochirurgin bin oder in der Forschung arbeite. Ich habe gerade erfahren, dass die Forschungsgruppe meiner Schwester auf der Shortlist für den Nobelpreis steht. Ich war mit einem Mann zusammen, der mir nach zehn Jahren endlich einen Antrag gemacht hat. Dann hat er mich am Altar stehen lassen. Wir hatten dreihundert Gäste, einschließlich seiner Mutter, und er ist einfach nicht aufgetaucht. Zwei Wochen später ist er mit seiner Sekretärin durchgebrannt. Schlimmer noch, ich habe erst kürzlich erkannt, dass er immer versucht hat, mich zu verändern, und ich habe mich zwar widersetzt, ihn aber nie darauf angesprochen. Jetzt bin ich mir nicht mehr sicher, ob ich ihn überhaupt jemals geliebt habe.« Andi schenkte sich nach. »So einen Scheiß kann sich keiner ausdenken.«

Boston atmete hörbar ein. »Ich kann nicht arbeiten. Ich habe seit Liams Tod nicht ein vernünftiges Bild gemalt.« Sie wandte sich an Andi. »Das Wandgemälde ist das Beste, was ich seitdem erschaffen habe.« Sie schaute wieder Deanna an. »Ich habe auch nicht geweint. Nicht ein einziges Mal. Ich kann nicht. Vielleicht will ich es nicht. Vielleicht müsste ich, wenn ich endlich weinen würde, zugeben, dass er wirklich fort ist.«

Deanna stützte ihre Ellbogen auf den Tisch und hob ihr Glas. »Ich schätze, das bedeutet, wir haben es alle ziemlich vermasselt, oder?«

16. KAPITEL

Am folgenden Montagnachmittag fühlte sich Andi wegen ihrer Begegnung mit Deanna und Boston immer noch gut, und sie war sehr viel zufriedener mit ihrer Entscheidung, in diese Nachbarschaft zu ziehen. Es war tröstend zu wissen, dass jeder nahezu ständig versagte. Dass sie nicht die Einzige war, die versuchte, sich durch schwere Zeiten zu mogeln.

Zu wissen, was Deanna durchmachte, ließ ihr Handeln in einem anderen Licht erscheinen. Die eigene Geschichte formte einen, und das wenige, was Deanna mit ihnen geteilt hatte, war mehr, als die meisten ertragen mussten. Andi empfand Mitgefühl für sie und ihre Tochter. Madison sah nur die Ergebnisse eines alten Musters. Andi hoffte, dass die beiden einen Weg finden würden, zueinander durchzudringen.

Sie parkte vor ihrem Haus und ging hinein. Anstelle des abgetretenen Estrichs glänzte ein neuer Holzfußboden im Licht der Nachmittagssonne.

Wade kam auf sie zu.

»Ich bin total verliebt«, sagte sie und beugte sich vor, um mit der Hand über die glatte Oberfläche des Bodens zu streichen. »Er ist wunderschön.«

»Er wird noch besser aussehen, wenn er fertig ist. Wir müssen ihn zum Schutz abdecken, während wir mit den restlichen Bauarbeiten fortfahren, aber ich wollte, dass du ihn einmal so siehst.«

Sie stand auf und seufzte. »Ich habe Böden. Wie ein echter Mensch.«

Er lachte leise. »Du bist aber leicht zufriedenzustellen.«

»Aber nicht leicht zu haben. Nur, dass du das weißt.«

»Das weiß ich.« Er warf einen Blick über die Schulter, als wolle er sichergehen, dass sie alleine waren. »Was mich zu unserem anderen Thema bringt. Vor Kurzem. Der Kuss.«

Der Kuss, von dem sie die letzten vier Nächte geträumt hatte? Der Kuss, der sie atemlos und schnurrend zurückgelassen hatte? Dieser Kuss?

»Muss ich mich entschuldigen?«, fragte er.

»Würdest du das wollen?«

»Nein, aber du bist Ärztin.«

Sie neigte den Kopf. »Was hat das denn damit zu tun? Glaubst du, Ärzte legen einen Nicht-küssen-Eid ab?«

Er verlagerte das Gewicht. Die Bewegung war subtil, aber doch so spürbar, dass sie sich fragte, ob er nervös war. Wade? In ihrer Gegenwart nervös? Das schien kaum vorstellbar, aber sie konnte die Zeichen lesen.

»Ich bin Bauunternehmer.«

»Ja. Ich weiß. Deshalb habe ich dich engagiert, um mein Haus zu renovieren. Es wäre echt komisch, wenn du Buchhalter wärst.«

»Du siehst da kein Problem mit unseren Berufen?«

»Nicht, wenn du liebst, was du tust. Ich finde es zufällig toll, Ärztin zu sein.« Sie musterte ihn. »Diese Unterhaltung verwirrt mich, ehrlich gesagt. Dass ich Ärztin bin, sollte dich eigentlich nicht stören. Die ganzen Anatomiestudien bedeuten, dass wir uns auskennen. Findest du das nicht wenigstens ein kleines bisschen faszinierend?«

Er schenkte ihr ein träges, sexy Lächeln. Eines, bei dem sich ihre Zehen zusammenzogen. »So habe ich das noch gar nicht betrachtet.«

Sie überlegte kurz, dass ihr Mund hier gerade Schecks ausschrieb, die ihr Körper vielleicht nicht einlösen könnte. Mit diesem Problem würde sie sich später beschäftigen.

»Bist du glücklich mit den neuen Böden?«, fragte er.

»Sehr.«

»Und dem Kuss?«

»Damit auch.«

Seine dunklen Augen funkelten amüsiert. »Willst du das irgendwann bald mal wieder machen?«

»Ich könnte mich überreden lassen.«

»Wie wäre es mit einem Dinner?«

»Das ginge auch.«

»Carrie hat nächste Woche noch ein paar Schulveranstaltungen, aber direkt danach?«

»Klingt super.«

Deanna trug die Wäsche ins Schlafzimmer und warf sie aufs Bett. Seit ihrem Zusammenbruch letzte Woche schwankte sie zwischen etwas mehr Hoffnung und dem Wissen, dass sie, wenn sie morgen verschwinden würde, von niemandem vermisst würde. Dieses dauernde mentale Vor und Zurück war nicht gerade erholsam, aber immer noch besser, als sich die ganze Zeit schlecht zu fühlen.

Sie fing an, die Handtücher zusammenzufalten, wobei sie sich fragte, warum sie sich überhaupt die Mühe machte. Ihre Kinder interessierten sich nicht dafür, dass ihr Wäscheschrank perfekt eingeräumt und nach Farben geordnet war. Und sie schätzte, Colin könnte wochenlang das gleiche Handtuch benutzen, ohne dass es ihm auffiele. Niemand bemerkte die Mühen, die sie sich machte, und das war ...

Deanna ließ das Handtuch wieder aufs Bett fallen und verließ das Schlafzimmer. Im Flur öffnete sie die Türen des Wäscheschranks und betrachtete die ordentlichen Stapel. Sie bemerkten es nicht. Es interessierte sie nicht. Also, für wen tat sie es? Warum nahm sie sich die Zeit und gab sich solche Mühe? Wenn es für sie selbst war, wenn sie sich dann besser fühlte, okay. Aber wenn sie es tat, um dafür Lob zu bekommen, war es kein Wunder, dass sie ständig enttäuscht wurde.

Sie stand mitten im Flur und erwartete beinahe, dass ein Chor anfing zu singen. Passierte das nicht immer in Filmen, wenn die Hauptdarsteller eine Erleuchtung hatten? Zumindest könnte ein wenig Fahrstuhlmusik spielen.

Sie ging die Treppe hinunter. Lucy war gerade auf dem Weg nach oben.

»Honey, kannst du ein paar Minuten auf deine Schwestern aufpassen? Ich muss eben zu Boston und sie etwas fragen.«

Lucy starrte sie an. »Ich?«

»Klar. Du bist sehr verantwortungsbewusst, und die Zwillinge spielen gerade zusammen. Ihr drei habt doch schon stundenlang alleine draußen gespielt. Ich denke, das ist jetzt der nächste Schritt. Komm einfach nach nebenan, wenn irgendetwas ist, okay?«

Lucy grinste. »Geht klar, Mom. Ich passe auf die beiden auf.«

»Gutes Mädchen.«

Deanna ging durch die Haustür, eilte über den Bürgersteig und dann die Stufen zu Bostons Veranda hinauf, wo sie klingelte.

»Ich weiß, ich nerve«, sagte sie, als die Tür aufging. »Aber ich muss dich etwas fragen.«

Boston bat sie herein. »Du nervst überhaupt nicht.«

»Ich tauche hier ohne Einladung auf. Das zählt in meinen Augen als nerven.« Sie hielt inne, weil sie nicht wusste, wie sie ihre Frage stellen sollte. Dann erinnerte sie sich daran, dass diese Frau sie mit Schnoddernase gesehen hatte, und Stolz nun wirklich das Letzte war, worüber sie sich jetzt Gedanken machen musste.

»Glaubst du, ich kann Colin verführen, damit er zu mir zurückkommt? Wir haben seit Monaten nicht miteinander geschlafen. Ich bin mir nicht sicher, ob er mich noch will, aber ich weiß nicht, was ich sonst tun soll.« Sofort wollte sie die Worte zurücknehmen, war aber gleichzeitig entschlossen, nicht zurückzuweichen.

Bostons Miene wandelte sich von Besorgnis zu Überraschung zu etwas, das Deanna nicht deuten konnte.

»Ich bin nicht die Richtige, um dir das zu beantworten«, erklärte Boston ihr.

»Natürlich bist du das. Du bist mit dem gleichen Typen zusammen, seitdem du – was, zwölf Jahre alt warst?«

»Fünfzehn.«

»Ihr seid glücklich zusammen. Ihr umarmt und küsst euch andauernd.« Was sie nicht erwähnte, war, dass sie diese Zurschaustellung von Zuneigung fürchterlich fand. Oder gefunden hatte. Wenn sie jetzt daran dachte, wie Zeke seine Frau ansah, verspürte sie einen Anflug von Eifersucht. Hatte Colin sie je so angesehen?

Boston ging voran in die Küche, wo sie sich beide auf die Barhocker setzten. »Wird Sex euer Problem lösen?«

»Ich weiß es nicht. Ich bin mir nicht sicher, was unser Problem ist. Ich denke, es ist, dass Colin mich nicht sonderlich gut leiden kann. Oder denkt, dass ich ihn nicht mag.«

»Und magst du ihn? Bist du in deiner Ehe glücklich?«

»Was ist schon Glück? Ich habe Verantwortung. Ich kümmere mich um alle.«

»Vielleicht will er mehr sein als nur eine Verantwortung.«

Deanna bemühte sich, nicht ungeduldig zu wirken. Das hier war nicht hilfreich. Sie konnte nicht in Colins Kopf eindringen und alles herausfinden. Sie wollte, dass alles wieder so war wie früher. Was genau das war, was er nicht wollte, wie ihr mit einem Mal auffiel.

»Er sagt, ich will nicht, dass er sich um die Mädchen kümmert. Dass alles immer auf meine Weise geschehen muss.«

»Und stimmt das?«

»Natürlich nicht.«

Boston lächelte sie an. »Wirklich nicht?«

»Na gut, ich habe mein System, und es nervt, wenn er es ignoriert. Es gibt einen Grund, warum ich Handtücher auf eine bestimmte Art zusammenlege und die Spülmaschine so befülle, dass die Oberseiten der Teller in die Mitte zeigen. Das ist effizienter und macht das Leben später leichter. Ich bemühe mich, alles organisiert zu halten, und er taucht auf und verbreitet Chaos.«

Deanna hörte ihre Worte und dachte, dass sie vielleicht Teil des Problems seien. Aber warum sollte sie diejenige sein, die sich änderte? Sex wäre leichter. Wenn sie ihn im Bett glücklich machte, wäre er dann nicht überall anders auch glücklich?

»Er schwört, dass er mit keiner anderen schläft. Also muss er es doch wollen«, murmelte sie. »Ich weiß nur nicht, wie ich ihn verführen soll.«

»Wie hast du das früher gemacht?«

Deanna schaute sie ratlos an. »Ich verstehe die Frage nicht.«

»Als zwischen euch alles gut war, wie hast du ihm da gezeigt, dass du Interesse hast?«

»Gar nicht.«

Boston wartete schweigend. Ihre grünen Augen waren dunkel vor Mitgefühl. »Niemals?«

»Nein. Er hat gefragt, und ich habe Ja gesagt.« Meistens zumindest. Sie senkte den Blick auf ihre Hände und wünschte, sie hätte es nicht getan. »Manchmal.« Sie sah wieder Boston an. »Männer sind diejenigen, die es wollen, also sollen sie auch fragen.«

»Noch mehr Regeln.«

Verärgerung gesellte sich zur Ungeduld. Warum verstanden die Leute denn nicht, dass Regeln gut waren? Regeln zeigten einem Menschen, wo er stand. Welche Risiken und Gefahren es gab, und wie man sie vermeiden konnte.

Sie stand auf. »Ich schätze, du hast auch keine Antwort.«

»Jeder ist anders, Deanna. Ich versuche nicht, schwierig zu sein, aber ich kann nicht wissen, wie du deinen Ehemann verführen kannst. Wenn ich es wüsste, wäre das nicht ein wenig beängstigend?«

»Ich hatte mehr auf eine generelle Information gehofft.«

»Lass ihn wissen, dass du ihn willst. Für die meisten Männer ist das ein mächtiges Aphrodisiakum.«

Was ein ganz eigenes Problem ist, dachte Deanna, als sie ging. Sie wollte ja nicht wirklich Sex mit Colin haben. Sie wollte ihr Leben zurück. Trotzdem könnte sie tun, was getan werden musste, und es als kleinen Preis für ihr ultimatives Ziel ansehen. Vielleicht würde sie ja im Internet ein paar Ideen finden.

Boston saß im Schaukelstuhl und sah zu, wie die Sonne langsam in Richtung Horizont wanderte. Es war beinahe neun Uhr abends. Der längste Tag des Jahres war nur noch wenige Wochen entfernt. Dann würden die Tage wieder kürzer werden. Auch wenn sie die Schönheit des Herbstes mochte, gefiel ihr der Mangel an Sonnenlicht überhaupt nicht. Im Herbst kam der Regen. Doch bis dahin sonnte sie sich wie eine Katze auf dem Fensterbrett.

Zeke lag ausgestreckt neben ihr auf dem Rasen. Sie hatten ihr Abendessen auf einer Decke im Garten zu sich genommen, und seitdem hatte er sich nicht mehr gerührt. Seine Augen waren geschlossen, eine Hand lag flach auf seinem Bauch, in der anderen hielt er ein Bier. Es wehte nicht die kleinste Brise, und die Abendluft füllte sich mit dem Klang der Vögel, die sich zur Nachtruhe begaben. In der Ferne bellte ein Hund, und von nebenan drangen die Stimmen von Deannas Mädchen, die in ihrem Vorgarten spielten, zu ihnen herüber.

»Wie läuft es mit dem Wandgemälde?«, fragte Zeke.

»Gut. Nächste Woche fange ich damit an, die Wand bei Andi zu bemalen.«

»Freust du dich darauf, oder bist du nervös?«

Sie lächelte. »Beides. Ich sage mir immer, dass ihre Patienten nicht allzu kritisch sein werden. Das hilft.« Sie drückte sich mit den nackten Füßen vom Rasen ab, um den Schaukelstuhl in Bewegung zu versetzen. »Ich mag Andi. Sie ist engagiert und lustig.«

»Wir müssen mehr Männer in diese Straße holen.«

»Wie meinst du das?«

»Alle drei Häuser gehören Frauen. Du und Deanna, ihr habt eure Häuser geerbt, und Andi hat ihres gekauft. Colin und ich sind in der Minderheit.«

»Das sorgt dafür, dass ihr nicht aus der Reihe tanzt.«

»Ich bin im Herzen ein Rebell.«

Sie lachte. »Du bist mit der gleichen Frau zusammen, seitdem du siebzehn warst. Wie genau macht sich deine rebellische Ader bemerkbar?«

»Das habe ich noch nicht herausgefunden.«

Sie beobachtete ihn, genoss die Form seines Gesichts, den Schwung seiner Schultern. Als sie noch jünger gewesen waren, hatte sie mehrere Aktzeichnungen von Zeke angefertigt. Wenn er abends von der Baustelle nach Hause kam, hatte er immer geduscht. Manchmal, wenn sie in spielerischer Stimmung war, hatte sie eines der Aktbilder im Schlafzimmer aufs Bett gelegt – eine nicht sonderlich subtile Einladung. Er hatte es gesehen und war sie suchen gegangen. Und dann hatten sie sich geliebt, egal wo sie gerade war.

»Deanna und Colin haben Probleme«, sagte sie leise.

Er stöhnte. »Das will ich nicht wissen.«

»Sie will sich bemühen, dass es besser wird.«

»Sie ist eine Furcht einflößende Frau.«

»Warum sagst du das?«

»Bei ihr muss alles perfekt sein. Das Haus, die Kinder. Hast du die Mädchen jemals in etwas gesehen, das nicht zusammenpasst? Sie lässt sie nicht mal normales Fernsehen schauen.«

»Woher weißt du so viel über ihr Leben?«

Er drehte den Kopf, um sie anzusehen. »Carrie erzählt es ihrem Dad. Wade erzählt es mir.« Er runzelte die Stirn. »Du hast sie nie gemocht. Warum klingst du auf einmal so mitfühlend?«

»Es stimmt nicht, dass ich sie nicht gemocht habe.«

»Aber natürlich stimmt das.«

Sie atmete tief ein. »Ich bin mit ihr bisher nicht wirklich warm geworden, aber sie ist anders, als ich dachte. Verletzlich.«

»Ja klar. Pass nur auf die Krallen auf. Sie ist eine dieser Frauen, die dir direkt an die Kehle geht. Oder an den Schwanz.«

»Denkt Colin genauso über sie?«

»Das weiß ich nicht. Er und ich unterhalten uns nicht. Er ist ja auch nie da. Der Mann verbringt sein Leben auf Reisen. Wozu hat man eine Familie, wenn man sie nie sieht?«

»Glaubst du, er will sie verlassen?«

Zeke schloss stöhnend die Augen. »Ich weiß es nicht, und ich will es auch nicht wissen.«

Seine Abweisung nervte sie. »Das ist deine Art, oder? Allem Unangenehmen einfach aus dem Weg gehen.«

Er hielt die Augen fest geschlossen. »Keiner von uns kennt die Fakten. Was gibt es da also zu diskutieren?«

Ihr fiel ein Dutzend Dinge ein. Oder auch nur eines. Das Eine, das immer im Hintergrund lauerte. Das wie Schmirgelpapier an ihren Nerven schabte und raue Stellen hinterließ, die nie ganz verheilten.

»Du willst dich deinem Schmerz nicht stellen«, sagte sie leise.

»Du auch nicht.«

»Du trinkst.«

»Du malst.« Er öffnete die Augen und setzte sich auf. »Zumindest verstecke ich mich vor etwas. Du hingegen tust so, als wäre gar nichts. Du verlierst dich in Bildern von Liam. Er kommt nicht zurück. Nie mehr. Du kannst ihn genauso wenig ins Leben zurückmalen, wie ich mich ins Vergessen trinken kann.«

»Ich will, dass es zwischen uns anders ist. Dass wir miteinander reden.«

Er schüttelte den Kopf. »Nein, das willst du nicht. Du willst, dass ich es hinter mir lasse. Jeden Tag stelle ich mich meinem Schmerz und, ja, manchmal trinke ich, um ihm zu entfliehen. Aber er ist immer da, immer bei mir. Bekomm erst einmal dich auf die Reihe, Boston. Danach machen wir uns Gedanken über mich.«

Sie funkelte ihn an. »Das versuche ich doch. Ich male das Wandbild.«

»Hast du geweint? Nur ein einziges Mal?«

»Mein Mangel an Tränen hat nichts damit zu tun, wie ich mich fühle.«

»Klar. Genauso wie meine Probleme, einen hochzukriegen, nichts damit zu tun haben. Sieh es ein, wir sind beide kaputt.«

»Wie reparieren wir uns wieder?«

»Verdammt, wenn ich das wüsste.« Er stand auf. »Ich gehe noch mal aus.«

In eine Bar. Sie erhob sich ebenfalls und stemmte die Hände in die Hüften. »Lass mich jetzt nicht einfach hier stehen.«

»Warum nicht? Keiner von uns will als Erster nachgeben. Wir haben zu viel Angst zu zerbrechen.«

»Ich gebe nach.«

»Wie?«

Sie öffnete den Mund und schloss ihn wieder.

Sein Blick war stetig. »Willst du darüber reden, wie du dich gefühlt hast, als er gestorben ist? Wie du nach Hilfe gerufen hast und niemand da war? Willst du darüber reden, wie die Zeit nicht richtig verging und wie jeder auf der Beerdigung genau das Falsche gesagt hat? Willst du darüber reden ...«

Sie hob die Hände und hielt sich die Ohren zu. »Hör auf! Hör einfach auf. Ich will nicht mehr darüber reden.«

Er nickte langsam und ging an ihr vorbei. Eine Minute später hörte sie seinen Truck starten, und dann fuhr er davon. Sie setzte sich wieder in den Schaukelstuhl und drehte ihr Gesicht zur Sonne. Ich habe keine Tränen, dachte sie und presste ihre Hand auf den Magen. Sie hatte überhaupt nicht viel.

Es war inzwischen zur Tradition geworden, dass Andi und die Mitarbeiterinnen aus Dr. Harringtons Praxis alle vierzehn Tage gemeinsam zum Lunch ins Blackberry Island Inn gingen.

»Meine Tochter ist schwanger«, verkündete Laura, nachdem sie ihre Bestellungen aufgegeben hatten.

»Herzlichen Glückwunsch«, sagte Dawn.

»Das ist toll«, freute Misty sich.

Andi und Nina stimmten ihr zu.

»Ihr habt leicht reden«, erklärte Laura. »Ich bin zu jung, um Oma zu sein. Und meine Tochter ist erst sechsundzwanzig.«

»Warst du nicht noch jünger, als du sie bekommen hast?«, fragte Misty.

»Das waren andere Zeiten. Aber sie freut sich, und ich schätze, das werde ich auch tun. Sie will, dass ich die ersten zwei Wochen nach der Geburt bei ihr bleibe.« Laura klang zugleich stolz und ein wenig überrascht.

»Wo lebt sie denn?«, wollte Andi wissen.

»In Seattle. Das ist nicht weit.«

»Es ist schön, dass ihr euch so nahesteht.« Andi konnte sich nicht vorstellen, ihre Mutter um sich haben zu wollen, wenn sie ein Baby bekäme. Ohne Zweifel würde sie ihr nur dauernd sagen, was sie alles falsch machte.

Das ist vielleicht nicht die fairste Einschätzung, dachte sie. Ihre Familie hatte sich nie sonderlich nahegestanden. Erfolge gingen über emotionale Verbindungen. Sie nahm an, dass ihre Familie von außen betrachtet erfolgreich wirkte. Alles Ärzte. Und doch konnte sie sich nicht erinnern, wann sie das letzte Mal mit ihrer Schwester gesprochen hatte. Und ihren Bruder hatte sie seit beinahe zehn Jahren nicht mehr gesehen.

»Deine Mutter wohnt noch auf der Insel, oder?«, wollte Laura von Nina wissen.

»O ja. Meine Mutter und ihre Partnerin leben gemeinsam in einem Haus.« Ihre Stimme klang ein wenig angespannt. »Sie sind ein sehr interessantes Paar.«

»Ist das die Umschreibung für verrückt?«, hakte Dawn nach.

»So in der Art. Die beiden waren nie die Paradebeispiele für Verantwortung. Meine Mutter ist definitiv flatterhaft, aber sie hat ein gutes Herz.«

»Womit du die Rolle der Verantwortlichen übernehmen musstest«, sagte Andi und zog dann die Nase kraus. »Sorry. Ab und zu kommen diese nervigen Psychologievorlesungen, die ich hören musste, durch.«

Nina lachte. »Du hast recht. Ich kümmere mich um sie und alle anderen. Deshalb bin ich Arzthelferin geworden. Das passt zu mir. Meine Mom will wissen, wann ich wieder heirate. Aber eine gescheiterte Ehe reicht mir. Ich suche nicht nach noch jemandem, um den ich mich kümmern muss, vielen Dank.«

Laura hob ihr Glas mit dem Eistee. »Auf unsere Familien. Sie treiben uns in den Wahnsinn, aber wir lieben sie trotzdem.«

Die vier Frauen stießen miteinander an.

»Wie gehen die Arbeiten am Haus voran?«, fragte Misty an Andi gewandt.

»Wir machen Fortschritte. Ich habe Böden und Schränke, und in zwei Wochen werden die medizinischen Geräte aufgebaut.«

»Wir wollen uns das alles mal ansehen«, sagte Laura. »Du solltest eine große Eröffnungsparty feiern.«

»Das ist eine tolle Idee. Darauf bin ich noch gar nicht gekommen.«

»Sorg nur dafür, dass Wade auch da ist.« Laura zwinkerte ihr zu. »Und dass er enge Jeans trägt.«

»Kommst du sonst nicht?«, fragte Dawn.

»Doch. Aber ich wäre nicht so glücklich.« Laura beugte sich vor und senkte die Stimme. »Arbeitet er je ohne Hemd? Bitte sag Ja. Ich werde bald Großmutter und brauche ein wenig Aufregung in meinem Leben.«

Andi dachte an den Kuss mit Wade. Der leider noch nicht wiederholt worden war. Auch wenn sie immer noch vorhatten, zusammen auszugehen. Erst gestern hatte er ihre Verabredung für Freitagabend bestätigt.

»Nein, leider nicht«, sagte sie.

»Mist.«

Bevor sie zugeben konnte, dass sie mit Wade ausgehen würde, trat die Kellnerin mit ihren Bestellungen an den Tisch. Dann wandte sich die Unterhaltung dem zu Ende gehenden Schuljahr und den Problemen zu, eine gute Tagesbetreuung für die Kinder zu finden.

Um ein Uhr waren sie wieder zurück in der Praxis. Andi warf gerade einen Blick auf ihren Terminplan für den Nachmittag, als Nina in ihr Büro kam und die Tür hinter sich schloss.

»Hast du eine Sekunde?«

»Sicher.« Andi zeigte auf den Stuhl vor ihrem Tisch. »Was ist los?«

»Ich habe mich gefragt, ob du schon eine Entscheidung bezüglich deines Personals getroffen hast. Du brauchst jemanden, der die Praxis leitet, und dazu mindestens eine Helferin, wenn nicht sogar zwei.«

»Ich weiß. Ich habe schon mit einer Arbeitsvermittlung in Seattle gesprochen. Sie haben sich auf medizinisches Personal spezialisiert. Ich war nicht sicher, ob ich auf der Insel jemanden finden würde. Außer du hast einen Vorschlag.«

»Ich glaube, du könntest hier jemanden für die Praxisleitung finden. Dafür braucht man ja eher Managementfähigkeiten als medizinisches Wissen. Du könntest eine Annonce in der Zeitung aufgeben und die Vorstellungsgespräche selbst führen. Ich kann dir gerne helfen und dir sagen, ob die Bewerber in der Vergangenheit irgendwelche Probleme hatten.«

»Das wäre nett.«

Nina lächelte kurz. »Außerdem würde ich für dich arbeiten, wenn du das möchtest. Dr. Harrington ist toll, aber ich war mal mit seinem Sohn zusammen, und es wird bestimmt komisch, wenn er hier anfängt.«

Andi beugte sich vor. »Danke, dass du mir das sagst. Eine von Dr. Harringtons Bedingungen war, dass ich nicht bei seinem Personal wildern darf, wenn ich hier arbeite.« Sie lächelte. »Das hat er wirklich gesagt. Wildern.«

»Ja, klingt ganz nach ihm.« Nina zuckte mit den Schultern. »Er weiß von mir und Dylan. Wenn du mich gern in deiner Praxis hättest, werde ich mit ihm reden und sein Einverständnis einholen. Vertrau mir, Dylan will mich genauso wenig in seiner Nähe haben wie ich ihn in meiner.«

»Darf ich fragen, warum?«

»Wir hatten eine Highschoolromanze. Ohne Happy End. Als er aufs College gegangen ist, waren wir verlobt. Seinen Eltern war das nicht recht. Nicht so sehr meinetwegen, sondern weil wir so jung waren. Dylan hat dann auf dem College entdeckt, dass die Mädchen mehr als willig waren, und mich fallen lassen. Ich fühlte mich ziemlich gedemütigt. Ich habe es ihm heimgezahlt, indem ich den ersten Kerl geheiratet habe, der mich gefragt hat, was sich als Katastrophe herausgestellt hat. Der Rest ist, wie man so schön sagt, Geschichte.«

»Versteh mich nicht falsch, aber ich bin echt froh zu hören, dass ich nicht die Einzige bin, die sich auf einen Vollidioten eingelassen hat.«

Nina lächelte. »Ach, du auch?«

»O ja. Wir gehen mal zusammen ein paar Margaritas trinken, und dann erzähle ich dir die ganze traurige Geschichte.«

»Ich freue mich schon darauf, sie zu hören.«

Andi beugte sich zu ihr. »Nina, ich würde mich riesig freuen, wenn du für mich arbeiten würdest. Du kommst super mit den Kindern klar, bist organisiert und effizient. Wer würde das nicht lieben? Wenn Dr. Harrington damit einverstanden ist, bist du engagiert. Über die Einzelheiten reden wir, nachdem ich mit ihm gesprochen habe. Was hältst du davon?«

»Wunderbar. Vielen Dank.«

Nina stand auf und ging. Andi wollte aufspringen und einen kleinen Glückstanz aufführen, aber sie begnügte sich damit, ein wenig auf dem Stuhl herumzuzappeln und die Luft abzuklatschen. Sie hatte Personal. Oder zumindest einen Anfang. Nina zu kriegen war ein toller Coup. Mit einer ordentlichen Praxisleiterin und ein paar Teilzeithelferinnen wäre es eine echte Praxis. Eines Tages hätte sie auch eine Küche, und dann wäre ihr Leben so gut wie perfekt.

17. KAPITEL

Andi drehte sich vor dem Spiegel, konnte aber nicht weiter als bis zu ihren Schultern sehen. Gleich morgen früh würde sie sich die Pläne für das Badezimmer anschauen und sicherstellen, dass es irgendwo einen Ganzkörperspiegel gab. Wie sollte sie sich in totale Aufregung über ihr Date versetzen, wenn sie ihr Aussehen nicht überprüfen konnte? Eine Frau mit einer Verabredung hatte Bedürfnisse, und sich im Spiegel sehen zu können war eines der größten.

Sie schaute auf die Digitaluhr am Bett und sah, dass ihr keine zehn Minuten mehr blieben, bis Wade käme. Jetzt noch einmal die Meinung bezüglich ihrer Kleiderwahl zu ändern kam also nicht infrage. Außerdem war es ja nicht so, dass sie aus Unmengen an Alternativen wählen konnte. Sie hatte vollkommen vergessen, wie man sich vor ersten Verabredungen fühlte. Seit sie vor mehr als einer Stunde aus der Dusche gestiegen war, hatte sie sich nicht entscheiden können, was sie anziehen sollte.

Jeans kamen ihr zu lässig vor, Stoffhosen zu arbeitsmäßig, womit nur Kleider oder Röcke übrig blieben. Sie war nicht wirklich der Rocktyp. Das lag an ihren knabenhaften Hüften. Kleider saßen auch irgendwie nie richtig, also war ihre Auswahl stark begrenzt. Und irgendetwas, das auch nur ansatzweise sexy war, besaß sie sowieso nicht.

Schließlich hatte sie sich für ein Wickelkleid aus einer Kunstfaser entschieden, die sich wie Seide anfühlte und nicht knitterte. Es war ihr Allzweckkleid. Und leider, obwohl es schwarz war, überhaupt nicht sexy. Dann hatte sie beschlossen, dass dieses Kleid für einen Ort wie Blackberry Island zu formell war. Außerdem sah sie darin aus, als wollte sie auf eine Beerdigung. Also hatte sie ein violettes Baumwollkleid herausgeholt, das bestimmt schon zwölf Jahre alt war, aber immer noch süß. Es hatte angeschnittene Ärmel, für die sie vermutlich schon zu alt war, aber Wade kam ihr nicht gerade wie ein Modefreak vor, sodass es ihm bestimmt nicht auffallen würde.

Der weite Kragen war beinahe tief genug, um aufregend zu sein, und sie hatte ihren besten Push-up-BH angezogen, um aus dem wenigen, was sie hatte, das meiste zu machen. Der etwas vollere Rock des Kleides ließ sie so aussehen, als hätte sie Hüften, was nett war.

»Vergiss es«, sagte sie sich und wandte sich vom Spiegel ab. Wade hatte sie mehr als einmal in Shorts und T-Shirt gesehen. Er hatte inzwischen eine ziemlich gute Vorstellung davon, wie ihr Körper aussah. Wenn er sich nur von Frauen mit Kurven à la Scarlett Johansson angezogen fühlen würde, hätte er sie erst gar nicht eingeladen.

»Ich muss mich gleich übergeben«, murmelte sie und legte sich eine Hand auf den Magen. »Ich hätte öfter ausgehen sollen.«

Was angesichts dessen, dass sie zehn Jahre lang in einer festen Beziehung gelebt hatte, nicht gerade ein sonderlich praktischer Ratschlag war, aber er stimmte trotzdem. Was hatte sie sich nur dabei gedacht, mit Wade auszugehen? Sie wusste weder, wie sie sich benehmen, noch, was sie sagen sollte.

Sie warf ihrem Kleiderschrank einen letzten hasserfüllten Blick zu, dann ging sie nach unten. Egal, was käme, in den nächsten Wochen würde sie ihren Hintern nach Seattle schleppen und shoppen gehen. Schöne, altersgemäße Kleidung, in der sie sich wohlfühlte. Sie würde in eine kleine Boutique gehen und sich in die modebewussten Hände einer erfahrenen Verkäuferin begeben.

Erst als sie das Erdgeschoss erreichte, fiel ihr auf, dass ihr gesamtes Haus ja eine Baustelle war. Überall lagen Planen und standen Schränke. Werkzeuge tummelten sich auf mit Plastikfolien geschützten Möbeln. An der Wand waren die Bleistiftumrisse von Bostons Dschungelbild zu sehen.

Es gab keinen Platz, wo man sich hinsetzen und sich ein wenig unterhalten konnte, bevor sie losgingen. Sie hatte auch nicht daran gedacht, einen Drink und ein paar Häppchen vorzubereiten. Oben hatte sie ein paar Flaschen Rotwein, aber wo sollte sie die hinstellen? Oder die Gläser? Und Wade in ihr vorübergehendes Domizil auf dem Dachboden zu bitten, kam ihr ein wenig zu schräg vor.

»Ich kann das nicht«, murmelte sie, als sie auch schon Schritte auf der Veranda hörte.

Sie ging zur Haustür und öffnete sie, bevor er klopfen konnte.

»Ich bin nicht gut bei Verabredungen«, platzte sie heraus und zuckte gleich darauf zusammen. »Nur damit du nicht erwartest, dass das hier glattgeht.«

Wade stand auf der Veranda und sah sie an. Sein Schweigen gab ihr die Möglichkeit, seine dunkelblaue Jeans, das cremefarbene Hemd und die überraschend hübschen Loafers zu betrachten.

Er sieht gut aus, dachte sie anerkennend. Sexy und männlich. Und er roch auch gut. Nach Seife und Verführung.

Er schenkte ihr ein schiefes Lächeln. »Du solltest es mit etwas Konventionellerem versuchen. Hallo funktioniert normalerweise ganz gut. Zumindest bei mir bisher.«

Sie ließ den Kopf hängen. »Bitte töte mich auf der Stelle.«

»Das ist nicht mein Stil.« Er trat ein. »Ich mag es, was du aus dem Haus gemacht hast.«

Sie lachte, als sie die Tür hinter ihm schloss. »Wirklich? Ich habe einen tollen Bauunternehmer. Soll ich dir seine Nummer geben?«

Er stellte sich vor sie und legte seine Hände an ihre Oberarme. »Ein Kerl, hm? Ich habe schon Geschichten gehört über Frauen und ihre Bauunternehmer. Ist da was dran?«

Seine Daumen strichen über ihre Haut. Nur ein langsames Streicheln, das gar nicht sonderlich interessant sein sollte, es aber war. Sie ertappte sich dabei, sich in seinen dunklen Augen zu verlieren.

»Noch nicht«, flüsterte sie. »Aber ich habe große Hoffnungen.«

»Ich auch.«

Er beugte sich vor und küsste sie. Sein Mund war fest, aber sanft, und er neckte sie, während er sie eroberte. Ihre Arme hoben sich wie von selbst und legten sich um seinen Nacken. Seine Hände rutschten zu ihrer Taille. Sie trat ein wenig näher, sodass sie sich von der Schulter bis zum Oberschenkel an ihn drückte.

Dann legte sie den Kopf in den Nacken. Als sie den leichten Druck seiner Zunge an ihrer Unterlippe spürte, öffnete sie ihren Mund für ihn. Er vertiefte den Kuss, und sie stand ihm in nichts nach, ließ sich in die Erregung sinken, die durch ihren Körper floss. Der Hunger brannte hell. Ihre Brüste schmerzten und kribbelten. Sie wollte, dass er sie überall berührte. Und dann wollte sie ihn in sich spüren.

Er dreht den Kopf, um ihr einen Kuss auf die Wange zu geben. Dann presste er seine Lippen an die zarte Haut an ihrem Kiefer.

»Ich habe einen Tisch reserviert«, murmelte er. »In einem Restaurant.«

»Okay.« Sie hatte Schwierigkeiten, Luft zu kriegen, was das Sprechen erschwerte. »Etwas zu essen wäre toll.«

Er küsste sich an ihrem Hals entlang und ließ seine Zunge dann einmal über die sensible Stelle hinter ihrem Ohr schnellen. Sie erschauerte, und ihre Beine fingen an zu zittern.

»Wir sollten besser, äh, gehen«, sagte er, bevor er an ihrem Ohrläppchen knabberte.

Sie keuchte und bog sich ihm entgegen. Ihr Bauch berührte etwas sehr Hartes und sehr Großes. Sie riss die Augen auf, und er richtete sich auf. Sie starrten einander an.

»Muss ich mich entschuldigen?«, fragte er.

Dafür, dass du eine Erektion hast? In ihrer traurig keuschen Welt war das praktisch ein Wunder.

Sie schüttelte den Kopf.

Es gab tausend Gründe, jetzt höflich zu lächeln und vorzuschlagen, dass sie zum Restaurant fuhren. Mit Matt war der Sex, wenn schon nicht geplant, so doch zumindest streng reguliert gewesen. Er glaubte nicht an spontane Begegnungen oder daran, das Essen ausfallen zu lassen und gleich zum Dessert überzugehen. Das war die Welt, die sie kannte.

Es bestand die Möglichkeit, dass Wade wirklich nur mit ihr hatte essen gehen wollen, und etwas anderes anzunehmen, zu einer neuen Ebene der Demütigung führen würde. Aber mit einem Mal erkannte Andi, dass sie ihr ganzes Leben immer auf Sicherheit gesetzt hatte. Dieses Haus zu kaufen war ihre erste wirklich impulsive Tat gewesen. Vielleicht war es an der Zeit, den Trend fortzusetzen.

»Dinner wäre nett.« Sie war sich bewusst, dass sie kurz davor stand, sich von einer Klippe zu stürzen. Sie konnte nur hoffen, unten ein Netz zu finden, das sie auffing, und nicht zerklüftete Steine und den sicheren Tod. »Oder wir könnten nach oben gehen.«

»Was ist oben?«

»Mein Bett und Kondome.«

Etwas flammte in Wades Augen auf. Er schenkte ihr ein langsames, sexy Lächeln. »Zeig mir den Weg.«

Das kann ich nicht, dachte Deanna. Es war unmöglich. Lächerlich. Aber es war auch die einzige Lösung, die ihr eingefallen war. Männer mochten Sex. Sie hatte die entsprechenden Körperteile dazu. Soweit sie wusste, war Colin mit keiner anderen zusammen gewesen. Ganz sicher wäre er interessiert. Wenn sie ihn nur zurück in ihr Bett bekäme, würde sich alles andere von selbst klären. Zumindest war das ihr Plan. Sie versuchte, nicht an die Katastrophe mit dem Puppenhaus zu denken. Auch wenn sie es durch ein nagelneues Puppenhaus ersetzt hatte, zuckten die Zwillinge immer noch zusammen, wenn sie ihrem Spielzeug zu nahe kam.

Sie duschte und rasierte sich die Beine, dann ging sie ihre Dessousschublade durch. Sie hatte ein paar Stringtangas, die zu tragen sie sich nie die Mühe machte, weil sie zu unbequem waren. Aber verzweifelte Zeiten und so weiter. Zu einem blau-weißen String fand sie sogar einen passenden BH. Beides hatte sie nie getragen, vor allem, weil sie sie zu billig fand. Als sie die Spitze berührte, dachte sie, dass Colin ihr das Set vielleicht einmal geschenkt hatte.

Sie warf beides aufs Bett, kniete sich auf den Teppich und zog die Unterbettkommode auf ihrer Seite heraus. Darin waren hauptsächlich Winterpullover. Die dicken, schweren, die sie über den Sommer hier verstaut hatte. Aber ihr Blick fiel auch auf einen ganzen Haufen Lingerie. Kurze, sexy Nachthemden, ein paar Mieder mit passenden kurzen Höschen. Alles von Colin.

Sie hatte das, was sie Boston vorhin erzählt hatte, ernst gemeint. Sie hatte beim Sex nie die Initiative ergriffen. Wenn Colin sie gefragt hatte, hatte sie meistens Ja gesagt. Nun ja, ab und zu. Zumindest die Hälfte der Male. In letzter Zeit hatte er immer seltener gefragt. Aber sie war zu beschäftigt gewesen, als dass es ihr aufgefallen wäre. Oder vielleicht war sie auch dankbar gewesen, weil der Sex mit ihrem Ehemann sie verwirrte.

Er ist ein geduldiger Liebhaber, dachte sie, während sie auf dem Teppich saß und den pastelligen Regenbogen aus Seide und Satin betrachtete. Oder das war er zumindest gewesen. Auch wenn er nicht ihr Erster gewesen war, hatte sie mit ihm ihren ersten Orgasmus erlebt. Sie hatte sich geweigert, sich von ihm »da unten« anfassen zu lassen, und behauptet, sie würde sterben, sollte er jemals versuchen, seinen Mund zu benutzen.

Aber er hatte nicht lockergelassen, hatte sie sanft geneckt und erregt, bis die Magie dessen, was er mit ihrem Körper anstellen konnte, sie zum Nachgeben verführt hatte.

Sie erinnerte sich an ihren ersten Höhepunkt vor allem deshalb, weil sie sich danach entblößt und verängstigt gefühlt hatte. Sie hatte geweint, und er hatte sie in den Armen gehalten, bis sie sich beruhigt hatte. Dann hatte er sie erneut geliebt und ihr gesagt, dass er sie liebe.

Ich habe mehr gewollt, gestand sie sich ein. Sie hatte die Gefühle gewollt, die sie gemeinsam erschufen, obwohl sie sich der emotionalen Intimität, die mit dem Akt einherging, widersetzt hatte. Aus Angst davor, so verletzlich zu sein, hatte sie sich Stück für Stück zurückgezogen. Je weniger sie mitmachte, desto weniger wollte sie es. Es war, als hätte dieser Teil von ihr durch mangelnden Gebrauch Rost angesetzt. In dem Versuch, sich zu schützen, hatte sie dafür gesorgt, dass es in ihrem Sexleben nur um ihn ging.

Er hat mehr gebraucht, erkannte sie und erinnerte sich daran, wie er sie gefragt hatte, ob sie ihn überhaupt wollte oder ob es immer nur um ihn gehen würde. Sie hatte die Frage abgewehrt, weil sie beschäftigt gewesen war. Eine junge Mutter mit zwei Kindern, dann drei, dann fünf. Wer hatte da Zeit für Sex, geschweige denn irgendein Interesse daran? Sie war total erschöpft von den Ansprüchen ihrer Familie.

Nicht einmal sich selbst hatte sie eingestanden, dass sie die Entscheidung, sich zurückzuziehen, bewusst getroffen hatte. Keine Verbindung einzugehen war so viel sicherer, als sich zu öffnen. Es war nicht der körperliche Teil, der ihr Sorgen machte – es war ihre Seele. Was, wenn Colin sehen könnte, wie beschädigt sie war? Und so hatte sie sich geschützt. Aber zu welchem Preis?

Sie legte die Lingerie zurück in die Unterbettkommode und schob alles zurück unter das Bett. Aber aus den Augen ist nicht aus dem Sinn, dachte sie, als sie das Schlafzimmer verließ.

Sie zog den schicken BH und den passenden String an, dann ging sie in ihren begehbaren Kleiderschrank. Dort schlüpfte sie in ein ärmelloses Kleid mit Wasserfallkragen. Mit dem Reißverschluss am Rücken konnte man es ganz leicht zu Boden gleiten lassen. Bevor sie es sich ausreden konnte, trat sie in den Flur.

Es war fast zehn Uhr. Alle Mädchen außer Madison und Carrie waren schon im Bett. Im Haus war es still. Deanna wusste, dass ihre Älteste und deren Freundin bis zum Morgen in Madisons Zimmer bleiben würden und die anderen Mädchen tief schliefen. Also war es beinahe, als wären sie allein.

Sie ging die Treppe hinunter, wobei ihre bloßen Füße keinerlei Geräusche machten. Vor Colins Büro blieb sie stehen, klopfte einmal gegen die Tür und trat ein.

Ihr Ehemann saß auf dem Sofa und las. Seine Haare waren zerzaust, und auf seiner Nase balancierte die Lesebrille, die er seit einem Jahr brauchte. Er hatte sich Jeans und T-Shirt angezogen, als er vorhin nach Hause gekommen war. Seine Füße waren nackt.

Er sieht gut aus, dachte sie mit milder Überraschung. Jünger als seine beinahe vierzig Jahre. Sexy. Sie waren beide in Form geblieben.

Sie versuchte, ihn so zu sehen, wie andere Frauen es tun würden. Nicht als Ehemann, sondern als Mann. Wie sie zugeben musste, war er immer noch jemand, der sie interessierte.

Er schaute auf und sah sie. Dann hob er die Augenbrauen, sagte aber nichts. Nichts an seiner Körperhaltung war einladend, aber sie zwang sich dennoch zu einem Lächeln.

»Ich dachte, ich sage mal Hallo«, sagte sie. »Wir hatten beim Essen kaum Gelegenheit zu reden. Wie war deine Woche?«

Er setzte die Brille ab und legte sie auf das kleine Tischchen neben dem Sofa. Die Zeitschrift ließ er in seinen Schoß fallen. »Meine Woche war gut. Wie war deine?«

»Geschäftig.« Sie trat näher ans Sofa heran. »Vor dem Ende des Schuljahres gab es noch viel zu tun. Außerdem habe ich die letzten Papiere für die Mädchen fertig gemacht und sie für ihre Camps registriert.«

Er beobachtete sie, als sie näher kam. Sie setzte sich aufs Sofa – nah, aber nicht zu nah – und wandte sich ihm zu. Sie kam sich wie eine Idiotin vor, als sie sich leicht vorbeugte, um ihr Dekolleté besser zur Geltung zu bringen. Der Spitzen-BH machte seinen Job und ließ ihre Oberweite größer erscheinen, als sie war. Was Colin allerdings nicht zu bemerken schien.

»Lucy ist ganz aufgeregt wegen der Party, zu der sie morgen geht«, sagte er. »Ich hoffe, sie findet schnell eine neue beste Freundin. Das ist in ihrem Alter wichtig.«

»Das stimmt.«

Er nahm seine Zeitschrift wieder zur Hand. »Gibt es sonst noch was?«

Deanna saß da und fühlte sich vollkommen verloren. Was sollte sie jetzt machen? Sie hatte das dumme Kleid angezogen, trug einen String und einen gepolsterten BH, und doch passierte nichts. Sie wusste nicht, was sie tun oder sagen sollte. Sich sexy zu verhalten war noch nie ihr Ding gewesen. Sie wusste überhaupt nichts darüber, wie man jemanden verführte. Sie war zwar seit mehr als zehn Jahren mit Colin verheiratet, aber sie hatte keine Ahnung, was ihn anmachte.

»Ich dachte«, fing sie an und hielt dann inne, weil sie nicht wusste, was als Nächstes kommen sollte.

Er schaute sie erwartungsvoll an. »Ja?«

Ihre Wangen wurden heiß. »Es ist schon so lange her …«

Er sah sie weiter an. Entweder verstand er sie nicht, oder er wollte sie leiden lassen. Etwas flackerte in seinen Augen auf. Kein Interesse, dachte sie. Vielleicht Mitgefühl, aber sie war sich nicht sicher.

Nichts an all dem hier ist fair, dachte sie. Warum musste sie diejenige sein, die sich bemühte? Warum musste sie sich ändern? Es war ja nicht so, als wenn das Leben mit ihm ein Picknick wäre und ...

»Deanna?«

Sie schaute in seine blauen Augen und versuchte, einen Hauch von Interesse darin zu erkennen. Irgendeinen Anflug dessen, was früher da gewesen war. Aber sie sah nur leichte Ungeduld, als wollte er, dass sie ihn in Ruhe ließ.

Männer sind visuelle Wesen, ermahnte sie sich. Eine Tatsache, die sie vermutlich in irgendeiner Zeitschrift beim Friseur gelesen hatte. Taten würden ihren Punkt deutlicher machen als Worte.

Sie griff hinter sich und zog den Reißverschluss hinunter. Dann ließ sie das Kleid über ihre Schultern auf ihre Hüfte fallen.

»Du hast mir dieses Set geschenkt.« Sie konnte ihn nicht ansehen, als sie entblößter vor ihm saß als jemals zuvor. »Ich habe es heute Abend gesehen und dachte ... Wenn du willst, könnten wir ...«

Er schaute sie sehr lange an. Seine Miene war immer noch unlesbar. Der stete Blick aus seinen blauen Augen bereitete ihr Unbehagen, aber sie zog das Kleid nicht wieder hoch.

»Du tust das, weil du glaubst, dass ich das will«, sagte er schließlich. »Nicht, weil du irgendein Interesse daran hast, mich in deinem Bett zu haben.«

Mist. Sie senkte den Blick auf ihren Schoß, dann sah sie ihn wieder an. »Nein, Colin«, log sie. »Ich will dich.«

Seine Kiefermuskeln spannten sich an. »Ja, klar. Ich habe dich mit den Mädchen beobachtet, Deanna. Du tust, was getan werden muss, aber du verstehst es nicht. Überhaupt nicht. Wir sind für dich immer noch nicht real. Wir sind immer noch im Weg.«

Sie errötete und zwang sich aufzustehen. Das Kleid fiel zu Boden. »Das ist es also?«, fragte sie. Das Zittern in ihrem Inneren breitete sich langsam nach außen aus. »Du sagst Nein?«

»Ich sage Nein.«

Er reckte das Kinn und nahm seine Lesebrille zur Hand. Dann richtete er seine Aufmerksamkeit wieder auf seine Zeitschrift.

»Ich bin ziemlich müde«, erklärte er. »Gute Nacht.«

Sie spürte die Ohrfeige, als hätte er sie mit der offenen Hand geschlagen. Ihre Wangen brannten, und Hitze wallte in ihr auf. Wut gesellte sich zur Scham, und so zog sie ihr Kleid hoch und stürzte aus dem Zimmer.

Aber schon im Flur verschwand die Wut und nahm all ihre Kraft mit sich. Sie sank auf den Boden und ließ ihren Kopf auf die Knie fallen. Sie zitterte. Vielleicht vor Kälte, vielleicht aber auch wegen der Erkenntnis, dass das, was Colin einmal für sie empfunden haben mochte, vor langer Zeit gestorben war. Sie wusste nicht, was er von ihr wollte, aber diese Ehe war es nicht.

Zum ersten Mal seit Monaten, vielleicht sogar Jahren, vielleicht sogar überhaupt, sehnte sie sich danach, seine warme Hand auf ihrer Schulter zu fühlen. Sie wollte, dass er sie auf die Füße zog und sie so hielt, wie er es früher getan hatte. Damals, als sie einander noch umarmt hatten. Er hatte immer als Letzter losgelassen. Und darüber gewitzelt, dass sie die Umarmungen gar nicht schnell genug lösen konnte. Jetzt wollte sie diese Umarmungen erneut spüren, nur würde sie dieses Mal nicht als Erste loslassen. Sie würde ihn vielleicht nie wieder loslassen.

Doch er kam nicht raus, um nach ihr zu sehen. Sie saß da allein, frierend und zitternd. Schließlich zwang ein Krampf in ihrem Bein sie zum Aufstehen.

Zurück in ihrem Schlafzimmer trat sie ans Fenster und starrte in die Nacht hinaus. Sie wusste nicht, welche Fragen sie stellen sollte, geschweige denn, wo sie die Antworten finden sollte. Sie wusste nur, dass ihr in ihrem krampfhaften Bemühen, alles richtig zu machen, etwas verloren gegangen war, von dem sie gar nicht gewusst hatte, dass sie es wollte. Bei all ihrer Liebe zu Planungen und Einzelheiten – was Colin betraf, hatte sie zu spät zu wenig angeboten.

Er wird mich verlassen, erkannte sie. Während der letzten Wochen war ihr dieser Gedanke bereits ab und zu gekommen. Aber zum ersten Mal machte sie sich wesentlich weniger Sorgen darüber, wie es wäre, als alleinerziehende Mutter mit fünf Töchtern zu leben. Stattdessen war sie nun eine Frau, die zu spät erkannte, dass sie den Mann, den sie wirklich liebte, verloren hatte. Sie hatte ihn zu lange als selbstverständlich angesehen, und nun hatten sie den Punkt erreicht, an dem ihre Beziehung nicht mehr gerettet werden konnte.

Colin liebte sie nicht. Und als sie endlich den Mut und die Kraft fand, tief in ihr Innerstes zu schauen, musste sie zugeben, dass sie genau wusste, warum.

18. KAPITEL

»Er weiß es«, sagte Andi.

Wade stellte den Pizzakarton auf den Fußboden, dann zog er sie in seine Arme und küsste sie. »Er weiß es nicht.«

»Der Pizzajunge weiß, dass wir gerade Sex hatten. Das habe ich gespürt.«

»Er ist eifersüchtig. Wie kann ich dich davon abhalten, weiter an ihn zu denken?«, fragte er.

Sie trat in seine Umarmung und hob das Kinn. Während er sie erneut küsste, ließ er seine Hände über ihren Körper wandern und schob das übergroße T-Shirt hoch, das sie übergeworfen hatte.

Sie steckte in Schwierigkeiten. Sie musste die Wahrheit dieser Aussage akzeptieren und einen Weg finden, damit umzugehen. Denn dieser Mann war ein Sexgott, und sie lief Gefahr, ihren Job aufgeben zu müssen, um sich einer Sekte anzuschließen, die ihre Tage damit verbrachte, Wade King anzubeten.

Sie hatten sich gerade in ihrem kleinen Bett auf ihrem winzigen Dachboden geliebt, wo die kühle Nachtluft sie umfangen hatte. Wade hatte sie berührt und gestreichelt und Dinge mit ihr angestellt, die sie in einen Orgasmus trieben, der ihren ganzen Körper erfüllt hatte. Selbst jetzt, als seine Zunge um ihre tanzte und seine Finger die Rundungen ihrer Hüfte und ihres Pos erkundeten, verfassten ihre Organe Sonette der Bewunderung. Ihre Nieren waren in Wade verknallt, und ihre Bauchspeicheldrüse wollte, dass sie niemals wieder mit jemand anderem ausging.

»Wir haben Pizza«, sagte sie, weil sie annahm, dass sie vermutlich essen sollten. Aber sie wollte sich nicht von ihm lösen.

»Die hält sich.«

»Ich sollte mich anziehen.«

»Du bist angezogen.«

»Ich trage ein T-Shirt. Nur ein T-Shirt und nichts darunter.« Wade hatte seine Jeans und sein Hemd angezogen, aber sie war von den Nachwirkungen ihres Liebesspiels noch zu verwirrt gewesen, um sich so komplizierten Aufgaben wie dem Auffinden ihrer Unterwäsche widmen zu können.

»Ich bin zu nackt, um zu essen«, erklärte sie.

Er schaute ihr in die Augen. »Diese Theorie würde ich gerne überprüfen.«

»Was?«

Er drehte sie in seinen Armen um, sodass sie von ihm wegschaute. Dann ließ er eine Hand unter ihr T-Shirt gleiten, um ihre Brust zu umfassen. Die andere wanderte zwischen ihre Beine.

Sie wollte protestieren, sagen, dass sie immer noch im Erdgeschoss waren und sie keine Vorhänge vor den Fenstern hatte. Allerdings war es draußen immer noch hell, sodass niemand hineinsehen konnte. Außerdem machten seine Finger, die tief in sie hineinglitten, während sein Daumen ihre immer noch geschwollene Klit streichelte, ihr das Sprechen unmöglich.

Das hat er vorhin schon mal gemacht, dachte sie und schloss genießerisch die Augen, um sich ganz seinen sinnlichen Zärtlichkeiten hinzugeben. Er berührte sie mit einer Sicherheit, die ihr den Atem raubte. Die Hand an ihrer Brust wusste genau, wie sie ihren harten, schmerzenden Nippel so necken musste, dass ihre Nervenenden anfingen zu singen. Eine Vibration durchlief ihren Körper; die perfekte Mischung aus Leidenschaft und Erregung, die ihre erogenen Zonen miteinander verband.

Verlangen wallte durch sie hindurch. Sie spreizte die Beine ein wenig weiter; sie war schamlos und schwach vor Lust. Ihre Muskeln spannten sich voller Vorfreude an, als er seine Finger immer schneller in sie hineinstieß und wieder herauszog, während sein Daumen mit ansteigendem Druck kreiste und sie weiter und weiter trieb, bis sie mit einem Aufschrei unter einem erneuten Orgasmus erbebte.

Als das letzte Zittern verebbt war, führte er sie zur Treppe und drückte sie auf die zweite Stufe von unten. Noch während er vor ihr kniete und sie küsste, fummelte er an seiner Jeans herum. Er reichte ihr ein Kondom. Sie riss die Verpackung auf. Sie zitterten beide, als sie gemeinsam versuchten, es überzustreifen.

»Du«, keuchte sie. »Du bist der Experte.«

Er rollte das Kondom herunter und tauchte tief in sie ein.

Mit dem ersten Stoß kam sie erneut. Sie schlang ihre Beine um seine Hüften und hielt sich fest. Sie wollte, nein, sie brauchte mehr. So ist Sex nie gewesen, dachte sie und schrie ihre Lust heraus. So leicht, so umwerfend. So spektakulär.

Sie kam wieder und wieder, bis sie nicht mehr konnte. Wade erschauerte und wurde ganz still. Einen Moment blieben sie keuchend und erschöpft liegen. Dann zog er sich langsam zurück und schaute sie an.

Er sah so erstaunt aus, wie sie sich fühlte.

»Ich glaube, ich habe mir was im Rücken gezerrt«, gestand er.

Sie streckte ihre Beine und verspürte den ersten Anflug eines Krampfs. »Die Treppe war vielleicht ein wenig ehrgeizig.«

Er rappelte sich auf und half ihr dann aufzustehen.

»Ist das für dich immer so?«, fragte er nach einem Räuspern.

»Nein. Ich bin im Bett ziemlich langweilig.«

Er schenkte ihr ein verzagtes Lächeln. »Nein, Andi. Langweilig ist nicht das Wort, das ich benutzen würde.« Er zuckte mit den Schultern. »Ich mag Sex so gerne wie jeder andere, aber ich muss zugeben, das hier war ein höllisch guter Ritt.«

»Ich schätze, zwischen uns stimmt die Chemie.«

»Ja, so kann man es auch ausdrücken. Warte kurz, ich bin gleich zurück.«

Er verschwand im unteren Badezimmer. Sie nahm die Pizza und wartete auf ihn. Als er wieder auftauchte, hatte er seine Jeans und den Gürtel geschlossen. Er wirkte immer noch etwas außer Fassung. Es war schön zu wissen, dass er genauso erschüttert war wie sie.

Sie ging voran nach oben. Während sie die Pizza auf Teller verteilte, öffnete er eine Flasche Wein. »Wann musst du zurück sein?«, fragte sie. »Hat Carrie einen Babysitter, oder bleibt sie allein zu Hause?«

Wade reichte ihr ein Glas Wein. »Sie ist heute Nacht bei Madison. Ich muss erst morgen früh wieder zu Hause sein.«

Ihre Organe jubelten. »Oh. Das ist schön.« Ihr Blick glitt wie von selbst zum Schlafzimmer.

Wade nahm ihr das Glas ab und stellte es zurück auf den Tresen. »Genau mein Gedanke«, sagte er.

Sie streckten die Hände nacheinander aus. Als sie das Schlafzimmer erreichten, waren sie beide nackt. Das alte Bett knarrte protestierend, als sie auf die Matratze fielen. Andi gab sich ganz Wades magischen Berührungen hin und war bereit, sich von diesem Mann davontragen zu lassen.

Eigentlich liebte Deanna ihr Haus. Es gehörte ihr – ihre Tante und ihr Onkel hatten es ihr hinterlassen. Für sie war es weniger ein Erbe als etwas, das sie sich verdient hatte. Als die beiden sie damals aufnahmen, hatten sie sehr deutlich gemacht, dass sie von ihr erwarteten, das Kind zu sein, das sie sich immer gewünscht hatten. Dass jedes Anzeichen dafür, dass sie die Tochter ihrer Mutter war, inakzeptabel sei.

Sie hatte ihr Bestes gegeben, um perfekt zu sein. Sie war höflich und sauber, hatte gute Noten, war immer kooperativ. Sie lernte die Geschichte des Hauses. Sie wusste, welche Möbel antik waren und welche Reproduktionen. Sie verstand, wie bedeutend es war, immer auf unerwarteten Besuch vorbereitet zu sein. Und dass es wichtiger war, wie die Dinge aussahen, als wie sie wirklich waren. Das Haus war ihr Königreich. Jedenfalls war es das gewesen.

Zum ersten Mal, seitdem sie hier mit zehn Jahren angekommen war, fühlte Deanna sich fehl am Platz. Sie kam sich vor, als folgte ihr ein Scheinwerferlicht, das ihre Demütigung beleuchtete.

Sie hatte nicht geschlafen, sondern sich im Bad eingeschlossen. Aus den tiefsten Tiefen ihres Schrankes hatte sie eine langstielige Bürste hervorgeholt, war in die Dusche gestiegen und hatte in dem schwachen Versuch, ihre Scham abzuwaschen, jeden Zentimeter ihres Körpers geschrubbt.

Das Blut war in den Abfluss getropft, und als sie endlich unter dem Wasserstrahl herausgetreten war, hatten offene Wunden ihren Körper bedeckt. Sie hatte die Nacht unter Schmerzen verbracht. An diesem Morgen hatte sie sich um die schlimmsten Wunden gekümmert. Sie trug ein langärmliges T-Shirt, um die Beweise zu verstecken, aber selbst der konstante Schmerz reichte nicht, um sie Colins Ablehnung vergessen zu lassen.

Sie hatte sich vor ihm entblößt, und er hatte ihr den Rücken zugewandt. Sie hatte alles gegeben, doch es reichte nicht. Sie reichte nicht.

Sie hatte nie gereicht – sie hatte immer gewusst, dass ihr Glück nur geliehen war. Mit ihm zusammen zu sein war, wie mit ihrer Tante und ihrem Onkel zusammen zu sein. Sie war sich bewusst gewesen, dass sie jeden Augenblick zurückgeschickt werden könnte. Aber im Laufe der Zeit hatte sie sich in dem Gefühl eingerichtet. War selbstzufrieden geworden. Sie hatte geglaubt, perfekt zu sein würde genügen, aber das tat es nicht. Und sie wusste nicht, wie sie das werden sollte, was er wollte. Sie wusste ja nicht einmal, was das war.

»Mommy?«

Deanna drehte sich um und sah Lucy in der Tür zur Küche stehen. Zum ersten Mal sah sie nicht die hässliche Brille oder die zu großen Augen. Sie sah die Angst in der Art, wie die Lippen ihrer Tochter leicht zitterten.

»Was ist?«

»Ich habe heute Nachmittag doch die Party. Erinnerst du dich, du hast gesagt, ich dürfte hingehen.«

Ihr Herz zog sich zusammen. Sie hörte ihre eigene Stimme – halb bettelnd, halb erinnernd. Das stumme Flehen darum, die Regeln nicht zu ändern, nicht dafür bestraft zu werden, dass sie den Mut aufgebracht hatte zu fragen. Lucy war in dem Alter, in dem sie gewesen war, als ihre Mutter endgültig durchdrehte. Die finalen Schläge, die die Nachbarn dazu gebracht hatten, die Behörden zu informieren, hatten alles verändert. Deanna nahm an, es war einen gebrochenen Arm und ein paar geprellte Rippen wert gewesen, endlich frei zu sein. Zumindest hatte sie das damals gedacht. Jetzt fragte sie sich, ob sie jemals wirklich frei gewesen war. Oder ob sie nicht einfach eine Form der Misshandlung gegen eine andere ausgetauscht hatte.

Sie brachte ein zittriges Lächeln zustande. »Ja, Lucy, ich erinnere mich. Ich freue mich, dass du auf die Party gehst. Ich weiß, du hast es nicht leicht, seit deine beste Freundin weggezogen ist.«

Unterschiedlichste Gefühle marschierten über Lucys Gesicht. Hoffnung, Erleichterung, dann Vorsicht, als könnte sie nicht glauben, dass sie bekam, was sie wollte, ohne dafür zu bezahlen.

»Wann sollst du dort sein?«, fragte Deanna.

»Um drei. Wir gehen erst bowlen, und dann gibt es Abendessen.« Sie zuckte zusammen, während sie sprach.

Stimmt, dachte Deanna. Weil Abendessen Pizza und Chicken Wings und Gott weiß was für industriell verarbeitete Lebensmittel bedeutete.

»Es wird bestimmt auch eine Torte geben«, sagte sie. »Ohne Torte ist es kein echter Geburtstag.«

»Und Eis«, sagte Lucy grinsend.

»Ja, das gehört beides dazu.« Sie atmete tief ein. »Wir fahren hier um halb drei los. Dann haben wir genug Zeit. Du kannst das Notfallhandy mitnehmen und mich anrufen, wenn ich dich abholen soll.«

Keines der Mädchen besaß ein eigenes Telefon, aber sie hatte ein Extrahandy für Ausflüge oder solche Ereignisse wie heute.

Lucy nickte. »Ich werde sehr vorsichtig damit sein, Mommy. Versprochen.«

»Das weiß ich.«

Lucy grinste und umarmte Deanna stürmisch. Ihre knochigen Arme schlangen sich um ihre Taille und hielten sie ganz fest. Schmerz explodierte, als sie auf die offenen Wunden drückte, und Deanna keuchte auf.

Lucy sprang zurück. »Es tut mir leid. Es tut mir leid. Bitte sei nicht böse.«

Bevor Deanna etwas sagen konnte, drehte sich das Mädchen um und rannte wie vom Teufel gejagt davon.

Nicht vom Teufel, dachte Deanna. Von ihrer Mutter. In diesem Haus war das ein und dieselbe Person.

»Emma hat gesagt, sie und ihre Mom fahren am Samstag nach Seattle, und sie hat mich gefragt, ob ich mitkommen will, und ich werde Dad nachher fragen, ob ich darf.« Lucy holte kaum Luft, bevor sie fortfuhr. »Und dann hatten wir Torte und zwei Mannschaften beim Bowling, und sowohl Sarah als auch Emma wollten mich in ihrem Team.«

Ihre hellblauen Augen tanzten vor Freude. Aus einem Impuls heraus lehnte Andi sich zu ihr hinüber und umarmte die Zehnjährige. »Ich freue mich sehr, dass du so viel Spaß hattest.«

»Ich mich auch.«

Sie waren in Andis winziger Küche auf ihrem Dachboden. Die Fenster standen offen, und der sanft fallende Regen bildete die Hintergrundmusik zu einem Sonntagnachmittag mit Gesprächen und dem Dekorieren von Keksen.

Andi hatte im Supermarkt bereits vorgebackene Zuckerkekse gefunden. Zu dem Set gehörten eine Glasur und verschiedene Streusel. Da sie vermutete, eventuell Besuch von den Nachbarsmädchen zu bekommen, hatte sie das Paket gekauft. Sie hatte außerdem ihren kleinen Kühlschrank aufgestockt, ihre Wäsche gewaschen, das Badezimmer geputzt und überhaupt versucht, sich beschäftigt zu halten. Denn die Alternative wäre, sich zwanghaft mit Wade zu beschäftigen.

Ihre gemeinsame Nacht war unglaublich gewesen. Irgendwann nach elf waren sie endlich dazu gekommen, die kalte Pizza zu essen. Dann waren sie ins Bett zurückgekehrt und hatten sich geliebt, bis sie beide erschöpft waren. Den gestrigen Tag über war sie müde und wund gewesen, aber glücklich. Jeder Stich hatte sie an eine sehr köstliche Nacht erinnert.

Aber an diesem Morgen hatte der Wahnsinn sein hässliches Haupt gereckt, als ihr Kopf angefangen hatte, Fragen zu stellen. Warum hatte er noch nicht angerufen? Hätte er das nicht tun müssen? Ging es ihm nur um Sex? Glaubte er, sie wäre so leicht zu haben? Er hatte nichts darüber gesagt, sich noch mal mit ihr zu treffen, also gingen sie nun miteinander aus oder nicht?

Und wenn nicht, was taten sie dann? Waren sie Freunde mit gewissen Vorzügen? Wollte sie mehr? Wollte er? Er war seit Jahren verwitwet. War er wie Matt? Würde er sie zehn Jahre lang hinhalten und dann fallen lassen und zwei Wochen später eine andere heiraten? Und warum zum Teufel hatte er nicht angerufen?

Lucy hatte ihr eine schöne Abwechslung von der Stimme in ihrem Kopf geboten.

»Was machen deine Schwestern heute?«, fragte Andi, um die Unterhaltung am Laufen zu halten und damit die Ablenkung, die sie ihr bot.

»Dad ist mit Audrey und den Zwillingen auf einer Bootsfahrt« Lucy schob ihre Brille hoch. »Ich mag das auch gerne, aber meistens wird mir schlecht.«

»Oh, du wirst seekrank?«, fragte Andi. »Auch auf längeren Autofahrten und Karussells?«

»Ja.«

»Das ist ein übles Gefühl. Mir wird im Auto auch immer schlecht. Als ich jünger war, war es noch schlimmer. Ich weiß nicht, ob dir das hilft, aber es wird vermutlich besser, wenn du älter wirst. Bei mir ist es zumindest so.«

Lucy lächelte sie an und reichte ihr dann einen Keks in Gänseblümchenform, den sie dekoriert hatte. Die Blütenblätter waren rosa und die Mitte grün.

»Der ist wunderschön«, sagte Andi. »Warum machen wir nicht die restlichen Kekse fertig und bringen dann Boston ein paar vorbei? Ich weiß, dass sie Kekse auch mag.«

»Das wäre lustig.«

»Das finde ich auch.«

Andi würde ihr Handy absichtlich zu Hause lassen. Wenn Wade sie erreichen wollte, wüsste er, wie. Wenn er sie anrufen wollte, hatte er ihre Nummer. Sie weigerte sich, eine dieser verrückten Frauen zu sein, die dauernd checkten, ob sie eine Nachricht oder SMS erhalten hatten. Sie war stark. Sie war erwachsen. Sie würde das hier durchstehen, und alles würde gut werden.

19. KAPITEL

Andi würde jemanden umbringen müssen. Sie akzeptierte, dass sie dafür ins Gefängnis gehen würde, hatte aber keine Angst vor den Konsequenzen. Im Gefängnis müsste sie sich wenigstens keine Gedanken über Männer machen, die ihre Welt mit unglaublichem Sex erschütterten und sich dann nicht mehr meldeten.

Männer, die lächelten und in ihrer Arbeitskleidung umwerfend aussahen, die sie an den Armen packten und sie in eine ruhige Ecke zogen, um zu flüstern: »Ich konnte nicht aufhören, an dich zu denken«, nur um dann wegen irgendeiner blöden Arbeitsfrage weggerufen zu werden.

Denn genau das war passiert. Am Montagnachmittag hatte sie Wade für genau siebenundvierzig Sekunden gesehen, bevor sie gestört worden waren. Dann war Carrie mit Madison hereinspaziert, und das war das Ende jeglicher möglichen privaten Unterhaltung gewesen. Am Dienstag war Wade überhaupt nicht aufgetaucht.

Jetzt war es Mittwochmorgen, und Andi hatte frei, weil sie am Samstag arbeiten würde, und sie würde allen Ernstes jemanden umbringen müssen.

Es war nicht nur der Anruf – oder besser gesagt der nicht erfolgte Anruf –, gestand sie sich ein. Es war der Wahnsinn, der in ihrem offensichtlich verdrehten Gehirn wucherte. Hatte sie sich erst nur Gedanken über den Status ihrer Beziehung gemacht, fragte sie sich inzwischen, ob er sie liebte oder vorhatte, sich in sie zu verlieben. Sie war nur einen Schritt davon entfernt, zu einer Stalkerin oder etwas Schlimmerem zu werden, auch wenn sie nicht wusste, was noch schlimmer sein könnte.

Um Viertel vor acht fuhr Wade endlich vor. Sie sah, wie er seinen großen Truck vor dem Haus abstellte und ausstieg. Ihr wurde bewusst, dass sie nicht den ganzen Tag im Haus bleiben konnte, denn dann würde sie etwas sagen oder tun, das sie beide bedauern würden. Sie brauchte Ablenkung – und vermutlich professionelle Hilfe.

Sie schnappte sich ihre Handtasche und ging die Treppe hinunter. Nachdem sie Wade kurz zugewunken hatte, stürzte sie durch die Haustür und blieb direkt davor stehen. Boston war die offensichtlichere Wahl. Aber zu ihr zu gehen barg zwei mögliche Probleme. Erstens könnte sie noch schlafen. Zweitens, und das war noch viel wichtiger, war sie Wades Schwägerin und würde ihm vermutlich alles brühwarm weitererzählen.

Die Entscheidung war gefallen. Andi lief zu Deannas Haus. Die fünf Mädchen waren bereits zum Sommercamp aufgebrochen, was bedeutete, dass Deanna vermutlich wach und einigermaßen funktionstüchtig war. Mit etwas Glück wäre sie gewillt, Andi zu beruhigen, ohne ihre Probleme mit der gesamten Welt zu teilen.

Sie klingelte nicht einmal, sondern gleich zweimal.

»Geht es dir gut?«, fragte Deanna, als sie die Tür öffnete.

»Nein«, gab Andi zu. »Wirklich nicht. Hast du eine Sekunde Zeit zum Reden?«

Deanna beäugte sie vorsichtig. »Über welches Thema?«

»Männerprobleme.«

»Gut, denn noch einen emotionalen Schlag vertrage ich nicht. Lass mich nur schnell meine Handtasche holen, dann gehen wir irgendwo frühstücken.«

»Frühstück klingt super.«

Zehn Minuten später saßen sie an einem Fenstertisch im Blackberry Island Inn. Sie bestellten beide Kaffee und gefüllten French Toast, dann sah Deanna sie fragend an. »Ich bin bereit.«

Andi schaute sich unter den wenigen Geschäftsleuten, die über ihrem Frühstück saßen, und den unzähligen Touristen, die ihren Tag planten, um.

»Du glaubst, hier fange ich nicht an zu weinen«, vermutete Andi. »In einem öffentlichen Raum kannst du mich besser kontrollieren.«

Deanna lächelte. »Ja, ich dachte, es könnte helfen. Nur wenige Menschen sind bereit, in der Öffentlichkeit eine Szene zu machen.«

»Richtig gedacht.«

»Wird es funktionieren?«

»Ich weiß es nicht.« Andi atmete tief ein und beugte sich dann vor. »Kennst du Wade King?«

»Klar. Sein Bruder Zeke ist mit Boston verheiratet. Sie sind die Bauunternehmer, die dein Haus renovieren.«

»Nun, hauptsächlich kümmert Wade sich um die Arbeiten. Er ist lustig, charmant, sexy und Single.«

Deanna wartete.

Andi verzog das Gesicht. »Wir haben miteinander geschlafen«, platzte es aus ihr heraus. »Freitagabend. Es sollte eigentlich nur ein Date werden, aber wir haben es nicht mal aus der Tür geschafft, und er hat die Nacht bei mir verbracht, und jetzt werde ich verrückt. Wirklich. Er hat nicht angerufen. Wir haben uns gesehen, und ihm ging es gut, aber mir geht es nicht gut. Ich bin zehn Jahre mit Matt zusammen gewesen. Dann hat er mich vor dem Altar stehen lassen, weil ihm alles zu überstürzt war. Und jetzt frage ich mich auf einmal, ob Wade heiraten will. Es ist erst fünf Tage her, aber ich ertrage es nicht.«

»Atme«, sagte Deanna. »Du musst atmen.«

»Offensichtlich muss ich das nicht.« Aber sie atmete gehorsam langsam ein und aus. »Ich hasse es, mich so zu benehmen. Ich mag Wade und, ja, ich möchte ihn gerne wiedersehen. Aber ich will keine Angst haben oder durcheinander sein. Ich will normal sein.«

»Lass mich wissen, wie sich das anfühlt.«

Die Kellnerin kam an ihren Tisch und schenkte ihnen Kaffee nach, dann ging sie wieder. Deanna nahm ihre Tasse in die Hand.

»Was hat er am Montag gesagt?«

»Dass er nicht aufhören könne, an mich zu denken. Dann kam Carrie rein. Gestern habe ich ihn nicht gesehen, und heute war ich zu nervös und hatte Angst, dass ich vielleicht anfangen könnte, ihn anzuflehen oder so.«

»Du willst ihn nicht anflehen«, sagte Deanna. »Glaub mir.«

Ihr Ton war traurig. Andi schaute Deanna das erste Mal an diesem Morgen richtig an. Wie immer war sie perfekt gekleidet mit einer rosafarbenen Jeans und einem taillierten weißen Hemd. Sie hatte ein Tuch umgebunden, trug Loafers und baumelnde Ohrringe. Aber das hübsche Make-up konnte die dunklen Ringe unter ihren Augen nicht verbergen, und um ihren Mund lag ein angespannter Zug.

»Alles in Ordnung?«, fragte Andi. »Ist etwas passiert?«

Deanna rieb sich leicht über ihren linken Unterarm, dann schüttelte sie den Kopf. »Mir geht es gut.«

»Das glaube ich nicht.«

»Ist das deine Einschätzung als Ärztin oder als meine Nachbarin?«

»Als deine Freundin.«

Das F-Wort war ein wenig übertrieben, aber je mehr Zeit sie mit Deanna verbrachte, desto mehr mochte sie sie. Die spröde, perfekte Fassade hatte genug Risse, um sie verletzlich wirken zu lassen.

Die Kellnerin kam mit ihren Tellern. Ein großer Stapel gefüllter French Toasts mit Ahornsirup und Puderzucker und umgeben von Brombeeren. Andi spürte, wie ihre Augen sich weiteten. Auf dem Teller mussten sich genug Kalorien für zwei Tage befinden, aber das war ihr vollkommen egal.

»Ich werde das alles bis auf den letzten Bissen aufessen«, sagte sie andächtig.

»Ich mache vielleicht mit«, sagte Deanna.

Sie nahmen jede einen Bissen. Das Äußere des French Toast war kross, die Füllung sowohl süß als auch cremig.

»Ist das so gut wie die Nacht mit Wade?«, fragte Deanna.

Andi grinste. »Es kommt sehr nah dran.« Sie nippte an ihrem Kaffee. »Okay, erzähl, was ist los mit dir?«

»Nichts Aufregendes. Mir geht es gut.« Deanna stach in ihren French Toast, dann legte sie die Gabel weg. »Nein, das stimmt nicht. Mir geht es nicht gut. Ich bin ein Wrack. Mein ganzes Leben ist ein Wrack.«

Andi aß noch einen Bissen und wartete.

Deanna verlagerte ihr Gewicht. »Mit Colin läuft es sehr schlecht. Und meine Kinder hassen mich.«

»Das tun sie nicht«, sagte Andi schnell.

»Ich mache ihnen Angst. Gestern habe ich gehört, wie die Zwillinge Mama-Papa-Kind gespielt haben. Sie haben ihren Puppen gesagt, sie sollen ihre Zimmer aufräumen und das Gemüse aufessen, weil es sonst keinen Nachtisch gibt.« Deanna senkte den Blick auf ihren Teller. »Ich lasse sie nur an bestimmten Tagen in der Woche Nachtisch essen, und jetzt sitze ich hier und esse das.«

»Wann hast du das letzte Mal so etwas gegessen?«

»Ich schätze, das war irgendwann in den Neunzigern.«

»Okay, dann hau rein.«

Deannas kurzes Lächeln verschwand. »Ich bin zu streng. Das sehe ich, aber es ist schwer, das zu ändern. Ich habe die ganze Zeit so viel Angst.« Sie beugte sich vor. »Meine Mom war Alkoholikerin. Und zwar von der gemeinen Sorte. Als ich in Lucys Alter war, bin ich zu meiner Tante und meinem Onkel gezogen, denen das Haus gehörte, in dem wir jetzt wohnen. Es gab Regeln. Regeln zu haben machte alles leichter, weil ich wusste, was erwartet wurde. Aber jetzt glaube ich, ich habe zugelassen, dass Regeln das Einzige sind, womit ich mich sicher fühle. Und Colin ... Ich weiß nicht, was er will.«

Andi hatte nur wenig Erfahrung mit Alkoholismus in Familien, wusste aber, welche Schäden sich durch die Generationen ziehen konnten. Es brauchte außergewöhnliche Stärke, um diesen Kreislauf zu durchbrechen.

»Und was willst du?«, fragte sie sanft.

»Ich weiß es nicht«, gab Deanna zu. »Ich will mich sicher fühlen. Ich will keine Angst haben. Ich will, dass meine Familie mich mag.«

Andi streckte den Arm über den Tisch und berührte Deannas Hand. »Wovor hast du Angst?«

»Wenn ich nicht perfekt bin, muss ich zurück.«

Die Worte kamen so schnell, dass Andi wusste, Deanna hatte über die Antwort nicht nachgedacht. »Zurück zu deiner Mom?«

»Das ist lächerlich, oder? Sie ist seit Jahren tot. Das Haus gibt es gar nicht mehr. Ich bin vor Kurzem hingefahren und habe nachgeschaut. Dort stehen jetzt Apartmenthäuser. Ich habe ein eigenes Haus. Das kann mir niemand wegnehmen.«

»Vielleicht ist ein Zuhause kein Ort. Vielleicht ist es das, was du meinst, wenn du darüber sprichst, dass du dich sicher fühlen willst.«

»Ja, vielleicht.« Deanna spießte eine Brombeere mit ihrer Gabel auf. »Sie mögen mich wirklich nicht.«

»Bist du denn jemand, den sie mögen sollten?« Andi griff nach ihrer Kaffeetasse. »Ich denke an meine Mom. Ich weiß, dass ich sie liebe und sie mich auch. Aber mögen wir einander? Da bin ich mir nicht so sicher. Ich bin eine stete Enttäuschung für sie. In einer erfolgreichen Familie habe ich mich mit weniger begnügt. Matt hat mich zehn Jahre lang mit sich gezogen und dann fallen lassen. Warum habe ich das zugelassen? Nicht, dass er mich hat sitzen lassen, aber seine Unfähigkeit, sich zu mir zu bekennen? Warum bin ich nicht gegangen? Angesichts dessen, dass ich eher wütend und gedemütigt war als verletzt, bin ich nicht sicher, ob ich jemals in ihn verliebt gewesen bin. Warum also wollte ich ihn heiraten?«

Deanna lächelte. »Wenn du wolltest, dass ich mich besser fühle, funktioniert es. Danke.«

»Gern geschehen. Ich will nur aufzeigen, dass diese Familiensache echt schwer ist. Wir alle vermasseln es, und dann müssen wir einen Weg hinausfinden. Wenn meine Mom mich nicht ständig bedrängen würde, würde ich vermutlich öfter mit ihr reden wollen. Aber jede Unterhaltung dreht sich nur darum, dass ich mein Potenzial nicht auslebe und wie großartig mein Bruder und meine Schwester sind. Das ist einfach nichts, worauf ich mich freue.« Sie schüttelte den Kopf. »Aber hey, du bist die Mutter von fünf hübschen Töchtern, und ich habe nicht einmal eine Katze. Also solltest du vermutlich nicht auf mich hören.«

»Ich glaube, das muss ich aber. Was du sagst, ergibt sehr viel Sinn.«

Sie lächelten einander an und wandten sich dann wieder ihrem Frühstück zu.

Ein paar Minuten später legte Deanna die Gabel nieder. »Ich glaube, du musst ein bisschen nachsichtiger mit Wade sein. Er ist nicht Matt. Nach allem, was ich gehört habe, ist er ein guter Mann. Seine Tochter ist wundervoll. Ich wünschte, Madison wäre mehr wie sie. Also geh nicht gleich vom Schlimmsten aus.«

»Aber das Schlimmste anzunehmen ist so leicht.«

»Und wie funktioniert das bisher so für dich?«, fragte Deanna grinsend.

Andi lachte. »Versteh mich nicht falsch, aber ich mochte dich gar nicht, als ich dich kennengelernt habe.«

»Mach dir darüber keine Gedanken, das tut niemand.«

»Aber du bist echt nett und lustig.«

»Vielleicht könntest du mir ein Empfehlungsschreiben für meine Familie ausstellen.«

»Wenn du glaubst, dass das hilft.«

»Nein, aber danke für das Angebot.«

Andi berührte sie sanft am Arm. »Ich bin für dich da.«

»Und ich auch für dich. Wenn du das nächste Mal merkst, dass du drohst, in den Abgrund zu fallen, komm zu mir.«

Andi nickte. »Versprich mir, dass du das auch tust.«

»Das mache ich.«

Andi wusste, dass die Sorgen wegen Wade bald genug zurückkehren würden, aber im Moment schien alles in Ordnung zu sein. Sie hatte jetzt eine Freundin. Und mit Freundinnen konnte sie alles überleben.

Boston saß auf ihrer vorderen Veranda und sah zu, wie Deannas Töchter in Andis Garten spielten. Carrie war auch bei ihnen, genau wie der leidensfähige Kater. Während die Mädchen herumrannten und lachten, lag Pickles im Schatten und putzte sich. Die jungen Füße kamen seinem Schwanz gefährlich nahe, aber er schaute nicht einmal auf, um zu sehen, ob er in Sicherheit war. Sie wusste nicht, ob dieser Kater fatalistisch oder unglaublich vertrauensselig war.

Sonnenlicht fiel durch das Laub der Bäume. Hämmern und das Kreischen von Sägen durchbrachen das Lachen. Savannah rannte um ihre Schwestern herum und schrie, dass sie nicht gefangen werden wollte.

Der Sommer war endlich gekommen und mit ihm die Freiheit der Kindheit. Lange Tage mit endlosen Möglichkeiten. Kühle Nächte mit Millionen Sternen und der Magie des Vollmonds. Boston bewegte ihren Stift und füllte schnell den Hintergrund aus, wobei sie die Realität aus Gras und Haus ignorierte und die Mädchen stattdessen auf ein Piratenschiff setzte. Mit ein paar Strichen hatte Pickles eine Augenklappe und an Carries Gürtel hing ein Entermesser. Die Zwillinge trugen Hüte, und hinter dem Schiff drohte das wütende Meer.

Sie beendete die Zeichnung und riss das Blatt ab. Dann setzte sie den Stift erneut an. Dieses Mal waren die Mädchen Feen mit ätherischen Kleidern und Flügeln. Pickles wurde zu einer Schmetterlingskatze, und Madison war ihre Königin. Carrie hielt ein kleines Baby im Arm.

Bostons Bewegungen wurden langsamer, als sie sanft die Gesichtszüge einfügte. So vertraut, dachte sie. So kostbar. Liam. Baby Liam.

Sie zeichnete den Schwung seines Mundes, die Rundung seines Kinns, dann hielt sie inne, als etwas unerträglich Schweres sich auf ihren Körper herabsenkte.

Sie konnte noch atmen, sich noch bewegen, aber nur äußerlich. In ihrem Inneren herrschte absolute Stille. Und dann erkannte sie es an den Farben. An dem Dunkelblau und Violett der Schwere, durchsetzt von grünen Blitzern. Braun am Rand. Braun, das in Grau überging.

Traurigkeit, dachte sie und fürchtete sich beinahe davor, dieses Gefühl anzuerkennen. Sie fühlte sich wie eine Blume in der Wüste, so kurz davor zu verwelken, aber trotzdem nicht gewillt, daran zu glauben, dass die Sturmwolken lebensspendenden Regen bringen würden.

Sie ließ den Stift ins Gras fallen und hob ihre Hände. Offen, um zu empfangen, dachte sie. Sie würde den Schmerz willkommen heißen, sollte er sich entschließen zu kommen. Sie hatte ihr kostbares Kind verloren. Sie hatte ihn gehalten, als sein Herz aufhörte zu schlagen und seine Seele sie verließ.

Der Schrecken wurde noch größer, trieb sie in den Boden. Sie war fest verankert, konnte sich nicht bewegen. Das Grau drang in die anderen Farben ein, bis es überhaupt nichts Buntes mehr gab. Nur noch die Abwesenheit von Farbe.

Boston schloss die Augen und betete. Betete um Tränen, um den Schmerz, der mit dem Verlust kam. Betete darum, überhaupt irgendetwas zu fühlen.

Das Grau wuchs, und sie hieß es willkommen. Genau wie das Brennen in ihren Augen, das enge Gefühl in ihrer Kehle.

Und dann war es fort. Der Klang des Lachens drang an ihr Ohr, die Farben verschwanden, und sie konnte sich wieder rühren. Die Stufen waren nur ein Platz zum Sitzen, und es war nicht eine einzige Gewitterwolke am Himmel zu sehen.

Sie betrachtete ihre Feenzeichnung und erkannte die Gesichter, aber es war, als wäre das Bild von jemand anderem gemalt worden. Vorsichtig riss sie das Blatt von ihrem Block und atmete tief ein. Dann fing sie wieder an zu zeichnen. Dieses Mal erschuf sie Liam.

Vielleicht ist da keine Traurigkeit, redete sie sich ein. Aber solange sie ihn in sich festhalten konnte, gab es wenigstens Frieden.

20. KAPITEL

Am Donnerstagnachmittag fuhr Andi zu ihrer üblichen Zeit nach Hause. An der O-mein-Gott-Front ihres Lebens lief es ein wenig besser. Sie schaffte es manchmal, mehrere Minuten lang nicht in Panik wegen Wade zu verfallen. Das verbuchte sie als Erfolg. Sie hatten sich immer noch nicht unterhalten, aber das würde sie heute Nachmittag ändern. Irgendwie würden sie es schaffen, über das zu sprechen, was passiert war, und er würde erklären, warum er nicht angerufen hatte. Wenn er glaubte, sie hätten nur einen One-Night-Stand gehabt und wären jetzt fertig miteinander, würde sie einen Weg finden, den Rest der Renovierungsarbeiten an ihrem Haus durchzustehen, ohne ihn zu enthaupten und in ihren Kofferraum zu stopfen.

Sie fuhr in ihre Einfahrt und schaltete den Motor aus. Noch bevor sie die Treppe zur Veranda hinauf war, ging die Haustür auf, und Wade trat heraus. Seine dunklen Augen leuchteten auf, als er sie sah.

»Endlich«, sagte er grinsend. »Ich habe die Jungs früher nach Hause geschickt, und Carrie erwartet mich erst in einer Stunde. Komm rein.«

Er nahm ihre Hand und zog sie ins Haus. Als die Tür hinter ihnen ins Schloss fiel, zog er Andi an sich und gab ihr einen sanften Kuss.

»Hey, ich habe dich ja seit Tagen nicht gesehen. Wie geht es dir?«

Sie blinzelte, nicht sicher, was sie mit dem freundlichen Wade anfangen sollte, nachdem er vier Tage nicht mit ihr gesprochen hatte. »Mir geht es gut.«

»Du bist mir gestern aus dem Weg gegangen. Ich wollte nur sichergehen, dass alles in Ordnung ist.«

Sie war ihm aus dem Weg gegangen? Sie war einfach nur

weggeblieben, um sich nicht in eine demütigende Situation zu bringen.

»Wie du schon sagtest, wir haben nicht wirklich miteinander gesprochen«, sagte sie und genoss das Gefühl seiner Hand auf ihrer Hüfte viel zu sehr. Sich vorzubeugen und ihn zu küssen kam ihr wesentlich interessanter vor, als zu reden, aber sie musste tun, was richtig war, und nicht, was sich in diesem Moment gut anfühlen würde. Sie machte einen Schritt zurück. »Ich weiß nicht, ob es Zufall war oder ob du dich absichtlich rarmachst.«

»Wovon redest du? Ich habe dir Sonntag eine SMS geschickt. Du hast mir nie geantwortet.«

Eine SMS? »Die habe ich nicht bekommen.« Oder zumindest habe ich sie nicht gesehen, dachte sie.

Sie holte ihr Handy aus der Handtasche und scrollte durch die Benachrichtigungen. Und tatsächlich, da war eine Nachricht von Wade.

Ich denke an dich. Kann es kaum erwarten, dich morgen zu sehen. Lass uns nächste Woche essen gehen.

Sie schaute ihn an. »Oh, ich habe meinen Terminkalender auf das Handy geladen und den Benachrichtigungston ausgeschaltet, damit es nicht alle dreißig Sekunden piept. Seitdem ich umgezogen bin, bekomme ich nicht so viele Nachrichten, und ich habe nicht nachgesehen und ...« Sie schluckte und kam sich wirklich dumm vor. »Ich dachte, du würdest mir aus dem Weg gehen.«

»Also haben wir uns beide geirrt.« Er berührte ihr Kinn und zwang sie, ihn anzusehen. »Fangen wir noch mal neu an. Ich hatte am Freitag eine tolle Zeit.«

»Ich auch.«

»Ich will dich wiedersehen.«

»Ich dich auch.«

»Wir sollten gemeinsam essen gehen. Und dieses Mal meine ich wirklich essen gehen. Nicht, dass du letztes Mal nicht eine große Überraschung gewesen wärst – und zwar eine gute. Aber wir sollten uns besser kennenlernen.«

»Okay.«

»Ja?«

Sie nickte.

Er grinste und küsste sie erneut.

Sie genoss einen Moment seine Lippen auf ihren, dann zog sie sich ein Stück zurück. »Ich muss dir gestehen, dass ich in den letzten Tagen ein wenig durchgedreht bin. Wegen Matt und der Art, wie er mich hingehalten hat. Ich dachte, du wärst vielleicht wie er.«

»Das bin ich nicht.«

Sie nickte. »Ich will dir wirklich glauben, aber es wird ein bisschen dauern.«

Er strich mit dem Daumen über ihre Wange. »Du bist nicht die Einzige, die sich Sorgen macht. Meine Frau war nie glücklich damit, dass Zeke und ich die Firma zusammen aufgezogen haben. Sie hat mich immer gedrängt, mir einen Job in Seattle zu suchen. Von der Insel wegzuziehen. Darüber haben wir uns oft gestritten.«

Andi schaute ihn an. »Das habe ich nicht gewusst.«

»Es ist lange her, und wir haben das nie an die große Glocke gehängt. Aber es war eine konstante Quelle der Anspannung. Also, auch wenn du unglaublich sexy bist und lustig und klug, beunruhigt mich diese Arzt-Sache.«

»Warum?«

»Was, wenn du versuchst, mich zu ändern? Ich bin ziemlich eingefahren.«

Sie nickte verständnisvoll. »Matt wollte mich auch ändern. Es hat nicht funktioniert und für große Spannungen zwischen uns gesorgt. Falls es dir hilft, ich mag dich genauso, wie du bist.«

Er schenkte ihr ein Lächeln, das sie so liebte. »Ja? Mir geht es ebenso.«

»Was deinen Beruf angeht, es ist mir egal, was ein Mann macht. Mir ist nur wichtig, wer er ist. Ich will jemanden, auf den ich mich verlassen kann, dem ich vertrauen kann. Bei illegalen Aktivitäten würde ich vermutlich eine Grenze ziehen, aber ansonsten ist das, womit du dein Geld verdienst, meine geringste Sorge. Ich mag es, dass du ein trauriges, verlassenes Haus nimmst und es wieder schön machst. Das ist beeindruckend. Außerdem hast du einen echt tollen Hintern.«

Er grinste. »Du bist so oberflächlich.«

»Ja, und ich bin stolz darauf.«

»Damit kann ich leben.« Er schaute in ihre Augen. »Also gehen wir auf ein Date.«

»Ja. Und dieses Mal werden wir das Haus tatsächlich verlassen.«

»Samstagabend. Sieben Uhr.«

»Ich werde bereit sein.«

Er grinste. »Vielleicht sollte ich einfach nur hupen, und dann kommst du raus. Ich fürchte, wenn ich reinkomme, um dich abzuholen, werde ich mich nicht unter Kontrolle halten können.«

Andi seufzte. Es war ihr egal, ob das gelogen war, es war trotzdem schön zu hören. »O ja, so sollten wir es machen. Wenn du hupst, komme ich mir vor wie auf der Highschool.«

Er legte einen Arm um ihre Schultern und drehte sie in Richtung Wohnzimmer. »Jetzt, wo das geklärt ist, lass mich dir zeigen, welche Fortschritte wir heute gemacht haben.«

Am Montagnachmittag ging Andi zum Pilates. »Hey, Katie«, begrüßte sie die Rezeptionistin.

»Hi, Andi.« Die junge Frau schaute auf und runzelte die Stirn. »Was ist passiert?«

»Nichts.«

»O doch. Marlie, komm mal her. Sieht Andi nicht anders aus?«

Marlie, Andis Lehrerin, musterte sie einen Moment, dann grinste sie. »Ich würde sagen, es ist ein Mann. Sie hat dieses Männerstrahlen. Und es geht nicht nur um Sex. Sie ist wirklich glücklich.« Marlie setzte sich mit ihrem kleinen, knackigen Tänzerinnenhintern auf die Ecke des Schreibtischs. »Okay, fang ganz von vorne an und erzähl uns alles. Wer ist er?«

Andi spürte, dass sie errötete. »Es gibt keinen Mann«, setzte sie an, konnte dann aber ein Grinsen nicht unterdrücken. »Okay, es gibt einen.«

»Ich wusste es.« Marlie seufzte. »Ich liebe es, wenn Beziehungen noch neu sind und so viele Möglichkeiten bergen. Und natürlich den heißen Sex. Habe ich recht?«

»Könnte sein.«

Die anderen Kursteilnehmerinnen kamen nach und nach und begrüßten alle. Andi schlüpfte davon, um ihre Handtasche und Schuhe in einen der Körbe zu legen, dann ging sie zu ihrer Matte.

Wie versprochen, waren sie und Wade am Samstagabend zusammen ausgegangen. Nur zum Dinner, was zugleich toll und enttäuschend gewesen war. Die gute Nachricht war, dass sie sich besser kennengelernt hatten. Die schlechte: Er hatte sie lediglich an der Haustür geküsst. Die Erklärung, dass Carrie alleine zu Hause war und auf ihn wartete, war verständlich gewesen, und seine offensichtliche Enttäuschung darüber hatte geholfen, ihr eigenes Bedauern etwas zu dämpfen.

Die anderen Frauen richteten sich auf ihren Matten ein, dann stellte Marlie sich vor sie hin.

»Seid ihr alle bereit?«, fragte sie. »Dann fangen wir mit den Hundert an.«

»Können wir nicht mit sechzig anfangen und die restlichen vierzig später machen?«, fragte Kathy.

»Die Idee gefällt mir«, warf Andi ein.

Die anderen Frauen lachten. Marlie verdrehte die Augen. »Ihr wollt heute also schwierig sein?«, fragte sie. »Heute ist Montag, richtig? Das passiert montags immer. Schnappt euch eure Griffe und legt los. Je eher wir anfangen, desto eher ist es vorbei.«

Andi nahm ihre Griffe und streckte sich auf der Matte aus. Sie hob die Beine, achtete darauf, dass die Fersen zusammen und die Zehen nach außen gerichtet waren. Dann zog sie ihr Kinn an die Brust, hob die Schultern von der Matte und fing an zu pumpen.

Die Klasse bewegte sich von Übung zu Übung. Während des Herunterrollens achtete Andi darauf, sich auf ihr Zentrum zu konzentrieren und Wirbel für Wirbel auf der Matte abzulegen.

»Du bist gut in Form, Andi!«, rief Marlie ihr von der anderen Seite des Raumes zu. »Langsamer, Kathy. Ein Mal noch!«

Am Ende der Stunde waren Andis Muskeln erschöpft und ein wenig zittrig. Sie rappelte sich auf und ging in den Umkleidebereich.

»Du machst das super«, sagte Marlie, die zu ihr aufgeschlossen hatte. »Ich sehe große Fortschritte.«

»Danke. Ich fühle mich auch besser. Stärker.«

»In zwei Wochen gebe ich eine öffentliche Stunde im Park. Da werden mehrere Fitnessprogramme vorgestellt. Meine Demo geht von elf bis halb zwölf. Ich habe mich gefragt, ob du Lust hättest mitzumachen. Ich brauche vier Schülerinnen. Wir zeigen nur grundlegende Übungen – du kennst sie alle.« Marlie holte eine Visitenkarte aus ihrer Sporttasche. »Hier ist meine E-Mail-Adresse. Denk doch mal darüber nach, und sag mir Bescheid, ob du Interesse hättest mitzumachen.«

»Ich sollte Zeit haben«, sagte Andi. »Aber ich verstehe das nicht. Viele deiner Schülerinnen sind wesentlich besser als ich.«

Marlie lachte. »Du bist der Star unter meinen Anfängerinnen. Ich mag es, verschiedene Level zu zeigen. Wenn ich den Leuten sage, dass du erst seit einigen Monaten Pilates machst, wirkt der Unterricht auf sie weniger einschüchternd.«

»Ich hoffe, dass in deinen Worten irgendwo ein Kompliment steckt.«

»Das tut es. Versprochen.«

Andi nahm die angebotene Visitenkarte. »Ich gucke noch mal in meinen Kalender und sage dir dann Bescheid, ob ich kann. Aber ich bin mir ziemlich sicher, dass ich an dem Tag nicht arbeiten muss.«

»Toll. Ich hätte dich gerne dabei.«

Andi nickte und ging. Auf dem Weg zu ihrem Wagen dachte sie, dass man genau so anfing, sich in eine Gemeinschaft einzugliedern. Person für Person, Tag für Tag. Verbindungen baute man langsam auf. Es gab Zeiten, wo sie ihr Leben in Seattle vermisste, aber nicht sonderlich oft. Seit der Trennung von Matt hatte sie entdeckt, dass viele ihrer Freunde eher Freunde von ihnen als Paar waren, aber nicht von ihr allein. Trotz ihrer Einladungen schien niemand sie auf der Insel besuchen zu wollen.

Sie hatte die Entscheidung, neu anzufangen, in einem Moment der Panik und aus einem Impuls heraus getroffen. Jetzt sah sie langsam, dass sie bezüglich der Insel recht gehabt hatte. Sie schuf sich hier ein Zuhause. Sie schloss Freundschaften und fand heraus, wie sie am besten dazugehören konnte.

An ihrem Auto hob sie den Blick und sah die drei Häuser auf dem Hügel stehen. Die Drei Schwestern, dachte sie. Sie, Deanna und Boston waren zwar keine Schwestern, aber sie waren auf dem Weg, Freundinnen zu werden. Und war das nicht genauso gut?

Boston zog sich an, nachdem sie am Nachmittag unter die Dusche gesprungen war. Sie war auf angenehme Weise erschöpft. Mit dem Wandgemälde hatte sie in der Woche gute Fortschritte gemacht. Auf zwei Wände des Wartezimmers hatte sie bereits die Umrisse gezeichnet. Heute hatte sie an der Flurwand eine kleinere Version der Dschungelszene angefangen. Sie würde auch in den Untersuchungszimmern verschiedene Tiere an die Wände skizzieren und dann farbig ausmalen.

Wade hatte ihr seinen besten Maler angeboten, um ihr zu helfen. Hal würde den Hintergrund malen, während sie an den Tieren, Insekten und Blättern arbeitete. Andi wollte ihre Praxis nicht vor Ende August eröffnen, womit Boston ausreichend Zeit blieb, das Wandgemälde zu vollenden. Allerdings hatte sie seit beinahe einem Jahr nicht mehr mit einer Deadline gearbeitet und spürte den Druck. Trotzdem war es gut, ein Ziel zu haben. Es gab ihrem Leben einen Sinn. Sie wollte Andi nicht im Stich lassen.

Sie schaute auf die Uhr und sah, dass es beinahe fünf war. Zeke sollte eigentlich schon zu Hause sein. Sie ging in die Küche, um nachzuschauen, ob er eine Nachricht auf dem Anrufbeantworter hinterlassen hatte. Kaum hatte sie den Tresen erreicht, als sie aus dem hinteren Bereich des Hauses ein Krachen hörte. Was zum Teufel war das?

Sie eilte den Flur hinunter und betrat ihr Atelier. Zeke stand da, die Arme an die Seiten gepresst, die Finger gespreizt. Ihre Staffelei lag zerbrochen auf dem Boden.

»Was ist passiert?«, fragte sie. »Wann bist du nach Hause gekommen?«

»Vor ein paar Minuten.« Sein Gesicht war weiß, sein Blick hart. Er schaute sie mit einer Mischung aus Wut und Abscheu an. »Sieh dir das an. Sieh hin!«

Sie schaute sich in ihrem Studio um, unsicher, wovon er sprach. Es war nicht unordentlicher als sonst. Sie hatte die verschiedenen Tiere, die sie malen wollte, an die Wände geheftet. Es gab unterschiedliche Affen und Jaguare. Sie wollte die Haltungen richtig hinbekommen. Außerdem hatte sie mit den Farben für die Flügel der Schmetterlinge gespielt.

»Wovon redest du?«, fragte sie, verwirrt von seiner offensichtlichen Emotionalität.

»Verdammt, Boston. Hör auf. Du musst damit aufhören.«

Er hob eine Zeichnung von Liam auf, die sie kürzlich geschaffen hatte. Bevor sie ahnte, was er tun würde, riss er sie entzwei.

Sie keuchte auf. »Zeke, nein!«

»Das ist falsch. Es geht schon viel zu lange. Wade sagte, du arbeitest an dem Wandgemälde. Er sagte, dir ginge es gut, und ich habe ihm geglaubt. Aber sieh dir das an.« Er zeigte auf ein Ölgemälde, das sie vor ein paar Tagen begonnen hatte, und schob dann einen Stapel mit Skizzen ihres Babys zu Boden. Schwarz-Weiß-Bilder von Liam flatterten durch die Luft.

»Wie viele davon gibt es?«, fragte er mit vor Zorn und Leid belegter Stimme. »Wie viele?«

Jetzt sah sie, was er sah. Ja, es gab ein paar Bilder für das Wandgemälde, aber ansonsten war jede freie Fläche, jedes Stück Wand mit Zeichnungen, Gemälden und schnellen Skizzen ihres Babys bedeckt. Schlafend, wach, lachend, sitzend. Liam in ihren Armen. Liam in seinem Bett, auf dem Rasen, am Kamin.

»Hunderte«, flüsterte sie, ohne sich die Mühe zu machen, sie zu zählen. »Hunderte.«

Er nahm ein Ölgemälde und warf es quer durch den Raum. Ein weiterer Stapel Skizzen flatterte zu Boden. Er zerknüllte und zerriss und zertrampelte sie und zerstörte ihr Atelier.

Sie stand an der Tür und ließ es zu. Nicht, weil er ihr Angst machte, sondern weil seine Wut das erste Lebendige war, das sie seit dem Tod ihres Sohnes teilten. Und vielleicht weil sie wusste, dass sie das ebenfalls brauchte.

Als er fertig war, wandte er sich ihr zu. Sein Brustkorb hob und senkte sich mit jedem keuchenden Atemzug. Er strahlte Schmerz aus. Seine Hände ballten sich zu Fäusten, und sie sah den Glanz von Tränen in seinen Augen.

Tief in ihrem Inneren kämpften die Gefühle darum, sich durch die dicke Schicht der Leugnung zu arbeiten. Sie pickten um ihr Leben wie Küken von innen gegen die Eierschale. Sie machte einen Schritt auf Zeke zu, wollte von ihm gehalten werden. Wollte mit ihm weinen. Wollte, dass sie den Schmerz teilten. Sie hatten diese Reise zusammen begonnen, und sie konnten sie nur gemeinsam beenden.

Er ging auf sie los. »Es ist deine Schuld.«

Sie starrte ihn an. »Was?«

»Es ist deine Schuld. Du warst da. Du hättest etwas tun müssen. Du hättest ihn retten müssen. Du hast ihn sterben lassen, Boston.«

Die Anschuldigung, die Unterstellung, zerrte an ihr. Sie spürte, wie sie in Stücke gerissen wurde, und musste sich an der Rückenlehne eines Stuhls festhalten, um nicht umzukippen.

»Nein.«

Sie versuchte das Wort auszusprechen, konnte es aber nicht. Sie konnte nichts tun, außer ihren Kopf zu schütteln. Das konnte er nicht wirklich glauben. Das konnte einfach nicht sein.

»Die Ärzte haben gesagt ...«, setzte sie an. »Es war nicht ...«

Seine Miene war so hart wie seine Worte. Und genauso gnadenlos. Und dann wusste sie es. Wusste, dass das, was zwischen ihnen nicht stimmte, nur wenig mit dem Tod ihres Sohnes zu tun hatte, sondern hauptsächlich mit Schuld.

Logik nützte hier nichts. Zeke wusste, dass Liams Tod eine grausame Fügung des Schicksals gewesen war. Liam war ihnen genommen worden, weil sein Herz nicht stark genug war. Aber was Zeke dachte und was er fühlte, waren zwei unterschiedliche Dinge. Vielleicht hatte sie sich deshalb in ihrer Kunst verloren. Vielleicht hatte sie immer gespürt, was er ihr bisher nicht hatte sagen können.

»Ich kann mich nicht für etwas entschuldigen, das ich nicht getan habe«, sagte sie zu ihm.

Da sah sie ihn – den Abgrund, der sich zwischen ihnen öffnete. Es war, als stünden sie auf verschiedenen Seiten einer tiefen Schlucht. Es gab keine Brücke, keinen Weg hinüber. Nur Raum und Entfernung, die sie voneinander trennten. Es war, als schaute er sie aus tausend Meilen Entfernung an.

»Zeke«, setzte sie an.

Er schüttelte den Kopf und ging.

Er war so oft gegangen. Nach so vielen Auseinandersetzungen. Er war frustriert und hatte sie als Ausrede benutzt, um gehen zu können. Aber dieses Mal war anders. Dieses Mal war stumm. Dieses Mal geschah es vorsätzlich.

Sie blieb, wo sie war, und wusste, dass er dieses Mal vielleicht nicht wiederkommen würde.

Als der Raum ganz still und sie sicher war, allein zu sein, setzte sie sich vorsichtig auf ihren Stuhl. Überall lagen Bilder und Skizzen herum. Pinsel und Farben waren auf dem Boden verteilt. Aber direkt vor ihr lag ein Block auf dem Tisch. Daneben ein Stück Kohle.

Sie hob die Kohle auf und setzte den ersten Strich. Die Rundung eines Babykopfes erschien, und sie fing wieder an zu atmen.

21. KAPITEL

Deanna schaute aus dem vorderen Fenster ihres Hauses. Es war beinahe acht Uhr abends, und Zekes Truck war nirgendwo zu sehen. Auch wenn sie normalerweise ihre Zeit nicht damit verbrachte, ihre Nachbarn auszuspionieren, war sie ausreichend über deren Kommen und Gehen informiert, um zu wissen, dass irgendetwas nicht stimmte.

Sie ging in Colins Büro. Es war selten, dass er mitten in der Woche zu Hause war, aber er hatte eine Reihe Termine im Büro gehabt und war seit mehreren Tagen nicht mehr gereist. So wenig, wie sie in letzter Zeit miteinander geredet hatten, konnte es gut sein, dass er bereits einen Bürojob angenommen und es ihr nicht gesagt hatte.

Sie blieb an der Tür stehen und wartete, bis er von seinem Computer aufschaute.

»Zeke ist seit ein paar Tagen abends nicht nach Hause gekommen«, sagte sie. »Ich will mal nach Boston sehen; sicherstellen, dass es ihr gut geht.«

Seine hellen Augenbrauen schossen in die Höhe. »Ich wusste gar nicht, dass ihr zwei befreundet seid.«

Sie zuckte mit den Schultern. »Ich werde nicht lange wegbleiben.«

»Okay.«

Sie überlegte kurz, ihn daran zu erinnern, dass die Zwillinge noch baden sollten und Audrey möglicherweise Hilfe bei einem Handarbeitsprojekt benötigte. Aber sie sagte nichts. Audrey hätte keine Probleme, ihren Dad um Hilfe zu bitten. Und wenn die Zwillinge nicht badeten, würde die Welt vermutlich auch nicht aufhören, sich zu drehen.

Sie ging durch die Küche, nahm eine Flasche Wein aus der Vorratskammer und verließ das Haus. Unterwegs klingelte sie bei Andi.

Sie wartete, weil sie wusste, dass Andi erst zwei Treppen hinuntergehen musste, um zur Haustür zu kommen. Als die Tür geöffnet wurde, hielt Deanna den Wein hoch.

»Ich habe Zekes Truck seit ein paar Tagen nicht mehr gesehen und wollte sehen, ob es Boston gut geht. Willst du mitkommen?«

»Klar.« Andi trat hinaus. »Wo du es sagst, ich habe den Truck auch lange nicht gesehen, aber nicht weiter darüber nachgedacht. Du glaubst doch nicht, dass irgendetwas passiert ist, oder?«

»Wade hätte dir erzählt, wenn es einen Unfall gegeben hätte.«

»Stimmt.«

Deanna schaute sie an. »Du sprichst also noch mit ihm?«

Andi grinste. »Unter anderem. Wir hatten in den letzten Wochen zwei echte Dates und am Wochenende eine zauberhafte gemeinsame Nacht.«

»Du siehst glücklich aus.«

»Das bin ich. Die Dinge, die ein Mann im Bett tun kann ...«

»Also bist du nur auf seinen Körper aus?«

»Ich glaube, mich auf die körperlichen Aspekte unserer Beziehung zu konzentrieren hält mich davon ab, mich zu fragen, warum er mir noch keinen Antrag gemacht hat. Also ja. Im Moment bin ich auf seinen Körper aus.«

Sie erreichten Bostons Veranda, und Andi klingelte.

»Ich bin noch nie jemand gewesen, der einfach so bei Leuten vorbeischaut«, murmelte Deanna. »Ich werde langsam zu einer sehr aufdringlichen Nachbarin.«

Boston öffnete die Tür. Sie wirkte ein wenig überrascht, ihre Nachbarinnen zu sehen. »Hey, was ist los?«

Deanna zögerte, weil sie nicht wusste, wie sie fragen sollte, ob alles in Ordnung war. In Freundschaftsdingen war sie noch nie sonderlich gut gewesen. Ihre gesamte Energie floss immer nur in das unmögliche Ziel, Perfektion zu erreichen.

Zum Glück übernahm Andi die Führung. »Wir machen uns

Sorgen. Zekes Truck war länger nicht hier, also wollten wir nachschauen, ob es dir gut geht. Geht es dir gut? Willst du reden? Deanna hat Wein mitgebracht, womit sie definitiv der bessere Mensch von uns beiden ist.«

Boston biss sich auf die Unterlippe. »Wir haben uns gestritten, und seitdem ist er weg. Ich weiß, dass er bei Wade ist und nicht durch die Gegend zieht, aber es ist trotzdem hart.«

Deanna verspürte einen ersten Anflug von Panik. Was nun? Was hatte diese Information zu bedeuten? Sollten sie versuchen zu helfen? Sie trösten? Gehen?

Wieder übernahm Andi. Sie trat vor und umarmte Boston. »Komm, wir trinken Wein und erzählen uns Lügen über Jungs. Einverstanden?«

»Klingt super.«

Deanna folgte den beiden ins Wohnzimmer. Die bunten Farben und verrückten Möbel hätten keinen größeren Kontrast zu der perfekten Einrichtung ihres Hauses bilden können. Sie hatte Boston immer für einen Möchtegernhippie mit Hang zum Größenwahn gehalten. Doch als sie sich jetzt umschaute und die hellen Farben und Feenbilder anschaute, fragte sie sich, ob sie wohl zu schnell geurteilt hatte. Deannas Wohnzimmer war kein Ort, an dem sich irgendjemand jemals behaglich fühlte. In Bostons Wohnzimmer hingegen konnte sie sich vorstellen, die Schuhe auszuziehen oder Salbei zu verbrennen, um die Sommersonnenwende zu feiern, oder was auch immer die Leute taten, um so etwas zu feiern.

»Der Korkenzieher ist in dem Schränkchen im Esszimmer«, rief Boston. »Ich hole schnell ein paar Gläser und Snacks.«

Deanna folgte Andi ins Esszimmer und reichte ihr die Weinflasche. »Ich helfe Boston beim Tragen«, sagte sie.

In der Küche arrangierte ihre Nachbarin gerade Brownies auf einem Teller. Daneben standen bereits mehrere Sorten Kekse und drei Weingläser auf der Arbeitsplatte.

»Ich war nie ein Stressesser«, gab Boston zu. »Das ist eine ganz neue Angewohnheit. Wenn ich noch dicker werde, passe ich bald nicht mehr in mein Haus, aber das ist mir ehrlich gesagt so was von egal.«

Deanna ließ ihren Blick über die violetten Strähnen in den Haaren ihrer Nachbarin schweifen, über die Federohrringe, die fließende Tunika, und lächelte. »Du siehst wunderschön aus.«

»Du bist süß und eine Lügnerin, aber danke.«

Sie kehrten ins Wohnzimmer zurück, wo Andi den Wein bereits geöffnet hatte. Der Merlot wurde ausgeschenkt, und jede nahm sich ein Glas. Dann machten sie es sich auf dem Sofa und den Sesseln gemütlich.

»Zeke und ich kämpfen immer noch mit Liams Tod.« Boston hielt ihr Weinglas mit beiden Händen. »Er gibt mir die Schuld an dem, was passiert ist. Oder daran, dass ich ihn nicht habe retten können.«

»Nein«, hauchte Andi. »Das kann er nicht machen. Du hättest ihn nicht retten können. Das konnte niemand.«

»Ich glaube, er weiß das, aber er will es nicht glauben. Oder vielleicht ist er nur sauer, weil ich nicht weine.« Sie schaute ihre Nachbarinnen an. »Ich weine nicht. Ich kann nicht. Ich habe es versucht. Ich fühle in letzter Zeit kaum etwas. Es ist, als wäre mein Herz vereist. Oder versteinert.«

»Trauer zeigt sich auf die unterschiedlichsten Weisen. Wir alle verarbeiten sie in unserem eigenen Rhythmus.«

»Vielleicht«, sagte sie dumpf. »Er trinkt. Muss ich mir Sorgen machen, dass er Alkoholiker ist?«

Andi blinzelte und wandte sich an Deanna, als wolle sie die Frage an sie weiterreichen. Sie öffnete den Mund und schloss ihn wieder, bevor sie den Blick abwandte.

Weil Andi nicht weiß, wie viel Boston weiß, und keine Geheimnisse verraten will, dachte Deanna dankbar. »Wenn er den Großteil des Tages ohne Alkohol übersteht, ist er kein

Alkoholiker«, sagte sie schulterzuckend. »Hat er auch schon getrunken, bevor ihr Liam verloren habt?«

»Nur ein paar Bier am Abend. Oder Wein. Während meiner Schwangerschaft hat keiner von uns getrunken.«

»Dann würde ich mir keine Sorgen machen. Nun, abgesehen davon, dass er es schwerer macht, als es sein müsste.«

»Danke«, sagte Boston seufzend. Sie schüttelte den Kopf. »Was, wenn er recht hat, was mich betrifft? Was, wenn ich es nicht verarbeite? Wenn ich mich verstecke?«

»Du kannst dich nicht für immer verstecken«, sagte Andi. »Eines Tages wird deine Trauer dich finden.«

Boston wirkte nicht überzeugt. »Ich fürchte, dann wird es zu spät sein. Ich habe Zeke vielleicht schon verloren.« Sie hielt inne. »Man würde doch denken, dass mich das ausreichend ängstigen würde, um in Tränen auszubrechen, oder? Aber das tut es nicht.«

»Er geht nirgendwohin«, sagte Deanna, bevor sie sich zurückhalten konnte. »Ich habe gesehen, wie er dich anschaut. Dieser Mann liebt dich so sehr. Ich glaube nicht, dass Colin mich jemals so angesehen hat.« Sie lachte erstickt auf. »Ich bin ernsthaft eifersüchtig.« Eifersüchtig und vielleicht ein wenig verbittert, dachte sie. »Colin hasst mich. Nein, das stimmt nicht. Hass wäre besser, denn dann wären wenigstens noch Gefühle übrig. Er fühlt gar nichts mehr für mich. Zeke wird zurückkommen, weil er nicht ohne dich leben kann. Vertrau mir. Ich habe Gleichgültigkeit gesehen, und die sieht ganz anders aus.«

Ihre Augen fingen an zu brennen, und sie räusperte sich. »Ich werde für uns beide weinen«, sagte sie zu Boston. »Wie wäre das?«

»Ich wünschte, das würde funktionieren.«

»Ich auch. Denn ich kann nicht aufhören zu heulen. Ich habe alles vermasselt und weiß nicht, wie ich es wieder hinbiegen soll. Ich weiß nicht, wie ich meiner Familie sagen kann, dass ich sie liebe. Ich habe Colin verloren und Madison. Audrey und Lucy sind vermutlich die Nächsten. Und die Zwillinge brauchen mich auch nicht. Sie haben einander.« Tränen stiegen ihr in die Augen. »Ich bin ein vollkommenes Wrack.«

»Ist die Zwangsstörung schlimmer geworden?«, fragte Andi leise.

Deanna starrte sie kurz an, dann senkte sie den Blick auf ihre rauen Hände. »Du weißt davon?«

»Ich habe es mir gedacht. Deine Hände sind immer so aufgesprungen, und du hast ein paar Tage langärmlige Oberteile getragen, obwohl es sehr warm war.«

Boston wirkte verwirrt. »Ich verstehe nicht, wovon ihr da redet.«

»Wenn ich Stress habe, muss ich zwanghaft meine Hände waschen. Bis zu dem Punkt, an dem ich anfange zu bluten. Ich kann die Gründe dafür in meine Kindheit zurückverfolgen. Es ist eine Möglichkeit, mich zu fühlen, als hätte ich die Kontrolle.«

»Ich esse«, sagte Boston. »Ich habe vor Kurzem meinen Hintern gesehen und hätte beinahe einen Herzinfarkt bekommen.« Sie schüttelte den Kopf. »Ist es bei dir wirklich schlimm?«

»Manchmal.«

»Es gibt Medikamente«, sagte Andi sanft. »Therapien. Ich kann dir ein paar Namen geben, wenn du möchtest.«

»Ich weiß es nicht. Vielleicht. Ich bin nicht gerade vertrauensselig. Einem Fremden mein Herz auszuschütten scheint mir nicht sehr hilfreich zu sein.« Deanna schaute Andi an. »Was machst du, wenn du gestresst bist?«

»Ich steigere mich in Sachen hinein. Ich vergrabe mich in meiner Arbeit. Ich kaufe aus einem Impuls heraus Häuser auf einer Insel und muss dann herausfinden, wie ich in dieses nagelneue Leben passe. Meine Mutter würde dir sagen, dass ich Probleme mit meiner Impulskontrolle habe.«

»Du warst zehn Jahre mit dem gleichen Mann zusammen«, erinnerte Deanna sie. »Das soll impulsiv sein?«

»Sie würde dir außerdem sagen, dass ich Schwierigkeiten habe, Entscheidungen zu treffen.«

»Kann man wirklich beides haben?«, fragte Boston zweifelnd. »Ist das nicht das Gegenteil?«

Andi nippte an ihrem Wein. »Ich bin eine chronische Quelle der Enttäuschung für meine Eltern.« Sie hob das Glas. »Und sie kommen zu Besuch. Sie haben vorhin angerufen. Sie wollen auf dem Weg zu einem Seminar in British Columbia hier vorbeikommen. Sehe ich so aus, als könnte ich vor Freude kaum an mich halten? Denn ich spüre, wie ich förmlich übersprudle.«

Boston zuckte zusammen. »So schlimm?«

»Es werden zwei Tage, in denen sie mich ständig kritisieren und nur Fehler an mir finden.«

»Dann sag ihnen, sie sollen nicht kommen«, schlug Boston vor.

»Ich weiß nicht, wie ich das machen soll.«

Deanna wusste, wenn ihre Tante und ihr Onkel noch am Leben wären, würde es ihr auch schwerfallen, ihnen etwas abzuschlagen. Sie waren diejenigen, die sie gerettet hatten – sie würde immer das Gefühl haben, ihnen etwas schuldig zu sein.

Plötzlich erinnerte sie sich an einen Abend kurz nach ihrer Hochzeit. Sie hatten sich wegen irgendetwas gestritten. Sie wusste nicht mehr, worum es ging, aber sie erinnerte sich daran, an der Spüle gestanden und sich wieder und wieder die Hände gewaschen zu haben. Colin hatte sie beobachtet und dann gemurmelt, dass ihre Tante ihr mehr geschadet als geholfen habe. Sie hatte ihn angeschrien, ihm vorgeworfen, er könnte das nicht verstehen. Aber als sie jetzt ihre raue Haut ansah und sich erinnerte, wie sie sich in der Dusche blutig geschrubbt hatte, fragte sie sich, ob er vielleicht recht gehabt hatte.

»Wie lautet das alte Sprichwort noch?«, fragte sie. »Wie soll jemand dieses Leben lebendig überstehen?«

Boston seufzte. »Das schafft keiner von uns.«

»Schäden gibt es überall«, sagte Andi. »Wir können nur unser Bestes geben, mit dem arbeiten, was wir haben, und unsere Eltern daran erinnern, dass man auch glücklich sein kann, wenn man keinen Nobelpreis gewinnt.«

Boston stöhnte. »Du bist Ärztin. Das ist phänomenal.« Sie hob die Hand. »Ich weiß, ich weiß. Nicht in deiner Familie. Sag deiner Mom, dass ich meine Tage damit verbringe, Bilder von meinem toten Sohn zu malen. Das wird sie vielleicht ein wenig dankbar machen.«

»Immer noch?«, fragte Deanna.

»Hauptsächlich, ja. Aber es wird besser.« Sie lächelte Andi an. »Das Wandgemälde hilft mir sehr. Ich habe jetzt mit Schmetterlingsflügeln angefangen. Aber wenn ich gestresst bin oder irgendetwas schwierig ist, tue ich es immer noch.« Sie wandte sich an Deanna. »Vielleicht sollte ich ab und zu ganz ehrlich sein, so als meine eigene Form der Therapie. Es tut mir leid, dass wir nicht früher Freundinnen waren. Ich weiß nicht, woran es lag.«

»Daran, dass du mich für eine humorlose Zicke mit Stock im Arsch gehalten hast, und ich dachte, du wärst eine undisziplinierte Künstlerin und entschlossen, allen zu zeigen, wie perfekt deine Ehe ist.« Deanna schlug sich die Hand vor den Mund. »Ich kann nicht glauben, dass ich das gerade gesagt habe.«

Andi schaute zwischen den beiden hin und her. »Ich würde sagen, hier wurden gerade Fortschritte erzielt.«

»Ich auch«, gab Boston zu und fing an zu lachen. »Ich werde

dich als die böse Königin in Schneewittchen malen. Ich glaube, sie wird immer dunkelhaarig dargestellt, aber tief im Herzen ist sie eine echte Blondine.«

Deanna wartete auf den Anflug von Genervtheit, auf die Selbstgerechtigkeit, weil ihr Unrecht getan wurde, aber sie fühlte sich nur ein wenig bloßgestellt und sehr, sehr akzeptiert.

»Was zum Teufel?«, sagte sie. »Ich bin eine böse Hexe. Niemand mag mich. Und warum sollten sie auch.«

»Ich mag dich«, sagte Andi. »Und ja, das ist Überraschung, die du da in meiner Stimme hörst.«

»Ich mag dich auch«, sagte Boston. »Du bist beeindruckend und Furcht einflößend, aber ich mag dich.«

»Ich mag euch beide auch.« Deanna blinzelte gegen die Tränen an. »Und nun heule ich. Ich bin fünfunddreißig. Sind das schon die Wechseljahre?«

Andi lachte. »Nein, das sind Stress und Alkohol. Plus das Gefühl von Verbundenheit. Ich bin genauso verdreht wie ihr beide.«

»Vielleicht sogar mehr«, fügte Deanna trocken an.

Boston nickte. »Jupp, definitiv das schwächste Glied in der Kette.«

»Jaja. Reich mir mal die Brownies.«

»Das sind die Kacheln für die Rückwand«, sagte Andi. »Sie gehen bis rauf zur Unterseite der oberen Schränke.«

Ihre Mutter nickte und schlenderte durch die noch in Arbeit befindliche Küche. Die Böden waren fertig, und die Schränke standen schon im Raum, waren aber noch nicht eingebaut.

Leanne Gordon war eine große, schlanke Frau Mitte sechzig. Durch ihren Knochenbau, ihre sorgfältige Hautpflege und den umsichtigen Einsatz von Unterspritzungen und Botox sah sie locker zwanzig Jahre jünger aus. Wenn ihre Mutter sie total in den Wahnsinn trieb, fand Andi Trost in der Tatsache, dass sie wenigstens Leannes gute Gene geerbt hatte. Irgendwann würde das all das Leid wieder wettmachen.

Leanne schaute aus dem Fenster. »Von hier hast du einen ausgezeichneten Ausblick. Ist das eine Doppelverglasung?«

Wade hatte seinen Arm um Andis Schultern gelegt und drückte sie sanft, um ihr seine Unterstützung zuzusichern.

»O ja«, sagte er locker. »Wir haben alle inneren Wände bis auf die Träger heruntergenommen und neue Leitungen und Isolierungen eingebaut.«

»Gibt es hier eine Historische Gesellschaft, von der die Umbauten abgenommen werden müssen?«

»Die gibt es«, sagte Andi. »Aber die Vorschriften sind sehr allgemein. Das Haus darf nicht abgerissen werden, und das Äußere muss erhalten bleiben. Aber innen darf ich es so umbauen, wie ich will.«

Andis Vater stellte Wade eine Frage bezüglich der Rohrarbeiten, die notwendig waren, um im ersten Stock eine Küche einzubauen. Leanne hakte sich bei ihrer Tochter unter und führte sie in Richtung Treppe.

»Er hat sehr gute Arbeit geleistet«, sagte sie. »Die Praxis unten gefällt mir. Und das Wandgemälde wird ... fröhlich.«

»Ich denke, meine Patienten werden es mögen, und die Künstlerin ist eine sehr talentierte Frau hier aus dem Ort.«

»Ach ja?« Ihre Mutter schaute sich in dem zukünftigen Wohnzimmer um. »Als du mir anfangs erzählt hast, was du vorhast, dachte ich, du hättest den Verstand verloren. Dass dein Urteilsvermögen aufgrund eines hormonellen Ungleichgewichts oder einer Durchblutungsstörung benebelt war.«

Was so typisch für dich ist, dachte Andi. »Und jetzt?«

»Jetzt sehe ich, was dich so angesprochen hat.«

»Das bezweifle ich.«

»Ich versuche, dich zu unterstützen. Du hast dich entschieden, dich hier niederzulassen. Nach Seattle zurückzuziehen würde schwierig werden.«

»Das ist für mich völlig in Ordnung«, sagte Andi. »Ich bleibe, wo ich bin.«

»Aber deine Karriere, Andrea. Willst du nicht mehr?«

»Ich bin glücklich, Mom. Kannst du das nicht akzeptieren?«

»Ich versuche es. Hast du in letzter Zeit mal mit Matt gesprochen?«

Instinktiv warf Andi einen Blick über die Schulter, um sicherzugehen, dass Wade nicht in der Nähe war. »Nein. Warum sollte ich?«

»Ihr wart sehr lange zusammen. Es ist so traurig, was passiert ist.«

»Du meinst, dass er mich ohne Vorwarnung am Altar hat stehen lassen? Vor aller Augen?«

Ihre Mutter seufzte. »Ja, er hätte die Situation besser handhaben können.«

Andi überlegte kurz zu schreien, aber wozu? Sie schaute ihre Mutter an. »Aber?«

»Aber was?«

»Du wolltest gerade erklären, warum das alles nicht wirklich seine Schuld ist. Oder nicht so schlimm ist, wie ich denke. Du willst mich wissen lassen, dass du eigentlich auf Matts Seite stehst, was ziemlich erstaunlich ist, denn schließlich bin ich deine Tochter. Solltest du nicht auf meiner Seite sein?«

Ihre Mutter musterte sie ruhig. »Ihr beide hattet eine so lange gemeinsame Geschichte. Es ist bedauerlich, dass es nicht funktioniert hat.«

»Also trägt er daran gar keine Schuld? Du willst ihn nicht als Abschaum der Erde bezeichnen?«

»Wem würde das helfen?«

»Ich würde mich besser fühlen. Du könntest ein wenig rechtschaffene Empörung vortäuschen, weil er nie angeboten hat, auch nur die Hälfte der Rechnungen zu begleichen, mit denen er mich hat sitzen lassen.«

»Brauchst du das Geld?«

Andi seufzte. »Darum geht es doch gar nicht.«

Ihre Mutter presste die Lippen zusammen. »Ich bin nicht hergekommen, um mit dir zu streiten, Andrea. Es tut mir leid, dass du denkst, ich würde dich nicht unterstützen.«

Was etwas komplett anderes ist, als dich zu entschuldigen, weil du mich nicht unterstützt, dachte Andi und schüttelte den Kopf. Diesen Kampf würde sie niemals gewinnen. Sie würde nie die berühmte Spezialistin sein, die ihre Mutter sich wünschte. Sie würde immer die Versagerin sein, die ihren Mann nicht hatte halten können.

»Wir sollten zu den anderen zurückgehen«, sagte Andi und schaute in die Richtung, in die ihr Vater und Wade verschwunden waren.

»Natürlich. Wade wirkt sehr nett. Ich bin froh, dass du einen attraktiven Arbeiter gefunden hast, mit dem du schlafen kannst. Und er scheint seine Sache gut zu machen.«

Andi wusste nicht, ob sie lachen oder sich über das Treppengeländer stürzen sollte. Nicht, dass irgendetwas davon ihre Mutter ändern würde. Sie schaute zum Flur und hoffte, dass Wade außer Hörweite war. Diesen Kommentar würde er mit Sicherheit nicht gut aufnehmen.

»Du hast recht«, sagte sie trocken. »Es ist sehr hilfreich, Wade in der Nähe zu haben.«

»Ist der Sex gut?«

Andi starrte ihre Mutter fassungslos an. »Wie bitte?«

»Ich will nur sichergehen, dass du glücklich bist. Du hast keine großartige Karriere, auf die du zurückgreifen kannst, also musst du in deinem Privatleben glücklich werden.«

Andi öffnete den Mund und schloss ihn wieder. Nach einer Weile sagte sie: »Wie immer lässt du mich sprachlos zurück, Mom. Das ist wirklich ein Talent.«

»Das war kein Kompliment, oder?«

»Nicht wirklich.«

»Du wirst dich nie ändern.«

Andi hakte sich bei ihrer Mutter unter. »Das habe ich von dir.«

22. KAPITEL

Deanna starrte das Gemälde an, das an ihrem Queen-Anne-Sessel lehnte. Der Hintergrund des Porträts war ein dunkles Blau, das am Rand beinahe in Schwarz überging. Die Pose war direkt aus einem Disneyfilm: Die böse Stiefmutter hielt einen Apfel in der Hand. Aber anstelle einer dunkelhaarigen, gemeinen Hexe war auf diesem Bild eine Blondine mit blauen Augen und einem selbstgefälligen Lächeln zu sehen.

»Ich bin nicht sicher, ob ich mich geschmeichelt oder beleidigt fühle«, gab Deanna zu, während sie ihr Spiegelbild auf der Leinwand betrachtete.

»Dann nimm geschmeichelt. Das Bild ist brillant«, sagte Andi.

»Wenn du es nicht magst, nehme ich es wieder mit«, bot Boston an.

»Nein, ist schon gut. Ich will es behalten. Ich habe das Gefühl, wenn ich das Bild annehmen kann, finde ich vielleicht Erlösung.«

Natürlich könnte das auch die Margarita sein, die da aus ihr sprach.

Es war kurz vor halb neun am Abend des vierten Juli. Colin hatte die Mädchen mit in den Park genommen, um sich das Feuerwerk zum Nationalfeiertag anzusehen. Deanna hatte sich entschieden, zu Hause zu bleiben. Ihr war aufgefallen, dass keines der Mädchen ein zweites Mal gefragt hatte, ob sie mitkommen wolle, und auch Colin hatte eher erleichtert als enttäuscht gewirkt.

Anstatt sich runterziehen zu lassen, weil sie in ihrer Familie unerwünscht und unwillkommen war, hatte sie Eis, Margaritamix und Tequila herausgeholt und sich darauf eingerichtet, den Abend allein zu verbringen. Dann hatte Andi angerufen und gesagt, dass sie und Boston den Unabhängigkeitstag gemeinsam feierten, und so war die spontane Party entstanden.

Jetzt lagen sie auf den zierlichen Möbeln im Wohnzimmer, nippten an ihren Margaritas und versuchten herauszufinden, wann ihre Leben so außer Kontrolle geraten waren.

»Immer noch nichts von Zeke?«, fragte Andi, an Boston gewandt.

»Nein. Er war ein paarmal da, um Klamotten zu holen. Ich schätze, irgendwann wird Wade ihn hinauswerfen, aber noch hat er das nicht getan.« Sie zuckte mit den Schultern. »Mir geht es gut. Ich bin entschlossen, das auszusitzen und dann den nächsten Schritt zu planen.« Sie brachte ein zittriges Lächeln zustande. »Themenwechsel, bitte.«

»Auf jeden Fall.« Deanna verstand den Schmerz, den eine Ehe im Schwebezustand verursachte. Sie wandte sich an Andi. »Du hast den Besuch deiner Eltern überlebt?«

»So gerade eben. Meine Mutter hat es geschafft, Partei für meinen Exfreund zu ergreifen, während sie behauptete, mich zu unterstützen.«

»Netter Trick«, sagte Deanna. »Hast du ihr eine geknallt?«

»Nein. Ich habe erkannt, dass sie sich niemals ändern wird. Ich will, dass sie anders ist, aber das wird nicht passieren. Wir werden nie so ein Mutter-Tochter-Gespann sein, das sich nahesteht, weißt du? Das Schlimmste ist, ich will, dass sie das bedauert, aber ich glaube, das tut sie nicht. Ich bin nicht, wie sie mich haben will, und sie wird mir niemals auf halbem Weg entgegenkommen. Oder auch nur ein Viertel des Weges.«

»Das ist echt traurig«, sagte Boston. »Wenn ich eine Tochter hätte, würde ich wollen, dass wir uns nahestehen.«

»Sie meinte, sie sei froh, dass ich einen netten Arbeiter gefunden hätte, mit dem ich schlafen kann«, fuhr Andi fort. »Guter Gott. Könnt ihr euch vorstellen, was passiert wäre, wenn Wade das gehört hätte? Das nenne ich mal eine Beleidigung.«

Die beiden fuhren fort, die Beziehung zwischen Müttern und Töchtern zu diskutieren, aber Deanna hörte nicht zu. Sie dachte an ihre eigenen Töchter und fragte sich, was sie wohl in zehn oder zwanzig Jahren über sie sagen würden.

Ich wollte nie ihr Feind sein, dachte sie. Sie wollte eine dieser fröhlichen Mütter sein, die an verregneten Tagen Verkleiden spielten und das coole Haus hatten, in dem jeder gerne zu Besuch war. Aber irgendwie hatte sie dieses Ziel im Laufe der Zeit aus den Augen verloren. Sie war so sehr damit beschäftigt gewesen, ihre Dämonen in Schach zu halten, dass sie keine Zeit für irgendetwas anderes gehabt hatte. Sie war so sehr damit beschäftigt gewesen, nicht zu ertrinken, dass sie den Truck nicht bemerkt hatte, der auf der Straße auf sie zuschoss.

»Das ergibt überhaupt keinen Sinn.«

Andi und Boston schauten sie an. »Was ergibt keinen Sinn?«

»Meine Metapher. Sorry, ich habe gerade an meine Mädchen gedacht. Daran, dass ich ihnen gerne näherstehen würde.«

»Das könntest du«, sagte Andi.

»Wirklich? Kannst du dir das vorstellen?«

»Ja.«

»Du bist erfrischend naiv.« Sie trank einen großen Schluck Margarita. »Ich habe überlegt zu gehen. Das ist schließlich das, was sie alle wollen. Dass ich weg bin. Ich habe schon eine Tasche gepackt und in meinen Kofferraum gestellt. Und dann habe ich hier gesessen und nachgedacht. Wo soll ich hin? Ich habe kein Leben außerhalb meiner Familie. Ich habe alles nur Mögliche für sie getan, und sie hassen mich.«

»Technisch gesehen, hast du alles für sie getan, was du wolltest«, sagte Boston und bekam einen Schluckauf. »Sorry«, murmelte sie und schlug sich die Hand vor den Mund. »Ich bin vielleicht etwas angetrunken.«

»Ich habe Dinge getan, die ich nicht tun wollte«, gab Deanna angespannt zurück. Sie war genervt von Bostons Selbstgefälligkeit. »Jetzt klingst du wie Colin. Glaubst du, mir macht es Spaß, die Wäsche zu waschen und jede verdammte Mahlzeit von Grund auf selbst zuzubereiten?«

»Warum machst du es dann?«, wollte Andi wissen.

»Weil es das Richtige ist. Ich will nicht, dass meine Kinder diese ganzen industriell verarbeiteten Lebensmittel essen.«

Boston lehnte sich in ihrem Sessel zurück und schloss die Augen. »Es klafft ein ganzer Ozean zwischen gesund essen und sein eigenes Brot backen. Du lässt sie nicht öfter als einmal in der Woche einen Nachtisch essen, sie kriegen keine Schokolade und dürfen kein normales Fernsehprogramm gucken.«

Deanna zog die Knie an die Brust und fragte sich, warum alle böse Motive hinter ihrem Handeln vermuteten. »Ich bin eine gute Mutter«, widersprach sie. »Ich will, dass sie richtig aufwachsen. Woher weißt du das eigentlich alles?«

Boston schaute sie an. »Carrie erzählt es mir.«

Deannas Wangen wurden heiß. »Erzählt sie dir auch, dass Madison mich hasst? Dass sie will, dass ihr Dad mich verlässt und sie mitnimmt?«

Boston nickte.

Vertraute Tränen rannen über Deannas Wangen. »Verdammt sollen sie alle sein. Ich bin kein schrecklicher Mensch. Das bin ich einfach nicht.«

Andi beugte sich zu ihr. »Die Kontrolle zu haben gibt dir ein Gefühl von Sicherheit, richtig? Und wenn du alle kontrollierst, sind alle sicher.«

Deanna schniefte. »Vielleicht.«

Andi lächelte. »Ich hab's! Steh auf.« Sie wandte sich an Boston. »Du auch.«

Widerstrebend gehorchte Deanna.

»Nimm ihr Handgelenk«, sagte Andi zu Boston. »Ich nehme das andere.«

Dann standen sie nebeneinander im Wohnzimmer, Deanna in der Mitte.

»Und was jetzt?«

»Nichts jetzt. Wir beschützen dich.«

Das ist doch albern, dachte Deanna. »Ich muss mal.«

»Sorry, nein. Du könntest dich verletzen. Wir werden dich festhalten, weil dich das schützt.«

Deanna wartete ein paar Sekunden, dann versuchte sie sich zu befreien. Beide Frauen hielten weiter fest. Sie zog stärker.

»Okay, okay. Ich verstehe, was du meinst. Jetzt lasst mich los.«

Andi schüttelte den Kopf. »Nein. Du glaubst, du weißt, was besser ist, aber du irrst dich.«

Deanna verspürte einen ersten Anflug von Panik. Den Drang, wegzulaufen und sich zu verstecken. Sie wollte ins Badezimmer verschwinden, nicht um auf die Toilette zu gehen, sondern um das warme Wasser über ihre Hände laufen zu spüren. Sie wollte das sauber-glitschige Gefühl der Seife. Sie brauchte es. Die beiden verstanden das nicht ...

»Lass sie los«, sagte Andi und überraschte Deanna dann, indem sie sie in die Arme zog und festhielt. »Es ist okay«, flüsterte sie. »Du bist sicher. Wir sind für dich da. Was immer auch passiert, dir geht es gut.«

Die Worte wurden von dem beruhigenden Druck ihrer Hand begleitet, die sanft über Deannas Rücken strich. Ich werde getröstet wie eine Zweijährige, dachte sie und fühlte sich ein wenig schwindelig und unsicher auf den Beinen. Und noch peinlicher war, dass es funktionierte.

Andi zog sich zurück, und Boston nahm ihren Platz ein. Ihre Berührung war weniger sicher, aber genauso tröstend. »Ich bin auch für dich da«, sagte sie. »Für dich und für Andi. Es ist wirklich okay, dass du eine Zicke bist. Du bist eine gute Zicke.«

Deanna fing an zu weinen. »Ist das so, wie eine gute Hexe zu sein?«

»So in der Art.« Boston ließ sie los.

Deanna sank auf ihren Sessel und nahm ihre Margarita in die Hand. Sie nippte daran, dann wischte sie sich die Wangen ab. »Was war das?«

»Ich weiß es nicht«, gab Andi zu. »Offensichtlich wollte ich dir zeigen, wie es sich anfühlt, wenn jemand alle Entscheidungen für einen trifft, aber dann bist du in Gedanken woanders hingegangen. Es tut mir leid, dass ich beinahe eine Panikattacke ausgelöst hätte.«

»Ist schon gut.« Deanna atmete tief ein. »Ich verstehe, was du zeigen wolltest. Was das andere angeht, ich schätze, ich hatte einen Flashback in die Zeit mit meiner Mom. Wie sie jeden meiner Schritte überwacht hat.«

Deanna unterbrach sich. Mist. Sie hatte ihr gesamtes Leben daran gearbeitet, nicht zu werden wie ihre Mutter, und nun war sie wieder genau da, wo sie angefangen hatte. »Ich bin definitiv eine böse Hexe«, murmelte sie.

»Akzeptanz ist der erste Schritt zur Heilung«, erklärte Boston ihr selbstgefällig.

»Wenn ich etwas anderes als meinen Drink in der Hand hätte, würde ich es nach dir werfen.«

Andi lehnte sich zurück und seufzte. »Ich liebe unsere Mädelsabende. Sie sind nicht traditionell, aber sehr befriedigend.«

Deanna hob ihr Glas. »Auf uns.«

Boston kehrte kurz vor Mitternacht in ihr Haus zurück. Sie und Andi waren bei Deanna geblieben, bis deren Familie zurückgekehrt und schlafen gegangen war. Sie hatten das Gefühl, dass es für alle so sicherer war. Deanna war immer noch dabei, das Problem zu ergründen, was bedeutete, dass eine Lösung noch lange nicht in Sicht war. Und Verwirrung und Margaritas waren keine glückliche Kombination.

Jetzt ging sie durch ihr dunkles Wohnzimmer und hatte keine Schwierigkeiten, ihren Weg zu finden. Sie kannte jeden Zentimeter ihres Hauses, jedes Möbelstück. Wie Deanna hatte sie den Großteil ihres Lebens hier verbracht, hatte ihre Eltern früh verloren. Sie beide hatten immer so nah beieinander gewohnt, waren aber nie Freundinnen geworden. Bis jetzt.

Als Kind hatte sie sich nicht die Mühe gemacht zu hinterfragen. Als frisch verheiratete Frau von Anfang zwanzig hatte sie angenommen, dass Deanna auf sie herabsah. Boston war nicht traditionell genug, war zu künstlerisch, machte sich nichts aus Perfektion.

Umgekehrt fand Boston, dass Deanna mit einem Stock im Arsch herumlief, und wer brauchte schon so jemanden? Aber sie beide hatten ihren Schmerz, und sie verbargen ihn in den hintersten Ecken ihres Lebens.

Boston und Zeke hatten die Familiengründung aufgeschoben – sie hatten ihr Leben zu zweit viel zu sehr genossen, um es mit jemandem teilen zu wollen. Aber jedes Mal, wenn Deanna wieder schwanger war, hatte Boston Schuldgefühle bekommen. Als wäre ihre Nachbarin besser als sie. Dann hatten sie und Zeke beschlossen, dass es an der Zeit war.

Sie hatte nie jemandem gesagt, dass sie bei Liams Geburt befürchtet hatte, für ihren Egoismus bestraft zu werden. Dann hatte sein Tod ihre Ängste bestätigt. Sie hatte ihn nicht genug gewollt, und deshalb war er ihr wieder weggenommen worden. Nicht, weil sie ihn nicht geliebt hatte, sondern weil sie so lange gewartet hatte. Sie hatte sich nicht als würdig erwiesen.

Boston verstand, wie verrückt dieser Gedankengang war, aber es zu wissen und es zu glauben waren zwei verschiedene Dinge. Zekes Vorwurf, dass sie die Schuld am Verlust ihres

Sohnes trug, hatte diese alten Gedanken wieder an die Oberfläche gespült.

Das Gewicht ihrer Emotionen brachte sie zum Stolpern. Traurigkeit umfing sie, zog sie runter, bis sie in der Dunkelheit auf die Knie fiel. Sie hieß das Gefühl willkommen, griff danach, wollte, dass es sie erfüllte, bis sie endlich, endlich den Schmerz fühlen könnte, die Qual, die fehlenden Teile ihrer Seele. Sie hieß die Schläge gegen ihr Herz willkommen und die Tränen. Ja, vor allem die.

Sie kauerte auf dem Teppich, die Arme um sich geschlungen, und wartete, hoffte, presste die Augen fest zusammen, atmete flach. Sie sehnte sich danach, von ihrem Leid zerrissen zu werden.

Langsam schwand das Gewicht, genau wie das Grauen. Ihr Atem wurde regelmäßiger, und dann war da nichts mehr außer dem stillen Rhythmus der Abwesenheit von Gefühlen. Das Leben war wieder so, wie es seit Liams Tod immer gewesen war. Ein Kaleidoskop aus Grau. Leer und dumpf. Nur hatte sie Zeke nicht mehr, der ihr zeigte, wie es auf der anderen Seite aussah.

Deanna schaute auf die Uhr. Es war kurz nach sechs, was bedeutete, es war Morgen. Montag, dachte sie. Ihr Gehirn war vom Schlafmangel noch benebelt. Sie hatte Colin vor ein paar Minuten gehen gehört. Er war wieder weg, auf der Straße, ließ sie und die Mädchen allein.

Die letzten paar Tage hatte sie versucht, dem einen Sinn zu geben, was Andi und Boston ihr am Abend des vierten Juli gezeigt hatten. Dass sie durch das Festhalten genau das verlor, was sie behalten wollte. Sie hatte den Punkt erreicht, wo die Dinge klar waren, aber von einem Plan war sie immer noch weit entfernt.

Das mit Colin ist wesentlich schwieriger, erkannte sie. Vor allem, weil sie nicht glaubte, dass ihm noch etwas an ihr lag. Warum sollte es auch? Sie hatte nie aufgehört, ihn zu lieben, doch sie hatte sich verhalten, als wäre er der unwichtigste Mensch in ihrer Welt. Und ganz sicher hatte sie ihm nie gesagt, dass sie ihn liebte oder wollte. Er hatte recht gehabt – sie hatte ihn in erster Linie als einen Gehaltsscheck betrachtet, der ihr Leben finanzierte.

Das Haus zu besitzen hatte ihr ein Gefühl von Sicherheit gegeben, obwohl das Haus in Wahrheit ohne ihre Familie überhaupt keinen Wert für sie hatte. Diese Einsichten wären vermutlich hilfreicher, wenn ich mehr geschlafen hätte, dachte sie und machte sich auf den Weg nach unten.

Sie setzte Kaffee auf und bereitete den Lunch für ihre Töchter zu. Auch wenn das Schuljahr vorbei war und die Mädchen jeden Tag ins Sommercamp gingen, musste sie ihnen trotzdem etwas zum Mittagessen machen. Während sie das Brot schnitt, das sie vor ein paar Wochen gebacken und eingefroren hatte, dachte sie daran, was Andi und Boston an jenem Abend gesagt hatten. Darüber, dass sie jede Einzelheit im Leben ihrer Kinder kontrollieren musste. Vielleicht sollte sie üben loszulassen.

Sie machte die Sandwiches fertig und schenkte sich Kaffee nach. Es war beinahe an der Zeit, die Mädchen zu wecken. Bevor sie sich dazu aufraffen konnte, betrat Madison die Küche.

Meine Älteste ist so hübsch, dachte sie sehnsüchtig. Langes blondes Haar, große blaue Augen. Soweit Deanna sich erinnern konnte, hatte sie auch ein umwerfendes Lächeln, doch das hatte sie seit Monaten nicht mehr zu sehen bekommen. Zumindest nicht absichtlich.

Wie auf Kommando funkelte ihre Tochter sie an. »Ist Daddy schon weg?«

»Ja.«

Madison seufzte schwer. »Ich wünschte, er müsste nicht so viel reisen. Warum zwingst du ihn dazu? Du könntest mehr arbeiten, weißt du? Es ist nicht fair, dass er der Einzige ist, der sich um uns kümmert.«

Deanna umklammerte ihren Kaffeebecher. Die Ungerechtigkeit der Worte stach sie wie ein Dutzend winziger Nadeln. »Ich schätze, was ich hier im Haus tue, zählt nicht?« Sie zeigte auf die Küche. »Das Kochen und Putzen und Waschen. Das ist nichts, richtig? Ich arbeite auch. Aber was trägst du bei, Madison? Du beschwerst dich darüber, dass dein Vater weg ist, aber du bist diejenige, die darauf besteht, ständig die neueste Kleidung zu tragen. Oder sollen deine Schwestern als Einzige Opfer bringen?«

Madison errötete. »Das ist nicht fair.«

»Ach nein?«

Madison funkelte sie erneut an. »Ich mag es nicht, dass Daddy immer weg ist.«

Deanna schaute sie an. »Ich auch nicht«, gab sie zu und verließ die Küche.

Dreißig Minuten später kehrte sie mit den vier jüngeren Mädchen im Schlepptau zurück. Die Sterne schienen günstig zu stehen, denn sie hatte es geschafft, sie alle zu wecken und anzuziehen, ohne dass eines von ihnen einen Zusammenbruch erlitten hatte. Sie trotteten in die Küche und setzten sich an den Tresen. Madison saß bereits da, hatte sich aber nicht die Mühe gemacht, sich ihre Cornflakes selbst zu holen.

Deanna überlegte kurz, sie darauf hinzuweisen, dass sie genau das vorher gemeint hatte, schüttelte dann aber den Kopf. Sie hatte an diesem Morgen bereits genug eingesteckt.

Sie holte zwei verschiedene Müslipackungen und die Schüsseln heraus. Audrey und Lucy fingen an, sie zu verteilen.

»Das will ich nicht«, sagte Madison. »Ich hasse dieses Müsli. Warum können wir zum Frühstück nicht was Leckeres haben?«

Deanna drehte sich zu ihr um. Was war aus dem süßen Mädchen geworden, an das sie sich erinnerte? Wohin war es verschwunden?

»In ein paar Jahren wirst du auf dein Verhalten zurückblicken, und es wird dir sehr peinlich sein«, sagte sie im Plauderton. »Irgendwann werden diese Erinnerungen dafür sorgen, dass du dich innerlich windest, und du wirst dich fragen, wie wir es nur mit dir ausgehalten haben.«

Ihre Tochter lief rot an und sprang vom Hocker. »Ich hasse dich!«, rief sie.

»Du bist im Moment auch nicht gerade meine Favoritin.«

Madison riss die Augen auf. »Das kannst du nicht zu mir sagen.«

»Warum nicht? Es stimmt doch. Warum sollte ich deine Mutter sein wollen? Würdest du ein Kind wie dich im Haus haben wollen? Was an dir ist so angenehm, dass man dich in der Nähe haben will?«

Madison blieb der Mund offen stehen. Sie fing an, eine Antwort zu stottern, dann rannte sie aus der Küche. Deanna machte sich nicht die Mühe, ihr hinterherzuschauen. Stattdessen griff sie nach einer Müslipackung und betrachtete das Bild auf der Vorderseite.

Gesundes Getreide, behauptete die Aufschrift. Ehrlich gesagt, sieht es mehr aus wie etwas, das man nach einem Sturm vom Waldboden aufgefegt hat, dachte sie. Wirklich ekelhaft.

Sie ging zum Kühlschrank und öffnete ihn. Zwei Pizzakartons lagen im mittleren Fach, Reste vom gestrigen Abendessen. Ein Essen, das Colin mitgebracht hatte. Ohne sie vorher zu fragen. Also war die Mahlzeit, die sie vorbereitet hatte, beinahe unangerührt geblieben.

Sie nahm die Pizzakartons heraus und stellte sie auf den Tresen. Dann holte sie ein paar kleine Teller.

Ihre vier jüngeren Töchter starrten sie ungläubig an.

Lucy sprach als Erste. »Mommy, gibst du uns etwa Pizza zum Frühstück?«

»Wenn ihr wollt. Es gibt aber auch Müsli.«

Audrey war wie der Blitz von ihrem Hocker. Sie und Lucy verteilten die Stücke auf den Tellern und erhitzten sie abwechselnd in der Mikrowelle. Deanna schenkte allen Saft ein und nahm dann wieder ihren Kaffeebecher in die Hand.

Der Geruch von schmelzendem Käse vermischte sich mit dem von Peperoni und Champignons. Zum ersten Mal seit Tagen hatte sie wirklich Hunger.

Lucy hielt ihr einen Teller hin. »Mommy, möchtest du auch ein Stück?«

Deanna lächelte sie an und nahm den Teller. »Danke, Lucy. Das ist lieb von dir.«

Ihre Tochter strahlte. »Gern geschehen.«

Bald aßen alle. Zum ersten Mal herrschte am Frühstückstisch eine rege Unterhaltung. Die Zwillinge brachten alle mit ein paar albernen Witzen zum Lachen. Deanna betrachtete den leeren Hocker und fragte sich, was Madison wohl gerade dachte. Ohne Zweifel war Deanna der Bösewicht in ihrem Stück.

Ich weiß nicht, wie ich zu meiner Ältesten durchdringen kann, gab sie stumm zu. Aber die jüngeren Mädchen waren noch erreichbar. Sie würde klein anfangen. Sie würde einen Weg finden, die Mutter zu sein, die sie verdient hatten. Und vielleicht auch die Mutter, die zu sein sie selbst verdient hatte.

23. KAPITEL

»Danke, dass du mich mitnimmst«, sagte Carrie, als sie mit Andi das Kaufhaus betrat. »Boston fühlt sich nicht gut. Sie meint, es wäre ihr Magen.«

Andi fragte sich insgeheim, ob Bostons Bauchschmerzen nicht mehr mit der Tatsache zu tun hatten, dass Zeke immer noch bei seinem Bruder lebte, erwähnte das Carrie gegenüber jedoch nicht.

»Ich freue mich, helfen zu können«, sagte sie stattdessen.

Carrie grinste, als sie mit der Rolltreppe in den ersten Stock hinauffuhren. »Dad wäre auch mitgekommen, aber mal ehrlich, das wäre extrem peinlich.«

»Ja, einen BH zu kaufen ist Mädelssache. Er würde sich unwohl fühlen und du dich auch. Also, warum sollte man das tun?«

»Ganz genau.«

Carrie ging zu einem Ständer, an dem hübsche BHs für junge Mädchen hingen. Sie berührte die verschiedenen Größenschilder. »Ich bin mir ziemlich sicher, dass ich jetzt ein A-Körbchen habe.« Ihre Augen zogen sich vor Vergnügen zusammen. »Hast du je einen BH mit Körbchengröße AAA gesehen? Warum sollte man so etwas Winziges tragen? Aber letztes Jahr ist Boston mit mir hierhergekommen und hat gesagt, es wäre an der Zeit. Und dass ich jetzt eine Frau werde.« Carrie zog die Nase kraus. »Ich habe ihr gesagt, dass ich noch nicht bereit bin.«

»Der Körper hat seine eigene Meinung«, sagte Andi. »Und ich war ein AAA, bis ich vierzehn war und beinahe alle Hoffnungen aufgegeben hatte, jemals Brüste zu bekommen.«

»Ich bin mir nicht sicher, ob ich welche haben will«, gestand Carrie. »Ich habe gesehen, wie die Jungs sie anstarren.«

»Sie sind fasziniert davon.«

»Warum? Ihre Mütter haben doch auch Brüste.«

»So sehen sie das nicht. Das ist etwas Biologisches.«

»Ich weiß. Sex, richtig? Wir hatten das Thema in der Schule. Dad hat auch versucht, mit mir darüber zu reden, und es war schrecklich. Er ist echt super und so, aber das ist keine Unterhaltung, die ich mit ihm führen will.« Sie wählte ein paar BHs aus und wandte sich an Andi. »Das ist eher eine Mutter-Tochter-Unterhaltung.«

»Ich weiß. Es tut mir leid.«

»Ist schon okay. Ich erinnere mich kaum noch an sie.« Carries Lächeln schwand. »Ich sehe Madison und ihre Mom. Madison ist die ganze Zeit so wütend. Ich frage mich, ob es zwischen mir und meiner Mom genauso wäre. Ob ich sie auch als selbstverständlich betrachten würde.«

»Das würdest du, wenn du sie nicht verloren hättest. Das tun wir alle. Du hast eine andere Sichtweise aufs Leben als die meisten Mädchen deines Alters.«

Carrie nickte. »Ich weiß. Aber jetzt ist es so, dass ich eher die Vorstellung von ihr vermisse als die reale Person.« Sie wedelte mit den BHs. »Ich probier die mal an und bin gleich zurück.«

Andi wanderte umher, während Carrie in der Umkleidekabine verschwand. Fünfzehn Minuten später hatte sie sich für drei BHs entschieden, und sie gingen in die Mall hinaus, um etwas zu Mittag zu essen.

Als sie sich gesetzt hatten, betrachtete Andi das hübsche Mädchen ihr gegenüber. »Also sind Jungs immer noch doof?«

Carrie lachte. »Ein bisschen weniger als im letzten Jahr. Eine meiner Freundinnen von der Schule hat ein paar Jungs zu ihrem dreizehnten Geburtstag eingeladen. Wir haben auf der Bowlingbahn auf der anderen Seite der Brücke gefeiert. Das war irgendwie lustig. Mark Evenson hat sie geküsst, ob du es glaubst oder nicht.«

»Auf den Mund?«

Carrie schüttelte sich. »Ja. Ich bin mir nicht so sicher, was das Küssen angeht. Manchmal denke ich, es wäre nett, aber dann finde ich es wieder total eklig.«

»Du wirst da noch hineinwachsen.«

»Du küsst meinen Dad.«

Andi bemühte sich, keine körperliche Reaktion zu zeigen. Zusammenzuzucken oder zu kreischen wäre nicht hilfreich. »Ja, wir haben uns geküsst. Das ist schön.«

Carrie hob abwehrend beide Hände. »Bitte erzähl mir nicht mehr. Ich will es nicht wissen.«

»Kein Wort.«

Sie schlugen die Karten auf. Carrie bestellte einen Burger und Pommes frites, Andi entschied sich für einen Salat.

»Ich habe das Wandgemälde gesehen«, sagte Carrie, als der Kellner gegangen war. »Ich liebe, was Boston macht. Die Tiere sind umwerfend.«

»Ja, ich liebe es auch.«

Im Laufe der letzten Woche hatte Boston die Skizzen fertiggestellt und angefangen zu malen. Jeden Tag gab es mehr Farben an den Wänden. Zwei der Schmetterlinge waren bereits fertig, und mit den Bäumen war sie auch schon weit gekommen.

»Ich wünschte, ich könnte so malen wie sie«, sagte Carrie. »Ich habe es versucht, und sie hat mir ein paar Tricks gezeigt, aber ich habe kein Talent. Ich stricke gern. Ich habe ein paar Stunden in dem Laden genommen, in dem Madisons Mom arbeitet. Das macht Spaß. Ich habe Dad zu Weihnachten einen Schal gemacht.«

»Ich bin sicher, dass er ihn liebt.«

Carrie grinste. »Ich weiß nicht, ob er ihn geliebt hat, aber er hat ihn getragen. So ein Vater ist er.«

Eine beiläufige Aussage in einer Unterhaltung, dachte Andi. Informationen verpackt in einer lustigen Geschichte. Trotzdem, es berührte sie auf eine Weise, die Carrie vermutlich nicht vorhergesehen hatte. Wade war ein guter Mann. Das hatte er wieder und wieder bewiesen. Er war lustig und klug, großzügig und fürsorglich. Er hatte mit seiner Tochter hervorragende Arbeit geleistet. Was in ihr alle Alarmglocken schrillen ließ. Angesichts ihrer Vergangenheit wäre es sehr leicht, sich in jemanden wie ihn zu verlieben.

Sie war dem Thema Liebe gegenüber nicht ablehnend eingestellt, aber sie wollte es dieses Mal klug angehen. Nichts voraussetzen. Sich nicht unter Wert verkaufen, indem sie zehn Jahre auf einen Mann wartete, der sie ohne zu zögern demütigte. Sie wollte auch nicht zu viel erwarten oder mehr, als richtig war. Die Balance zu finden ist wesentlich schwieriger, als es sein sollte, dachte sie.

»Ich glaube, er mag dich«, sagte Carrie.

Andi runzelte die Stirn. »Wer?«

»Mein Dad. Er benimmt sich vor euren Dates immer so seltsam, und er redet viel von dir.«

Andi lächelte. »Danke, dass du mir das erzählst.« Sie wollte mehr sagen oder zumindest anfangen, Fragen zu stellen, wusste aber, dass sie nichts tun oder sagen sollte, was Carrie unangenehm sein könnte. »Ich mag ihn auch.«

»Ich hoffe, es wird ernst mit euch«, gab Carrie zu. »Auch wenn er total komisch ist, so wie Väter halt sind.«

»Was meinst du damit?«

Carrie zuckte mit den Schultern. »Du weißt schon, er ermahnt mich fünfzigmal, mich bei dir zu bedanken, weil du mit mir einkaufen gehst. Du wirst ihm doch sagen, dass ich mich bedankt habe, oder?«

»Versprochen«, sagte Andi lachend. »Ich werde ihm sagen, dass du sehr gute Manieren hast und er stolz auf dich sein kann.«

»Gut. Danach hat er mir gesagt, ich solle mich nicht zu sehr an dich gewöhnen. Kannst du das glauben? Ich bin kein Kind mehr. Ich gehe nicht davon aus, dass er jede heiratet, mit der er ausgeht. Auch wenn ich glaube, dass du eine gute Stiefmutter wärst. Aber darüber will er nicht reden. Er sagt mir immer, dass er nicht vorhat zu heiraten und ich mich aus seinem Leben raushalten soll. Aber tut er das Gleiche mit meinem Leben? Er fragt mich immer, wie mein Tag war und wie es meinen Freunden geht. Tja, Eltern.«

»Sie können einen ganz schön frustrieren«, sagte Andi und lächelte automatisch, als der Kellner ihre Getränke brachte.

»Wem sagst du das.« Carrie nippte an ihrer Limonade. »Letzte Woche, nachdem er deine Eltern kennengelernt hatte, meinte er, ihr wärt ziemlich unterschiedlich aufgewachsen. Da habe ich ihm gesagt, dass du eine tolle Stiefmutter wärst, nur damit du es weißt. Ich bin total auf deiner Seite.«

»Danke.« Andi hoffte, dass ihre Stimme kräftiger klang, als sie sich fühlte.

Carrie plapperte fröhlich weiter, erzählte von einem neuen Film, der am Freitag in die Kinos kommen würde und den sie und Madison sich ansehen wollten. Andi hoffte, dass sie die richtigen Antworten gab, doch das war schwer zu sagen bei dem Rauschen in ihren Ohren.

Sie hatte akzeptiert, dass Wade seine Tochter aus ihrer Beziehung heraushielt. Sie wusste, es war sinnvoll, Kinder erst einzubringen, wenn die Beziehung weiter fortgeschritten war. Sie kannte die Gründe dafür und glaubte, dass sie richtig waren. Aber sie hatte angenommen, das Shoppen heute wäre ein Anfang für sie und Carrie. Wenn nicht, was war es dann? Kostenloses Babysitting?

Was hatte sich verändert? Und wann? War während des Besuchs ihrer Eltern etwas vorgefallen, das ihn verärgert hatte? Hatte sie etwas gesagt, das sie nicht hätte sagen sollen?

Sie sagte sich, dass sie erst seit einem Monat miteinander ausgingen. Dass sie kein Interesse daran hatte, in nächster Zeit zu heiraten. Dass sie Wade dafür respektierte, es langsam angehen zu lassen. Dass er nicht Matt war. Aber der Frau, die vor Kurzem vor all ihren Freunden und ihrer Familie vor dem Altar stehen gelassen worden war, fiel es schwerer, rational zu sein. Spielte er nur mit ihr? War das hier nur ein lockerer Zeitvertreib für ihn? Hatte sie sich einen Mann ausgesucht, der genauso war wie Matt – der sie hinhielt und dann in aller Öffentlichkeit sitzen lassen würde?

Sie drückte sich eine Hand auf die Brust, als sie spürte, wie ihre Muskeln sich anspannten. Lag es an ihr, oder war es hier drinnen wirklich heiß? Mit einem Mal bekam sie keine Luft mehr.

Das ist nur eine Panikattacke, sagte sie sich. Oder zumindest der Beginn davon. Sie konzentrierte sich zu sehr auf sich. Auf die Situation, die ihr Angst machte. Sie brauchte eine Ablenkung.

Sie schaute sich im Restaurant um und sah einen Jungen im Collegealter mit seiner Freundin. »Guck mal«, sagte sie und zeigte auf ihn. »Sieht der nicht aus wie Zac Efron?«

Carrie drehte sich um und kniff die Augen zusammen. »Nicht wirklich. Obwohl, vielleicht ein wenig um die Augen herum. Er ist süß.« Sie schaute wieder Andi an. »Soll ich meinem Dad sagen, dass du Zac Efron magst?«

»Der ist ein bisschen jung für mich, und wenn er anruft, werde ich ihn immer nicht los. Das ist echt nervig.«

Carrie lachte. »Ich wünschte, das wäre wahr.«

»Ich nicht. Er ist wirklich zu jung für mich.«

»Was ist mit Ryan Gosling?«

»Schon besser. Und altersgemäßer. Wie sieht es bei dir aus? In welchen Filmstar bist du heimlich verschossen?« Andi nahm ihr Glas und trank einen Schluck. Sie konnte wieder leichter atmen und sich besser konzentrieren.

Carrie erzählte von den Fernseh- und Filmstars, die sie mochte. Andi machte mit, so gut es ging. *Später denke ich über die Sache mit Wade nach*, versprach sie sich. Sie würde herausfinden, ob sie überreagierte oder er wirklich ein Idiot war. Dann würde sie sich für einen Plan entscheiden. Oder den Männern für immer abschwören. Was definitiv der leichtere Weg wäre.

Aber, wie ihre Mutter ihr oft gesagt hatte, das Leben war nicht dazu gedacht, leicht zu sein. Es war dazu gedacht, gelebt zu werden.

Deanna nahm ihr Telefon in die Hand und wählte die Nummer. Sie konnte nicht aufhören zu zittern. Ihre Hände waren vom unzähligen Waschen rau, und sie hatte ihre Bürste draußen in den Mülleimer werfen müssen, um sich davon abzuhalten, sie erneut mit in die Dusche zu nehmen.

»Dr. Gordon bitte«, sagte sie. »Hier ist Mrs. Philips.«

»Einen Moment«, sagte die Rezeptionistin. »Ich glaube, sie hat gerade eine Lücke zwischen zwei Terminen. Ich werde mal sehen, ob ich sie erwische.«

Deanna umklammerte den Hörer, während sie darauf wartete, dass Andi ans Telefon kam.

»Deanna?«

»Ja, ich bin's. Tut mir leid, dass ich dich störe.«

»Du störst mich nicht. Was ist los? Ist etwas mit einem der Mädchen?«

»Nein, es geht um mich. Ich brauche Hilfe. Es ist nicht nur das Händewaschen. Ich habe Angst.«

»Ich weiß. Ich bin da. Was ist passiert?«

»Ich benutze in der Dusche eine Bürste. Um mich sauber zu fühlen.«

Ein paar Sekunden lang herrschte Schweigen. Deanna schätzte, dass Andi klug genug war, die Puzzleteile zusammenzusetzen.

»Warte, ich gebe dir einen Namen. Ich rufe sie an und frage, ob sie heute noch Zeit hat, dann rufe ich dich sofort zurück. Okay?«

»Ja.«

»Soll ich vorbeikommen?«

Deanna presste die Augen zusammen. »Nein. Eine Weile komme ich noch klar.«

»Gib mir fünf Minuten.«

Das Telefon klingelte nach drei Minuten. »Du kannst um zwei Uhr zu ihr. Hier sind ihr Name und ihre Adresse.«

Deanna schrieb die Informationen auf. »Danke.«

»Gern geschehen. Und sei nicht böse, aber ich habe Boston angerufen. Sie kommt rüber und bleibt bis zu deinem Termin bei dir.«

»Das hättest du nicht tun müssen.«

»Doch, irgendwie schon. Ich mache mir Sorgen um dich.«

Deanna kämpfte gegen die Tränen an. »Du bist so nett, und ich bin so eine Zicke.«

»Du bist keine Zicke. Du hast im Moment viele Sorgen, und wir alle haben Techniken, um damit umzugehen. Manche funktionieren besser und andere schlechter. Sprich mit der Therapeutin, Deanna. Du hast es verdient, dich besser zu fühlen als im Moment.«

»Ich weiß nicht, was ich sagen soll«, antwortete Deanna flüsternd.

»Du musst gar nichts sagen.«

Boston begleitete Deanna zu ihrem Wagen. »Bist du sicher, dass es dir gut geht? Ich kann gerne mitkommen.«

»Ich werde es schaffen, die acht Meilen zur Therapeutin selbst zu fahren«, sagte Deanna. »Ihre Praxis liegt gleich auf der anderen Seite der Brücke. Ich verspreche, den Wagen unterwegs nicht durchs Geländer zu steuern.«

Boston lächelte und umarmte sie. »Und da habe ich die ganze Zeit gedacht, du hättest keinen Humor.«

»Ich war mir auch nicht sicher.«

Deanna winkte und stieg ein. Boston sah ihr nach, dann wandte sie sich Andis Haus zu.

Das Wandgemälde machte Fortschritte. Es gefiel ihr, dass die Farben so bunt und die Tiere so bezaubernd waren. Auch wenn es keine Arbeit war, die ihr neue Kunden bescheren würde, war sie stolz auf das, was sie bisher erreicht hatte. Das machte beinahe das wachsende Unbehagen gut, das sie jeden wachen Moment begleitete.

Zeke war immer noch nicht nach Hause zurückgekommen. Es war bei Weitem die längste Zeit, die sie getrennt voneinander verbracht hatten. Die längste Zeit, die sie nicht miteinander gesprochen hatten. Sie hatte sich angewöhnt, in einem seiner T-Shirts zu schlafen, damit es sich anfühlte, als wäre er bei ihr. Sie wusste nicht, was sie tun sollte – abwarten oder ihn aufsuchen und mit ihm reden. So weit ist es mit uns gekommen, dachte sie. Sie wusste nicht, wer sie ohne ihren Ehemann war. Sollte sie wirklich versuchen, es jetzt herauszufinden?

Sie betrat das Wartezimmer und betrachtete das große, bunte Bild. Es ging über zwei Wände und zog sich dann etwas schmaler den Flur hinunter. Die letzten Tage hatte sie damit verbracht, auf dem Fußboden zu sitzen und winzige Käferfamilien zu malen, die gemeinsam vor dem Fernseher saßen. Eine Überraschung für die Kleinkinder, die sie finden konnten, während sie auf ihren Termin warteten.

»Hey«, sagte Wade und betrat den Raum. »Alles okay?«

Sie nickte. »Ich musste Deanna etwas fragen.«

»Es sieht so aus, als wenn ihr euch anfreundet. Ich dachte, du hasst sie.«

»Hass ist ein zu starker Begriff. Ich kannte sie nicht wirklich und habe das Schlimmste angenommen. Mein Fehler. Wie geht es dir?«

»Gut.«

»Du triffst dich oft mit Andi.«

Ihr Schwager schaute sie kurz an und wandte dann sofort den Blick ab. »Versuchst du, mich abzulenken?«, fragte er.

»Nein. Ich spreche nur das Offensichtliche aus. Sie ist super. Ich mag sie.«

Er nickte, doch da war etwas in seiner Miene, das sie nicht ganz deuten konnte.

Sie wartete, weil sie hoffte, es würde noch mehr kommen, doch er schwieg. Sie überlegte, ihn darauf hinzuweisen, dass Carrie Andi auch mochte, wusste aber, dass sie ihn besser nicht verschrecken sollte. Männer konnten sehr empfindlich sein.

»Ich gebe ein Barbecue«, sagte Wade. »Am Samstag. Für die Nachbarschaft. Deine Nachbarschaft. Ich dachte, ich veranstalte es nebenan. In deinem Garten.«

Sie wollte glauben, dass das Zekes Idee war, wusste es aber besser. »Bist du es leid, dass dein Bruder auf deiner Couch schläft?«

»Er hat das Gästezimmer übernommen, aber ja, er muss wieder zurück zu seiner Frau. Außer du willst ihn nicht mehr.«

»Ich will ihn immer noch. Ich bin nicht diejenige, die gegangen ist.«

»Er glaubt, du interessierst dich nicht mehr für ihn.«

Sie dachte an die langen Nächte allein in ihrem Bett und wie sehr sie sich nach ihm sehnte. Sie dachte daran, wie sehr sie es vermisste, ihn im Arm zu halten, und dass er sie nicht länger brauchte.

»Ich bin nicht die, die sich verändert hat.«

Wade verlagerte unbehaglich das Gewicht. »Boston, ich –«

Sie hob eine Hand. »Ich habe Mitleid mit dir und sage einfach Ja. Wir können ein Barbecue veranstalten. Um wie viel Uhr?«

»Um drei?«

»Gut. Hast du noch jemanden eingeladen, oder soll ich das machen? Damit dein Plan weniger offensichtlich ist.«

»Wenn du ein paar Leute fragen könntest, wäre das toll.«
»Was ist mit Essen?«
»Ich kann Burger und so mitbringen.«
»Brötchen?«
»Ich besorge auch Brötchen.«

Sie wusste, dass sie alles andere bereitstellen musste. Aber das machte ihr nichts aus. Nicht, wenn es ihr die Chance gäbe, Zeit mit Zeke zu verbringen. Sie könnten reden, und sie würde ihm erklären, dass sie ihn brauchte.

»Dann am Samstag um drei«, sagte sie. »Das wird lustig.«

Darrelyn war Mitte vierzig und hatte dunkle Haare und mitfühlende Augen. Sie führte Deanna zu einem bequemen Sofa in ihrem kleinen Büro.

»Wie kann ich Ihnen helfen?«, fragte sie, als Deanna sich gesetzt hatte.

Deanna atmete tief ein. »Ich bin mir nicht sicher. Ich kann nicht so weitermachen. Das ist zu schwer.« Sie spürte, dass sie zitterte, streckte aber trotzdem ihre Hände aus. Sie waren aufgesprungen und rau vom vielen Waschen.

Langsam und beschämt rollte sie ihre Ärmel hoch, um die aufgeschürften Stellen an ihren Armen zu zeigen – den Beweis dafür, dass sie die Bürste benutzt hatte.

»Ich habe sie weggeworfen«, flüsterte sie.
»Die Bürste?«

Deanna nickte. »Heute. Es ist so schwer. Ich hasse mich dafür, dass ich das tue, aber ich fühle mich damit besser. Ich weiß nicht, ob das irgendeinen Sinn ergibt.«

»Das tut es. Wissen Sie, warum Sie den Drang verspüren, sich so oft die Hände zu waschen?«

Deanna nickte. »Zum Teil kommt es von meiner Mom und zum Teil von meiner Tante und meinem Onkel. Meine Mom war Alkoholikerin. Sie war gemein und schwierig. Das Haus war so schmutzig. Das habe ich gehasst. Als ich klein war, hat sie mich immer im Schrank eingesperrt. Ich erinnere mich an den Geruch und daran, wie dunkel es war. Ich erinnere mich, dass Tiere und Insekten über mich hinweggekrabbelt sind.«

Die Erinnerungen purzelten eine nach der anderen aus ihr heraus. Darrelyn hörte zu, ohne zu sprechen. Ab und zu machte sie sich Notizen. Deanna sprach über ihre Tante und ihren Onkel, wie sie endlich ihrer Mom weggenommen wurde, aber versprechen musste, perfekt zu sein. Wie schwer das war. Dass sie die ganze Zeit Angst hatte. Angst davor, zurückgeschickt zu werden. Angst, auf die Straße gesetzt zu werden.

»Ich wollte perfekt sein, damit sie mich lieben«, flüsterte sie. »Und als ich Colin geheiratet habe, wollte ich perfekt sein, um ihn zu behalten. Aber perfekt zu sein hat ihn von mir weggetrieben, und meine Kinder habe ich auch verloren. Zumindest Madison. Bei den jüngeren habe ich vielleicht noch eine Chance. Ich weiß es nicht.«

Sie griff nach der Box mit den Taschentüchern. »Ich wollte nie so sein und weiß doch nicht, wie ich damit aufhören kann. Ich fühle mich nur sicher, wenn ich meine Welt kontrollieren kann. Ich weiß ja, dass ich keine wirkliche Kontrolle habe, aber es fühlt sich so an, und dann kann ich nicht mehr aufhören.«

Sie fing an zu weinen. Nachdem sie sich die Tränen abgewischt hatte, schaute sie die Frau an, die ihr gegenübersaß. »Bin ich ein hoffnungsloser Fall?«

Darrelyn lächelte sanft. »Sie sind so tapfer, Deanna. So stark. Ich bin sehr beeindruckt.«

Deanna starrte sie an. »Wie bitte? Wie können Sie das sagen? Was ist mit dem, was ich meinen Kindern angetan habe? Meinem Ehemann? Er hasst mich. Nein, ich wünschte, er würde mich hassen. Er empfindet gar nichts mehr für mich.«

»Wenn er nichts mehr empfinden würde, wäre er schon vor langer Zeit gegangen.« Darrelyn lehnte sich zu ihr. »Sehen Sie sich an. Sehen Sie sich an, wo Sie angefangen haben. Haben Sie Ihre Kinder je geschlagen?«

»Was?« Sie versteifte sich. »Natürlich nicht. So etwas würde ich niemals tun.«

»Haben Sie eine Ahnung, wie schwer es ist, die Gewaltspirale zu durchbrechen? Sie wurden so hart geschlagen, dass Ihre Mutter Ihnen Knochen gebrochen hat, und doch haben Sie nicht ein einziges Mal die Hand gegen Ihre Kinder erhoben. Sie haben Ihren Frust gegen sich gerichtet, anstatt zu riskieren, ihnen wehzutun. Ihr Bedürfnis, die Welt kontrollieren zu wollen, kommt daher, dass Sie Angst vor dem haben, was Sie im Inneren sind. Vor Ihren Emotionen. Deshalb halten Sie so sehr fest.«

Deanna zerknüllte das Taschentuch in ihrer Hand. »Es kann nicht so einfach sein.«

»Das kann es, aber es ist nicht leicht. Sie werden einen Weg finden müssen, an sich selbst zu glauben, und das ist nicht einfach. Sie werden Ihren Kindern und Ihrem Ehemann vertrauen müssen. Sie müssen das Muster eines ganzen Lebens durchbrechen. Sie werden glauben müssen, dass die Welt sich auch ohne Ihre Hilfe weiterdreht. Das ist ein langer Weg, aber sehen Sie sich an, wie weit Sie schon gekommen sind.«

Sie errötete. »Ich habe doch gar nichts getan.«

»Ich hoffe, Sie werden bald sehen, dass das nicht stimmt.«

»Also können Sie mir helfen?«

Darrelyn lächelte sie an. »Ja. Das sage ich normalerweise nicht zu meinen Patienten, aber ich habe das Gefühl, es ist wichtig, dass Sie das wissen. Sie sind bei Weitem nicht meine lädierteste Patientin. Sie brauchen nur einen kleinen Schubs in die richtige Richtung. Mehr nicht.«

Deanna dachte an den Drang, sich die Hände zu waschen, an das Blut, das in den Abfluss der Dusche rann. »Sie sollten an Ihrer Definition von lädiert arbeiten.«

Darrelyn lachte. »In ein paar Wochen werden Sie sehen, was ich meine. Jetzt sollten wir einen Plan erstellen. Ich werde Ihnen ein Medikament verschreiben. Sie werden es nicht lange nehmen müssen, und wir fangen mit der geringstmöglichen Dosis an. Aber es wird Ihnen mit Ihrer Zwangsstörung helfen. Danach können Sie und ich uns die nötigen Schritte überlegen, wie Sie aus einem Gefühl der Sicherheit heraus anfangen können, den Menschen in Ihrer Umgebung zu vertrauen. Sie werden anfangen, Stück für Stück die Kontrolle abzugeben. Wir werden das hier in Rollenspielen üben.«

»Sind Sie gut darin, eine schwierige Zwölfjährige zu verkörpern?«

»Das ist meine Spezialität. Was halten Sie davon? Wir haben viel Arbeit vor uns, aber Sie sind bereits sehr weit gekommen.«

»Ich will es«, sagte Deanna. »Ich will normal sein.«

»Normal wird vollkommen überschätzt«, erwiderte Darrelyn grinsend.

24. KAPITEL

Andi hatte es geschafft, Wade aus dem Weg zu gehen. Sie war nicht sicher, ob sie darauf stolz sein sollte oder nicht, aber sie hatte nun einmal beschlossen, so mit der Situation umzugehen. Unglücklicherweise lief sie ihm am Samstagmorgen buchstäblich in die Arme.

Sie kam gerade die Treppe hinauf, er kam herunter, und sie stießen gegeneinander. Er griff mit einer Hand nach ihr und schnappte sich mit der anderen ihre überquellende Einkaufstasche.

»Geht es dir gut?«, fragte er und hielt sie fest.

Allein das Gefühl seiner Finger auf ihrer Haut ließ sie innerlich schmelzen. Sie wollte gegen ihn sinken, ihn bis zur Besinnungslosigkeit küssen und dann in ihr Schlafzimmer führen. Gesunder Menschenverstand und die Arbeiter in ihrem Haus hielten sie zurück. Traurigerweise eher Letztere als Ersteres, aber Hauptsache, es funktionierte.

»Mir geht es gut«, murmelte sie. »Danke für die Rettung.«

Er nahm ihr die Tasche ab und ging die Treppe nach oben. »Essen fürs Barbecue?«

»Ich mache einen Kartoffelsalat. Mehr kriege ich in meiner kleinen Küche nicht zustande. Ich werde die Kartoffeln in Schichten kochen. Für das Dressing habe ich ein altes Familienrezept.«

»Ich freue mich schon drauf.«

Die Worte klangen richtig, aber er konnte ihr nicht wirklich in die Augen schauen. Selbst als sie gezwungen waren, dicht nebeneinander die schmale Treppe hinaufzugehen, hatte sie das Gefühl, er würde auf Abstand gehen.

Im zweiten Stock folgte sie Wade in die Küche, wo er die Tüte auf den Tisch stellte und dann einen Schritt zurücktrat.

»Ich habe dich in letzter Zeit gar nicht gesehen«, sagte er.

Sie konnte ihn nicht ansehen, ohne ihn zu wollen. Vor ein paar Tagen wäre sie einfach zu ihm gegangen und hätte sich in seine Arme geschmiegt, aber das konnte sie jetzt nicht. Nicht nur, weil sie die Leidenschaft nicht fühlen wollte, die Art und Weise, wie ihr Körper so perfekt zu seinem passte, sondern weil sie nicht sicher war, wie er reagieren würde. Irgendetwas hatte sich zwischen ihnen geändert. Und zwar nicht zum Guten.

Das Einfachste wäre vermutlich zu fragen. Es herauszufinden und das Problem dann zu lösen. Nur was, wenn es nicht zu lösen war? Was, wenn sie Wade verloren hatte, bevor sie ihn wirklich kennenlernen konnte? Nicht über Probleme zu sprechen war so viel leichter, als sich ihnen zu stellen. Nur hatte man ja bei Matt gesehen, wohin das führte.

Ehrlichkeit, sagte sie sich. Sie würde schon mit dem klarkommen, was er zu sagen hatte.

Sie musterte ihn, seine attraktiven Gesichtszüge, den ruhigen Ausdruck in seinen Augen. »Wir müssen darüber reden.«

Seine Miene war vollkommen ausdruckslos. »Was meinst du?«

»Was zwischen uns los ist. Oder nicht los ist. Du hast Carrie gesagt, sie solle sich nicht zu sehr an mich gewöhnen. Das hat sie bei unserer Shoppingtour vor ein paar Tagen erwähnt.« Andi hob eine Hand. »Bitte sag ihr nicht, dass ich es dir gesagt habe. Ich will sie nicht in Schwierigkeiten bringen.«

»Ich werde nichts sagen.« Er verschränkte die Arme vor der Brust. »Was hätte ich denn deiner Meinung nach lieber zu ihr sagen sollen? Sie mag dich. Sie sieht dich oft, weil sie ständig bei Madison ist.«

»Und? Sie ist ein kluges Kind. Sie weiß, dass Erwachsene miteinander ausgehen und es manchmal funktioniert und manchmal nicht. Aber ihr zu sagen, sie solle mich nicht zu sehr mögen …« Sie ging zur anderen Seite des Tisches, weil sie die Entfernung und vielleicht auch einen festen Gegenstand zwischen ihnen brauchte. »Du nimmst an, dass das mit uns nirgendwohin führt. Ich glaube nicht, dass ich das so will.«

»Keiner von uns weiß, was passieren wird. Es sind erst zwei Monate, Andi. Wir sind immer noch dabei, uns kennenzulernen. Warum bist du so aufgebracht?«

Weil Carrie gesagt hatte, dass ihr Vater nicht heiraten wolle. Weil sie merkte, dass sie sich in ihn verliebte und sich Sorgen machte, dass sie ihr Herz wieder in die Hände eines Mannes legte, der sie im Stich lassen würde.

»Ich war überrascht«, sagte sie stattdessen. »Ich dachte, wir hätten Potenzial. Offensichtlich denkst du das nicht. Ich werde darüber nachdenken müssen, ob ich eine Beziehung will, die nur auf Sex beruht.«

Er schüttelte den Kopf. »Das ist es nicht, und das weißt du. Carrie ist mein Kind. Ich muss sie beschützen.«

»Ich glaube, die Person, die du beschützt, bist du. Du hast dich zurückgezogen. Was ist passiert? Was hat sich verändert?«

Er wirkte alarmiert, als wäre sie über die Wahrheit gestolpert. Aber welche Wahrheit? Warum hatte er das Gefühl, sich vor ihr schützen zu müssen? Sie war nicht gefährlich. Sie hatte nichts getan, was ihm Sorgen machen müsste.

Sie schauten einander an. Von unten rief einer der Arbeiter hoch.

»Ich muss los«, sagte Wade.

Sie nickte und hoffte, er würde sagen, sie würden später darüber reden, doch das tat er nicht.

»Das war eine Katastrophe«, sagte Boston.

Deanna schaute ihre Freundin an. »Es tut mir leid, dass es mit Zeke nicht besser gelaufen ist.«

»Er wollte nicht reden. Er hat mich kaum angesehen.«

Deanna wollte sagen, dass das nicht stimmte, doch von der Sekunde an, in der Zeke den Garten betreten hatte, war offensichtlich gewesen, dass er nicht dort war, um sich mit ihr zu versöhnen. Er hatte sich unter einen der Bäume zurückgezogen und Bier getrunken. Deanna hatte sich am Rand gehalten, sodass ihr solche Dinge aufgefallen waren.

»Er hat dich angeschaut, wenn du nicht hingesehen hast«, sagte Andi. »Er leidet sehr.« Sie griff nach Bostons Hand und drückte sie. »Ich weiß, das tust du auch.«

Sie saßen inmitten der Reste des Barbecues in Bostons Garten. Die Mülltonne war voll, die Kühlbox bis auf ein paar Flaschen Wasser und ein paar hartnäckige Eiswürfel leer. Pickles saß auf einem Stuhl in der Nähe und putzte sich.

»Der arme Wade«, sagte Boston und lehnte ihren Kopf zurück. »Er wollte doch nur, dass alles wieder gut wird.«

»Ich würde nicht allzu viel Zeit darauf verschwenden, mich um Wade zu sorgen«, sagte Andi.

Deanna nickte. »Er ist definitiv ins Fettnäpfchen getreten.«

»Männer sind dumm«, sagte Andi. »Und ich bin noch dümmer. Warum habe ich gedacht, er wäre anders? Das ist er nicht.«

Boston nickte. »Ich würde ihn gerne verteidigen, aber das kann ich nicht. Carrie zu sagen, sie soll sich nicht an dich gewöhnen, ist idiotisch. Was dachte er denn, was passiert, wenn du davon erfährst?«

»Er hat geglaubt, ich würde es nicht erfahren. Verdammt, ich wünschte, der Sex wäre nicht so gut.«

Deanna überraschte sich selbst, indem sie lachte. »Ehrlich?«

»Okay, vielleicht wünsche ich das nicht, auch wenn es die Sache leichter machen würde.« Andi seufzte. »Ich weiß, es ist noch früh. Ich weiß auch, dass ich wegen Matt sensibler auf Anzeichen dafür reagiere, dass jemand sich nicht binden will. Ich akzeptiere, dass ich unangemessene Erwartungen habe, aber er hat nicht mal versucht, mich zu überzeugen. Ein kleines bisschen Unterwürfigkeit hätte ihn sehr weit gebracht.«

Sie nippte an ihrem Bier und wandte sich dann Deanna zu. »Dir geht es besser. Du wirkst weniger angespannt.«

»Ich bemühe mich. Die Therapeutin hilft mir, und ich nehme die Medikamente, die sie mir verschrieben hat. Bis jetzt fühle ich mich noch nicht anders, aber es ist ja auch erst ein paar Tage her.«

»Die Hoffnung wird dich da hindurchtragen«, sagte Boston.

Eine Theorie, an der Deanna sich nur zu gerne mit beiden Händen festklammern wollte. »Sie hat mir gesagt, wenn Colin gehen wollte, wäre er schon lange fort.«

»Er war heute Nachmittag sehr nett«, sagte Andi. »Er hat neben dir gesessen.«

Das war Deanna auch aufgefallen. »Ich will keine Vermutungen anstellen. Ich glaube, es gab einfach keinen anderen freien Platz.«

»Es war ein Picknick«, sagte Boston sanft. »Er hätte mit den Kindern auf dem Rasen sitzen können.«

»Sie hat recht.« Andi hob ihre Bierflasche. »Aber er hat neben dir auf der Bank gesessen. Mach was draus.«

»Ich bin noch nicht bereit, etwas daraus zu machen. Ich werde einfach nur hier sitzen und es in mich aufnehmen.« Sie schaute die anderen beiden Frauen an. »Danke, dass ihr mir helft, das durchzustehen. Ich weiß nicht, was passiert wäre, wenn ihr nicht für mich da gewesen wärt.«

»Ich bin froh, helfen zu können«, sagte Boston. »Ich muss helfen. Das holt mich aus meinen Gedanken.« Sie grinste. »Also danke, dass du ein Wrack bist. Das Timing ist perfekt.«

Deanna lachte. »Gern geschehen. Meine Geisteskrankheit ist stets zu deinen Diensten.«

Andi und Deanna gingen um kurz nach Mitternacht. Sie hatten beim Aufräumen geholfen, sodass Boston nicht mehr viel tun musste, außer sicherzustellen, dass alle Türen und Fenster verschlossen waren, und dann nach oben zu gehen. Sie war nicht müde und bezweifelte, dass sie schlafen könnte, aber sie musste wenigstens so tun. Vielleicht hätte sie Glück und würde ein paar Stunden wegdämmern.

Sie war halb die Treppe hinauf, als ihr Handy klingelte. Sie eilte wieder nach unten und holte es aus ihrer Handtasche. Ihr Herz hämmerte wie wild, als sie nach dem Annahmeknopf tastete. Ein Anruf um diese Uhrzeit bedeutete nie etwas Gutes.

»Hallo? Zeke? Geht es dir gut?«

»Mrs. King?«

Die männliche Stimme war ihr nicht vertraut. »Ja.«

»Ich bin Deputy Sam Anders. Zeke hilft mir beim Umbau eines Hauses, das ich gerade gekauft habe. Ich werde in ein paar Monaten heiraten. Wie auch immer, ich kenne ihn und, nun, ich habe ihn vor einer halben Stunde hierhergebracht. Er ist betrunken Auto gefahren, Ma'am, und hat seinen Truck gegen einen Baum gesteuert.«

Boston sank aufs Sofa und schloss die Augen. »Geht es ihm gut? Hat er jemanden verletzt?«

»Nein, es war kein anderes Fahrzeug an dem Unfall beteiligt. Er ist ein wenig angeschlagen, sagt aber, dass es ihm gut geht. Der Truck hingegen ist ziemlich mitgenommen.«

»Der Truck ist mir egal. Also ist Zeke im Gefängnis?«

»Ich habe ihn nicht verhaftet, Ma'am.«

Weil die Insel eine Kleinstadt war und jeder jeden kannte. Weshalb der Deputy ihr von dem scheinbar unwichtigen Detail erzählt hatte, dass Zeke an seinem Haus arbeitete.

»Sie können ihn abholen und mit nach Hause nehmen, wenn Sie mögen.«

Nach Hause? Zeke wohnte nicht mehr hier. Er wollte sie nicht. Er gab ihr die Schuld am Tod ihres Sohnes.

»Ich komme sofort.«

Sie nahm ihre Handtasche und fuhr zum Büro des Sheriffs.

Um diese Uhrzeit hatten nur wenige Polizisten Dienst. Der Deputy führte sie zu einem kleinen Raum, in dem Zeke wartete.

Ihr Mann saß an einem Tisch. Am Kiefer hatte er mehrere Prellungen, und ein Auge färbte sich blau. Sie sah, dass er noch mit den Nachwirkungen des Alkohols kämpfte.

Der Deputy schloss die Tür hinter ihr und ließ sie mit ihm allein.

»Ich schätze, jetzt kannst du mich nicht mehr ignorieren«, sagte sie in die Stille hinein.

Zeke schaute auf. Seine dunklen Augen waren ausdruckslos, sein Mund eine feste, schmale Linie. Auch wenn alles an ihm noch genauso aussah, wie sie es in Erinnerung hatte, kam er ihr vor wie ein Fremder. Sie spürte die Distanz zwischen ihnen. Die Traurigkeit.

Auf der Fahrt hierher hatte sie sich zurechtgelegt, was sie sagen wollte. Wie sie ihm erklären würde, dass sie sein Trinken auf keinen Fall unterstützen würde. Dass er damit aufhören müsste und sich, wenn er das nicht alleine schaffte, Hilfe suchen sollte. Stattdessen sagte sie nun: »Wenn du wirklich glaubst, dass ich für Liams Tod verantwortlich bin, sind wir fertig miteinander. Weil du mir nicht etwas vergeben kannst, das ich nicht getan habe und über das ich keine Kontrolle hatte.«

Zeke starrte sie weiter an. Gefühle huschten über sein Gesicht, blieben aber nicht lange genug, als dass sie sie hätte benennen können.

»Hat es das gebraucht?«, fragte er.

»Was meinst du?«

»Ich habe die ganze Zeit gewartet. Darauf, dass du mich wegen dem, was ich gesagt habe, zur Rede stellst. Darauf, dass du für dich einstehst. Für uns. Hat es dazu das hier gebraucht?«

Fassungslosigkeit raubte ihr den Atem. »Das war ein Test?«, fragte sie. »Du hast nur so getan, als gäbest du mir die Schuld?«

»Ich habe versucht, deine Aufmerksamkeit zu erregen.«

Sie wollte nicht zu ihm gehen, wollte nicht in seiner Nähe sein, aber sie hatte Schwierigkeiten, stehen zu bleiben. Ihre Beine zitterten, und sie drohte, das Gleichgewicht zu verlieren. Sie ging zu dem zweiten Stuhl und zog ihn unter dem Tisch hervor. Nachdem sie ihn so weit von Zeke entfernt wie nur möglich aufgestellt hatte, ließ sie sich darauf sinken. Der Verrat wand sich um sie wie eine Schlange, drückte immer fester zu, bis sie keine Luft mehr bekam.

Wie hatte er ihr das antun können? Wie hatte er sie so manipulieren können? Wie hatte er sie auf so schmerzhafte Weise anlügen können?

»Nein«, brüllte er und sprang auf die Füße. »Nein. Ich bin hier nicht der Böse.«

»Aber ich?«

»Nein. Siehst du es denn nicht? Ich musste etwas tun. Ich musste zu dir durchdringen.« Er tigerte auf und ab. »Du bist weg, Boston. Seitdem Liam gestorben ist, bist du nicht mehr da. Ich dringe nicht zu dir durch. Ich habe es versucht, wieder und wieder. Aber du bist einfach nicht da. Ich habe an dem Tag nicht nur meinen Sohn verloren, ich habe auch meine Frau verloren. Du bist direkt vor mir, und ich kann dich nicht berühren.«

»Du redest Unsinn. Ich bin doch hier.«

»Nein, bist du nicht. Ich weiß nicht, was du denkst oder was du fühlst. Ob unsere Ehe dir überhaupt noch etwas bedeutet.«

»Wie kannst du das nur fragen?« Sie kämpfte gegen das enge Gefühl in ihrer Brust an. »Ich habe dich beinahe mein ganzes Leben lang geliebt.«

»Du hast mich geliebt, das glaube ich. Aber fühlst du jetzt noch irgendetwas? Glaubst du, ich trinke, weil ich meinen Sohn nicht vermisse? Ich trinke, weil ich nicht aufhören kann, ihn zu vermissen. Weil der Schmerz zu groß ist. Ich weiß nicht, wo ich ihn hintun soll, und wenn ich versuche, mit dir darüber zu reden, verschwindest du in deinem verdammten Atelier und malst.«

»Das ist nun einmal meine Art, mit dem umzugehen, was passiert ist«, gab sie angespannt zurück.

»Nein. Das ist die Art, wie du dich davor versteckst. Wie du nichts fühlen musst. Ich bin mit all dem ganz allein. Ich bin allein seit dem Tag, an dem wir unseren Sohn beerdigt haben. Ich habe die Hand nach dir ausgestreckt, aber du warst fort. Und ich glaube nicht, dass du noch mal zurückkommst.«

Sie stand auf und funkelte ihn an. Ihre Wut gab ihr Kraft. »Du sagst das alles nur, weil ich nicht geweint habe. Wie ich mit meinem Verlust umgehe, ist meine Sache. Du hast nicht das Recht, mir zu sagen, was richtig ist.«

Er zuckte mit den Schultern. »Gut. Hast du dich deinem Verlust gestellt? Würdest du sagen, dass es dir besser geht? Dass du ein paar Schritte nach vorne gemacht hast?«

»Ich male auch andere Sachen. Ich arbeite an Andis Wandgemälde. Das ist ein Fortschritt. Ich bin jeden Tag da, Zeke. Du bist derjenige, der nicht zu Hause ist. Derjenige, der an unserer Ehe nicht teilnimmt.«

Sie wartete darauf, dass er sie anschrie. Ihr sagte, dass sie sich irrte. Doch stattdessen wurde seine Miene traurig. Die Art Traurigkeit, bei der man jegliche Hoffnung verloren hat.

»Du brauchst mich nicht, Boston. Das hast du nie. Du hast mich geliebt, das weiß ich. Du bist eine brillante Künstlerin. Du hast Kunden, die dich anflehen, endlich wieder Stoffe für sie zu bemalen. Du hast das Haus und deine Freundinnen. Du brauchst mich nicht.«

»Ich verstehe das nicht«, flüsterte sie. »Was habe ich denn so Falsches getan? Warum tust du das? Warum machen wir keine Liebe mehr miteinander?«

Seine Miene verhärtete sich. »Wir haben uns nicht geliebt, weil du nicht da bist. Du bist eine Hülle. Du siehst noch genauso aus, und du kannst die Worte aussprechen, aber du lässt mich nicht rein. Ich liebe dich immer noch, Boston. Ich werde dich immer lieben. Aber ich werde kein Teil mehr von dieser ... Leugnung sein.«

Er gab ihr die Schuld? Er urteilte über sie?

»Stimmt. Du bist zu sehr damit beschäftigt, betrunken Auto zu fahren. Du hättest jemanden umbringen können.«

»Ich weiß. Ich war dumm. Es wird nicht wieder vorkommen.«

Sie lachte verärgert auf. »Klar. Du hörst einfach so auf zu trinken.«

»Der Alkohol ist nicht das Problem.«

»Weil ich das bin? Du gibst mir an allem die Schuld. Ich habe nichts falsch gemacht. Ich habe ihn nicht getötet.«

Die Worte waren ein Schrei, der in dem kleinen Raum widerhallte und dann verstummte.

Sie schaute Zeke an. Innerhalb ihrer kurzen Unterhaltung war er ein Fremder geworden. Sie spürte die Kälte in ihrem Inneren. Eine Wand aus Eis, die sich um ihr Herz zog.

»Du hast recht«, sagte sie. »Ich brauche dich nicht. Es gibt keinen Grund für dich, jetzt nach Hause zu kommen, oder?«

Sie drückte ihre Handtasche an die Brust und verließ den Raum. Dann ging sie zu ihrem Wagen und stieg ein. Sie wartete darauf, dass die Wucht dessen, was sie getan hatte, auf sie niederstürzen würde. Sie wartete auf die Tränen, denn ganz sicher würde sie jetzt weinen können.

Aber da war nichts. Keine Tränen, keine Panik, überhaupt nichts. Nur Kälte und das Wissen, dass nichts wieder so sein würde wie zuvor.

25. KAPITEL

Deanna verteilte Gabeln und Löffel auf dem Tisch und sagte sich, dass alles gut werden würde. Sie glaubte die Worte natürlich nicht, aber sie ständig zu wiederholen bot ihr ein wenig Trost. Oder zumindest die Illusion von Trost. Im Moment nahm sie alles, was sie kriegen konnte.

Darrelyn hatte ihr gesagt, sie solle ihre Kinder einfach beobachten. Ihnen zuhören, ohne zu urteilen. Das war ihre Hausaufgabe für diese Woche. Ihre Medikamente zu nehmen, bis zehn zu zählen, bevor sie sich gestattete, ihre Hände zu waschen, und zuzuhören. Was in der Ungestörtheit der Praxis ihrer Therapeutin so leicht geklungen hatte, war im echten Leben eine verdammt schwierige Aufgabe.

Sie schaute auf die Uhr und sah, dass das Abendessen in Kürze geliefert werden würde. Der Tisch war gedeckt, und sie hatte bereits das Geld auf das Tischchen im Flur neben der Haustür gelegt. Sie hatte sich um alles gekümmert. Jetzt hatte sie frei und konnte sich einfach auf das konzentrieren, was um sie herum vorging. Ganz ruhig, sagte sie sich. Das war machbar.

Es klingelte.

Sie ging zur Tür, nahm die beiden großen Papiertüten entgegen und reichte dem Lieferjungen das Geld.

»Behalten Sie den Rest.« Sie stieß mit der Hüfte gegen die Tür, um sie zu schließen, und rief nach oben: »Mädchen, das Essen ist da.«

Audrey tauchte oben an der Treppe auf. »Da? Was meinst du damit?«

»Wir essen heute chinesisch. Es ist gerade geliefert worden.«

Die Zwillinge gesellten sich zu ihrer Schwester. Lucy folgte. Alle vier schauten sie mit großen, ungläubigen Augen an.

»Chinesisch?«, fragte Sydney. »Aus China?«

Deanna lachte. »Nein. Von dem neuen chinesischen Restaurant in der Stadt. Ich dachte, es wäre nett, das mal auszuprobieren.«

»Du hast nicht gekocht?«, fragte Lucy vorsichtig.

»Ich dachte, das wäre mal eine schöne Abwechslung.«

Die Mädchen rasten wie auf Kommando die Treppe hinunter. Audrey blieb unten stehen und rief nach oben: »Beeil dich, Madison. Heute gibt es chinesisch.«

Die Zwillinge liefen in die Küche, die beiden älteren Mädchen ins Badezimmer im Erdgeschoss, um sich die Hände zu waschen. Deanna packte das Essen aus und wartete, bis ihre Kinder um den großen Tisch in der Küche saßen, bevor sie die Getränke einschenkte. Madison kam widerstrebend als Letzte dazu, ihre mürrische Laune war nicht zu übersehen.

Beobachte, ermahnte Deanna sich. Sie würde ihre Älteste heute nicht kritisieren. Sie würde nur beobachten und zuhören.

»Ich habe noch nie chinesisch gegessen«, sagte Lucy und betrachtete die verschiedenen Gerichte.

»Ich auch nicht«, sagte Savannah.

»Das ist nichts Besonderes.« Madison klang gelangweilt.

»Ich bin ganz aufgeregt«, erklärte Sydney ihrer Mutter. »Wie schmeckt das?«

»Wir haben verschiedene Gerichte.« Deanna fing an, die Verpackungen zu öffnen. »Das hier ist Moo Goo Gai Pan – Hühnchen mit Gemüse. Dann haben wir Hühnchen süßsauer, Rindfleisch mit Brokkoli, gebratenen Reis und Frühlingsrollen.«

»Frühlingsrollen im Sommer?«, fragte Savannah.

»Tja, ich weiß auch nicht, wo die ihren Namen herhaben. Warum probierst du nicht ein wenig von allem, um herauszufinden, was dir schmeckt? Dann kannst du dir davon mehr nehmen.«

Die Zwillinge nickten. Lucy und Audrey warteten darauf, dass sie ihnen auch auffüllte. Deanna lächelte ihre Älteste an. »Ich bin sicher, du weißt schon, was du am liebsten magst.«

Madison zuckte mit den Schultern und griff nach dem Reis.

Kurz danach hatten alle etwas auf ihren Tellern. Deanna schnappte sich auf dem Weg zurück zu ihrem Stuhl eine Frühlingsrolle und biss davon ab. Sie merkte, dass die vier Jüngeren sie dabei beobachteten.

»Die ist gut«, sagte sie lächelnd. »Probiert mal.«

Sie alle nahmen sich eine Frühlingsrolle und bissen winzige Stücke davon ab. Eine nach der anderen nickte.

Sydney spießte ein Stück Hühnchen auf und steckte es sich in den Mund. »Das ist gut«, murmelte sie.

Deanna wollte sie gerade ermahnen, mit geschlossenem Mund zu kauen, da fiel ihr wieder ein, dass sie nur beobachten, aber nicht urteilen durfte. »Es freut mich, dass es dir schmeckt«, sagte sie.

»Wir müssen für das Camp ein Land auswählen«, erzählte Sydney.

»Wir sollten China nehmen«, ergänzte ihre Zwillingsschwester.

»Dann könnten wir über das Essen reden!«

»Das wäre bestimmt ein großer Spaß«, sagte Deanna. »Ich könnte mit eurer Betreuerin ausmachen, dass ihr ein paar Kostproben mitbringt. Ich bin sicher, das Restaurant würde kleine Happen für euch zubereiten.«

»Mom, nächste Woche gehen wir reiten«, sagte Audrey. »Kannst du die Erlaubnis unterschreiben?«

»Sicher. Wo sind die Pferde?«

»In Marysville. Da gibt es eine Ranch. Alison ist schon mal geritten und sagt, auch wenn man da echt weit oben sitzt, ist es nicht schlimm.«

»Du bist sehr sportlich«, erklärte Deanna ihrer Tochter.

»Ich denke, du wirst das sehr gut machen. Die Pferde sind bestimmt ganz ruhig. Du wirst Spaß haben.«

Audrey lächelte sichtbar erleichtert. »Das glaube ich auch.«

Lucy griff nach dem süßsauren Hühnchen. »Emma und ich gehen am Sonntag für die Lesestunde in die Bücherei. Da hängt ein Schild, auf dem steht, dass im August eine Autorin kommt und vorliest.«

Madison sah sie finster an. »Keine Autorin würde jemals nach Blackberry Island kommen.«

»Auf dem Schild steht es aber«, erklärte Lucy ihr. »Ich will da gerne hin.«

»Ich auch«, sagte Deanna. »Es ist bestimmt aufregend, eine Autorin zu treffen.«

»Mommy, kann ich noch etwas Reis haben?«, fragte Savannah.

»Sicher.« Deanna ging um den Tisch herum und half ihr. Sie sah nach den anderen Mädchen, dann setzte sie sich wieder.

Das Abendessen ging weiter. Sie ermahnte sich immer wieder zuzuhören, ohne zu urteilen. Fragen zu stellen und ihre Mädchen antworten zu lassen. Während die Unterhaltung um sie herumfloss, fiel ihr wieder auf, dass Lucy wesentlich ernster war als ihre Schwestern, und dass Audrey einen sehr feinen Sinn für Humor hatte. Dass die Zwillinge gegenseitig ihre Sätze beendeten und Madison vor unterdrückter Wut fast überkochte.

Das ist nichts, worum ich mich im Moment kümmern muss, sagte sie sich. Das ist eine Hausaufgabe für eine andere Woche.

Sie aßen auf und packten die Reste in den Kühlschrank. Die Mädchen räumten schnell den Tisch ab, und Deanna belud die Spülmaschine.

»Vielleicht können wir morgen chinesisches Frühstück essen«, witzelte Audrey.

Deanna lachte. »Ich glaube, das wäre sehr interessant.«

Zu fünft gingen sie ins Wohnzimmer. Madison blieb an der Treppe stehen.

»Ich will hoch in mein Zimmer«, verkündete sie.

»Ist gut.« Deanna setzte sich aufs Sofa.

Lucy griff nach der Fernbedienung und schaltete den Fernseher ein. Er war bereits auf PBS, den Bildungssender, eingestellt.

»Heute lernen wir, wie der Müll aus unseren Küchen zu den Müllhalden in ganz Amerika gelangt.«

Savannah und Sydney tauschten einen Blick, blieben aber still. Audrey seufzte. Lucy setzte sich, ohne etwas zu sagen.

Denn es gibt Regeln, dachte Deanna. Unter der Woche nur PBS. Und nur für eine Stunde. Dann mussten die Mädchen spielen oder vor dem Zubettgehen lesen. Filme und kommerzielles Fernsehen waren eine Belohnung fürs Wochenende.

Beobachte, sagte sie sich. Keine Urteile. Nicht einmal über sich selbst. Denn sie hatte die Regeln mit den besten Absichten aufgestellt. Auch wenn sie ihr im Moment diktatorisch und hart vorkamen.

Aus einem Impuls heraus nahm sie die Fernbedienung in die Hand. »Ich bin nicht in der Stimmung, mir anzugucken, wie Müll auf die Müllhalden kommt«, sagte sie. »Was gibt es denn sonst noch?«

Sie scrollte durch die Kanäle. Auf einem Sender lief ein *Familienbande*-Marathon.

»Meine Tante hat diese Sendung geliebt«, sagte sie. »Ich habe sie als Kind immer mit ihr geschaut.«

»Worum geht es da?«, fragte Savannah, die neben ihr auf dem Sofa saß.

»Um eine Familie mit zwei Mädchen und einem Jungen, deren Eltern mal Hippies waren.«

»Was ist ein Hippie?«, fragte Savannah auf Deannas anderer Seite.

»Das ist schwer zu erklären. Schauen wir uns die Sendung doch einfach an, dann sehen wir, ob ihr es versteht.«

Die vertraute Titelmelodie erklang, und Alex P. Keaton betrat die Familienküche. Innerhalb weniger Minuten lachten alle vier Mädchen laut. Lucy und Audrey hatten sich zu den Zwillingen aufs Sofa gesetzt, und am Ende der Folge kuschelten sich Sydney und Savannah nah an Deanna, und ihre beiden älteren Mädchen waren auch näher gerückt.

Deanna hatte tausend Dinge zu erledigen. E-Mails schreiben und Rechnungen überweisen und Listen erstellen. Aber anstatt sich zurückzuziehen, blieb sie, wo sie war – umgeben von ihren Mädchen. Tränen drohten ihr in die Augen zu steigen, aber sie kämpfte sie zurück. Wenn sie jetzt weinte, wäre das schwer zu erklären.

Das war ein guter Abend, erkannte sie. Kein Streit, keine Befehle, kein »du musst«. Einfach ein Abend, an dem sie die gemeinsame Zeit mit ihren Kindern genossen hatte. Und zum ersten Mal hatten auch ihre Kinder die Zeit mit ihr genossen.

Wades Truck stand nicht vor ihrem Haus, als Andi nach der Arbeit heimkam, aber sie dachte sich nichts dabei. Er würde später kommen, oder sie würden sich morgen sehen. Es vergingen nie mehr als zwei Tage, ohne dass er sie auf den neuesten Stand über die Bauarbeiten brachte. Aber drinnen ging Zeke mit einem Klemmbrett durch die Räume.

»Hey, Andi«, sagte er. »Wie geht's?«

Außer zu gesellschaftlichen Anlässen hatte sie Zeke seit Beginn der Bauarbeiten nicht mehr gesehen. »Mir geht es gut. Was ist los?«

»Nichts. Ich dachte, ich zeige dir, was wir heute geschafft haben.«

Andi schüttelte den Kopf. »Ich verstehe nicht ... Wo ist Wade?«

Zeke schaute auf seine Notizen. »Er, äh, ist auf einer anderen Baustelle.« Er murmelte noch etwas, das sie nicht verstand, aber es war auch nicht wichtig.

»O nein«, sagte sie und funkelte Zeke an. »Du willst mir doch wohl nicht sagen, dass er zu feige ist, um hier aufzutauchen?«

Zeke zuckte zusammen. »So in der Art. Hör mal, Andi, ich weiß nicht, was zwischen euch beiden los ist, aber ich sorge dafür, dass du mit der Arbeit, die wir hier leisten, sehr glücklich sein wirst.«

»Aha.« Sie drückte die Autoschlüssel, die sie immer noch in der Hand hielt. »Wo ist er?«

»Wade?«

»Ja. Gib mir die Adresse. Das werden wir noch heute klären.«

Zeke zögerte nur eine Sekunde, dann schrieb er eine Adresse auf und reichte sie ihr.

»Kluger Mann«, sagte sie im Gehen.

»Tu ihm nicht weh!«, rief Zeke ihr hinterher.

»Ich verspreche gar nichts.«

Die Adresse war leicht zu finden. Wades Truck stand vor einem zweigeschossigen Apartmentgebäude. Angesichts der Anzahl von Autos auf der Einfahrt schätzte sie, dass das Gebäude einer größeren Renovierung unterzogen wurde. Schön zu wissen, dass sie ihn leicht finden konnte, sollte sie je das Bedürfnis haben, ihn mit einer Gabel zu erstechen.

Sie folgte dem Geräusch der Bauarbeiten und fand Wade im Gespräch mit einigen seiner Arbeiter. Als er sie sah, entschuldigte er sich und kam auf sie zu. Keiner von ihnen sagte ein Wort, während er sie aus der Lobby und um das Haus herumführte. Sie ignorierte den Anblick seines Hinterns und alles andere, was sie ansprechend finden könnte, und konzentrierte sich stattdessen darauf, dass er sich entschieden hatte zu verschwinden, anstatt sich ihr zu stellen. Das erinnerte sie viel zu sehr an Matt.

»Wirklich?«, fragte sie, als er sich ihr schließlich zuwandte. »Wirklich? Du kommst einfach nicht mehr? Das ist deine Lösung? Keine Unterhaltung, nicht einmal eine E-Mail? In *Sex and the City* hat Berger wenigstens mit einem Post-it Schluss gemacht.«

»Wer?«

»Ist nicht wichtig.« Sie stieß mit dem Zeigefinger gegen seine beeindruckende Brust. »Es ist also vorbei?«

»Ich weiß es nicht«, gab er zu.

»Du hast beschlossen, dass das mit uns nirgendwohin führt«, sagte sie. »Aber anstatt diese Nachricht persönlich zu überbringen, hast du es mir von deiner Tochter mitteilen lassen. Das ist echt mies.«

Sie hielt an ihrer Wut fest, weil sie sonst in Tränen ausbrechen würde, und er hatte es nicht verdient zu wissen, dass er ihr wichtig genug war, um zu weinen.

»Und jetzt haust du einfach ab. Ich hätte nie gedacht, dass du einer von diesen Typen bist. Aber ich schätze, ich habe mich geirrt.«

»Ich bin nicht derjenige, der mit einem attraktiven Arbeiter schläft. Wie bequem für dich, dass ich auch dein Haus renoviere. Zwei zum Preis von einem sozusagen.«

Andi trat einen Schritt zurück. »Du hast es gehört.«

Wades Blick wurde eisig. »Jedes Wort. Und du hast nicht widersprochen.«

Andi errötete. »Es tut mir leid, dass dich das verärgert hat. Aber ich hatte nicht vor, meiner Mutter gegenüber ins Detail zu gehen, was uns beide betrifft.«

Er schüttelte den Kopf. »Klar, warum solltest du das auch deiner Familie erzählen? Ich bin nicht derjenige, der entschieden hat, dass das mit uns nirgendwohin führt, Andi. Das warst du.«

»Nein, so habe ich das nicht gemeint. Ich wollte nicht mehr sagen, weil meine Mutter immer alles verdreht. Wenn du den Satz gehört hast, hast du vermutlich auch gehört, wie sie den Typen verteidigt hat, der mich vor dem Altar hat stehen lassen. Ich vertraue ihr niemals etwas an, das mir wichtig ist.« Sie berührte seinen Arm. »Ging es die ganze Zeit darum?«

Er wand sich aus ihrem Griff. »Ich verstehe. Du hast Spaß, während du dich hier einlebst. Und jetzt bist du sauer, weil ich die Sache beende, bevor du dazu bereit bist.«

»Du hörst mir nicht zu, Wade. Was ich zu meiner Mutter gesagt oder nicht gesagt habe, hat nichts damit zu tun, was ich für dich empfinde. Ich mag dich sehr. Ich möchte, dass wir zusammen sind. Wegen Matt bin ich ein wenig gestresst, weil du dich so zurückhältst, aber ich arbeite daran. Mach nicht wegen meiner Mutter mit mir Schluss. Du musst mir glauben.«

Sein Blick war unerbittlich. »Nein, muss ich nicht.«

»Das ist alles?«

»Carries Mutter hat mein Job auch nicht gefallen. Sie wollte mehr als das Leben hier. Als die Insel. Sie hat mich immer gedrängt, mehr aus mir zu machen. Tja, mir gefällt, was ich tue, und ich mag, wer ich bin. Ich will nicht anders sein.«

»Ich bitte dich nicht, dich zu ändern.«

»Du wärst glücklicher mit jemandem, der so ist wie du«, sagte er ausdruckslos. »Und ich will jemanden, dem ich vertrauen kann.«

Sie spürte seine Worte wie eine Ohrfeige und zog sich zurück. »Das war es also? Das mit uns ist vorbei?«

»Für mich schon.«

Sie drehte sich um und machte ein paar Schritte, dann wirbelte sie auf dem Absatz herum. »Du irrst dich, was mich angeht, Wade. Du lässt deinen Stolz bei etwas dazwischenfunken, das verdammt gut hätte werden können.«

»Das Risiko gehe ich ein.«

Sie wollte ihm sagen, dass er seiner Vergangenheit erlaubte, seine Gegenwart zu bestimmen. Genau wie das, was mit Matt passiert war, sie ein wenig verrückt machte. Sie wollte ihm sagen, dass Carrie sie mochte. Und wollten nicht alle Eltern, dass ihre Kinder einen Arzt oder eine Ärztin heirateten? Aber wozu? Er hatte sich bereits entschieden. Und so schwor sie sich: So lange sie lebte, würde sie nie wieder einen Mann anbetteln, sie zu lieben.

26. KAPITEL

Deanna hatte das Kochen mit dem Schmortopf immer als Schummelei angesehen. Für sie zählte es nicht, wenn sie nicht die ganze Arbeit alleine machte. Aber sie versuchte, sich zu ändern, und wie Darrelyn angemerkt hatte, existierten einige Regeln nur, weil sie nie infrage gestellt worden waren. Ihre Aufgabe für diese Woche war es, pro Tag eine Regel zu überprüfen. Am Freitag beschloss Deanna, es wäre an der Zeit, ihre Beziehung zu ihrem Schmortopf auf die Probe zu stellen.

Colin hatte ihr eine Nachricht geschickt, dass er gegen vier Uhr zu Hause sein würde. Sie hatte die Mädchen aus ihren Sommercamps abgeholt und war ein paar Minuten nach vier wieder vor dem Haus vorgefahren. Colins Wagen stand bereits in der Auffahrt.

»Daddy ist da, Daddy ist da!«, riefen die Zwillinge. Sie warteten kaum ab, bis der Minivan zum Stehen gekommen war, bevor sie heraussprangen. Audrey und Lucy folgten ihnen schnell. Madison war mit zu Carrie gefahren und würde erst am nächsten Morgen nach Hause kommen.

Deanna stieg langsamer aus. Sie war sowohl nervös, Colin zu sehen, als auch total verängstigt, dass heute der Tag wäre, an dem er verkünden würde, sie zu verlassen. Sie ging ins Haus und achtete darauf, ihm aus dem Weg zu gehen. Darin war sie in letzter Zeit sehr gut geworden. Vor ein paar Wochen hatte sie es getan, weil sie ihm zeigen wollte, dass er ihr egal war. Nun tat sie es, weil er ihr nicht egal war. Ganz im Gegenteil. Nur wusste sie nicht, wie sie ihm das sagen sollte … vor allem, weil sie sich ziemlich sicher war, dass es bereits zu spät war.

Sie sah nach dem Schmorbraten, dann verlas sie die Beeren, die sie am Stand an der Brücke gekauft hatte. Aus ihnen würde sie einen Nachtisch zubereiten.

Sie war gerade damit fertig, die Erdbeeren zu waschen, als Colin die Küche betrat.

»Hallo, Deanna.«

Sie wappnete sich kurz, drehte sich dann um und lächelte ihn an. »Hi. Schön, dass du wieder da bist.«

Er musterte sie, während er auf sie zukam. Dann lehnte er sich an die Arbeitsplatte und verschränkte die Arme vor der Brust. »Du benutzt den Schmortopf.«

»Ja. Ich mache einen Braten. Heute ist es so kalt und regnerisch, das ist das perfekte Schmortopfwetter.«

»Du hasst den Schmortopf.«

»Wir hatten bisher eine etwas schwierige Beziehung, aber wir haben uns ausgesprochen, und ich glaube, wir schaffen es, Freunde zu werden.«

Er hob seine Augenbrauen. »Interessant.«

»Wir waren uns einig, dass wir beide dazu neigen, vorschnelle Urteile über andere zu fällen. Dieser Schmorbraten ist ein Test. Ich kann gerne morgen Bericht erstatten, wenn du magst.«

»Klar. Wie war deine Woche?«

»Gut. Und deine?«

»Erfolgreich.«

Sie wartete. Das hier war der Punkt, an dem er normalerweise ging. Sie sprachen nicht mehr miteinander. Sie hatten seit Wochen nicht geredet. Davor hatten sie sich gestritten und davor ... tja, das war auch nicht gut gewesen.

»Ist alles in Ordnung?«, fragte er. »Du wirkst anders.«

»Mir geht es gut. Ich hatte nur viel mit den Mädchen um die Ohren. Ich habe über das nachgedacht, was du gesagt hast, dass wir ein höheres Einkommen brauchen, also habe ich meinen Lebenslauf ein wenig aufpoliert. Ich habe einen Onlinekurs gemacht. Der war kostenlos, aber sehr hilfreich.«

In seinen blauen Augen blitzte Überraschung auf. »Dir gefällt es doch, im Handarbeitsladen zu arbeiten.«

»Ich weiß, aber die bezahlen nicht gut. Ich muss eine größere finanzielle Verantwortung übernehmen. Außerdem werden die Zwillinge bald in die Schule kommen und den ganzen Tag weg sein. Ich sollte wirklich mehr arbeiten. Du hast recht, du bist zu oft unterwegs. Die Mädchen brauchen dich hier.«

Ich brauche dich hier.

Die Worte blieben in ihrer Kehle und in ihrem Herzen stecken und zwangen sie mit ihrer Wahrheit beinahe in die Knie. Sie vermisste Colin. Nicht den kalten Fremden, den sie erschaffen hatte, aber den Mann, der er davor gewesen war. Er hatte sie angebetet, und sie hatte ihn geliebt, und sie waren glücklich gewesen. Warum hatte sie das ändern wollen?

Sie räusperte sich. »Ich, äh, treffe mich mit jemandem.«

Er versteifte sich. Seine Arme sackten herab, und sein Mund wurde zu einem geraden Strich. »Wer ist er?«

Sie runzelte die Stirn. »Was redest du ... Oh, nein. Ich bin ...« Sie warf einen Blick über die Schulter, um sicherzugehen, dass sie alleine waren. Dann senkte sie die Stimme. »Ich meine, ich habe angefangen, zu einer Therapeutin zu gehen. Wegen des Händewaschens und der anderen Sachen, über die du und ich gesprochen haben. Sie hilft mir sehr. Ich mache Fortschritte. Du musst nichts machen, ich wollte es dir nur erzählen, damit du es weißt, falls du etwas in der Abrechnung der Krankenkasse siehst.«

Er entspannte sich. »Das ist ein großer Schritt.«

»Ein dringend notwendiger Schritt. Angesichts meiner Vergangenheit ist es vermutlich kein Wunder, dass ich Probleme habe. Ich will sichergehen, dass ich sie nicht an meine Kinder weitergebe. Den Kreislauf durchbrechen und so.«

Sie war innerlich ganz kribbelig und von Hoffnung erfüllt. Wenn Colin der Gedanke an sie mit einem anderen Mann eifersüchtig machte, musste das doch gut sein, oder? Sie wollte nicht zu viel in seine Reaktion hineininterpretieren, aber vielleicht war das hier ein Anfang.

»Wie kann ich dir helfen?«, fragte er.

Die Hoffnung flackerte ein wenig größer und heller. »Bisher bekomme ich nur Aufgaben für mich, aber wenn sich das ändert, sage ich dir Bescheid.«

Er schaute zum Schmortopf und grinste. »War das eine der Aufgaben?«

Sie lachte. »Ich habe meine kostbare Therapiezeit nicht damit vergeudet, an meinen Schmortopfproblemen zu arbeiten, aber ja, ihn zu benutzen ist Teil meiner Hausaufgabe für diese Woche.«

»Ich kann es kaum erwarten zu sehen, was als Nächstes kommt. Ein Pürierstab?«

»Oder eine Fritteuse. Man kann nie wissen.«

»Es ist schön, findest du nicht?«, fragte Andi, die im Türrahmen eines ihrer Untersuchungszimmer stand.

Das Wandbild war fertig, der Untersuchungstisch stand an seinem Platz, und die Arbeitsplatte und das kleine Waschbecken waren angebracht worden. Boston hatte für diese Wand einen fröhlichen Affen gezeichnet und würde ihn in den nächsten Tagen ausmalen.

»Ich finde, es passt alles schön zusammen. Ich kann sogar ein paar Wochen früher eröffnen als geplant, was wirklich sehr unerwartet kommt.« Sie räusperte sich. »Dr. Harrington hat zugestimmt, dass Nina für mich arbeiten kann, und nächste Woche fangen wir mit den Bewerbungsgesprächen an. Sie ist echt eine große Hilfe.« Andi hielt inne und unterdrückte den Drang, in Tränen auszubrechen. »Also, wie du siehst, habe ich wirklich alles im Griff.«

Pickles drehte sich in ihren Armen, als wolle er sagen, dass er sehr lange sehr geduldig gewesen sei, es jetzt aber langsam lächerlich wurde.

»Du hast recht.« Sie setzte ihn auf die Erde. »Es tut mir leid.

Du hast eine Familie, die auf dich wartet. Ich bin dieses Wochenende irgendwie durcheinander, aber das sollte ich nicht an dir auslassen.«

Pickles strich um ihre nackten Beine, dann lief er zur offen stehenden Haustür hinaus. Andi sah ihm hinterher und war sich der Leere des Hauses und der Länge des Abends, der sich vor ihr erstreckte, nur zu bewusst.

Lucy und ihre Schwestern waren schon eine ganze Weile nicht mehr zu Besuch gewesen. Andi wusste, es lag daran, dass Lucy eine neue beste Freundin hatte und viel mit ihr unternahm. Und genauso sollte es ja auch sein. Die anderen Mädchen hatten Lucy auf ihren Besuchen immer nur begleitet.

Was sie selbst betraf, fand Andi, dass sie sich in den wenigen Monaten, die sie auf der Insel wohnte, gut gemacht hatte. Sie hatte ihre Freundinnen von der Arbeit, ihre Freundinnen vom Pilateskurs und ihr wunderschönes Haus. Sie liebte ihre Arbeit und fand sie erfüllend. Wenn sie sich zufällig in einen totalen Idioten verliebt hatte ... tja, so etwas passierte, richtig? Vielleicht war es jetzt wirklich an der Zeit für sie, das mit den Beziehungen aufzugeben.

»Klopf, klopf. Ich bin's.«

Sie ging nach vorne und fand Boston im Wartebereich ihres Büros. Ihre Nachbarin schaute sich um und grinste. »Leiste ich gute Arbeit oder was?«

»Du bist so talentiert.«

»Danke.« Boston zuckte mit den Schultern. »Ich bin gerade in der Hölle.«

»Ich auch.«

Sie umarmten einander kurz, dann packte Boston Andis Hand. »Komm. Wir treffen uns nebenan. Colin geht mit den Mädchen ins Kino, und Deanna war bei Arnie's, um uns Pulled-Pork-Sandwiches zu holen. Ich habe Wein dabei. Wir machen uns einen schönen Abend.«

»Gott sei Dank.« Andi folgte ihr. »Ich werde hier drinnen langsam verrückt. Unter der Woche kann ich mich gut ablenken, aber die Wochenenden sind endlos und die Sonntage am schlimmsten.«

»Ist bei mir im Moment genauso.«

Andi wusste nicht, was genau vorgefallen war, hatte jedoch den Eindruck, dass Boston in naher Zukunft nicht mit Zekes Rückkehr rechnete.

»Hast du immer noch nichts von ihm gehört?«, fragte sie, als sie den Rasen überquerten und die Stufen zu Deannas Veranda hinaufgingen.

»Nein, nichts. Er meinte, ich bräuchte ihn nicht, und ich denke, vielleicht hat er recht.«

Kopfschüttelnd betrat Andi die Küche. »Das akzeptiere ich nicht. Du liebst ihn. Ihr beide seid zusammen einfach wunderbar. Ein Baby zu verlieren löst sehr viel Stress aus. Du musst ihm etwas Zeit lassen.«

»Es ist jetzt neun Monate her, Andi. Drei Monate länger, als wir ihn überhaupt bei uns hatten. Irgendwann müssen wir mal heilen und weitermachen. Ich versuche es, aber Zeke ist das nicht genug. Er will, dass ich nach seinem Zeitplan und auf seine Weise darüber hinwegkomme. Er kann nicht akzeptieren, dass wir verschieden sind, und er gibt mir die Schuld dafür, dass ich ihn enttäusche.«

»Du klingst so rational.« Andi war sich nicht sicher, ob das etwas Gutes war.

»Rationalität wird überschätzt«, warf Deanna ein, die gerade mit Tüten voller Lebensmitteln eintrat. »Auch wenn ich sehr viel Geld dafür bezahle, um wenigstens so tun zu können, als wäre ich rational.«

»Mit dir ist alles in Ordnung«, sagte Boston.

Deanna lächelte. »Mal abgesehen von den Zwangsstörungen?«

»Jeder hat so seine Macken.«

Deanna verteilte das Essen, während Boston den Wein öffnete. Andi schob die Hocker um den Tresen so zurecht, dass sie sich alle anschauen konnten, dann legte sie einen großzügigen Stapel Servietten parat.

»Sprecht ihr über Zeke?«, fragte Deanna, als sich alle setzten.

»Ja. Er ist ein Idiot«, sagte Andi.

»Kein so großer Idiot wie Wade.«

Andi bemühte sich, nicht zusammenzuzucken. »Das muss in der Familie liegen.«

Deanna schaute zwischen ihnen beiden hin und her. »Was ist denn das Problem mit Wade?«

»Ich habe ihn vor meiner Mutter nicht verteidigt.« Andi starrte ihr Sandwich an und fragte sich, ob sie wirklich Hunger hatte. »Sie hat ihn einen netten Arbeiter genannt, mit dem ich schlafen kann. Ich habe mir nicht die Mühe gemacht, darauf einzugehen, weil es keinen Sinn hat.«

Deanna stibitzte sich ein paar Pommes frites. »Hat deine Mutter nicht auch den Idioten verteidigt, der dich vor dem Altar hat stehen lassen?«

»Ja.«

»Hat Wade das gehört?«

»Vermutlich.«

»Also weiß er, dass sie nicht ganz zurechnungsfähig ist.«

Andi war nicht sicher, ob das eine hilfreiche Information war. »Ich weiß. Was in mir den Verdacht weckt, dass er das nur als Entschuldigung nimmt, um sich zurückzuziehen. Was wiederum keine Erkenntnis ist, die mich sonderlich glücklich macht.«

»Das tut mir leid«, sagte Deanna.

»Das muss es nicht. Ich habe mich sehr lange vor der Wahrheit versteckt. Das will ich nicht mehr. Ich dachte nur …« Sie zuckte mit den Schultern. »Ich habe ihn sehr gemocht. Ich dachte, das mit uns könnte was werden. Ich habe meinen

Drang bekämpft, innerhalb der ersten fünfzehn Minuten eine verbindliche Zusage haben zu müssen. Ich habe mich gebessert. Ich mag Carrie. Und wir hatten Potenzial. Ich schätze, das Schlimmste ist, dass ich nicht glaube, irgendetwas falsch gemacht zu haben. Ich sehe meine Eltern vielleicht einmal alle zwei Jahre. Sie wären kein großer Teil unseres Lebens. Also warum sollte ich sie nicht einfach reden lassen und mich freuen, wenn der Besuch vorbei ist? Aber Wade sieht das nicht so.«

Andi schaute Boston an. »Müssen wir das Thema wechseln?«

»Nein. Mir geht es gut. Wade ist dumm, und ich weiß auch nicht, warum er sich so benimmt.« Sie wandte sich an Deanna. »Du wirkst glücklich.«

Deanna nahm lächelnd ihr Sandwich in die Hand. »Mir geht es besser. Die Medikamente helfen, und ich schließe langsam mit meinen Küchengeräten Frieden.«

»Wie bitte?«, fragte Andi.

»Sorry. Ein dummer Scherz. Ja, es wird besser. Colin ist nett, was mich hoffen lässt, mich aber auch nervös macht. Ich will nicht glauben, dass alles gut wird, nur um dann von ihm verlassen zu werden. Ich glaube, das würde ich nicht überleben.«

Sie schaute Boston und Andi an. »Tut mir leid. Das war unsensibel.«

Boston schüttelte den Kopf. »Du musst dich nicht entschuldigen. Ich war wegen meiner Beziehung zu Zeke ziemlich selbstgefällig. Ich habe es verdient.«

»Trotzdem, ich wollte nicht –«

Andi beugte sich vor und stieß sie mit ihrer Schulter an. »Lass es gut sein. Wir wechseln das Thema. Habt ihr den Vorarbeiter meiner Gartenbaucrew gesehen?«

Boston lachte. »O ja. Er ist bezaubernd.«

»Er ist vierundzwanzig. Kommt mir nicht auf komische Ideen, aber ja, Thad ist sehr attraktiv.«

»Mir gefällt, dass er schon so früh am Tag das T-Shirt auszieht«, gab Deanna zu. »All diese Muskeln, die sich in der Sonne anspannen.«

»Oder im Regen«, ergänzte Boston. »Er ist eins mit der Natur. Das respektiere ich.«

»Du respektierst sein Sixpack.«

»Das auch. Ich habe immer gerne Aktbilder gezeichnet. Ich frage mich, ob er dafür wohl Modell stehen würde.«

Deanna und Andi lachten.

Andi merkte, dass sie doch Hunger hatte, und biss in ihr Sandwich. Solange ich meine Freundinnen habe, dachte sie, werden die Sonntage doch gar nicht so schlimm werden.

Boston saß auf dem Boden in Andis Wartezimmer. Während sie darauf wartete, dass die Umrisse der wenigen Tiere trockneten, die sie noch ausmalen musste, breitete sie ein paar Blätter vor sich auf dem Boden aus und betrachtete die Muster, die man ihr geschickt hatte.

Obwohl sie schon so lange nicht mehr gearbeitet hatte, wurde sie immer noch von Inneneinrichtern kontaktiert, die sie fragten, ob sie wieder bereit wäre, einen Auftrag anzunehmen. Zum ersten Mal, seitdem sie hochschwanger gewesen war, fühlte sie sich in der Lage, die verschiedenen Projekte anzusehen und darüber nachzudenken, vielleicht eines davon anzunehmen.

Sie nahm den Brief eines Designers aus Raleigh in die Hand. *Die Frau liebt Blau. Ich habe versucht, sie zu Akzentfarben zu überreden, aber sie weigert sich. Also alles, was blau ist. Wenn du es schaffst, eine andere Farbe zu integrieren, liebe ich dich für immer.*

Boston lächelte und betrachtete dann die Stoff- und Farbmuster, die mit dem Brief geliefert worden waren. Es gab auch ein paar Fotos von möglichen Möbelstücken.

Ihre Aufgabe war es, das alles in einem Stoffdessin zusammenzufassen. Sie würde verschiedene Optionen auf kleine Stoffquadrate malen. Die Kundin würde sich eines davon aussuchen und Boston die gewünschte Menge Stoff damit bemalen.

Das war eine sehr teure Inneneinrichtungsoption. Sie verlangte einhundert Dollar pro Meter ihrer Arbeit, und das schloss die Kosten für den Stoff und den Versand nicht mit ein. Was die Kundin im Gegenzug erhielt, waren ein einzigartiges Element für ihr Zimmer sowie die Möglichkeit, damit anzugeben, dass ihre Vorhänge von Boston Flemming handgemalt worden waren.

Boston Flemming, nicht Boston King. Für ihre Arbeit benutzte sie ihren Mädchennamen, wozu Zeke sie ermutigt hatte. Er hatte ihre Geschäfte getrennt halten wollen, und sie war damit einverstanden gewesen. Jetzt fragte sie sich, ob ihr Erfolg irgendwo auf dem Weg zu einem Problem geworden war.

Wade betrat das Wartezimmer und ging neben ihr in die Hocke. »Das ist aber sehr viel Blau.«

»Und das von einem Mann, der Beige für eine Farbe hält.«

»Das ist es ja auch.«

»Aber keine gute.« Sie schaute zu ihm auf. »Was tust du hier? Ich dachte, du versteckst dich vor Andi.«

»Mein Bruder und ich stecken in einem Dilemma«, gab er zu.

»Du willst nicht hier sein, wenn Andi da ist, und er will nicht hier sein, wenn ich da bin.«

Wade setzte sich auf die Plane, die den Fußboden bedeckte. »So in der Art. Du könntest ihm mal eine Pause gönnen.«

»Ich könnte, aber ich werde nicht.«

»Warum nicht?«

»Er hat uns aufgegeben.« Sie sah ihn an. »Aufzugeben scheint in der Familie zu liegen.«

Seine Miene verspannte sich. »Ich rede mit dir nicht über Andi.«

»Kein Problem. Ich kann das Reden übernehmen. Du irrst dich, was sie angeht. Sie ist süß und lustig, und ihr liegt etwas an den Menschen. Sie mag dich sehr, und bei all deinen Fehlern solltest du sehr dankbar sein, dass das jemand tut.«

»Autsch.«

»Jetzt ist nicht der richtige Zeitpunkt, um empfindlich zu sein. Du weißt, dass ihre Mutter seltsam ist. Das sind alle Eltern. Warum bestrafst du Andi für etwas, das ihre Mutter gesagt hat?«

»Es hätte nicht funktioniert.«

»Es hätte sehr gut funktioniert, und ich glaube, das ist es, was dir Angst macht. Du hast dich so gemütlich in deinem Leben eingerichtet. Du hast Carrie und deinen Bruder und mich und deine Arbeit. Sich wieder auf eine Beziehung einzulassen würde bedeuten, dich zu öffnen. Ein Risiko einzugehen. Was, wenn du noch einen Fehler machst?«

Er starrte sie an. »Ich habe keinen Fehler gemacht.«

Boston seufzte. »Natürlich hast du das. Ich weiß, sie wollte die Insel verlassen und du nicht. Ich weiß, ihr habt über Scheidung gesprochen, bevor sie krank wurde. Ich weiß, dass ihr nicht glücklich wart.« Sie berührte sanft seinen Arm. »Ich weiß von der Affäre.«

Wade wandte sich ab. »Tja, egal, das hat jetzt keine Bedeutung mehr.«

»Natürlich bedeutet es noch etwas. Andi hat fürchterliche Angst, ihr Herz einem Mann zu geben, der sich nicht festlegen will. Du hast fürchterliche Angst, dein Herz jemandem zu geben, der dich insgeheim verändern will. Ihr seid beide so verdammt empfindlich, dass ihr nicht seht, wie perfekt ihr zueinanderpasst. Solange du deine eigenen Probleme nicht in den Griff bekommen hast, halte dich aus meiner Ehe raus.«

Sie atmete tief ein und wappnete sich gegen Wades Hinweis, dass sie keine Ehe mehr hatte. Aber stattdessen beugte er sich vor und gab ihr einen Kuss auf die Stirn.

»Es hätten du und ich sein sollen, Kleine. Wir hätten es hinbekommen.«

Sie lachte. »Ich weiß, aber du warst nie mein Typ. Sorry, dass ich dir das Herz brechen muss.«

»Du warst auch nie mein Typ. Aber ich liebe dich trotzdem.«

»Ich liebe dich mehr.«

Er lachte leise. »Das kann sein.« Das Lachen verebbte. »Sprich mit Zeke.«

»Sprich mit Andi.«

Er stand auf. »Du bist stur.« Er hob abwehrend beide Hände. »Ich weiß, ich weiß. Ich bin es auch. Ich gehe jetzt.«

Boston schaute auf die Uhr und sah, dass es kurz vor fünf war. »Feigling.«

»Ich bin eben ein Mann, der den Wert des strategischen Rückzugs kennt.«

27. KAPITEL

Audrey biss sich auf die Unterlippe. »Bist du dir sicher, Mom?«
Deanna lächelte. »Ja. Tausendmal ja.«
»Aber das muss man extra bezahlen.«
»Drück auf den Knopf, meine Süße.«
Die Zwillinge kreischten, und Lucy presste sich ein Kissen an die Brust. Audrey tat wie geheißen, und der Film erschien auf dem Bildschirm.

Noch ein Punkt mehr, an dem ich viel zu streng gewesen bin, dachte Deanna traurig und ging in die Küche, um für die Mädchen Popcorn zu machen. Okay, jeden Abend ein Film im Pay-TV wäre zu teuer, aber ab und zu war es in Ordnung. Was sie bis zum heutigen Tag nie geglaubt hätte.

Sie verteilte den Inhalt der großen Popcornschüssel auf zwei kleine und brachte sie zurück ins Wohnzimmer. Die Mädchen waren bereits von dem Zeichentrickfilm gebannt.

»Habt Spaß«, sagte Deanna und kehrte in die Küche zurück. Sie schaute in Richtung Decke und überlegte, Madison eine Schüssel Popcorn nach oben zu bringen. Was sie zurückhielt, war die Angst, dass ihre Älteste diese Geste irgendwie in etwas Schreckliches verdrehen würde, und im Moment ertrüge Deanna weder ein wütendes Anfunkeln noch ein Augenverdrehen.

Sie machte Fortschritte. Das spürte sie. Sie war nicht mehr die ganze Zeit über angespannt, und sie schlief besser. Die Mädchen waren spontaner und glücklich. Abgesehen natürlich von Madison. Aber jetzt war Wochenende, und Colin war zu Hause. Auch wenn sie es schön fand, ihn dazuhaben, machte es sie doch auch nervös.

»Schauen die Mädchen ihren Film?«

Sie zuckte zusammen und drehte sich um. Der fragliche Mann lehnte am Türrahmen zur Küche. Er trug Jeans und ein

T-Shirt. Lässige Kleidung, die an ihm gut aussah. Sexy. Eine Welle der Sehnsucht schwappte über sie hinweg und setzte sich in ihrem Herzen fest – und ja, vielleicht auch ein wenig weiter unten.

Sie wollte mit ihm Liebe machen, aber genauso sehr wollte sie von ihm gehalten werden. Auf eine Art gehalten werden, bei der sie sich sicher fühlte. Behaglich. Sie wollte sich keine Gedanken darüber machen, dass er sie verlassen könnte. Sie wollte, dass sie wieder wirklich verheiratet waren.

»Sie genießen den Film«, sagte sie. »Außer Madison.«

»Mit zwölf ist sie schon viel zu erwachsen für so etwas«, sagte er.

Sie nickte.

»Wir waren beide so sehr mit den Mädchen beschäftigt, dass wir gar keine Möglichkeit hatten, miteinander zu reden«, sagte er. »Warum leistest du mir nicht bei einem Glas Wein Gesellschaft, und wir bringen uns auf den neuesten Stand?«

Deanna fragte sich, ob sie so verwundert aussah, wie sie sich fühlte. »Äh, sicher. Das wäre nett.«

Sie folgte ihm in sein Büro, wo bereits eine Flasche Merlot und zwei Weingläser warteten. Sie setzte sich in die Ecke des Sofas und fragte sich sofort, ob sie sich in die Mitte hätte setzen sollen oder …«

Sie seufzte. Sie kannte Colin beinahe sechzehn Jahre. Es sollte nicht so schwer sein. Aber das war es.

Er reichte ihr ein Glas und setzte sich dann ebenfalls aufs Sofa, und zwar so, dass er sie ansehen konnte. Sie waren einander nah, ohne sich zu berühren, und sie wusste, wie sehr sie seine Berührung brauchte. Nur ein Kuss, dachte sie sehnsüchtig.

»Den Mädchen geht es gut«, sagte sie. »Ich kann nicht glauben, wie schnell der Sommer vergeht. Die Schule hat bereits ihre Liste mit den nötigen Schulsachen gemailt.«

»Wir haben dieses Jahr überhaupt keinen Urlaub geplant«, sagte er.

»Ich weiß. Es war so viel zu tun und mit allem anderen, was los ist ...«

Colin nippte an seinem Wein. »Ich habe mit meinem Chef darüber gesprochen, die Verkaufsabteilung zu übernehmen. Er ist bereit, wenn ich es bin. Ohne die Kommissionen und die Überstunden wegen der Reisen wäre das ein Gehaltseinschnitt von ungefähr fünfzehn Prozent. Ich habe mal ein wenig gerechnet. Es wird definitiv eng.«

»Das ist okay«, sagte sie schnell. »Ich habe mich bei ein paar Firmen beworben. Nächste Woche habe ich ein Vorstellungsgespräch im Blackberry Island Inn. Sie brauchen eine Buchhalterin für circa dreißig Stunden die Woche. Ich weiß noch nicht alle Einzelheiten, aber es klingt, als könnte ich einen Teil der Arbeit von zu Hause aus erledigen, was bedeutet, ich könnte trotzdem für die Mädchen da sein. Es wäre eine gewaltige Steigerung, sowohl was mein Einkommen als auch was meine Arbeitszeiten angeht. Es würde den Einschnitt bei deinem Gehalt und das, was ich bisher dazuverdient habe, abdecken.«

Der Blick aus seinen blauen Augen war ruhig. »Bist du dir sicher?«

»Sehr sicher. Wir haben darüber gesprochen, Colin. Du musst hier bei den Mädchen sein. Du fehlst ihnen.« Sie räusperte sich. »Und mir fehlst du auch.«

Er stellte sein Glas auf dem Beistelltischchen ab und griff nach Deannas freier Hand. »Ich wäre gerne öfter hier«, gab er zu.

Seine Finger waren warm und stark. Vertraut, dachte sie, aber es war so lange her, dass er sie berührt hatte.

Ihr Magen schlug ein paar Saltos. Sie wollte sich zu gleichen Teilen Colin in die Arme werfen und davonlaufen. Sie entschied sich dafür, ihr Glas auf den Tisch zu stellen und ruhiger zu atmen.

»Ich werde am Montag mit meinem Chef sprechen«, sagte er. »Der Übergang sollte nur ein paar Wochen dauern. Dann werde ich jeden Abend zu Hause sein.«

Sie riskierte es, ihm einen Blick zuzuwerfen, und sah, dass er sie anschaute. »Du wirst überhaupt nicht wissen, was du mit dir anfangen sollst.«

»Das finde ich schon heraus. Ich könnte ein paar der Fahrdienste für die Mädchen übernehmen.«

»Das wäre schön. Die Zwillinge wollen Tanzunterricht nehmen.«

Bildete sie sich das nur ein, oder bewegte er sich auf sie zu? Er hielt immer noch ihre Hand, was schön war, aber mit einem Mal wusste sie nicht, was sie mit ihrer anderen Hand anstellen sollte. Oder wo sie hinsehen sollte. Oder was sie denken sollte.

»Wir könnten Ski laufen«, platzte sie heraus.

Colin richtete sich auf. »Wie bitte?«

»Wenn wir diesen Sommer keinen Urlaub machen, könnten wir über Weihnachten in die Skiferien fahren. Ein Haus in Sandpoint mieten. Das ist nicht so weit. Wir waren seit Audreys Geburt nicht mehr Ski laufen. Ich bin mir nicht mal sicher, ob ich das noch kann, aber es könnte lustig werden.«

Er lächelte. »Ski fahren wäre nett. Aber sprechen wir später darüber. Jetzt möchte ich dich küssen.«

Sie schluckte. »Wirklich?«

»Sehr sogar.«

»Ich war mir nicht sicher. Ich habe es gehofft, aber bei allem, was passiert ist, wusste ich es nicht.« Sie lehnte sich vor, dann zog sie sich wieder zurück. »Du hast mir all die schönen Dessous gekauft, und ich habe sie nie getragen. Es tut mir leid. Ich hätte es tun sollen. Es ist nur ... der Sex war so gut, das hat mir Angst gemacht. Ich habe mich verletzlich gefühlt. Aber wenn ich so tat, als wollte ich nicht, dass wir uns lieben, hatte ich nicht mehr solche Angst. Und nach einer Weile habe ich den Teil von mir verloren und musste es nicht mehr vortäuschen.«

Ihr Ehemann wirkte leicht verwirrt. »Versuchst du, mich abzulenken?«

»Überhaupt nicht. Ich versuche, mich zu entschuldigen.« Sie nahm all ihren Mut zusammen und sagte: »Es wäre sehr schön, wenn du mich jetzt küssen würdest.«

»Ja, das wäre es.«

Er beugte sich vor und presste seine Lippen auf ihre. Sie waren fest und doch sanft und eroberten sie mit gerade so viel Leidenschaft, um sie ganz kribbelig zu machen. Tief in ihrem Bauch verspürte sie ein Sehnen, das seit Jahren verschwunden gewesen war.

Sanft strich seine Zunge gegen ihre. Sie erwiderte die Berührung. Er legte seine freie Hand auf ihre Hüfte und ließ sie dann an ihren Rippen hinauf zu ihrer Brust gleiten. Ihre Nippel waren bereits hart und prickelten, als er mit den Fingern darüberstrich.

Die Tür zum Büro ging auf. »Dad, ich muss –«

Deanna zuckte zusammen und zog sich zurück. Colin schaute auf.

»Was gibt es denn, Madison?«

Deanna wusste nicht, was sie denken sollte. Es war ihr peinlich, und sie war verängstigt und erregt und verwirrt. Die Kombination tat ihrem Magen nicht gut.

»Ich, äh, wollte mit dir über einen Kurs sprechen, den ich belegen will.«

Deanna schaute zu ihrer Tochter und sah, dass Madison immer noch im Türrahmen stand. Ihr Blick schoss zwischen ihren Eltern hin und her. Die Sehnsucht und Hoffnung in ihren Augen wurde schnell von Resignation ersetzt. Als hätte sie gelernt, nicht zu viel zu erwarten.

Deanna stand auf und lächelte ihre Älteste an. »Ist schon gut, Honey. Du störst nicht. Dein Dad kann dir gerne helfen.«

Sie floh, bevor einer der beiden etwas sagen konnte. Als sie die Sicherheit ihres Schlafzimmers erreicht hatte, setzte sie sich auf den Sessel in der Ecke und bedeckte ihr Gesicht mit den Händen.

Madison mochte sie hassen, aber nicht wegen der Gründe, die sie angenommen hatte. Ihre Tochter hatte Angst, dass ihre Eltern sich trennen könnten – dass sie mit einer Scheidung klarkommen müsste. Sie bedrängte Colin nicht, weil sie wollte, dass ihr Vater ging, sondern weil sie wollte, dass es, wenn es schon passieren musste, lieber früher als später geschah. Sie wollte es wissen. Sie war die Tochter ihrer Mutter, und somit war Unsicherheit für sie das Schlimmste auf der Welt.

Um halb sechs am nächsten Morgen ging Colin leise durch das Schlafzimmer ins Bad. Vorsichtig schloss er die Tür hinter sich, bevor er das Licht anschaltete. Deanna lauschte den Geräuschen, als er sich rasierte und dann die Zähne putzte. Er stellte die Dusche an. Für Schlaf war sie in dieser Nacht viel zu verstört. Sie hatte erkannt, wie sehr sie ihre Tochter verletzt hatte, und war sich nicht sicher, wie es mit Colin weitergehen würde. Wenn Madison nicht hereingeplatzt wäre, hätten sie sich geliebt, dessen war sie sich ziemlich sicher.

Er hatte seinen Zug gemacht, und sie war weggelaufen. Nun war sie an der Reihe. Irgendwann in den letzten Stunden hatte sie entschieden, wie der nächste Schritt aussehen würde.

Sie stand auf und ging ins Bad. Sie war bereits vor einer halben Stunde auf der Toilette gewesen und hatte sich die Zähne geputzt. Jetzt stand sie neben der Dusche und wartete, dass Colin sie bemerkte. Er spülte seine Haare aus, dann öffnete er die Augen.

»Du bist früh auf«, sagte er über das Rauschen des Wassers hinweg.

Sie nickte.

Sie trug ein Nachthemd mit dünnen Trägern, die leicht von ihren Schultern glitten. Sie schob sie herunter und ließ den Stoff auf den Boden fallen. Colins Augen weiteten sich ein wenig. Sie öffnete die Tür zur Dusche und trat ein. Die Angst war da, aber sie ignorierte sie. Sie wollte, dass ihre Ehe funktionierte, und dafür musste sie Risiken eingehen. Außerdem war der Anblick von Colins nacktem Körper ziemlich antörnend.

»Guten Morgen«, sagte sie und legte ihre Hände auf seine Schultern. Dann stellte sie sich auf die Zehenspitzen und gab ihm einen Kuss.

Wasser rauschte über sie beide hinweg, machte ihre Haut feucht und glatt. Sie ließ ihre Hände zu seiner Brust gleiten. Er erwiderte ihren Kuss und presste seinen Mund hart auf ihren. Dann stieß er seine Zunge zwischen ihre Lippen, seine Bewegungen waren beinahe hektisch. Seine Hände umfassten ihren Hintern und drückten zu. Sie bog sich ihm entgegen und stöhnte, als sie spürte, dass er bereits hart war.

Das Gefühl seiner Erektion, die an ihrem Bauch pulsierte, schickte Hitzewellen durch ihren Körper. Sie rieb sich an ihm, wollte mehr, wollte überall von ihm berührt werden. Sie war hungrig. Nein, sie war verzweifelt.

Er löste den Kuss und senkte den Kopf zu ihren Brüsten. Er saugte fest an ihrer rechten Brustwarze und leckte sie mit seiner Zunge. Deanna ließ den Kopf in den Nacken fallen und ergab sich dem in ihr brennenden Feuer. Als Colin sich ihrem anderen Nippel zuwandte, nahm sie seinen Kopf in beide Hände, um ihn dort festzuhalten. Er schob eine Hand zwischen ihre Beine und ließ einen Finger in sie hineingleiten. Unwillkürlich spannte sie ihre Muskeln um ihn herum an. Sie wollte so viel mehr als das.

Er hob den Kopf. »Du bist feucht.«

Wirklich? Er wollte jetzt reden? »Wir stehen unter der Dusche. Was sollte ich sonst sein?«

»Nicht diese Art von feucht. Du willst mich.«

Da hörte sie es, die Mischung aus Erleichterung und Befürchtung. Er war sich nicht sicher gewesen, ob das hier real war. Er hatte nicht gewusst, ob er ihr vertrauen konnte oder nicht.

»Es tut mir leid«, flüsterte sie. »Colin, es tut mir so leid. Alles.«

»Mir auch«, sagte er. »Dass ich dich neulich abgewiesen habe.« Er fluchte. »Ich musste wissen, ob du mit mir zusammen sein willst oder nur so tust. Es hat mich beinahe umgebracht.«

Sie auch, aber sie hatte erst verstehen müssen, dass sie sich nicht in ihre Ehe zurückmogeln konnte.

»Ist schon okay.«

Die Besorgnis schwand und wurde durch Leidenschaft ersetzt. Er drehte sich um und stellte das Wasser ab, dann zog er sie aus der Dusche. Sie waren beide klatschnass, aber sie sagte nichts. Um das Chaos würde sie sich später kümmern.

Ihr nackter, tropfender Ehemann ließ sie nur allein im Bett zurück, um die Tür abzuschließen; dann zog er sie auf die Matratze und küsste sie, als wolle er damit nie wieder aufhören. Gleichzeitig liebkoste er ihre Brüste, spielte mit ihren angespannten, schmerzenden Nippeln.

Als er sich an ihrem Körper entlang nach unten küsste, wusste sie, was als Nächstes passieren würde. Etwas, dem sie sich ihr ganzes Leben lang aus mehr Gründen, als ihr einfallen wollten, widersetzt hatte. Aber anstatt zu protestieren oder ihm zu sagen, dass sie das nicht wollte, benutzte sie ihre Finger, um sich ihm zu öffnen, damit er sie noch intimer küssen konnte.

Bei der ersten Berührung seiner Zunge an ihrer Klitoris schloss sie die Augen. Bei der zweiten fiel es ihr schwer, zu atmen. Und bei der dritten musste sie einen puren Lustschrei unterdrücken.

Er leckte sie, erkundete sie, erinnerte sich an sie, spielte auf ihr, bis alle ihre Muskeln angespannt zitterten. Erst dann verfiel er in einen steten Rhythmus, der dazu gedacht war, sie komplett zu kontrollieren, bis sie um mehr bettelte.

»Das ist so gut«, keuchte sie.

Er hielt kurz inne. Sie lächelte, ohne die Augen zu öffnen. »Ja, das war ich, die während des Sex gesprochen hat.« Etwas, worum er sie so oft gebeten hatte, was sie aber nie hatte tun wollen. »Bald wirst du mir sagen, ich soll endlich den Mund halten.«

Sie spürte, dass er lächelte, als er seine köstlichen Zärtlichkeiten wieder aufnahm.

Sie verlor sich in dem Gefühl. Sie wollte sich zurückhalten, konnte es aber nicht. Der Höhepunkt kam immer näher.

»Colin«, hauchte sie. »Gleich. Ich bin so nah dran. Ich …«

Kurz darauf erschauerte sie unter ihrer Erlösung. Sie wusste, dass sie geschrien hatte, vielleicht sogar laut, auch wenn sie das nicht hoffte. Hauptsächlich, weil sie es den Mädchen nicht erklären wollte.

Sie kam erneut, als seine Berührungen sanfter wurden, gab sich ganz ihm und der Lust hin, die er in ihrem Körper entfachte.

Bevor sie wieder ganz runtergekommen war, ging Colin auf die Knie und drang in sie ein.

»Hör nicht auf«, sagte er. »Hör nicht auf.«

Er schob seine Hand zwischen sie und rieb mit seinem Daumen über ihre Mitte. Sie öffnete die Augen und sah, dass er sie beobachtete. Das war ihr bisher immer unangenehm gewesen. Aber jetzt konnte sie sich nicht mehr zurückhalten. Nicht, wo er sie ausfüllte, in sie hineinstieß. Nicht mit seinem Daumen, der ihre geschwollene Klit rieb. Sie drängte sich ihm entgegen und spürte, wie der nächste Höhepunkt heranrollte.

Sie schlang ihre Beine um seine Hüften und zog ihn näher an sich. »Mehr!«, befahl sie, während sie ihn in sich hineinzog und gleichzeitig die Beine weiter öffnete. »Bitte.«

Er tat, wie ihm geheißen, und sie musste sich auf die Hand beißen, um ihre Erlösungsschreie zu ersticken. Dann explodierte er in ihr, und seine Miene verspannte sich. Er hielt die Augen geöffnet, beobachtete sie, wie sie ihn beobachtete, und zum ersten Mal in ihrem Leben sah sie bis in Colins Seele.

Andi kam am Mittwochabend nach Hause und sah, dass Carrie auf der Veranda auf sie wartete. Sie hatte das Mädchen seit ihrer Shoppingtour kaum gesehen – was daran lag, dass sie Wade nicht gesehen hatte. Zeke kümmerte sich inzwischen um die weiteren Bauarbeiten an ihrem Haus.

Letzte Woche war die Crew mit dem Erdgeschoss fertig geworden und hatte sich dem ersten Stock zugewandt. In weniger als einem Monat würde sie eine funktionierende Küche und ein Badezimmer haben und aus dem Dachboden ausziehen können. Ein aufregender Gedanke, redete sie sich ein.

Aber es war schwer, Freude über irgendetwas zu empfinden, solange sie Wade vermisste. Schlimmer noch, sie verbrachte viel zu viel Zeit damit, sich einzureden, ihn nicht zu vermissen. Wenn das mal nicht eine Lose-lose-Situation war.

Andi stieg aus dem Auto, und Carrie sprang breit grinsend die Treppe hinunter auf sie zu.

»Wir warten schon seit Stunden. Du musst es dir ansehen.«

»Wer ist wir?«, fragte Andi und ließ sich von Carrie zur Veranda führen. Vor der Haustür blieben sie stehen.

»Boston und Deanna. Wir können nicht länger warten.«

Sie öffnete die Haustür und tanzte förmlich hinein. Andi folgte deutlich langsamer. Als sie das fertige Wartezimmer sah, blieb sie ganz stehen.

Bostons magisches Wandgemälde dominierte den hellen, gut

erleuchteten Raum. Sonnenlicht fiel durch die großen Fenster und hob verschiedene Dschungeltiere hervor. Die großen Blätter vibrierten förmlich vor Leben, und die Schmetterlinge wirkten, als könnten sie jeden Moment davonfliegen.

Es gab mehrere Sessel und das von ihr bestellte Sofa, von dem sie nicht gewusst hatte, dass es schon angekommen war. Einige niedrige Tische, Stapel von Zeitschriften für Erwachsene und Kinder. Eine Spielecke mit dickem Teppich zum Schutz ihrer kleinsten Patienten. Zusätzlich zu dem Kunststoffspielzeug, das sie gekauft hatte, gab es mehrere wunderschöne Holzspielzeuge, die alt und handgemacht aussahen. Ein Zug, Bauklötze und verschiedene Bauernhoftiere lagen beieinander.

»Überraschung!«, sagte Deanna und betrat mit Boston das Wartezimmer. »Wir haben ein paar Dinge hinzugefügt. Ich hoffe, das ist okay.«

»Es ist unglaublich.« Andi berührte einen der kleinen Tische. »Den habe ich nicht gekauft.«

»Ich weiß.« Deanna zuckte mit den Schultern. »Er ist von mir. Ich dekoriere mein Wohnzimmer um. Es ist zu formell. Der Tisch ist eine Reproduktion, aber stabil genug, um jahrelang Kinder darauf herumklettern zu lassen. Ich habe dir auch diesen Teppich mitgebracht.« Sie tippte mit der Schuhspitze darauf.

»Die Spielzeuge sind von mir«, sagte Carrie und nahm ein geschnitztes Schwein in die Hand. »Mein Dad hat sie mir gemacht, als ich klein war. Er sagte, ich könnte sie spenden, wenn ich wollte, aber ich dachte, ich hätte sie lieber hier. Damit die anderen Kinder ihre Freude daran haben.«

Sie lächelte Andi an. »Meine Lieblinge habe ich allerdings behalten«, gab sie zu. »Für später, wenn ich mal eine eigene Familie habe.«

»Da bin ich sehr froh. Und wenn du diese hier zurückhaben willst, musst du es nur sagen.«

»Da ist noch mehr«, sagte Boston. »Komm, sieh dir dein Büro an.«

Andi ging den Flur hinunter und betrat ihr Büro. Der Schreibtisch stand an seinem Platz. Es gab mehrere Lampen und bequeme Sessel für Patientengespräche, dazu zwei Gemälde. Eines war eine Meereslandschaft, und das andere zeigte Deannas Töchter, die mit Pickles unter dem Baum im Vorgarten spielten.

Andi atmete tief ein. »Ich weiß nicht, was ich sagen soll«, gab sie zu. »Das ist wunderschön. Ihr seid so lieb zu mir.«

»Du bist jetzt eine von uns«, erklärte Deanna ihr. »Ob dir das nun gefällt oder nicht.«

Andi lachte. Carrie kam zu ihr und umarmte sie, und dann hielten sie alle einander fest. Andi sog das Gefühl der Zusammengehörigkeit in sich auf. Innerhalb weniger Monate hatte sie es geschafft, hier auf der Insel ein Zuhause zu finden. Und dieses Zuhause hatte nichts mit dem Haus zu tun, in dem sie stand, sondern einzig mit den Frauen, die sie kennengelernt hatte.

Sie ließen einander los, und Carrie ging in Richtung Haustür.

»Ich gehe mal zu Madison rüber«, sagte sie.

»Viel Spaß!«, rief Andi ihr hinterher. Als das Mädchen fort war, wandte sie sich an ihre Freundinnen. »Ehrlich, das hättet ihr nicht tun müssen.«

»Wir wollten es aber«, erklärte Boston. »Du beginnst ein neues Abenteuer in deinem Leben, und wir werden ein Teil davon sein.«

Deanna nickte zustimmend. »Alles ist perfekt geworden. Das Wandgemälde ist brillant, Boston.«

»Danke.«

Andi wollte gerade etwas sagen, doch ihr Blick blieb an Deanna hängen.

»Was ist passiert?«, fragte sie.

Deanna schaute sie an. »Nichts. Wieso?«

Andi musterte sie. Alles war genauso wie immer, von dem perfekten Make-up bis zur zusammenpassenden Kleidung. Und doch war etwas anders. Vielleicht etwas in ihren Augen oder dem strahlenden Lächeln.

»Du bist glücklich«, sagte sie, ohne nachzudenken.

Deanna grinste. »Vielleicht. Ja. Ich strenge mich an. Es ist noch nicht perfekt, aber es wird besser. Zumindest hoffe ich das. Ich bemühe mich, und Colin bemüht sich auch.« Sie presste die Lippen zusammen. »Wir hatten vor Kurzem morgens den unglaublichsten Sex. Das haben wir seit ich weiß nicht wann nicht mehr gemacht. Falls überhaupt jemals. Ich weiß, wir haben noch viel Arbeit vor uns, aber ich bin voller Hoffnung.«

»Das freut mich für dich«, sagte Andi. »Und ich bin nur ein klein wenig verbittert.«

»Immer noch kein Wort von Wade?«

Andi schüttelte den Kopf.

»Die King-Männer sind Idioten«, verkündete Boston. »Das habe ich akzeptiert. Es gefällt mir nicht, aber ich kann es nicht ändern.«

Andi seufzte. »Also auch kein Zeke?«

»Nicht mal ein Flüstern«, sagte Boston leise. »Ich liebe ihn und vermisse ihn, aber ich weiß nicht, was ich tun soll, um das zwischen uns wieder geradezurücken. Vielleicht ist das, was wir mal hatten, zusammen mit Liam gestorben. Ich weiß es nicht.«

»Es ist nicht tot«, widersprach Deanna ihr. »Ihr werdet euren Weg zurück finden.«

»Das hoffe ich«, sagte Boston. »Denn wir haben uns beide schrecklich verlaufen.«

28. KAPITEL

Boston stand vor der geschlossenen Tür, ihre Hand schwebte über der Klinke. »Danke, dass du vorbeigekommen bist.«

»Gern geschehen.« Deanna berührte ihren Arm. »Du musst das nicht tun.«

»Doch. Es ist Zeit. Ich habe es schon viel zu lange aufgeschoben.«

Sie packte den Türknauf und drehte ihn herum, dann betrat sie das Eckzimmer.

Die Wände waren in einem blassen Gelb gestrichen, die Vorhänge gelbblau kariert, und an die längste Wand war eine grinsende Lokomotive gemalt. Die weiß gebeizte Wiege und ein dazu passender Wickeltisch ließen das Zimmer leicht und luftig wirken. Dicke Teppiche bedeckten den Holzfußboden, und in einer Ecke stand ein Schaukelstuhl.

Boston stand in der Mitte des Raumes und ließ sich vom Schmerz überspülen. Sie hieß das stechende Ziehen in ihrem Herzen willkommen und betete, dass sie dieses Mal würde weinen können. Deanna trat neben sie und legte ihr einen Arm um die Schultern.

»Es tut mir leid«, flüsterte sie. »Das ist echt ätzend.«

Boston nickte.

»Wann warst du das letzte Mal hier drin?«

»Eine Woche, nachdem er gestorben ist. Seitdem nicht mehr. Ich bin nicht sicher, ob Zeke mal hier war.«

Deanna ging in den Flur und kehrte mit mehreren Kartons zurück. »Wir packen alles ein, und wenn Colin später kommt, um uns beim Auseinanderbauen der Möbel zu helfen, tragen wir alles hoch auf den Dachboden. Wenn du sicher bist, dass du das willst.«

Boston nickte. »Bin ich. Selbst wenn Zeke und ich uns wieder vertragen, würde ich dieses Zimmer niemals für ein anderes Baby nutzen wollen. Ich möchte das Gästezimmer hierhin verlegen.«

»Ich glaube, das ist das Beste«, bestätigte Deanna.

Sie stellte einen der Kartons neben die Kommode und zog die Schubladen auf. »Du musst nicht bleiben. Ich kann das gerne machen.«

Boston schüttelte den Kopf. »Ich muss dabei sein.«

Während Deanna die Schubladen leerte, ging Boston zum Schaukelstuhl hinüber. »Der muss weg.«

»Colin bringt ihn am Wochenende zum Frauenhaus in Marysville.« Deanna schaute zu ihr hoch. »Ich wusste, dass du ihn nicht behalten willst.«

Boston berührte den Stuhl. Das kühle Holz war wunderschön – handgeschnitzt und in perfektem Zustand. Aber sie hatte auf diesem Stuhl gesessen, als Liam gestorben war. Sie konnte nicht zulassen, dass er in ihrem Haus blieb.

Sie sank zu Boden und zog die Knie an die Brust. Es kamen keine Tränen, und der Schmerz war verebbt. In diesem Zimmer fühlte sich alles ganz weit weg an.

»Glaubst du, ich bin zerbrochen?«, fragte sie.

»Nein.«

Boston drehte sich zu ihr um. »Das ist alles? Einfach ein Nein?«

Deanna lächelte. »Du heilst langsam, Boston. Das braucht seine Zeit.«

»Ich weine nicht.«

»Ich habe in letzter Zeit zu viel geweint. Du bist zu hart zu dir. Du wirst alles so durchleben, wie es für dich richtig ist.«

Boston brachte ein kleines Lächeln zustande. »Deine Therapie scheint echt zu wirken.«

»Ja, sie hilft mir sehr. Ich lerne, nicht so sehr festzuhalten. Und dass nicht alles immer perfekt sein muss. Die Welt wird nicht aufhören, sich zu drehen, nur weil ich nicht jeden Abend

Zahnseide benutze oder weil meine Kinder mal etwas anziehen, was nicht zueinanderpasst.« Sie senkte die Stimme. »Ich habe drei Pfund zugelegt und bin mir nicht sicher, ob es mich überhaupt interessiert.«

»Ich habe mit dem Baby dreißig Pfund zugelegt.«

Deanna schüttelte den Kopf. »Versuch nicht, dich zu verändern, Boston. Du bist schön, so wie du bist.«

»Danke.«

Deanna wandte sich wieder der Kommode zu. Boston beobachtete, wie sie winzige Hosen und Hemdchen aus den Schubladen nahm. Die Söckchen waren so klein, als wären sie für eine Puppe gemacht. Ihre Brust verengte sich. Sie öffnete die Hände, wie um den Schmerz einzulassen. Er legte sich auf sie, zerdrückte sie.

Sie schloss die Augen und wollte die Tränen zwingen zu kommen. Sie brauchte einen Ausdruck ihrer Trauer. Bitte, betete sie stumm, bitte.

Deanna stand auf und ging zum Schrank. Boston öffnete die Augen und wusste, dass sie noch nicht bereit war.

»Es tut mir leid, Ihnen sagen zu müssen, dass es drei verschiedene Bücher zu führen gibt«, sagte Michelle Sanderson, die hinter ihrem Schreibtisch im Blackberry Island Inn saß. »Das Inn an sich, dazu das Restaurant und dann der verdammte Geschenkeshop.«

Deanna saß kerzengerade auf ihrem Stuhl, entschlossen, die andere Frau nicht merken zu lassen, wie nervös sie war. »Sie sind kein großer Fan des Geschenkeshops?«

»Meine Geschäftspartnerin und ich streiten uns über das Angebot. Wissen Sie, wie viele Dinge man kaufen kann, die ein Gänseblümchenmuster haben?«, fragte Michelle, eine hübsche Frau mit dunklen lockigen Haaren und großen grünen Augen, und lächelte verzweifelt. »Zu viele. Sie werden auf alles gedruckt, und Carly schwört, dass sie sich verkaufen. Zu meinem Pech hat sie damit recht.« Michelle seufzte. »Ich bin eigentlich ein sehr netter Mensch. Bitte lassen Sie nicht zu, dass mein unnatürlicher Hass auf Gänseblümchen Ihnen das Interesse an diesem Job verdirbt.«

»Ich bin immer noch interessiert«, sagte Deanna.

»Gut. Wie wir beide ja schon am Telefon besprochen haben, suchen wir jemanden, der die Buchhaltung übernehmen kann. Für mich und Carly ist das einfach zu viel. Carly kümmert sich um die Bestellungen, also hätten Sie mit den Verkäufern nicht mehr zu tun, als sie zu bezahlen.«

Michelle schaute auf die Notizen vor sich auf dem Tisch. »Wir haben gedacht, es wäre am besten, wenn Sie an drei Vormittagen die Woche hier wären. Dann können wir besprechen, was anliegt, und mögliche Fragen beantworten. Den Rest der Arbeit könnten Sie von zu Hause aus erledigen. Ehrlich gesagt, ist unser Platz hier ziemlich beengt. Das Inn ist fast immer ausgebucht, und auch wenn das natürlich hervorragend ist, hält es uns ordentlich auf Trab. Und jetzt, wo Carly heiratet ...« Michelle lehnte sich in ihrem Stuhl zurück. »Sie will eine große Hochzeit, können Sie das glauben?« Sie wedelte mit der linken Hand, an deren Ringfinger ein schlichter Goldreif aufblitzte. »Warum kann sie nicht verdammt noch mal nach Reno abhauen wie wir anderen auch? Das werde ich wohl nie verstehen. Aber Carly steht auf Rituale.«

Michelle beschwerte sich zwar, aber Deanna hörte die Zuneigung in ihrer Stimme.

Sie war ein paar Jahre älter als Michelle und Carly und in der Schule ein paar Klassen über ihnen gewesen, sodass sie nichts miteinander zu tun gehabt hatten. Sie wusste, die anderen beiden waren jahrelang beste Freundinnen gewesen. Dann war etwas passiert, aber sie kannte keine Einzelheiten. Was auch immer es war, es schien gelöst zu sein, denn die beiden waren Partnerinnen hier im Inn, und die Geschäfte liefen gut.

»Sind Sie mit der Software vertraut, die wir benutzen?«, wollte Michelle wissen.

»Das bin ich. Ich habe kürzlich einen Onlinekurs gemacht, um meine Fähigkeiten aufzufrischen.« Deanna reichte ihr das Zertifikat.

Michelle warf einen Blick darauf. »Ausgezeichnet. Carly kennt Sie vom Handarbeitsladen.«

Deanna nickte. »Sie und Gabby haben ein paar meiner Strickkurse besucht.«

»Handarbeiten«, murmelte Michelle. »das ist nichts für mich.« Sie stand auf. »Kommen Sie, ich führe Sie herum. Ich möchte, dass Sie den Wahnsinn verstehen, bevor ich Ihnen ein Angebot unterbreite. Mögen Sie Tiere?«

»Äh, sicher.«

»Wir haben einen Hund und eine Katze. Der Hund gehört mir. Der Kater, Mr. Whiskers, gehört unserer Köchin. Nur damit Sie es wissen, Mr. Whiskers glaubt, hier das Sagen zu haben. An einigen Tagen bin ich geneigt, ihm zuzustimmen.«

Eine Stunde später saß Deanna in ihrem Wagen. Sie holte ihr Handy heraus und wählte die vertraute Nummer.

»Hey du«, sagte Colin nach dem ersten Klingeln. »Wie ist es gelaufen?«

»Ich habe den Job.«

Er lachte leise auf. »Herzlichen Glückwunsch. Das überrascht mich nicht. Ich freue mich für dich.«

»Ich mich auch. Nächste Woche fange ich an. Ich bin nervös.«

»Du wirst das super machen.«

»Danke, das hoffe ich.«

Das hier war neu – dass sie miteinander sprachen. Colin hatte an dem Abend, nachdem sie sich morgens geliebt hatten, angerufen, und sie hatten bis beinahe Mitternacht geredet. Jetzt sprachen sie mehrmals am Tag miteinander. Meistens ging es um nichts Bestimmtes, aber der Inhalt ihrer Unterhaltungen war auch nicht der Punkt. Sie freute sich darauf, seine Stimme zu hören, ihm von den Mädchen zu erzählen und sich von ihm aufziehen zu lassen. Sie fühlte sich jung und albern und glücklich. Es war, wie sich ganz neu zu verlieben.

»Ich komme morgen nach Hause«, sagte er.

»Ich kann es kaum erwarten.«

»Ich auch nicht.« Er hielt inne. »Was hast du gerade an?«

»Colin! Ich sitze in einem Auto vor dem Inn. Ich werde hier arbeiten.«

»Willst du mir damit sagen, dass du nicht nackt bist?«

Sie presste die Augen zusammen. »Ich bin nicht nackt.«

»Verdammt.« Er senkte die Stimme. »Aber wirst du es heute Abend sein?«

Sie spürte, wie ihre Wangen heiß wurden. In den letzten paar Tagen hatte sie entdeckt, dass sie es beinahe genauso sehr genoss, beim Sex zu sprechen, wie Colin es genoss, ihr zuzuhören.

»Ja, das werde ich«, flüsterte sie.

»Ich auch.«

»Bitte schön.« Dr. Harrington reichte Andi eine Einladung. »Wir geben eine große Willkommensparty für meinen Sohn. Er zieht auf die Insel zurück.«

Andi lächelte. »Ich freue mich, ihn kennenzulernen. Ich habe schon so viel von ihm gehört.«

»Seine Mutter und ich sind stolz auf ihn.« Er schaute sich im Büro um. »Er hat Pläne für diese Praxis.«

»Sicherlich gute.« Andi konnte sich nicht vorstellen, mit ihren Eltern gemeinsam eine Praxis zu führen. Sie verspürte einen leichten Stich, wünschte sich einen Moment lang, es wäre zwischen ihnen anders. Aber egal, sie hatte jetzt einen Ort gefunden, an den sie gehörte, und das bedeutete ihr sehr viel.

»Sie haben mit Nina schon alles geklärt?«, fragte Dr. Harrington.

»Ja. Danke nochmals, dass sie mit mir kommen darf.«

Der ältere Mann verlagerte unbehaglich das Gewicht. »Nun, es ist sicher besser so. Sie und Dylan waren auf der Highschool ein Paar, und das hat nicht gut geendet. Damals dachten wir, sie wären zu jung, aber vielleicht hätten wir uns nicht einmischen sollen.« Er hielt inne und schüttelte den Kopf. »Das ist Schnee von gestern, richtig? Die Menschen ändern sich und ziehen weiter.«

Nina hatte ebenfalls etwas von einer romantischen Vergangenheit mit Dylan angedeutet. Andi fragte sich, ob sie wohl je die ganze Geschichte erfahren würde.

Dr. Harrington lächelte sie an. »Sie sind eine wahre Bereicherung für unsere Gemeinde, Andi. Wenn Sie irgendetwas brauchen, wissen Sie ja, wo Sie mich finden.«

»Das ist sehr nett. Danke.«

Der ältere Mann verließ ihr winziges Büro. Andi schaltete ihren Computer aus und holte ihre Handtasche aus der untersten Schreibtischschublade.

Sie war für heute fertig, und am Freitag hatte sie ihren letzten Tag bei Dr. Harrington. Am Montag in zwei Wochen würde sie ihre eigene Praxis in ihrem Haus eröffnen.

Sie und Nina wollten sich am Montagmorgen treffen, um alles vorzubereiten, und ab dann auch Termine annehmen. Einige Patienten hatten bereits Nachrichten unter ihrer neuen Nummer hinterlassen und gefragt, wann sie mit ihren Kindern vorbeikommen könnten.

Andi ging zur Hintertür. Morgen würde sie ein letztes Mal mit den Arzthelferinnen Mittag essen gehen. Zwei Lehrerinnen hatten sie gefragt, ob sie vor ihren Klassen über generelle

Gesundheitsvorsorge und über ihren Beruf sprechen könnte. Sie hatte ihre Freundinnen, ihren Pilateskurs, und sie würde einen Anfängerkurs im Stricken in dem Laden belegen, in dem Deanna arbeitete. Sie war in ihrem Leben auf der Insel angekommen.

Sie ging zu ihrem Auto und blieb abrupt stehen, als sie einen Mann daran lehnen sah. Er war groß und blond und gut aussehend wie ein Filmstar.

»Andi, da bist du ja«, sagte er und ließ ein blendend weißes Lächeln aufblitzen. »Ich habe auf dich gewartet.«

Sie rührte sich nicht. Sie konnte nicht fassen, dass er hier war. Nach all dieser Zeit. »Matt?«

»Du klingst überrascht.«

»Weil ich überrascht bin. Es ist Monate her.«

Bei ihrem letzten Zusammentreffen hatte er versucht, ihr zu erklären, warum er sie am Altar hatte stehen lassen. Er war mehr darum besorgt gewesen auszuführen, warum es nicht wirklich sein Fehler gewesen war, als zuzugeben, dass er sie gedemütigt hatte. Sie war verletzt und wütend gewesen. Schluss zu machen war das Richtige gewesen, aber ein Teil von ihr hatte sich gefragt, ob sie ihn wohl für immer würde lieben müssen.

Doch als sie nun näher kam, fiel ihr auf, dass sie seit Wochen nicht mehr an ihn gedacht hatte. Er war ihr nicht mehr wichtig. Er war jemand, der ihr auf sehr schäbige Weise eine sehr gute Lektion erteilt hatte. Was für ein Idiot, dachte sie grinsend. Hatte nicht beinahe jede Frau einen Idioten in ihrer romantischen Vergangenheit?

»Wie ist es dir ergangen?«, fragte sie und schüttelte dann den Kopf. »Weißt du was? Ich würde ehrlich gesagt lieber wissen, warum du hier bist.«

»Um dich zu sehen.«

Er griff nach ihrer Hand. Sie entzog sie ihm und machte einen Schritt zurück, aus seiner Reichweite heraus.

»Warum bist du hier?«, fragte sie erneut.

Er kam auf sie zu. »Wir müssen reden, Andi. Können wir irgendwohin gehen?«

Sie vertraute ihm nicht. Angesichts ihrer Geschichte war das kaum überraschend. Faszinierend war hingegen, dass in seiner Nähe zu sein keine Erinnerungen aufwirbelte – zumindest keine guten. Sie wäre jetzt lieber zu Hause und würde ihr Abendessen vorbereiten. Oder Zeit mit einer ihrer Freundinnen verbringen.

»Nur ein Drink. Es muss auf dieser Insel doch eine Bar geben.«

»Ich bin sicher, dass es einige gibt, aber nein. Entweder du sagst mir, warum du hier bist, oder ich fahre.«

»Wow. Das ist eine neue Seite an dir. Weißt du noch, ich habe immer gesagt, dass du für dich einstehen sollst. Sieht so aus, als hättest du meinen Ratschlag endlich angenommen.«

Sie verdrehte die Augen und griff nach ihrem Autoschlüssel. Er trat schnell zwischen sie und den Wagen.

»Na gut«, sagte er. »Ich bin hier, weil ich dir sagen will, dass es mir leidtut, was ich getan habe. Dich einfach so zu verlassen. Das war dumm und gedankenlos.«

Eine Entschuldigung? Wer hätte das gedacht.

»Okay. Ich bin froh, dass du herausgefunden hast, dass du der Böse warst. Sonst noch was?«

Er musterte sie. »Ich habe einen Fehler gemacht, Andi. Deshalb bin ich hier. Um dir das zu sagen. Einfach wegzulaufen ... Ich habe überreagiert. Lindsay zu heiraten war idiotisch.« Er zuckte mit den Schultern. »Wir lassen uns scheiden. Die Papiere sind bereits eingereicht. Ich habe nicht lange gebraucht, um zu erkennen, dass ich mich für das falsche Mädchen entschieden habe. Du bist diejenige, die ich liebe. Deshalb wollte ich dich sehen. Um dir zu sagen, dass ich endlich bereit bin, mit dir zusammen zu sein, so wie du es immer wolltest.« Er schenkte ihr sein charmantes, schiefes Lächeln. »Heirate mich, Andi. Ich liebe dich immer noch.«

Vor sechs Monaten hätte sie ihre Seele verkauft, um diese Worte zu hören. Vor vier Monaten wäre sie versucht gewesen, Ja zu sagen. Aber jetzt ...

»Nein danke.«

Sie drückte auf den Knopf, um ihren Wagen zu entriegeln.

Er sah sie blinzelnd an. »Ich verstehe nicht.«

»Ich sage Nein. Ich möchte nicht mit dir zusammen sein. Ich finde immer noch, dass das, was du getan hast, schrecklich war, aber über das Ergebnis kann ich mich nicht beschweren. Ich liebe dich nicht, Matt. Ich will dich nicht zurück.«

»Aber wir hatten zehn gemeinsame Jahre. Wir waren super zusammen.« Er zögerte. »Ich weiß, ich habe etwas zu sehr darauf bestanden, dass du dich änderst, aber das ist jetzt vorbei. Ich will dich einfach so, wie du bist.« Sein Blick glitt zu ihrem Arztkittel. Er öffnete den Mund und schloss ihn wieder. »Bitte, Andi«, sagte er dann.

»Nein. Es ist zu spät, Matt. Die Frau, die du mochtest, gibt es nicht mehr. Ich habe mich verändert, und zwar auf eine Weise, die dir nicht gefallen wird. Als du mit mir Schluss gemacht hast, war ich am Boden zerstört. Jetzt denke ich, dass ich unsere Beziehung schon vor Jahren hätte beenden sollen.«

»Das kannst du nicht ernst meinen.«

Sie griff nach der Autotür. »Und doch tue ich es.« Sie dachte an die ganzen Jahre, die sie mit ihm vergeudet hatte. Daran, wie sie da in ihrem Kleid gestanden hatte, vor allen, die sie liebte, und er einfach nicht aufgetaucht war.

»Gibt es einen anderen?«, fragte er.

»Nein.« Es gab Wade, aber er hatte klargemacht, dass er sich nicht mit ihr einlassen wollte. Was eine Schande war, denn sie glaubte immer noch, dass sie Potenzial hatten. Aber sie würde nicht wieder die Einzige sein, die sich engagierte.

Matt streckte die Hand nach ihr aus. »Andi, das kannst du nicht machen. Ich brauche dich.«

Sie öffnete die Wagentür. »Daran hättest du denken sollen, bevor du mich verlassen hast. Du hattest zehn Jahre, Matt. Das war lange genug. Jetzt ist es zu spät.«

Seine Augen weiteten sich, und sie hätte schwören können, dass er kurz davor war zu weinen. »Aber ich liebe dich noch.«

»Das tut mir leid.«

»Andi, nein.«

»Adieu, Matt.«

Sie glitt hinter das Lenkrad und startete den Motor. Eine Sekunde lang glaubte sie, er würde sich vor ihren Wagen werfen. Zum Glück tat er das nicht, und sie konnte ungehindert wegfahren.

Als sie auf die Straße einbog, merkte sie, dass sie sich nicht nur nicht schuldig fühlte, sondern ganz im Gegenteil eine neue Leichtigkeit von ihr Besitz ergriffen hatte. Freiheit, dachte sie. Sie war lieber allein als mit Matt zusammen. Sie war mit ihm fertig. Das Einzige, was sie bedauerte, war, dass sie das ungefähr neuneinhalb Jahre zu spät herausgefunden hatte.

Deanna wartete, bis ihre fünf Töchter alle um den Esstisch saßen. Da hier alle ernsten Unterhaltungen stattfanden, rutschten sie mit angespannten Mienen unruhig auf ihren Stühlen herum.

»Keine Sorge«, sagte sie lächelnd. »Keiner steckt in Schwierigkeiten. Ich wollte mit euch nur über die Veränderungen sprechen, die hier im Haus demnächst anstehen.«

Die Mädchen schauten einander an, dann wieder sie. Sorge zeichnete sich auf den Mienen ihrer älteren Töchter ab, während die Zwillinge eher verwirrt wirkten.

»Ich werde in ein paar Tagen als Buchhalterin des Blackberry Island Inns anfangen.« Sie und Colin hatten darüber gesprochen, den Mädchen zu erzählen, dass ihr Dad in Zukunft öfter zu Hause sein würde. Er hatte gemeint, sie sollte es ohne ihn machen, aber sie wollte, dass sie es von ihm erfuhren. Sie würden sich riesig freuen, und er hatte es verdient, diesen Moment mitzuerleben.

»Ich werde an drei Vormittagen die Woche im Inn arbeiten und den Rest der Zeit von zu Hause aus. Also brauche ich während meiner Arbeitszeiten eure Unterstützung. Sobald die Schule wieder losgeht, versuche ich, meine Arbeit in der Zeit zu erledigen, wenn ihr nicht da seid. Aber wir brauchen ein System, das Unterbrechungen auf ein Minimum beschränkt.«

Madisons Lippen zitterten. »Ist Dad ... Werdet ihr ...«

Werdet ihr euch scheiden lassen?

Madison konnte die Worte nicht aussprechen, aber Deanna hörte sie trotzdem. Sie lächelte ihre Tochter an. »Dein Dad freut sich sehr über meinen neuen Job. Wir werden dieses Wochenende alle gemeinsam ausgehen, um das zu feiern.«

Sie würden außerdem feiern, dass er zu Hause bleiben würde, anstatt auf Reisen zu gehen, aber das würde sie ihnen jetzt noch nicht verraten.

Ihre Stimme wurde weicher. »Wir sind eine Familie, Madison. Das wird sich nicht ändern.«

Wenn die Befürchtung von einer ihrer anderen Töchter gekommen wäre, hätte sie diese Aussage mit einer Umarmung oder einer Berührung verstärkt. Aber die Situation mit ihrer Ältesten war immer noch angespannt.

Madison schaute sie an und senkte dann den Blick. »Okay«, flüsterte sie.

Deanna richtete ihre Aufmerksamkeit auf die anderen Mädchen. »Ich werde eine Aufgabenliste für jede von euch erstellen. Wir werden uns darüber unterhalten, wer gerne was tun möchte, und was euer Dad und ich von euch erwarten. Ich möchte euch außerdem gerne das Kochen beibringen. In den nächsten Wochen könnt ihr mir mit der Marmelade helfen.

Und jede von euch könnte ein eigenes Gericht lernen.«

Die Zwillinge schauten erst sich, dann sie an. »Kekse?«, fragten sie.

Sie lachte. »Ja, Kekse sind ein guter Anfang. Vielleicht mit Erdnussbutter.«

Sie klatschten in die Hände.

Deanna lächelte Audrey und Lucy an. »Und wir drei könnten ein paar Abendessen überlegen, die ihr gern zubereiten möchtet. Vielleicht etwas, das wir im Schmortopf machen können.«

»Oder Spaghetti«, sagte Lucy.

»Das ginge auch. Ich wäre dann gern für den Topf mit dem kochenden Wasser zuständig, aber du könntest lernen, die Soße zu machen.«

Audrey grinste. »Parmesan-Hühnchen.«

»Das ist ehrgeizig, aber sicher. Das wird lustig.« Deanna wandte sich an Madison. »Ich schätze, Zeit mit mir in der Küche zu verbringen ist nicht deine Vorstellung von Spaß. Das ist okay. Solange die Aufgaben gerecht verteilt sind, macht es mir nichts aus, wenn du dir etwas anderes aussuchst.«

Madison starrte sie an. Gefühle tobten über ihr Gesicht. Der Kampf war offensichtlich. Sie wollte Spaß haben, genau wie ihre Schwestern, aber wie viel Spaß könnte sie mit ihrer Mutter haben?

Traurigkeit erfasste Deanna. Wir haben uns mal so nahegestanden, dachte sie, und der Verlust schmerzte. Madison war ihr kleiner Sonnenschein gewesen, so voller Liebe. Jetzt war sie eine Fremde, die sie hasste. Die Therapeutin hatte ihr zur Geduld geraten. Deanna wusste, dass sie damit recht hatte, aber es war so schwer.

Die Zwillinge kletterten von ihren Stühlen und rannten um den Tisch herum, um sich Deanna in die Arme zu werfen und sie ganz fest zu halten.

»Können wir jetzt Kekse backen?«, fragte Sydney.

Savannah nickte. »Ich möchte es sofort lernen.«

Deanna umarmte sie. »Ich finde, das klingt nach einer ausgezeichneten Idee. Alle, die wollen, können jetzt Kekse backen.«

Audrey und Lucy rannten in die Küche und riefen, dass sie sich die Hände waschen würden, damit sie auch mithelfen konnten. Madison stand langsam auf und ging in Richtung Treppe.

Deanna führte die Zwillinge in die Küche. Sie wollte einen Blick zurückwerfen, sehen, ob ihre Älteste zögerte, aber wie wahrscheinlich war das? Als sie in Madisons Alter war, hätte ihre Mutter absolut nichts tun können, um die Kluft zwischen ihnen zu überbrücken. Sie fragte sich, ob sie beide diese Grenze auch schon überschritten hatten. Und falls ja, wie sie den Verlust ertragen und weitermachen sollte.

29. KAPITEL

Boston roch die Farbe in der Sekunde, in der sie ihr Haus betrat. Der Geruch hing in der Luft und ließ sie niesen. Eine Sekunde lang wusste sie nicht, was das zu bedeuten hatte. Sie malte nur in ihrem Atelier, also warum hatte jemand ...

Sie erstarrte. Wade. Er wusste, dass sie das Kinderzimmer geräumt hatte. Sie hatte das Wandbild erwähnt, den wunderschönen Zug und dass sie ihn übermalen müsse, aber keine Ahnung habe, wie sie die Kraft dafür aufbringen solle. Er hatte angeboten, ihr zu helfen. Sie hatte abgelehnt.

»Nein!«, schrie sie und rannte zur Treppe.

Sie nahm zwei Stufen auf einmal und kam atemlos im ersten Stock an. Dann eilte sie den Flur hinunter, wusste die Wahrheit aber schon, bevor sie die Schwelle übertreten hatte. Wusste, was passiert war. Wusste, was ihr genommen worden war.

Das Zimmer war leer. Es gab keine Vorhänge, keinen Teppich auf dem Holzfußboden. Die ehemals gelben Wände waren in einem Cremeton gestrichen. Und das Bild an der Wand war fort.

Sie stand mitten im Raum und spürte die Abwesenheit von allem, was sie einst geliebt hatte. Es war, als hätte Liam nie hier gelebt.

Ihre Brust fühlte sich an, als würde sie gleich aufbrechen. Sie presste ihre Hand auf die Wunde, erwartete, in Blut zu ertrinken, doch da war nichts außer ihrem T-Shirt und der Wärme ihrer Haut.

Das ist falsch, dachte sie. Sie wollte bluten. Alles war falsch. Liam, süßer Liam. Sie konnte nicht ...

Sie schnappte nach Luft, konnte aber nicht atmen. Sie rief nach ihm, aber es kam keine Antwort. Ohne sich ihres Tuns voll bewusst zu sein, zog sie ihr Handy aus der Tasche und drückte einen Knopf.

»Zeke«, keuchte sie. »Zeke. Er ist fort.«

Ihr Körper zitterte. Das Telefon fiel zu Boden, und sie brach daneben zusammen, rollte sich ein, versuchte krampfhaft, nicht in tausend Teile zu zersplittern.

Als die Tränen kamen, waren sie hart und hässlich und drohten, sie zu ersticken. Sie weinte um das, was verloren war, um das unschuldige Kind, das ihr alles bedeutet hatte. Um die Nachwirkungen seines Todes und den Verlust von Zeke. Zum ersten Mal spürte sie den Schmerz des Alleinseins. Den Schmerz, dass sie niemanden hatte.

Die Zeit verging, aber sie hatte kein Gefühl dafür, kein Gefühl für irgendetwas außer dem immer tiefer werdenden Krater an der Stelle, wo einst ihr Herz gewesen war. Dann berührte etwas Warmes ihren Arm.

Sie öffnete die Augen und fand Zeke neben sich auf dem Fußboden. Er lag vor ihr, zog sie an sich, beschützte, tröstete sie mit seinem Körper. Er nahm sie in die Arme und hielt sie fest, als wolle er sie nie wieder loslassen. Sie legte ihren Kopf an seine Schulter und ließ ihre Tränen über sie beide hinwegwaschen.

Deanna schaute die Kleidung an, die sie auf das Bett gelegt hatte. Die meisten Sachen, die sie im Handarbeitsladen getragen hatten, waren auch für ihren neuen Job im Inn angemessen. In Bezug auf ihre Kleidung hielt sie sich immer eher auf der konservativen Seite, was gut war. Sie mussten für einen Skiurlaub sparen. Sie wollte nicht wertvolle Dollars für so etwas Albernes wie eine neue Arbeitsgarderobe verschwenden. Erst recht nicht mehr, seit Colin ihr eine Reihe von möglichen Ferienhäusern per E-Mail geschickt hatte.

Ihr Lieblingshaus war ein zweistöckiges Chalet mit dem Hauptschlafzimmer im zweiten Stock. Es hatte nicht nur einen Kamin, sondern auch eine Doppeldusche und eine Badewanne, die groß genug für zwei war. Colins einziger Kommentar war gewesen: »Glaubst du, die Mädchen sind alt genug, um ohne uns auf die Piste zu gehen?«

Allein der Gedanke daran, mit ihrem Ehemann lange, verschneite Nächte in diesem Schlafzimmer zu verbringen, reichte, um sie erbeben zu lassen.

»Mom?«

Deanna drehte sich um und sah Madison in der Tür zum Schlafzimmer stehen.

»Ja?«, fragte sie.

»Kann ich eine Sekunde mit dir reden?«

»Na klar.«

Deanna schob die Kleidung beiseite und setzte sich aufs Bett. Dann klopfte sie neben sich auf die Matratze. Sie erwartete, dass ihre Tochter die Augen verdrehen und stehen bleiben würde, aber Madison setzte sich tatsächlich und wandte sich ihr zu.

Deanna schaute ihre Tochter an. Diese Mischung aus ihren und Colins Gesichtszügen. Die großen blauen Augen, die strahlende Haut.

»Du bist so schön«, sagte sie und lächelte. »Sorry. Ich glaube nicht, dass du deswegen mit mir sprechen wolltest.«

Madison schüttelte den Kopf und biss sich auf die Unterlippe. Dann fing sie an zu weinen. Deanna überlegte, was sie falsch gemacht hatte. Ihr fiel nichts ein, also wartete sie ein paar Sekunden. Als Madison weiterweinte, beugte sie sich schließlich vor und nahm sie in den Arm.

»Was ist los, Honey?«, fragte sie. »Geht es dir nicht gut?«

Madison weinte noch heftiger. Deanna zog sie an sich und hielt sie einfach fest. Sie fühlte sich gleichzeitig unbehaglich und hoffnungsvoll. Wenn ihre Tochter die Hand nach ihr ausstreckte, wollte sie es nicht vermasseln. Unentschlossenheit und Verwirrung machten sie unsicher. Das Kribbeln in ihren Händen trieb sie beinahe zum Waschbecken. Sie sehnte sich nach Wasser und Seife.

Es wird nie weggehen, dachte sie. Das sagte ihre Therapeutin ihr nun schon seit einigen Wochen. Sie konnte sich in letzter Zeit besser kontrollieren. Sie bekam es in den Griff, aber es würde niemals verschwinden.

Deanna ermahnte sich zu atmen. Um nicht wahnsinnig zu werden, fing sie an zu zählen, aber bevor sie bei zehn angekommen war, richtete Madison sich auf.

»Es tut mir leid, Mom«, flüsterte sie. »Wie es zwischen uns gelaufen ist.«

»Mir auch. Ich weiß, es war schwer, mit mir zu leben. Diese ganzen Regeln.« Sie nahm die Hände ihrer Tochter in ihre und drückte sie. »Außerdem weiß ich, dass du Angst hattest, dein Dad und ich könnten uns trennen.«

Madisons Augen füllten sich erneut mit Tränen, und sie nickte. »Ich habe die Ungewissheit gehasst.«

»Ja, das ist kein schöner Zustand.« Sie suchte nach den richtigen Worten und wünschte, sie wäre in solchen Dingen besser. »Ich liebe dich, und dein Dad liebt dich. Egal, was passiert, das wird sich nie ändern. Uns beiden liegt sehr viel an unserer Ehe und unserer Familie. Wir arbeiten hart daran. Ich möchte, dass es für uns alle anders wird. Ich weiß, dass du wütend bist. Und ich hoffe, du kannst versuchen, die Wut loszulassen. Wenigstens ein bisschen.«

»Ich bin nicht immer wütend«, sagte Madison. »Und manchmal will ich es gar nicht sein.«

»Manchmal hast du Angst, und es ist einfacher, wütend auf mich zu sein, als das zuzugeben.«

»Ja.« Madison wischte sich die Wangen ab und versuchte sich an einem zittrigen Lächeln. »Du bist in letzter Zeit anders.«

»Ich versuche, einige der Regeln zu lockern.« Sie beugte sich vor und gab Madison einen Kuss auf den Scheitel. »Dein Dad wird morgen, wenn er nach Hause kommt, etwas verkünden, aber ich sage es dir jetzt schon, damit du dich besser fühlst. Er wird seinen Job wechseln. Er wird dann das Verkaufsteam leiten und nicht mehr der Hauptvertreter sein.«

Madisons Augen leuchteten auf. »Daddy wird nicht mehr so viel reisen?«

»Er wird gar nicht mehr reisen. Aber bitte erzähle es den anderen Mädchen noch nicht. Er möchte sie überraschen.«

»Ich werde nichts sagen.« Sie schniefte. »Nimmst du deshalb den Job als Buchhalterin an?«

»Ja. Ich will helfen, Geld für uns zu verdienen. Wir haben immer noch fünf Mädchen, die wir durchs College bringen müssen.«

Madison lächelte. »Lucy hat gute Chancen auf ein Stipendium.«

»Das glaube ich auch.«

Ihre Älteste zog ihre Hand zurück und setzte sich ein wenig anders hin. »Mom, ich muss dir etwas sagen.« Sie senkte kurz den Blick und sah dann wieder Deanna an. »Ich habe vor ein paar Wochen meine Periode bekommen.«

Deanna wappnete sich gegen den Stich und schaffte es, nicht zu zucken. »Geht es dir gut?«

Madison nickte. »Ich hatte Angst, also habe ich mit Andi gesprochen. Ich bin zu ihr in die Praxis gegangen. Sie hat mir alles erklärt und ist mit mir in die Drogerie gegangen.« Sie schluckte. »Sie wollte, dass ich es dir sage, aber das wollte ich nicht.« Die Zwölfjährige bedeckte ihr Gesicht mit den Händen und fing wieder an zu weinen. »Es tut mir so leid, Mommy. Es tut mir so leid.«

Deanna zog sie an sich und hielt sie fest. »Ich weiß, Baby. Wir hatten eine schwere Zeit. Das tut mir auch leid. Aber weißt du was? Du hast das Richtige getan. Du hast dich mit einer verantwortlichen Erwachsenen unterhalten. Du bist nicht ins Internet gegangen oder hast dir von deinen Freundinnen sagen lassen, was du tun sollst. Du hast dir auf sehr erwachsene Weise Hilfe geholt, und das finde ich ziemlich beeindruckend.«

Madison ließ ihre Hände in den Schoß fallen. Ihr Gesicht war gerötet, und ihre Augen waren geschwollen. »Du bist nicht böse?«

»Nein. Es tut mir nur leid, dass ich dir dabei nicht zur Seite stehen konnte.« Sie war am Boden zerstört, weil sie einen kostbaren Moment mit ihrer Tochter verloren hatte, verstand aber, dass das zum Großteil ihre eigene Schuld war. »Ich hatte eine schwierige Beziehung zu meiner Mutter«, sagte sie leise. »Sie hat viel getrunken und mich geschlagen.«

Madison starrte sie an. »Grandma hat dich misshandelt?«

Misshandelt. Da war es. Ein einziges Wort. »Ja, das hat sie. Eines Tages hat sie mir den Arm gebrochen, und die Polizei hat mich ihr weggenommen. Ich bin hierhergekommen, um bei meiner Tante und meinem Onkel zu leben. Sie sagten, ich könnte bleiben, wenn ich ein gutes Mädchen wäre. Wenn ich täte, was sie sagen, und keine Probleme machte. Ich hatte solche Angst davor zurückzumüssen, dass ich beschloss, perfekt zu werden. Wenn ich perfekt war, konnte nichts jemals schiefgehen.«

»Niemand kann perfekt sein«, erklärte Madison.

»Ich weiß. Aber ich habe es versucht. Irgendwann wurde Perfektion das Wichtigste in meinem Leben. Es war mir egal, wie die Dinge wirklich waren; mich interessierte nur, wie sie aussahen. Ich bin immer noch dabei, das alles zu verstehen, aber das ist der Grund, warum ich manchmal so seltsam werde und darauf bestehe, dass Dinge auf eine bestimmte Weise getan werden müssen.«

»Du bist gar nicht so schlimm«, sagte Madison.

Deanna lächelte. »Ich möchte lernen loszulassen. Ich versuche es, und manchmal ist es sehr, sehr schwer. Also hab bitte Geduld mit mir.«

Madison warf sich in ihre Arme. »Ich hab dich lieb, Mommy.«
»Ich dich auch.«

»Ich will dir sagen, wenn ich das nächste Mal meine Periode bekomme.«

»Das wäre toll.«

»Bringst du mir bitte bei, etwas zu kochen?«

Deanna drückte sie. »Alles, was du willst.«

Madison zog sich zurück und lächelte. »Hackbraten. Das ist Dads Lieblingsessen.«

»Das ist eine gute Idee. Willst du mit mir in den Supermarkt kommen, um die Zutaten zu kaufen, damit wir das morgen für ihn kochen können?«

»O ja.« Madison sprang auf die Füße. »Weißt du, Mom, Lucy ist inzwischen alt genug, um auf die Zwillinge aufzupassen. Sie ist ziemlich verantwortungsbewusst.«

Lucy war erst zehn. Aber sie hatte ja schon auf ihre Schwestern aufgepasst, wenn Deanna in der Nähe war. Vertrauen, dachte sie. Damit eine Familie funktionierte, brauchte man Liebe und Vertrauen und das Ziehen gewisser Grenzen.

»Danke, dass du mir das sagst«, sagte sie also. »Deine Meinung ist mir wichtig. Komm, fragen wir sie, ob sie einverstanden ist, die Stellung zu halten, während wir schnell in den Laden fahren.«

Gemeinsam gingen sie den Flur hinunter. Madison griff nach Deannas Hand und drückte sie. Deanna verspürte einen ähnlichen Druck um ihr Herz. Es war nicht alles perfekt, und sie und ihre Tochter würden sich noch oft streiten, aber sie hatten wieder zueinandergefunden.

Andi saß auf den Stufen vor ihrem Haus. Sie hatte ein Treffen mit ihrem Bauunternehmer, um den aktuellen Stand zu besprechen. Sie würden die Arbeiten am Erdgeschoss abzeichnen und dann die Pläne für den Dachboden besprechen. Was beides keine große Sache war, abgesehen davon, dass sie ihren Termin mit Wade hatte und nicht mit Zeke.

Sie hatte Wade seit mehreren Wochen nicht mehr gesehen. Er achtete darauf, nur auf die Baustelle zu kommen, wenn sie bei der Arbeit war. Auch wenn sie keinen Beweis dafür hatte, hätte sie schwören können, dass sie es ab und zu spürte, wenn er im Haus gewesen war. Als würde sich dann die Energie verändern.

Jetzt beobachtete sie, wie sein Truck vorfuhr und er ausstieg. Sie hatte halb erwartet, dass er Carrie als Puffer mitbringen würde, aber er war allein. Groß und gut aussehend. Muskulös. Und fantastisch im Bett. Er war außerdem gütig und loyal. Ein toller Vater. Er brachte sie zum Lachen. Aber er vertraute ihr nicht, und sie wusste, dass das eine Grundvoraussetzung war.

Sie wartete, bis er die unterste Treppenstufe erreicht hatte. Sein Blick fing ihren auf.

»Hallo, Andi.«

»Wade.«

Er war so schön. Ihre weiblichen Körperteile flüsterten, dass ein letzter gemeinsamer Ritt nett wäre. Sie bemühte sich, diesen Vorschlag zu ignorieren.

»Bereit, die Arbeiten abzuzeichnen?«, fragte er und hielt ein Klemmbrett hoch.

Sie nickte. Den Scheck hatte sie in der hinteren Tasche ihrer Jeans.

Gemeinsam gingen sie in den Wartebereich der Praxis. Wade zählte auf, was sie alles gemacht hatten – dass die Elektrik auf dem neuesten Stand und die Isolation toll geworden sei. Sie bestätigten, dass die Lichtschalter alle funktionierten, die Böden eben waren und die Fenster die, für die sie bezahlt hatte. Zwanzig Minuten später standen sie immer noch im Wartezimmer. Wenn es so weiterging, würden sie hier eine Woche brauchen. Sie hätte Snacks vorbereiten sollen.

»Du hörst nicht zu«, sagte er.

»Wir wissen beide, dass ihr gute Arbeit leistet. Ich wohne direkt neben deinem Bruder. Wenn es ein Problem geben sollte, gehe ich rüber und beschwere mich.« Sie zog den Scheck aus der Tasche und reichte ihn ihm. »Das ist die letzte Rate für die Praxis und die erste für die Bauarbeiten oben.«

Er nahm den Scheck und sah sie an. »Willst du mich loswerden?«

Sie schaute in seine dunklen Augen und wusste, das hier war einer dieser Momente, an die sie sich für den Rest ihres Lebens erinnern würde. Eine Weggabelung, sozusagen. Welche Entscheidung sie jetzt auch traf, sie würde große Auswirkungen haben.

»Matt ist vor Kurzem hier gewesen.«

Er hob eine Augenbraue. »Dein Exverlobter Matt?«

»Genau der. Er schwört, er hätte erkannt, dass er einen Fehler gemacht hat, und lässt sich scheiden. Er will, dass wir wieder zusammenkommen.«

In Wades Kiefer zuckte ein Muskel. »Was hast du dazu gesagt?«

»Ich habe ihm gesagt, dass das nicht passieren wird. Ich habe bereits zu viel Zeit auf ihn verschwendet. Ich lebe jetzt hier. Ich habe mir hier ein Zuhause erschaffen und will nicht wieder gehen. Aber was noch wichtiger ist, ich liebe ihn nicht. Ich frage mich sogar, ob ich das jemals getan habe.«

Sie verschränkte die Arme vor der Brust. »Ich mag, was ich tue. Ich will ein Teil dieser Gemeinde sein. Ich will den Kindern helfen.«

Sie straffte die Schultern. »Ich bin klug, lustig, fürsorglich und erfolgreich. Zwischen uns beiden herrscht eine Chemie, die in mehreren Staaten illegal ist, und weißt du was? Du bist mehr als dumm, wenn du mich einfach aus deinem Leben schmeißt. Ich bin nicht wie meine Mutter. Ich will dich nicht verändern. Ich will dich genau so, wie du bist.« Sie hielt inne.

»Nun ja, ich will, dass du weniger dumm bist, was uns angeht, aber das ist auch schon alles.«

Noch nie hatte sie so etwas zu irgendjemandem gesagt. Es war immer Matt gewesen, der ihre Beziehung auf die nächste Ebene gebracht hatte – was vermutlich ein großer Teil des Problems gewesen war.

Wade legte sein Klemmbrett auf den Empfangstresen. »Du weißt, dass ich ein Kind habe.«

Da sie nicht sicher war, worauf er hinauswollte, nickte sie nur. »Ja, ich habe Carrie kennengelernt.«

»Du wirst mehr wollen.«

Andi blieb der Mund offen stehen. Er ging weit über das hinaus, was sie angesprochen hatte. Sie hatte darüber geredet, miteinander auszugehen, und er wollte ... Nun, sie hatte keine Ahnung, was er wollte.

»Eins«, gab sie leise zu. »Vielleicht zwei.«

»Du bist Ärztin.«

Das nervte sie kolossal. Sie ließ die Arme sinken und stampfte mit dem Fuß auf. »Das bin ich, und weißt du was? Ich werde mich dafür nicht entschuldigen. Ich habe lange studiert und mir den Hintern aufgerissen, und ja, ich bin Ärztin. Na und? Sag mir, was das mit irgendetwas zu tun hat.«

Er grinste. »Du regst dich ziemlich schnell auf, oder?« Er machte einen Schritt auf sie zu. »Du hast mir gefehlt, Andi. Du hast recht. Du bist klug und sexy und all die anderen Dinge, und ich wäre ein Idiot, wenn ich dich gehen lassen würde.« Er umfasste ihr Kinn. »Aber ich gebe zu, ich habe panische Angst, dass du mich dazu bringst, mich in dich zu verlieben, nur um dann mit einem Börsenmakler durchzubrennen.«

»Warum sollte ich mit einem Börsenmakler durchbrennen?«

»Verdammt soll ich sein, wenn ich das wüsste, aber das ist nicht der Punkt.«

»Was ist dann der Punkt?«

Er senkte den Kopf und küsste sie.

Sie schloss die Augen und reckte sich ihm entgegen. Er verweilte eine Weile in diesem Kuss, und ihre weiblichen Körperteile jubelten.

Als er sich wieder aufrichtete, hatte sie Probleme, Luft zu kriegen.

»Ich kann nicht sagen, dass ich deine Mutter sonderlich mag«, sagte er.

»Ich auch nicht.«

»Wenn wir ihr sagen, dass das mit uns ernst ist, werde ich mich mit ihr hinsetzen und ein ernstes Wörtchen mit ihr reden.«

Ernst? Die Sache mit ihnen war ernst? »Ich kann es kaum erwarten zu hören, was du ihr zu sagen hast.«

Sein dunkler Blick fing ihren auf. »Bei mir gibt es nur ganz oder gar nicht, Andi. Bist du dafür bereit?«

Sie schlang ihre Arme um seinen Hals und lächelte ihn an. »Für mich gibt es auch nur ganz oder gar nicht, Wade.«

Er schenkte ihr sein sexy Lächeln. »Das höre ich gerne. Was hältst du davon, wenn wir ausprobieren, ob das Sofa in deinem Wartezimmer so bequem ist, wie es aussieht?«

Sie fing an zu lachen. »Ich dachte schon, du fragst nie.«

Boston summte vor sich hin, während sie den Bacon in der Pfanne briet. Es war noch früh am Morgen, gerade mal kurz nach sechs, und sie hatte in der Nacht nicht eine Sekunde geschlafen, fühlte sich aber energiegeladen. Sie nahm die Eier aus dem Kühlschrank und hielt kurz inne, um sich ein paar Notizen zu machen. Drei ihrer Designer hatten sie angefleht, ihre Aufträge anzunehmen. Sie hatte die Materialien begutachtet, die sie geschickt hatten, und sprudelte nun nur so über vor Ideen.

Sie schaffte es, die Eier in die Pfanne zu schlagen, bevor sie sich weitere Ideen aufschreiben musste. Zeke betrat gerade rechtzeitig die Küche, um sie vor dem Anbrennen zu retten.

»Guten Morgen«, sagte er, als er die Pfanne vom Herd zog.

»Guten Morgen.«

Sie schauten einander an.

Letzte Nacht hatten sie sich geliebt. Ihr altes Bett hatte glücklich unter dem vertrauten Rhythmus ihrer Vereinigung geknarrt. Danach war sie wieder in Tränen ausgebrochen, und Zeke hatte sie gehalten. Jetzt ließ er seine Hand unter ihren Bademantel gleiten und umfasste ihre Brüste. Sie schmiegte sich in seine Berührung. Gleichzeitig presste sie ihre Handfläche gegen seinen Schritt. Er war hart und dick und pulsierte unter ihr.

Sie lachte. »Dein Frühstück wird kalt.«

Er küsste sie und ließ sie dann los. »Meins? Isst du nichts?«

»Eier schon, aber keinen Bacon. Ich mache eine Diät.«

»Warum?«

Er klang wirklich verwundert. Dafür hätte sie ihm die Welt zu Füßen legen können. »Zeke, ich habe während der Schwangerschaft dreißig Pfund zugenommen und seither nicht ein einziges Gramm davon wieder verloren.«

»Du siehst toll aus.«

»Ich muss mich in Form bringen. Andi macht diesen Pilateskurs, der ihr gefällt. Das könnte ich auch ausprobieren. Und walken. Ich will mich auch besser ernähren.« Sie lächelte ihn an. »Ich will noch sehr lange bei dir bleiben. Und ich will auch, dass du gesund bist.«

Zeke schaute ihr in die Augen. »Ich glaube, ich weiß, worauf du hinauswillst.«

»Ich habe dich immer geliebt, Zeke. Wenn wir von hier aus weitermachen wollen, musst du aufhören zu trinken.«

Zeke nahm ihre Hand. »Das habe ich bereits, was du, wie ich weiß, sehen musst, um es zu glauben. Und das ist in Ordnung.

Wir schaffen das. Wir können alles schaffen, solange wir nur zusammen sind.«

Boston hielt sich an der Hoffnung in seinen Worten beinahe genauso sehr fest wie an den starken Händen ihres Ehemannes.

Am Ende der Straße schlenderte Deanna aus dem Haus, um die Zeitung hereinzuholen. Sie sah, dass Wades Truck noch vor Andis Haus stand, und lächelte. Das erklärte den hektischen Anruf vom Vorabend, als Wade gefragt hatte, ob Carrie über Nacht bleiben könne. Sie sah, dass auch Zekes Truck vor seinem Haus parkte. In der Nachbarschaft war es letzte Nacht hoch hergegangen.

Sie ging in die Küche, wo Colin am Frühstückstresen saß. Er lächelte ihr über den Rand seines Kaffeebechers hinweg zu. »Ich habe etwas für dich.«

Sie hob die Augenbrauen. »So früh am Morgen?«

Er lachte. »Das auch. Aber ich meinte das hier.« Er reichte ihr eine Broschüre für ein Hotel in Seattle, direkt am Wasser und in der Nähe des Pike Place Market. »Ein Dankeschön von meinem Chef. Zwei Nächte in der besten Suite.« Er beugte sich zu ihr und senkte die Stimme. »Du kannst so laut sein, wie du willst.«

Sie errötete. »Es ist nicht meine Schuld, dass der Sex so gut ist.«

»Das nehme ich als Kompliment.«

»Gut, denn genauso habe ich es gemeint.« Sie nahm die Broschüre in die Hand. »Das wird wundervoll. Ich werde Andi und Boston bitten, sich um die Mädchen zu kümmern. Ich bin sicher, sie haben nichts dagegen.« Sie schaute auf die Uhr an der Wand. »Wo wir gerade von unseren Kindern sprechen, ich gehe sie mal lieber wecken.«

Sie ging zur Tür, doch Colin packte sie und zog sie an sich. »Deanna?«

»Ja?« Sie sah in seine dunkelblauen Augen.

»Ich liebe dich.«

Ihre Kehle zog sich zu, während ihr Herz vor Gefühlen überfloss. Sie konnte sich nicht erinnern, wann er diese Worte das letzte Mal gesagt hatte. Es war Jahre her. Zu viele Jahre.

»Ich liebe dich auch, Colin. Es tut mir so leid, dass ich alles so verdreht habe.«

Er schüttelte den Kopf und küsste sie. »Nein, keine Schuldzuweisungen. Wir haben uns beide verlaufen, aber jetzt haben wir den Weg zurück gefunden.«

»Ich werde dich nie wieder loslassen.«

»Ich dich auch nicht.« Er stand auf und legte einen Arm um ihre Schultern. »Komm, wir wecken die Mädchen gemeinsam.«

EPILOG

Andi saß mit zusammengerollten Papiertüchern zwischen ihren Zehen da, die Finger weit gespreizt. »Ich bin nicht gut mit Nagellack«, murmelte sie voller Panik, ihre Maniküre zu zerstören.

Ihre Mutter saß in der gleichen Position neben ihr, wirkte aber etwas entspannter. »Der Lack trocknet in Schichten. Der Trick ist es, sich von der scheinbar festen Oberfläche nicht täuschen zu lassen.«

Boston, die ihre Nägel nur hatte polieren lassen, schlüpfte mit den Füßen in ihre Schuhe und grinste. »Schichten, Leanne? So wie bei einer Torte?«

»Ganz genau wie bei einer Torte, meine Liebe.«

Instinktiv wappnete Andi sich dafür, sich zwischen ihre Mutter und ihre Freundin zu stellen, bevor ihr wieder einfiel, dass jetzt alles anders war.

Oh, sicher, sie erhielt immer noch regelmäßig Anträge für Stipendien und Updates über den beruflichen Erfolg ihrer Geschwister, aber seitdem sie ihre Verlobung mit Wade verkündet hatte, schienen ihre Eltern ein wenig weicher geworden zu sein. Sie war sich ziemlich sicher, dass ihr Vortrag über Zurückhaltung geholfen hatte. Die andere Wende war Carrie gewesen.

Andis Eltern hatten sie am Labor-Day-Wochenende kennengelernt, als sie zu fünft in Seattle gewesen waren. Das Mädchen hatte sich gefreut, endlich zukünftige Stiefgroßeltern zu haben. Leanne war mit Carrie bei Nordstrom shoppen gewesen, und später hatten die beiden älteren Gordons ein Mariners-Spiel mit ihr besucht.

Am Ende des langen Wochenendes hatten sie verkündet, dass sie das Mädchen anbeteten und es kaum erwarten könnten, mehr Zeit mit ihm zu verbringen. Carrie hatte die gleiche Zuneigung empfunden, und so war eine neue, etwas seltsame Zeit der Entspannung angebrochen.

Gelächter schreckte Andi aus ihren Gedanken. Als ersten Teil ihres Junggesellinnenabschieds hatten sie ein Nagelstudio in Beschlag genommen. Boston, Deanna und ihre Mädchen hatten sich für eine Maniküre und Pediküre zu Andi, Carrie und Leanne gesellt. Sobald sie alle hübsch wären, würden sie für einen Abend mit Pizza und Filmen in Deannas Haus zurückkehren.

Deanna reichte ihr die Flasche Champagner, die sie mitgebracht hatte. »Du bist immer noch bei deinem ersten Glas, Andi. Es ist kein Junggesellinnenabschied, wenn du nicht wenigstens versuchst, dich zu betrinken.«

»Es ist drei Uhr nachmittags.«

»Angsthase.«

»Deine Kinder sind da.«

»Ich habe dich schon betrunken erlebt. Du hast dann immer noch sehr gute Manieren. Es ist ja nicht so, dass ich ihnen sagen würde, was los ist. Außerdem gehen wir zu Fuß nach Hause.«

»Du solltest wenigstens noch ein zweites Glas trinken«, sagte Leanne und hielt Deanna das Glas ihrer Tochter zum Nachfüllen hin, was Deanna nur zu gerne tat.

»Ihr seid alle Freaks«, murmelte Andi, nippte aber an ihrem Getränk.

Leanne entschuldigte sich, um sich zu den Zwillingen zu setzen. Boston nahm ihren Platz ein und schaute sich um. Dann beugte sie sich zu Andi und bedeutete Deanna, ebenfalls näher zu rücken. Sie senkte die Stimme.

»Ich muss euch etwas erzählen.«

Andi sah Deanna an und grinste.

Sie hatten das Geheimnis schon erraten. In den letzten paar Monaten hatte Boston sowohl Alkohol als auch Koffein abgeschworen. Und seit ein paar Wochen strahlte sie förmlich von innen heraus.

»Schieß los«, sagte Deanna.

»Ich bin schwanger. Ungefähr in der vierten Woche.« Boston sprach leise weiter. »Zeke und ich wollten es erst nach der Hochzeit sagen, aber euch beiden musste ich es erzählen.«

»Herzlichen Glückwunsch.« Andi umarmte sie mit gespreizten Fingern. »Das ist großartig.«

Deanna umarmte sie als Nächste und seufzte. »Ich freue mich so. Noch mehr Kinder in unserer Straße. Das ist super.« Sie wandte sich an Andi. »Wie lange wollt ihr warten, bis ihr anfangt zu üben?«

Andi hätte sich beinahe verschluckt. »Hey, wir sind noch nicht mal verheiratet. Gönn mir eine Pause.«

»Du willst Kinder und Wade auch. Und du wirst nicht jünger.«

»Oh, danke.«

Deanna grinste. »Gern geschehen.«

Sie lehnten sich in ihren Stühlen zurück und beobachteten, wie die Mädchen ihre Maniküren und Pediküren bekamen. Madison und Carrie kicherten zusammen. Die anderen vier lachten. Leanne half den Zwillingen, ein kräftiges Pink für ihre Nägel auszusuchen.

Morgen würden Andi und Wade im Blackberry Island Inn heiraten. Nach ihren Flitterwochen auf Hawaii wollten Wade und Carrie zu ihr in das Haus auf dem Hügel ziehen. Ein Haus, das sie aus einem Impuls heraus und mit der Vorstellung gekauft hatte, wenn sie das Haus reparieren könnte, könnte sie auch sich selbst reparieren. Seitdem hatte sie herausgefunden, wie man die Vergangenheit losließ, hatte sich verliebt, hatte gelernt, dass sie vielleicht gar nicht so große Reparaturen benötigte, wie sie anfangs gedacht hatte, und entdeckt, dass Schwestern manchmal gemacht und nicht geboren wurden.

Sie hatte ein Zuhause gefunden, und das hatte sich als das Beste herausgestellt, was ihr je passiert war.

Für das Blackberry-Island-Gefühl beim nächsten Picknick oder Grillfest mit den besten Freundinnen:

GEGRILLTES HÜHNCHEN MIT BROMBEER-RELISH

Für das Relish

1 Tasse klein geschnittene Brombeeren (können auch gefroren sein, dann sollten sie zuerst aufgetaut werden)
½ Tasse fein geschnittene Frühlingszwiebeln
1 kleine Dose milde Peperoni, fein gehackt
4 Knoblauchzehen, fein gehackt
1 Jalapeño, Kerne entfernt und fein gehackt
2 TL Balsamico-Essig
Für die Sandwiches
Hühnchenbrustfilets
Schwarzer Pfeffer
Provolone-Käse
Eisbergsalat
Brötchen

Die Zutaten für das Relish zusammenmischen und beiseitestellen. Das kann man auch gut am Vortag machen. Die Hühnchenbrustfilets grillen oder in der Pfanne braten, bis sie gar sind. Pfeffern und auf jede Brust eine Scheibe Provolone legen und schmelzen lassen. Salat auf die untere Brötchenhälfte geben, Hühnerbrust mit geschmolzenem Käse darauflegen, einen Esslöffel Relish hinzufügen und mit der oberen Brötchenhälfte bedecken.

GUTEN APPETIT

Susan Mallery
Wie zwei Inseln im Meer
€ 9,99, Taschenbuch
ISBN 978-3-95967-036-4

Sie waren die besten Freundinnen, bis ein Verrat sie auseinanderriss. Michelle verließ die idyllische Heimatinsel, Carly blieb – mit dem Mann, den eigentlich Michelle liebte. Nach zehn Jahren führt ein Erbe Michelle zurück. Als sie das in Schwierigkeit steckende Hotel Blackberry Island Inn betritt, das ihr Vater ihr vermacht hat, steht sie unerwartet Carly gegenüber. Nur mit Carlys Hilfe, deren Leben inzwischen eng mit dem Inn verwoben ist, kann Michelle den Familienbetrieb retten.
Aber können die beiden Frauen nach all den tiefen Wunden an einem Strang ziehen?

www.harpercollins.de